문학 교과서 작품 읽기

소설 필수편(하)

문학 교과서 작품 읽기: 소설 필수편(하)

초판 1쇄 발행 • 2011년 12월 10일

엮은이 • 류대성 박소연 송영민 이현숙
펴낸이 • 고세현
책임편집 • 유용민
펴낸곳 • (주)창비
등록 • 1986년 8월 5일 제85호
주소 • 413-756 경기도 파주시 교하읍 문발리 513-11
전화 • 031-955-3333
팩시밀리 • 영업 031-955-3399 편집 031-955-3400
홈페이지 • www.changbi.com
전자우편 • cbtext@changbi.com

ⓒ(주)창비 2011
ISBN 978-89-364-5826-3 43810
ISBN 978-89-364-5985-7 (전10권)

소설

필수편(하)

문학 교과서
작품 읽기

류대성·박소연·송영민·이현숙 엮음

창비

'문학 교과서 작품 읽기'를 펴내며

　우리나라 국어 교육은 우리말의 정확한 사용을 통한 말하기, 듣기, 쓰기, 읽기 능력의 신장을 목표로 합니다. 고등학교 '문학' 과목은 이러한 기본적인 언어 능력을 토대로, 우리말을 예술적으로 표현하고 그렇게 표현된 것을 감상하는 능력을 기르기 위한 것입니다. 언어가 상호 의사소통을 위한 것이듯, 문학 또한 작가와 독자 사이의 의사소통을 전제로 합니다. 작가는 자신의 사상과 감정을 언어로 조직하여 작품을 생산하고, 독자는 그러한 작품을 이해하고 감상하여 자신의 삶으로 수용하는 것이지요. 문학 작품은 작가의 손을 떠나는 순간, 시간과 공간을 달리하는 독자들의 삶 속으로 들어가 스스로의 생명력을 갖게 됩니다. 그러나 안타깝게도 오늘날 여러분과 문학 작품 사이에는 참고서와 문제집이라는 엄청난 장벽이 자리 잡고 있습니다. 그러한 장벽을 허물고 여러분 스스로 살아 있는 문학 작품과 생생한 대화를 나눌 수 있는 방법은 없을까요? '문학 교과서 작품 읽기' 시리즈는 이러한 문제의식에서 출발하였습니다.

　'2009 개정 교육 과정'에 따른 고등학교 검정 『문학』 교과서는 총 14종입니다. 이 교과서에는 개성 있고 권위 있는 집필진이 엄선한 한국 문학의 정수(精髓)가 망라되어 있지요. 여러분은 그중에서 자신의 학교가 선택한 하나의 교과서를 공부하게 됩니다. 하지만 좀 더 다양하고 폭넓은 문학 작품을 감상하기 위해서는 한 권의 교과서만으로는 부족하겠지요. '문학 교과서 작품 읽기' 시리즈는 14종 문학 교과서에 실린 다양한 작품들을 대상으로, 학생 스스로 문학과 풍요로운 대화를 나눌 수 있는 장을 마련해 주고자 기획되었습니다. 이 시리즈에는 시, 소설, 수필, 극, 고전 등 한국 문학의 모든 장르가 망라되어 있습니다. 학교 현장에서 문학 교육을 담당하는 선생님들이 14종 교과서에 중복해서 실린 작품, 문학사적인 평가와 예술적 완성도가 높은 작품, 젊은 작가들의 참신한 작품 등을 엄선해 실었습니다. 이 과정에서 전국의 200여 명의 선생님이 추천해 준 작품들을 주목해서 살펴보았습니다. 그리고 '국어 교과서 작품 읽기: 고등' 시리즈에 실린 작품은 제외하는 것을 원칙으로 삼았습니다.

작품 선정 못지않게 시리즈의 구성에도 각별히 공을 들였습니다. 문학의 기초를 다지고 감상 능력을 키우는 일이 수능 준비와 연결될 수 있도록 구성한 것입니다. 2014 수능 개편안에 따르면 언어 영역이 '국어 A'와 '국어 B'로 나뉘어 수험생은 그중 하나를 선택할 수 있게 됩니다. 이에 맞춰 '문학 교과서 작품 읽기' 시리즈도 '필수편'과 '심화편'으로 구성하여 문학의 기초 학습과 심화 학습을 겸할 수 있게 했습니다. 필수편에서는 장르별로 기본 개념을 쉽게 설명한 뒤에 거기에 적합한 작품을 제시하여 체계적인 학습과 감상이 이루어지도록 했습니다. 심화편에서는 작품을 주제별로 엮어 문학과 우리의 삶이 연계되도록 하고 문학의 현재적 가치를 심층적으로 이해할 수 있도록 했습니다. 그리고 모든 작품에 도움글('작품 이해')과 독후 활동을 넣어 혼자서도 충분히 즐거운 문학 여행을 떠날 수 있도록 도왔습니다. 전체적으로 '개념 이해→작품 읽기→작품 이해→활동'으로 구성하고, 갈래별 특성에 맞춰 세부적으로 정교하게 설계했습니다.

여러분은 어쩔 수 없이 수능이라는 현실적인 목표를 머리에 두고 문학 작품에 다가가겠지요. 하지만 작품과 마주하는 순간 문학은 그러한 목적을 넘어서는 즐거움과 매혹을 선사할 것입니다. 문학이 선사하는 삶에 대한 성찰과 우리말의 아름다움에 빠져들어 여러분의 마음이 열릴 때, 오히려 다른 현실적인 목적들은 손쉽게 해결될지도 모릅니다. 소설 속 주인공, 시의 화자, 수필 속 진솔한 인간, 고전 작품의 옛사람들은 지금 여기의 우리에게 간절한 말을 건네고 있습니다. 여러분이 그 말에 귀 기울이고 답할 수 있는 힘을 기르기를 바라는 마음으로 이 시리즈를 엮어 냅니다.

이야기는 사람들에게 꿈과 희망을 전해 주고 때로는 눈물과 한숨을 안겨 주기도 합니다. 세상 사람들은 잠에서 깨어 하루 종일 무엇인가를 하고 다시 잠자리에 들게 됩니다. 가만히 들여다보면 세상살이는 수많은 사람들이 날마다 이야기들을 만들어 가는 과정인 것 같습니다. 그 작은 이야기들이 모여 큰 사건이 되기도 하고, 먼 훗날 사람들은 그것을 역사라고 부르기도 합니다. 이렇게 시간의 흐름 속에서 벌어진 사건을 다룬 이야기를 우리는 서사(敍事)라고 합니다. 그중에서도 소설은 가장 대표적인 서사 문학의 한 갈래입니다.

『문학 교과서 작품 읽기: 소설』에는 14종 『문학』 교과서에 수록된 수백 편의 현대소설 중에서 중단편 37편을 가려 뽑아 '필수편'과 '심화편'으로 나누었습니다.

'필수편'은 소설의 필수 요소를 중심으로 각 부를 구성했습니다. 상권은 소설을 구성하는 핵심 요소인 '인물, 갈등, 사건, 배경'으로 나누어 소설의 기초를 다질 수 있도록 구성하고, 하권은 소설의 맛과 묘미를 더하는 중요한 요소들인 '시점, 구성, 표현, 주제'를 자세히 살필 수 있도록 구성했습니다. '심화편'은 주제와 시대를 아우를 수 있게 설계했습니다. 상권은 개인이 겪는 '성장의 아픔'에서 전체 사회

구성원이 함께 고민해야 하는 '더불어 함께'에 이르기까지 '나→너 →우리'로 주제를 확장해 가며 엮고, 하권에서는 1920년대 '식민지 현실'부터 2000년대 '소외된 사람들'에 이르기까지 각 시대의 성격과 흐름을 고려하여 엮었습니다.

각 부의 구성은 먼저 '도입글'을 통해 기초적인 학습 요소(개념, 주제 등)를 알기 쉽도록 재미있게 설명했습니다. 뒤이어 이런 요소를 작품 속에서 실제적으로 익힐 수 있도록 그에 알맞은 소설을 배치하였습니다. 작품마다 주목할 점을 짚어주고 작품의 내용과 주제 등을 이해하는 데 도움이 되는 글을 붙였습니다. 그리고 소설의 내용과 각 부의 학습 요소들을 확인할 수 있는 '활동'을 제시했습니다. 각 부 마지막에는 '엮어 읽기' 꼭지를 두어 교과서에는 실렸으나 이 시리즈에는 미처 싣지 못한 작품들을 소개했습니다. 여러분 스스로 관심을 갖고 더 찾아 읽으며 흥미진진한 소설의 세계에 한 발 더 다가서기 바랍니다.

무엇보다도 중요한 것은 이 책을 통해 여러분이 문학의 즐거움을 알게 되는 일입니다. 학교 시험이나 수능을 준비하기 위해 문학 이론을 암기하거나 토막글을 읽고 반복적으로 문제를 푸는 일은 여러분을 문학과 멀어지게 할 뿐입니다. 예민한 감수성과 세상에 대한 호기심으로 가득한 여러분! 우리 문학의 정수를 골라 만든 이 책을 통해 능동적이고 적극적인 독자가 될 수 있기를 바랍니다.

2011년 11월
류대성 박소연 송영민 이현숙

문학 교과서 작품 읽기

소설 필수편(하)

문학 교과서 작품 읽기

소설 필수편(상)

1부 인물

2부 갈등

3부 사건

4부 배경

일러두기

1. 14종 검정 교과서 『문학』(I, II)에 수록된 중단편 소설 중에서 37편을 엄선하여 필수편(상, 하)에 20
   편, 심화편(상, 하)에 17편을 수록했습니다. '엮어 읽기' 꼭지에 교과서 수록작 중에서 더 읽을 중단편
   과 장편소설을 소개했습니다.
2. 단행본이나 전집에 수록된 작품을 원본으로 삼아 전문 수록을 원칙으로 했습니다. 단, 중편소설 「장
   마」는 분량 문제로 부분 수록했습니다.
3. 표기는 원문을 충실히 따르는 것을 원칙으로 하되 맞춤법과 띄어쓰기는 최대한 현행 표기법에 따랐
   습니다.
4. 한자는 모두 한글로 바꾸고 필요한 경우에만 괄호 안에 넣었습니다.
5. 본문 아래쪽에 낱말 풀이를 달았습니다.
6. 본문에 인용한 「우리 앞의 생이 끝나 갈 때」의 가사는 KOMCA의 승인을 받았습니다.

5부

시점

오상원 유예
김정한 모래톱 이야기
양귀자 원미동 시인

시점에 대하여

　영화 「500일의 썸머」(2010)는 톰이 썸머라는 여자와 사랑하는 내용입니다. 남자 주인공 톰의 시각에서 전개되는 이 영화는 썸머와의 알콩달콩한 사랑 이야기를 보여 줍니다. 그런데 "이것은 남자가 여자를 만나는 이야기이다. 그러나 이것은 사랑 이야기는 아니다."라는 내레이션으로 영화가 시작됩니다. 어떻게 된 일일까요? 톰은 썸머와 사랑했는데 사랑 이야기가 아니라니요. 게다가 영화 중반부에서 여자 주인공인 썸머는 톰에게 이렇게 말합니다. "우리는 잘 맞는 친구였을 뿐이야." 도대체 우리 톰은 뭐가 되나요? 내레이션을 하는 해설자는 처음부터 모든 것을 알고 있었던 걸까요?

관찰하고 서술하는 위치가 바로 시점!

　'시점'에 대해 알고 있는 친구들은 이미 눈치챘을 것입니다. 톰은 자기 입장에서 썸머의 행동과 말을 해석해 나갑니다. 즉, 주인공인 '나'가 직접 관찰하고 서술하는 1인칭 주인공 시점인 거지요. 그렇다면 모든 걸 알고 있는 내레이션은 어떤 시점일까요? 이야기 밖에 존재하지만 인물의 행위는 물론 심리까지 모두 꿰뚫어 보고 있는 전지전능한 존재. 전지적 작가 시점이라고 할 수 있습니다.

　소설을 읽어 나갈 때 우리는 항상 '시점'을 통해 파악하게 됩니다. 그렇다면 시점은 정확히 무엇일까요? 이야기가 전개되기 위해서는 이야기해 주는 사람이 필요합니다. 이를 서술자라고 하는데, '서술자의 위치가 어디인가'가 바로 시점입니다.

시점은 먼저 1인칭과 3인칭으로 나눌 수 있습니다. '톰'은 '나'라고 지칭할 수 있는 이야기 내부의 인물이며 이는 1인칭입니다. 반면 '내레이션'은 이야기 밖에서 그, 그녀 혹은 어떤 누군가가 서술해 주는 3인칭이라고 볼 수 있습니다. 1인칭 시점은 다시 주인공과 관찰자 시점으로 나뉩니다. 1인칭 주인공 시점은 작품 속의 주인공이 자신의 이야기를 하는 시점으로, 주인공의 내면 세계를 그리는 데 효과적입니다. 하지만 다른 인물들에 관해서는 그들의 심리를 들여다볼 수 없다는 제한이 따르게 됩니다. 1인칭 관찰자 시점은 주인공이 아닌 부수적 인물인 '나'가 관찰자 입장에서 다른 인물의 행동이나 사건을 이야기하는 것입니다. 그렇기 때문에 주관적으로 사건에 관해 평가합니다. 하지만 주인공의 심리는 간접적으로 제시할 수밖에 없죠.

3인칭 시점은 작가 관찰자 시점과 전지적 작가 시점으로 구분할 수 있습니다. 작가 관찰자 시점은 작품 밖의 서술자가 인물의 행동이나 사건을 보이는 대로 관찰하여 이야기하는 것으로, 오직 외양 묘사만으로 사건을 진행시키게 됩니다. 그렇기 때문에 독자들은 적극적으로 상상력을 발휘하게 되고요. 전지적 작가 시점은 서술자가 신과 같은 위치에서 인물의 심리, 행동, 과거, 미래까지 모두 이야기하는 시점입니다. 모든 걸 다 이야기하기 때문에 독자의 이해는 쉬우나 서술자의 주관이 깊이 개입될 수 있는 시점입니다.

시점은 어떤 효과를 가져올까요?

어머니는 등 뒤의 작은 시위—그러나 오빠 나름대로는 필사적인—에 아랑곳하지 않고 분첩으로 탁탁 얼굴을 두들기고 가늘고 둥글게 눈썹을 그렸다. 나는 조마조마한 마음으로 어머니와 오빠를 번갈아 보며, 그러나 어쩔 수 없는 호기심과 찬탄으로 거울 속에서 점차 나팔꽃처럼 보얇게 피어나는 어머니의 얼굴을 바라보았다. (오정희 「유년의 뜰」)

「유년의 뜰」의 서술자는 어린 여자아이입니다. 전쟁으로 인해 아버지가 부재한 상태에서 집안을 지키려는 오빠와 그에 아랑곳하지 않고 밖으로만 도는 어머니가 대립합니다. 동생인 '나'는 오빠가 왜 작은, 그러나 필사적인 시위를 하는지 잘 모릅니다. 그저 조마조마한 마음으로 바라볼 뿐이죠. 이 이야기가 오빠의 시점으로 전개된다면 독자들은 어떻게 이해할까요? 서술자가 어린아이인가 어른인가, 지식인인가 아닌가, 사건에 대해 얼마나 알고 있는가 등에 따라 독자들은 전혀 다른 감상을 하게 됩니다.

이제 5부 '시점'에서 우리는 「유예」 「모래톱 이야기」 「원미동 시인」을 살펴보게 됩니다. 「유예」의 주인공은 곧 총살당할 인물입니다. 한 시간이라는 삶의 유예 기간 동안 '나'는 현재와 과거, 미래를 이야기하며 죽는 순간까지 그려 내고 있습니다. 「모래톱 이야기」의 '나'는 조마이 섬에 사는 건우 가족과 주민들을 관찰합니다. 지식인의 입장에 있는 '나'가 그들의 삶에 대해 생각하는 바를 이야기하고 있습니다. 「원미동 시인」의 '나'는 어린아이입니다. 어린아이의 눈으로 바라본 원미동 시인 몽달 씨와 김 반장은 어떤 사람들일까요?

세 작품 모두 1인칭 시점을 사용하고 있지만 활용 방법과 효과는 모두 제각각입니다. 시점을 통해 무엇을 얻고, 어떻게 이해할 수 있는지 생각하면서 읽어 볼까요?

유예(猶豫)

오상원

오상원(吳尙源, 1930~1985). 소설가. 평안북도 선천에서 태어나 서울대 불문과를 졸업했다. 1953년 극협 공모에 장막극 「녹스는 파편」이, 1955년 한국일보 신춘문예에 단편소설 「유예」가 당선되어 등단하였다. 그는 한국전쟁 전후의 시대 상황을 즐겨 작품화한 대표적 전후 작가의 한 사람으로 손꼽힌다. 그의 작품은 주로 광복 직후의 좌우 대립과 한국전쟁의 소용돌이 속에서도 적극적이고 집요하게 주어진 상황과 대결하는 인간 의지를 보여 준다.

주요 작품으로 「유예」 「증인」 「모반」 『백지의 기록』 등이 있다.

유예* 오상원

　몸을 웅크리고 가마니 속에 쓰러져 있었다. 한 시간 후면 모든 것은 끝나는 것이다. 손과 발이 돌덩어리처럼 차다. 허옇게 흙벽마다 서리가 앉은 깊은 움* 속, 서너 길* 높이에 통나무로 막은 문틈 사이로 차가이 하늘이 엿보인다.

　퀴퀴한 냄새가 코를 찌른다. 냄새로 짐작하여 그리 오래된 것 같지는 않다. 누가 며칠 전까지 있었던 모양이군. 그놈이나 매한가지지, 하고 사닥다리를 내려서자마자 조그만 구멍으로 다시 끌어올리며 서로 주고받던 그자들의 대화가 아직도 귀에 익다.

　그놈이라고 불린 사람이 바로 총살 직전에 내가 목격하고 필사적으로 놈들의 사수(射手)*를 향하여 방아쇠를 당겼던 그 사람이었을까……. 만일 그 사람이 아니었다면 또 어떤 사람이었을까……. 몸이 떨린다. 뼛속까지 얼음이 박인 것 같다.

　소속 사단은? 학벌은? 고향은? 군인에 나온 동기는? 공산주의를 어떻게 생각하시오? 미국에 대한 감정은? 그럼…… 동무의 말은 하나도 이치에 당치 않소.

　동무는 아직도 계급의식이 그대로 남아 있소. 출신 계급을 탓하지

● 유예(猶豫) 일을 결행하는 데 날짜나 시간을 미룸. 여기서는 주인공이 총살당하기 직전의 한 시간을 의미함.
● 움 땅을 파고 위에 거적 따위를 얹어 비바람이나 추위를 막는 곳.
● 길 길이의 단위. 한 길은 사람의 키 정도의 길이 또는 열 자, 약 2.4m, 3m 등에 해당한다.
● 사수(射手) 대포나 총, 활 따위를 쏘는 사람.

는 않소. 오해하지 마시오. 그 근성이 나쁘다는 것뿐이오. 다시 한 번 생각할 여유를 주겠소. 한 시간 후, 동무의 답변이 모든 것을 결정지을 거요.

몽롱한 의식 속에 갓 지나간 대화가 오고 간다. 한 시간 후면 모든 것은 끝나는 것이다. 사박사박 걸음을 옮길 때마다 발밑에 부서지는 눈, 그리고 따발총구를 등 뒤에 느끼며 앞장서 가는 인민군 병사를 따라 무너진 초가집 뒷담을 끼고 이 움 속 감방으로 오던 자신이 마음속에 삼삼히* 아른거린다. 한 시간 후면 나는 그들에게 끌려 예정대로의 둑길을 걸어가고 있을 것이다. 몇 마디 주고받은 다음, 대장은 말할 테지. 좋소. 뒤를 돌아다보지 말고 똑바로 걸어가시오. 발자국마다 사박사박 눈 부서지는 소리가 날 것이다.

아니, 어쩌면 놈들은 내 옷에 탐이 나서 홀랑 빨가벗겨서 걷게 할지도 모른다(찢어지기는 하였지만 아직 색깔이 제 빛인 미美 전투복이니까……). 나는 빨가벗은 채 추위에 살이 빨가니 얼어서 흰 둑길을 걸어간다. 수발의 총성, 나는 그대로 털썩 눈 위에 쓰러진다. 이윽고 붉은 피가 하이얀 눈을 호젓이 물들여 간다. 그 순간 모든 것은 끝나는 것이다. 놈들은 멋쩍게 총을 다시 거꾸로 둘러메고 본대*로 돌아들 간다. 발의 눈을 털고 추위에 손을 비벼 가며 방 안으로 들어들 갈 테지. 몇 분 후면 그들은 화롯불에 손을 녹이며 아무 일도 없었던 듯 담배들을 말아 피우고 기지개를 할 것이다.

누가 죽었건 지나가고 나면 아무것도 아니다. 그들에겐 모두가 평범한 일들이다. 나만이 피를 흘리며 흰 눈을 움켜쥔 채 신음하다 영

---

* 삼삼하다 잊히지 않은 채 눈에 보이는 듯 또렷하다.
* 본대(本隊) 지휘부가 있는 본부의 군대.

원히 묵살되어 묻혀 갈 뿐이다. 전 근육이 경련을 일으킨다. 추위 탓인가……. 퀴퀴한 냄새가 또 코에 스민다. 나만이 아니라 전에도 꼭 같이 이렇게 반복된 것이다.

싸우다 끝내는 죽는 것, 그것뿐이다. 그 이외는 아무것도 없다. 무엇을 위한다는 것, 그것도 아니다. 인간이 태어난 본연의 그대로 싸우다 죽는 것, 그것뿐이라고 생각하였다.

북으로 북으로 쏜살같이 진격은 계속되었다. 수차의 전투가 일어났다. 그가 인솔한 수색대는 적의 배후 깊숙이 파고들어 갔다. 자주 본대와의 연락이 끊어지기 시작하였다.

초조한 소대원의 얼굴은 무전사°에게로만 쏠렸다. 후퇴다! 이미 길은 모두 적에 의하여 차단되었다. 적의 어느 면을 뚫고 남하할 것인가? 자주 소전투가 벌어졌다. 한 명 두 명 쓰러지기 시작하였다. 될 수 있는 한 적과의 근접을 피하면서 산으로 타고 올랐다. 기아와 피로. 점점 낙오되고 줄어 가는 소대원, 첩첩이 쌓인 눈과 추위, 그리고 알 수 없는 방향을 더듬으며 온갖 자연의 악조건과 싸우지 않으면 안 되었다. 연이어 계속되는 눈보라 속에 무릎까지 덮이는 눈 속을 헤매다 방향을 잃은 그들은 악전고투 끝에 산 밑을 더듬어 내려와서 가까운 그 어느 마을로 파고들어 갔다. 텅 빈 마을, 집집마다 스산히° 흩어진 채 눈 속에 호젓이 파묻혀 있다. 적이 들어온 흔적도 지나간 흔적도 없다. 되었다. 소대원들은 뿔뿔이 헤쳐져서 먹을 것을 샅샅이 뒤졌다. 아무것도 없다. 겨우 얼어 빠진 감자 한 자루뿐, 이빨에 서벅서벅 얼음이 마주치는 감자 알맹이를 씹었다. 모두 기운이 지

° 무전사(無電士) 전파 통신 기사.
° 스산하다 몹시 어수선하고 쓸쓸하다.

처 쓰러졌다. 일시에 피곤과 허기가 연덩어리*처럼 내린다. 발가락마다 얼음이 박혔다. 눈보라는 더욱 세차게 몰아치고 밤이 다가왔다. 산속의 밤은 급히 내린다. 선임하사만이 피로를 씹어 가며 문지방에 기대어 앉아 있었다.

밖은 휘몰아치는 눈보라뿐, 선임하사도 잠시 눈을 붙였다. 마치 기습이라도 있을 듯한 밤이다.

그러나 아무 일 없이 아침이 왔다.

또 눈과 기아와 추위와의 싸움이 계속되었다. 한 사람 두 사람, 이 자연과의 싸움에 쓰러지기 시작하였다. 소대장님, 하고 마지막 한마디를 외치고 눈 속에 머리를 박고 쓰러지는 부하들을 볼 때마다 그는 그 곁에 무릎을 꿇고 그 싸늘한 마지막 시선을 지켰다. 포켓을 찾아 소지품을 더듬는 그의 손은 항시 죽어 간 부하의 시체보다도 더 차가웠다. 소대장님…… 우러러 쳐다보는 마지막 부하의 그 눈빛, 적막을 더듬어 가며 죽음을 재는 그 눈은 얼음장보다도 더 차가운 그 무엇이 있었다.

"소대장님…… 북한 출신입니다. 홀몸입니다. 남한에는…… 누구도 없습니다. 이것이 이북 제 고향 주소입니다."

꾸겨진 기슭마다 닳아져서 떨어졌다. 그것을 받아들던 그의 손, 부하의 손을 꼭 쥐어 주었다.

그 이상 더 무엇을 할 수 있었으랴…….

인제 남은 것은 그를 포함하여 여섯 명뿐.

눈 속에 쓰러져 넘어진 그들을 그대로 남겨 놓은 채 그들은 다시 눈 속을 헤쳤다. 그의 머릿속에 점점 불안이 다가왔다. 이윽고 ××

* 연(鉛)덩어리 납덩어리.

지점까지 왔을 때다. 산줄기는 급격히 부드러워져 이윽고 쑥 평지로 빠졌다. 대로(大路)다.

지형과 적정(敵情)˚을 탐지하러 내려갔던 선임하사가 급히 달려 올라왔다. 노상˚에는 무수히 말굽 자리와 마차의 수레바퀴, 그리고 발자국 자리가 있다는 것이다. 선임하사의 손에는 말똥이 하나 쥐여 있다. 능히 그것은 손힘으로 부스러뜨릴 수 있었다. 그들이 지나간 것이 그리 오래되지 않았다는 증좌다. 밤을 기다릴 수밖에 없다. 그리하여 어둠을 이용하여 도로를 횡단하고 다시 앞에 바라보이는 산줄기를 타고 오를 수밖에 없다.

밤이 왔다. 행동을 개시하였다. 그들은 될 수 있는 한 낮은 지대를 선택하고 대로에 연한˚ 개천 둑을 이용하였다. 무난히 대로를 횡단하였다. 논두렁에 내려서자 재빠르게 엄폐물˚을 이용해 가며 걸음을 다그었다.˚ 인제 앞산 밑까지는 불과 2백 미터밖에 안 된다. 그들은 약간의 안도감을 느끼고 걸음을 늦추었다.

그때다. 돌연 일발의 총성과 더불어 한마디 비명을 남기고 누가 쓰러졌다. 모두 콱 눈 속에 엎드렸다.

일순간이 지났다. 도대체 총알은 어디서부터 날아온 것인가? 그 방향을 종잡을 수가 없다. 그가 적정을 살피려 고개를 드는 순간 또 총알이 날아왔다. 측면에서부터다. 모두 응전 자세를 취하기 위하여 대로 쪽으로 각도를 돌렸다.

그러나 절대적으로 불리하다. 놈들은 우리의 위치를 알고 있지만

• 적정(敵情) 전투 상황이나 대치 상태에 있는 적의 특별한 동향이나 실태.
• 노상(路上) 길바닥.
• 연하다 잇닿아 있다.
• 엄폐물(掩蔽物) 적의 사격이나 관측으로부터 아군을 보호하는 데에 쓰이는 자연적 또는 인공적 장애물.
• 다그다 어떤 일을 서두르다.

우리는 적 쪽의 위치를 잡을 수가 없다. 그렇다고 이대로 언제껏 있을 수도 없다. 아무리 밤이라 할지라도 흰 눈 위다. 그들은 산기슭까지 필사적으로 포복˚을 단행하였다. 동시에 총알은 비 오듯 집중된다. 비명과 더불어 소대장님 하고 외치는 소리, 그는 눈을 꾹 감았다. 땀이 비 오듯 흐른다. 그는 눈을 꽉 감은 채 포복을 계속하였다. 의식이 다자꾸˚ 흐린다. 산기슭 흰 눈 속에 덮인 관목˚ 숲이 눈앞에서 뿌여니 흩어진다. 총성은 약간 잦아졌다. 산기슭으로 타고 오르는 순간 선임하사가 쓰러졌다. 그는 선임하사를 부축하고 끌며 산속으로 산속으로 들어갔다.

얼마나 산속 깊이 들어왔는지도 모른다. 정신을 잃고 쓰러져 누웠을 때는 이미 새벽이 가까워서였다.

몹시 춥다. 몸을 약간 꿈틀거려 본다. 전 근육이 추위에 마비되어 감각을 잃은 것만 같다. 인제 모든 것이 끝나는 것이다. 퀴퀴한 냄새가 코를 찌른다. 어렴풋이 눈 속에 부서지는 구두 발자국 소리가 들려온다. 점점 가까워진다. 시간이 된 모양이다. 몸을 일으키려고 움직거려 본다. 잠시 몽롱한 시각이 흐른다. 발자국 소리가 점점 멀어지기 시작하였다. 아무것도 아니다. 아무것도 아닌 것이다. 몹시 춥다. 왜 오다가 다시 돌아가는 것일까……. 몽롱하게 정신이 흩어진다.

전공과목은? 왜 동무는 법과를 선택했었소? 어렸을 때부터 동무는 출신 계급적인 인습˚ 관념에 젖어 있었소, 그것을 버리시오.

˚포복(匍匐) 배를 땅에 대고 김.
˚다자꾸 무턱대고 자꾸.
˚관목(灌木) 무궁화, 진달래, 앵두나무 따위처럼 키가 작고 원줄기와 가지의 구별이 분명하지 않으며 밑동에서 가지를 많이 치는 나무.
˚인습(因襲) 이전부터 전하여 내려오는 습관.

나는 동무와 같은 인물을 아끼고 싶소, 나는 동무를 어느 때라도 맞아들일 마음의 준비를 가지고 있소. 문지방으로 스미어 오는 가는 실바람에 스칠 때마다 화롯불이 붉게 번지어 갔다.

　나는 동무를 훌륭한 청년으로 보고 있소. 자, 담배를 태우시오.

　꾸부러진 부젓가락*으로 재 위를 헤칠 때마다 더욱 붉게 불꽃이 번진다.

　그렇다면 동무처럼 불쌍한 청년은 또 이 세상에 없을 거요. 나는 심히 유감스럽소. 동무의 그 태도가 참으로 유감이오. (인제 모든 것은 끝나는 것이다.) 왜 동무는 그렇게 내 얼굴을 차갑게 치어다보고만 있소? 한마디 대답도 없이 입을 다문 채……. 알겠소. 나는 동무가 지키고 있는 그 침묵으로 동무가 말하고 있는 모든 것을 이해할 수 있소. 유감이오. 주고받던 대화, 조그만 방 안, 깨어진 질화로가 어렴풋이 머릿속을 스친다. 그는 무겁게 몸을 뒤틀었다. 희미하게 또 과거가 이어 온다.

　그들이 정신을 잃고 쓰러졌을 때는 이미 새벽이 가까워서였다. 산속의 아침은 아름답다. 눈 속에 덮인 산속의 새벽은 더욱 그렇다. 나뭇가지마다 소복이 쌓인 눈이 햇빛에 반짝인다. 해가 적이* 높아졌을 때 그는 겨우 몸을 일으켰다. 선임하사는 피에 붉게 젖은 한쪽 다리를 꽉 움켜쥔 채 의식을 잃고 쓰러져 있다. 검붉은 피가 오른편 어깻죽지와 등허리에 짙게 얼룩져 있다. 그는 급히 선임하사를 부축하여 일으켰다.

　조용히 눈을 뜬다. 그리고 소대장을 보자 쓸쓸히 입가에 웃음을

● **부젓가락** 화로에 꽂아 두고 불덩이를 집거나 불을 헤치는 데 쓰는 쇠로 만든 젓가락.
● **적이** 꽤 어지간히.

지었다. 그 순간 그는 선임하사를 꼭 그러안고 뺨을 비비대었다. 단둘 뿐! 인제는 단둘이 남았을 뿐이었다.

"소대장님, 인제는 제 차례가 된 모양입니다."

그는 조용히 선임하사의 얼굴을 지켰다. 슬픈 빛이라고는 조금도 없다. 오랜 군대 생활에 이겨 온 굳은 의지가 엿보일 뿐이다.

선임하사, 그는 이차대전 시 일본군에 소집되어 남양˚ 전투에 종군하다 북지(北支)˚로 이동, 일본 항복과 더불어 포로 생활 2개월을 거쳐 팔로군˚, 국부군˚, 시조(時潮)˚가 변전(變轉)˚되는 대로 이역(異域)˚을 표류하다 고국으로 돌아와 다시 군문˚으로 들어선 것이었다. 군대 생활이 무엇보다도 재미있다는 그, 전투가 자기 생활 속에서 제일 신이 나는 순간이라는 그였다.

"사람은 서로 죽이게끔 마련이오. 역사란 인간이 인간을 학살해 온 기록이니까요. 그렇게 생각지 않으시오? 난 전투가 제일 재미있소. 전투가 일어나면 호흡이 벅차고 내가 겨눈 총구에 적의 심장이 아른거릴 때마다 나는 희열을 느낍니다. 나는 그 순간 역사가 조각되고 있는 것같이 느껴지거든요. 사람이란 별게 아니라 곧 싸우는 것을 의미하고, 싸우다 쓰러지는 것을 의미할 겁니다."

이것이 지금껏 살아온 태도였다. 이것뿐이다. 인제 그는 총에 맞았

• 남양 남양군도(南洋群島). 일본이 통치하던 태평양 적도 부근의 미크로네시아의 섬들을 일컬음. 태평양 전쟁 말기 미·일 전투의 격전지였고, 이곳에 당시 많은 조선인들이 강제로 끌려감.
• 북지(北支) 중국의 화베이(華北) 지역.
• 팔로군(八路軍) 1937~1945년에 일본군과 싸운 중국 공산당의 주력부대 가운데 하나.
• 국부군(國府軍) 중국 국민당 정부군.
• 시조(時潮) 시대적인 사조나 조류.
• 변전(變轉) 이리저리 변하여 달라짐.
• 이역(異域) 다른 나라의 땅.
• 군문(軍門) '군대'를 비유적으로 이르는 말.

다. 자기 차례가 된 것을 알 뿐이다. 어렴풋이 희미한 기억을 타고 선임하사의 음성이 떠오른다. 그는 몸을 조금 일으키려고 꿈지럭거리다가 그대로 펄썩 쓰러졌다. 바른편 팔 위에 경련이 일어난 것이다. 혓바닥을 깨물고 고통의 일순을 넘겼다. 인제 모든 것은 끝나는 것이다. 선임하사의 생각이 이어 온다.

"소대장님, 제 위치는 결정되었습니다. 안심하십시오."

분명히 말을 끝낸 선임하사는 햇볕이 조용히 깃드는 양지쪽으로 기어가서 늙은 떡갈나무에 등을 기대고 앉았다.

햇볕을 받아 가며 조용히 내리감은 눈, 비애도, 슬픔도, 고독도, 그 어느 하나도 없다. 다만 눈 속에 덮인 산속의 적막, 이것이 그의 얼굴 위에 내릴 뿐이다. 의식을 잃은 듯 몸이 점점 비스듬히 허물어지다가 털썩 쓰러졌다. 그는 급히 다가가서 선임하사를 일으키려 하였다. 그 순간 눈을 가늘게 떴다. 입가에 미소가 가벼이 흐른다. 햇볕이 따스히 그 입가의 미소를 지킨다.

"이대로……"

눈을 감았다. 잠시 가는 숨결이 중단되며 이어 갔다.

무릎까지 파묻히는 눈 속을 헤치며 남쪽으로 남쪽으로 걸었다. 몇 번이고 의식을 잃고 그대로 쓰러졌다. 때로는 눈보라와 종일 싸워야 했고 알 길 없는 방향을 더듬으며 헤매어야 했다. 발이 얼어 감각이 없다. 불안과 절망이 그를 엄습하기 시작하였다. 내가 잡은 이 방향이 정확한 것인가? 나의 지금 이 위치는? 상의할 아무도 없다. 나 하나뿐. 그렇다고 이대로 서 있을 수도 없다. 그는 한 걸음 한 걸음 눈 속을 헤치며 걸었다. 어디까지 이렇게 걸어야 하는 것인가? 언제껏 이렇게 걸어야 하는 것인가? 밤이면 눈 속에 묻혀서 잤다. 해가 뜨면 또 걸어야 한다. 계곡, 비탈, 눈에 싸인 관목 숲, 깎아 세운 듯 강파르게 솟은 산마루, 그는 몇 번이고 굴러떨어졌다. 무릎이 깨어지고 옷이 찢어졌다. 피로와 기아, 밤이면 추위와 더불어 고독이 엄습한다. 악몽, 다시 뒤덮이는 악몽, 신음 끝에 눈을 뜨면 적막과 어둠뿐. 자주 흩어지는 의식은 적막 속에 영원히 파묻혀만 간다. 나는 이대로 영원히 눈 속에 묻혀 사라져 버리는 것이 아닌가? 그러나 밤은 지새고 또 새벽은 온다. 그는 일어났다. 눈 속을 또 헤쳐야 한다. 산세는 더욱 험악하여만 가고 비탈은 더욱 모질다. 그는 서너 길이나 되는 비탈길에서 감각을 잃은 발길의 헛갈림으로 굴러떨어졌다. 잠시 의식을 잃었다가 다시 본정신이 돌기 시작하였을 때 그는 어떤 강한 충격으로 입술을 꽉 깨물었다. 전신이 쿡쿡 쑤신다. 그는 기다시피 하여 일어섰다. 부르쥔 주먹이 푸들푸들 떨고 있다. 세 길……. 네 길……. 까마득하다. 그러나 올라가야만 한다. 그는 입을 악물고 기어오르기 시작하였다. 전신에서 땀이 비 오듯 흐른다. 정신이 다자꾸 흐린다. 하늘이 빙그르르 돈다. 그는 눈을 꽉 감고 나무뿌리를 움켜쥔 채 잠시 정신을 가다듬는다. 또 기어오른다. 나무뿌리가 흔들릴 때마다 눈덩어리와 흙덩어리가 부서져 내린다. 악전* 끝에 그는 비탈에 도달하였다. 도달하던 순간 그는 의식을 잃고 그대로 쓰러졌다.

밤이 온다.

또 새벽이 온다. 그는 모든 것을 잊었다. 한 발자국, 한 발자국, 눈을 헤치며 발걸음을 옮기는 이것이 그에게 남은 전부였다. 총을 둘러 멜 기운도 없어 허리에다 붙들어 매었다. 그는 다자꾸 흩어지는 의식을 가다듬어 가며 발을 옮겼다.

한 주일째 되던 저녁, 어슴푸레하게 저녁이 깃들 무렵 그는 이 험

• 악전(惡戰) 매우 어려운 조건을 무릅쓰고 힘을 다하여 싸움.

한 준령*을 정복하고야 말았다.

다음 날, 해가 어언간 높아졌을 무렵에 그는 눈을 떴다. 그는 순간 놀라지 않을 수 없었다.

바로 눈앞, C자형으로 산줄기가 돌아나간 그 옴폭 파인 복판에 집들이 점점이 산재하여 있는 것이 아닌가! 이것을 모르고 눈 속에서 밤을 보냈다니…… 소복이 집들이 둘러앉은 마을! 가슴이 뭉클하고 눈물이 핑 돌았다. 그는 눈물을 머금으며 마을로 내려갔다. 마을 어귀에 다다랐다. 집 문들이 제멋대로 열어젖혀진 채 황량하다. 눈이 마을 하나 가득히 쌓인 채 발자국 하나 없다. 돼지우리, 소 헛간, 아! 사람들이 사는 곳! 그는 방 안으로 들어갔다. 열어젖힌 장롱……. 방바닥 하나 가득히 먼지 속에 흩어진 물건들……. 옷! 찢어진 낡은 옷들! 그는 그 옷들을 주워서 꽉 움켜쥐었다. 사람 냄새……. 땟국*에 전 사람 냄새……. 방 안을 둘러본다. 너무도 황량하다. 사람 사는 곳이 이렇게 황량해질 수는 없는 것만 같이 느껴진다. 아무리 몇 번이고 보아 온 그것이었다 할지라도…….

그 순간 그는 이상한 발자국 소리를 듣고 한쪽 벽으로 몸을 피했다. 흙이 부서진 벽 구멍으로 밖의 동정을 살폈다. 아무 일도 없는 것 같다. 스산한 내 정신의 탓인가? 그러나 다음 순간 그는 확실히 사람들의 음성을 들은 것 같았다. 기대와 긴장이 동시에 서린다. 그는 담 구멍을 통하여 사방을 유심히 살폈다. 약 50미터쯤 떨어진 맞은편 초가집 뒤 언덕길을 타고 한 떼가 몰려가고 있다. 그들은 얼마 안 가 걸음을 멈췄다.

* 준령(峻嶺) 높고 가파른 고개.
* 땟국 꾀죄죄하게 묻은 때.

멀리서 보기에도 확실히 군인임엔 틀림없다. 미군 전투 복장도 끼어 있는 듯하다. 벌써 아군 선 내에 들어와 있는 것인가? 그러면……? 그는 숨죽여 이 광경을 지키고 있었다. 그러나 좀 수상쩍은 데가 있다. 누비옷*을 입은 군인의 그 누비옷의 형식이 문제다. 그는 좀 더 자세히 이 정체를 파악하기 위하여 맞은편 초가집으로 옮겨 가지 않으면 안 되었다. 그는 담벽을 따라 교묘히 소 헛간과 짚 낟가리* 등, 엄폐물을 이용하여 그 집 뒷마당까지 갈 수 있었다. 뒷담장에 몸을 숨기고 무너진 담 구멍으로 그들의 일거일동을 지켰다. 눈앞의 그림자처럼 아른거린다. 그들이 주고받는 말소리가 간간이 들려온다.

동무…… 총살, 이 두 마디가 그의 머릿속에 못 박혔다. 눈앞이 아찔한다. 그는 더욱 정신을 가다듬고 그들의 일거일동을 살폈다. 머리가 텁수룩하고 야윈 얼굴에 내의 바람의 한 청년이 양손을 등 뒤로 묶인 채 맨발로 서 있는 것이 눈에 띄었다.

"동무는 우리 인민의 처사에 대하여 이의가 있소?"

그 위엄으로 보아 대장인가 싶다.

"생명체와 도구와는 다른 것이오. 내 이상 더 무엇을 말하고 싶겠소? 나는 포로가 되었을 때 비로소 내가 확실히 호흡하고 있는 인간이라는 것을 알았을 뿐이오. 나는 기쁘오. 내가 한 개의 기계나, 도구가 아니었다는 것, 하나의 생명체인 인간으로서 살아 있었다는 것, 그리고 인간으로서 죽어 간다는 것, 이것이 한없이 기쁠 뿐입니다."

명확한 차가운 음성이었다.

"좋소."

• 누비옷 두 겹의 천 사이에 솜 등을 넣고 줄이 지게 박아 지은 옷.
• 낟가리 나무, 풀, 짚 따위를 쌓은 더미. 혹은 낟알이 붙은 곡식을 그대로 쌓은 더미.

경멸적인 조소*가 입술에 어렸다.

"이 둑길을 따라 똑바로 걸어가시오. 남쪽으로 내닫는 길이오. 그처럼 가고 싶어 하던 길이니 유감*은 없을 것이오."

피해자는 돌아섰다. 한 발자국 한 발자국 걷기 시작하였다. 뒤에서 두 놈이 총을 재었다.

바야흐로 불길을 뿜으려는 총구를 등 뒤에 받으며 주저 없이 정확한 걸음걸이로 피해자는 눈길을 맨발로 헤쳐 가고 있다. 인제 몇 발의 총성과 더불어 그는 무참히 쓰러지고 말 것이다. 곧바로 정면에 눈 준 채 조금도 흩어질 줄 모르는 그의 침착한 걸음걸이…….

눈앞이 빙빙 돈다. 그는 마치 저 언덕길을 걸어가고 있는 것이 자기인 것만 같았다. 순간 그는 총을 꽉 움켜쥐었다. 내일을 위해 오늘의 싸움을 피한다는 것은 비겁한 수단이다. 지금 저 눈길을 걸어가고 있는 피해자는 그가 아니라 나 자신이다. 내가 지금 피살당하러 가고 있는 것이다. 쏴야 한다. 그는 사수를 겨누었다. 숨죽이는 순간, 이미 그의 총구에서는 빗발같이 총알이 쏟아져 나갔다. 쓰러진다. 분명히 두 놈이 쓰러졌다. 그는 다음다음 연달아 쏘았다. 일순간이 지나자 응수가 왔다. 이마에선 줄곧 땀이 흐른다. 눈앞이 돈다. 전신의 근육이 개머리판의 진동에 따라 약동한다. 의식이 자주 흐린다. 그는 푹 고개를 묻고 쓰러졌다. 위기일발, 다시 겨눈다. 또 어깨 위에 급격한 진동이 지나간다. 다자꾸 흩어지는 의식, 놈들의 사격이 뚝 그쳤다. 적은 전후 좌우방으로 흩어져서 육박하여 오고 있다. 의식을 잃은 난사*, 그는 벌떡 일어섰다.

● 조소(嘲笑) 비웃음.
● 유감(遺憾) 마음에 차지 아니하여 섭섭하거나 불만스럽게 남아 있는 느낌.
● 난사(亂射) 총 따위를 제대로 겨냥하지 아니하고 아무 곳에나 마구 쏨.

그 순간 푹 쓰러졌다. 의식이 깜박 사라진다. 갓 지나간 격렬한 총성의 여음*이 귓가에서 감돈다. 몸 어느 한구석이 쿡쿡 찔리고 끈적끈적한 액체가 흘러내리고 있는 것 같다. 소리가 난다. 무엇이 다가오고 있다. 머리를 쾅 하고 내리친다. 그 순간 의식을 잃었다.

바른편 팔 위에 격통*이 일어난다. 그는 간신히 왼편 손으로 바른편 팔을 휩쓸어 더듬었다. 손끝에 오는 감촉이 끈적끈적하다. 손을 떼었다.

눈앞으로 가져갔다. 그 손끝과 손가락 사이에는 피, 검붉은 피가 흠뻑 젖어 있다. 어디선가 두런두런 말소리가 들린다. 담배 연기가 자욱하다. 먼지와 거미줄이 뽀얗게 눌어붙은 찢어진 천장 구멍으로 사라져 간다. 방 안이다. 방 안에 눕혀져 있는 것이다. 이따금 흰 눈을 밟고 지나가는 발자국 소리가 희미한 의식 속에 떠온다. 점점 멀어져 가는 발자국 소리를 따라서 그의 의식도 희미해진다.

그 후 몇 번이고 심문이 지나갔다. 모든 것은 결정되었다.

인제 모든 것은 끝나는 것이다. 얼음장처럼 밑이 차다. 아무 생각도 없다. 전신의 근육이 감각을 잃은 채 이따금 경련을 일으킨다. 발자국 소리가 난다. 말소리도. 시간이 되었나 보다. 문이 삐그덕거리며 열리고 급기야 어둠을 헤치고 흘러 들어오는 광선을 타고 사다리가 내려올 것이다. 숨죽인 채 기다린다. 일순간이 지났다. 조용하다. 아무런 동정도 없다. 어쩐 일인가……? 몽롱한 의식의 착오 탓인가. 확실히 구둣발 소리다. 점점 가까워 오는……. 정확한……. 그는 몸을 일으키려 애썼다. 고개를 들었다. 맑은 광선이 눈부시게 흘러 들

* 여음(餘音) 소리가 그치거나 거의 사라진 뒤에도 아직 남아 있는 음향.
* 격통(激痛) 심한 아픔.

어온다. 사닥다리다.

"뭐 하고 있어! 빨리 나와!"

착각이 아니었다. 그들은 벌써부터 빨리 나오라고 고함을 지르며 독촉하고 있었다. 한 단 한 단 정신을 가다듬고 감각을 잃은 무릎을 힘껏 괴어 짚으며 기어올랐다. 입구에 다다르자 억센 손아귀가 뒷덜미를 움켜쥐고 끌어당겼다. 몸이 밖으로 나가는 순간 눈 속에서 그대로 머리를 박고 쓰러졌다. 찬 눈이 얼굴 위에 스치자 정신이 돌아왔다. 일어서야만 한다. 그리고 정확히 걸음을 옮겨야 한다. 모든 것은 인제 끝나는 것이다. 끝나는 그 순간까지 정확히 나를 끝맺어야 한다.

그는 눈을 다섯 손가락으로 꽉 움켜 집고 떨리는 다리를 바로잡아 가며 일어섰다. 그리고 한 걸음 한 걸음 정확히 걸음을 옮겼다. 눈은 의지적인 신념으로 차가이 빛나고 있었다.

본부에서 몇 마디 주고받은 다음, 준비 완료 보고와 집행 명령이 뒤이어 떨어졌다.

눈에 함빡 싸인 흰 둑길이다. 오! 이 둑길……. 몇 사람이나 이 둑길을 걸었을 거냐……. 훤칠히 트인 벌판 너머로 마주 선 언덕, 흰 눈이다. 가슴이 탁 트이는 것 같다. 똑바로 걸어가시오. 남쪽으로 내닿는 길이오. 그처럼 가고 싶어 하던 길이니 유감은 없을 거요. 걸음마다 흰 눈 위에 발자국이 따른다. 한 걸음 두 걸음 정확히 걸어야 한다. 사수 준비! 총탄 재는° 소리가 바람처럼 차갑다. 눈앞엔 흰 눈뿐, 아무것도 없다. 인제 모든 것은 끝난다. 끝나는 그 순간까지 정확히 끝을 맺어야 한다. 끝나는 1초, 일각°까지 나를, 자기를 잊어서는 안

° 재다 총에 탄약이나 화약을 끼우다.
° 일각(一刻) 아주 짧은 시간.

된다.

걸음걸이는 그의 의지처럼 또한 정확했다. 아무리 한 걸음 한 걸음 다가가는 걸음걸이가 죽음에 접근하여 가는 마지막 길일지라도 결코 허튼, 불안한, 절망적인 것일 수는 없었다. 흰 눈, 그 속을 걷고 있다. 훤칠히 트인 벌판 너머로, 마주 선 언덕, 흰 눈이다. 연발하는° 총성, 마치 외부 세계의 잡음만 같다. 아니 아무것도 아닌 것이다. 그는 흰 속을 그대로 한 걸음 한 걸음 정확히 걸어가고 있었다. 눈 속에 부서지는 발자국 소리가 어렴풋이 들려온다. 두런두런 이야기 소리가 난다. 누가 뒤통수를 잡아 일으키는 것 같다. 뒤 허리에 충격을 느꼈다. 아니 아무것도 아니다. 아무것도 아닌 것이다.

흰 눈이 회색빛으로 흩어지다가 점점 어두워 간다. 모든 것은 끝난 것이다. 놈들은 멋쩍게 총을 다시 거꾸로 둘러메고 본부로 돌아들 테지. 눈을 털고 추위에 손을 비벼 가며 방 안으로 들어들 갈 것이다. 몇 분 후면 화롯불에 손을 녹이며 아무 일도 없었던 듯 담배들을 말아 피우고 기지개를 할 것이다. 누가 죽었건 지나가고 나면 아무것도 아니다. 모두 평범한 일인 것이다. 의식이 점점 그로부터 어두워 갔다. 흰 눈 위다. 햇빛이 따스히 눈 위에 부서진다.

〔1955〕

° 연발(連發)하다 총이나 대포 따위를 잇따라 쏘다.

「유예」는 주인공이 포로가 되어 총살당하기 직전의 한 시간 동안 일어나는 의식의 흐름을 다룬 작품입니다. 주어진 시간 동안 주인공은 과거를 회상하고 미래의 죽음까지 생각해 봅니다. '흰 눈'에 싸인 둑길은 주인공에게 어떤 공간일까요? 이 흰 둑길은 차가운 눈의 이미지를 갖고 있습니다. 죽음을 맞는 곳이라는 비극적 공간임에도 불구하고 아무 일 없다는 듯이 순수하고 하얀 둑길. 그 길을 걸어 한 인간이 죽어 가게 되고, 그 인간을 죽인 다른 인간은 언 손을 비비며 자기 공간으로 되돌아갑니다. 작가는 흰 눈과 인민군 병사의 모습을 통해 인간 생명에 대한 무관심을 보여 줍니다. 이를 통해 전쟁의 비극성까지 드러내고 있는 것이지요.

독백적이고 비판적인 성격을 지닌 이 작품은 1인칭 시점과 3인칭 시점이 혼용되어 있습니다. 패잔병이 되어 쫓기는 부분이나 부하들을 잃는 부분 같은 사건에 대한 서술은 전지적 작가 시점을 활용하고, 현재의 상황에 대한 비극적 인식 등 내면 의식이 강하게 작용할 때는 1인칭 주인공 시점을 활용합니다. 이러한 시점의 혼용을 통해 작가는 인물의 내면 의지를 객관화하는 효과를 얻을 수 있습니다. 냉철하고 자기 의지가 강한 주인공은 마지막 죽어 가는 그 순간까지도 "아무것도 아닌 것이다. (…) 누가 죽었건 지나가고 나면 아무것도 아니다."라고 되뇝니다. 주인공에게 죽음이란 정말 아무것도 아닌 것일까요? '정말 아무것도 아닌 것이냐'라고 인간 생명의 의미에 대해 우리에게 되묻는 것은 아닐까요?

1 이 글의 주인공 '그(나)'가 처한 상황은 무엇일까요?

2 이 작품에 사용된 서술 기법과 그에 대한 설명입니다. 적절한 것끼리 연결해 봅시다.

의식의 흐름 기법 ●	● 표현 효과가 긴박하고, 현장감과 속도감 있는 사건 전개를 가능하게 한다.
짧은 문장 표현 ●	● 시간의 순서에 따른 전개 방법을 사용하지 않고 주인공의 의식과 독백을 중심으로 사건이 전개된다.
현재형 표현 ●	● 주인공의 불안정한 심리와 단절된 의식을 제시하는 효과를 얻는다.

3 이 글의 주인공 '그(나)'는 어떤 성격인지 말해 봅시다.

4 이 작품은 1인칭 주인공 시점과 전지적 작가 시점을 혼용하여 사용하고 있습니다. 이러한 서술 시점의 교차를 통해 어떤 효과를 얻을 수 있을까요?

5 다음에 제시된 부분을 통해 작가가 말하고자 하는 바가 무엇인지 생각해 봅시다.

> 수발의 총성, 나는 그대로 털썩 눈 위에 쓰러진다. 이윽고 붉은 피가 하이얀 눈을 호젓이 물들여 간다. 그 순간 모든 것은 끝나는 것이다. 놈들은 멋쩍게 총을 다시 거꾸로 둘러메고 본대로 돌아가 간다. 발의 눈을 털고 추위에 손을 비벼 가며 방 안으로 들어들 갈 테지. 몇 분 후면 그들은 화롯불에 손을 녹이며 아무 일도 없었던 듯 담배들을 말아 피우고 기지개를 할 것이다.
> 누가 죽었건 지나가고 나면 아무것도 아니다.

모래톱 이야기

김정한

김정한(金廷漢, 1908~1996). 소설가. 호는 요산(樂山). 경남 동래에서 태어나 동래고보를 졸업하고 일본 와세다(早稻田) 대학 부속 제일고등학원 문과에서 수학했다. 1936년 조선일보 신춘문예에 단편소설 「사하촌」이 당선되어 등단했다. 동래고보 졸업 후 대원보통학교에 교원으로 재직하던 중 민족적 차별에 항의하기 위해 조선인 교원연맹을 조직하려다 검거되는 등 일제하에서 여러 차례 옥고를 치렀다. 식민지 시대에 농촌 사회의 구조적 모순에 대한 강렬한 비판의식을 담은 작품을, 해방 이후에는 가난한 어촌민의 생활과 수난을 생생하게 그린 작품을 발표했다. 부산대 교수와 민족문학작가회의 초대 회장을 지냈다.

주요 작품으로 일제 강점기 궁핍한 농촌의 현실과 친일파 승려들의 잔혹함을 그린 「사하촌」을 비롯해 「추산당과 곁사람들」 「모래톱 이야기」 「수라도」 「인간단지」 등이 있다.

모래톱 이야기 김정한

20년이 넘도록 내처 붓을 꺾어 오던 내가 새삼 이런 글을 끼적거리게 된 건 별안간 무슨 기발한 생각이 떠올라서가 아니다. 오랫동안 교원 노릇을 해 오던 탓으로 우연히 알게 된 한 소년과, 그의 젊은 홀어머니, 할아버지, 그리고 그들이 살아오던 낙동강 하류의 어떤 외진 모래톱˙—이들에 관한 그 기막힌 사연들조차, 마치 지나가는 남의 땅 이야기나, 아득한 옛날이야기처럼 세상에서 버려져 있는 데 대해서까지는 차마 묵묵할 도리가 없었기 때문이다.

건우란 소년은 내가 직접 담임했던 제자다. 당시 나는 K라는 소위 일류 중학에서 교편을 잡고 있었다. 비가 억수로 내리던 날 첫 시간의 일이었다. 지각생이 많았다. 지각생이 많으면 교사는 짜증이 나게 마련이다. 그럴 때 유독 닦이는˙ 놈은 으레 그런 일이 잦은 놈들이다.

"넌 또 지각이로군? 도대체 어찌 된 일이냐?"

건우의 차례였다. 다른 애와 달리 그는 옷이 비에 흠뻑 젖어 있었다. 아래윗도리 옷깃에서 물이 사뭇 교실 바닥에 뚝뚝 떨어지고 있지 않은가!

"나릿배˙ 통학생임더."

˙ **모래톱** 해안 근처에서 파도나 조류의 작용으로 모래와 자갈이 쌓여서 이뤄진 지형. 여기서는 '조마이섬'을 말함.

˙ **닦이다** '닦다'의 피동사로, 휘몰아서 몹시 나무람을 당하다.

낮고 가는 목소리가 그의 가냘픈 입술 사이에서 새어 나오듯 했다. 그리고 이내 울상이 된 얼굴을 아래로 떨구었다. 차라리 무엇인가를 하소하는° 듯이 느껴졌다.

"나릿배 통학생?"

이쪽으로선 처음 듣는 술어였다.

"맹지면에서 나릿배로 댕기는 아입니더."

지각생 아닌 다른 애가 대신 대답했다. 명지면(鳴旨面)이라면 김해 땅이다. 낙동강 하류. 강을 건너야만 부산으로 나올 수 있는 곳이다.

"나릿배 통학생이라……."

나는 건우의 비에 젖은 옷을 바라보면서 자리에 들어가라고 했다.

이런 일이 있고부터 나는 건우란 소년에게 은근히 동정이 가게 되었다. 더더구나 아버지가 없다는 걸 알고부터는. 동무들끼리 어울려 놀 때 그를 곧잘 '거무(거미)'라고 놀려 대던 이상한 별명의 유래도 곧 알게 되었다. 그의 고향 친구들의 말에 의하면 거미란 짐승은 물에 날쌘 놈이라 해서 즈 할아버지가 지어 준 아명이었다는 거다. 거미! 강가에 사는 사람들의 자식 아끼는 심정을 가히 짐작할 수가 있었다. 호적에 올릴 때는 부득이 건우로 했으리라. 그것도 아마 누구의 지혜를 빌려서.

두 번째로 내가 건우란 소년에게 대해서 관심을 더욱 가지게 된 것은 학기 초 가정방문을 나가기 전에 그가 써낸 작문을 읽고부터였다 (나는 가정방문을 나가기 전 가끔 학생들에게 자기 자신에 관한 글을 써 오라고 하였다).

• 나릿배 '나룻배'의 방언. 나루와 나루 사이를 오가며 사람, 짐 따위를 실어 나르는 작은 배.
• 하소하다 하소연하다.

'섬 얘기'란 제목의 그의 글은 결코 미문˙은 아니었다. 그러나 내용은 끔찍한 것이라 생각했다. 자기가 사는 고장—복숭아꽃도, 살구꽃도, 아기 진달래도 피지 않는 조마이섬은 몇백 년, 아니 몇천 년 갖은 풍상˙과 홍수를 겪어 오는 동안에 모래가 밀려서 된 나라 땅인데, 일제 때는 억울하게도 일본 사람의 소유가 되어 있다가 해방 후부터는 어떤 국회의원의 명의로 둔갑이 되었는가 하면, 그 뒤는 또 그 조마이섬 앞강의 매립˙ 허가를 얻은 어떤 다른 유력자˙의 앞으로 넘어가 있다든가 하는—말하자면 선조 때부터 거기에 발을 붙이고 살아오던 사람들과는 무관하게 소유자가 도깨비처럼 뒤바뀌고 있다는, 섬의 내력을 적은 글이었다. 그저 그런 정도의 얘기를 솔직히 적었을 따름인데, 어딘지 모르게 무엇인가를 저주하는 듯한, 소년의 날카롭고 냉랭한 심사가 글 밑바닥에 깔려 있었다. 나는 나 자신이 갑자기 무슨 고발이라도 당한 심정으로 그 글발을 따로 제쳐서 책상 서랍 속에 넣어 두었다.

가정방문이 있는 주간은 대개 오전 수업뿐이다. 점심시간이 시작될 무렵 나는 건우를 교무실로 불렀다.

"오늘 명지로 갈까 하는데, 너 외에 몇이나 있지?"

"A반 학생은 저 하나뿐입니더."

건우의 노르께한˙ 얼굴에는 순간적인 그늘이 얼씬 지나가는 것 같았다.

˙ 미문(美文) 아름다운 문장.
˙ 풍상(風霜) 원래는 '바람과 서리'란 말인데, 세상에서 어려움과 고생을 많이 겪음을 비유적으로 표현할 때도 쓰임.
˙ 매립(埋立) 우묵한 땅이나 하천, 바다 등을 돌이나 흙 따위로 채움.
˙ 유력자(有力者) 세력이나 재산이 있는 사람.
˙ 노르께하다 곱지도 짙지도 않게 노랗다.

"그래? 그럼 1시 반쯤 해서 현관 앞으로 다시 오게."

명지 같음 어둡기 전에 돌아오기가 힘들는지 모른다. 나는 부랴부랴 점심을 마치고서 교무실을 나섰다.

건우는 벌써 현관께로 와 있었다. 역시 약간 어둔 얼굴을 하고. 아마 미리 어머니에게 알리지 않고서 가는 것이 약간 켕겼던 모양이었다.

"가 볼까!"

내가 앞장을 서듯 했다. 버스 요금도 제 것까지 내가 얼른 내는 걸 보고는 아주 송구스러운 듯한 표정을 지었다. 명지로 가는 하단 나루까지는 사오십 분이면 족했다. 그러나 한 척밖에 없다는 그 나룻배가 좀처럼 나타나지 않았다.

"집이 저쪽 나루터에서 먼가?"

나는 갈대 그림자가 그림처럼 고요히 잠겨 있는 강물을 내려다보며 물었다.

"예 제북* 갑니더."

그는 민망스런 듯이 나를 잠깐 쳐다보더니 눈을 역시 물 위로 떨어뜨렸다.

"얼마나?"

"반 시간 좀 더 걸립니더."

"그럼 학교까지 오려면 시간이 꽤 걸리겠는걸?"

"나룻배만 진작 타지고 빠른 날은 두어 시간만 하면 됨더."

"그래? 그래서 지각을 자주 하는군."

나는 환경조사표의 카피를 펴 보았으나, 곁에 사람들이 있기에 더 묻지 않았다. 아니, 설사 곁에 다른 사람들이 없다 하더라도, 아직 열

---

* 제북 '제법'의 사투리.

다섯 살밖에 안 되는 소년에게 물어도 좋을 만한 그런 가정 형편이
못 되었다.

아버지는	없고,
어 머 니	33세 농업
할아버지	62세 어업
삼　　촌	32세 선원
재산 정도	하(下)

끼우뚱거리는 나룻배 위에서도 건우의 행복하지 못할 가정 환경
이 자꾸만 내 머릿속에 확대되어 갔다.

나룻배를 내려서자, 갈밭 속을 뚫고 나간 좁고 긴 길이 있었다. 우
리는 반 시간 남짓 그 길을 걸어가면서도 별반 얘기가 없었다.

"아버진 언제 돌아가셨지?"

해 놓고도 오히려 후회할 정도였으니까.

"육이오 때라 캅디더만……."

건우의 말눈치*가 확실치 않았다.

"어쩌다가?"

"군에 나갔다가 그랬다 캅디더."

"언제 어디서 돌아가셨는지도 잘 모른단 말인가?"

"야, 그래도 살아온 사람들 말이 암마 '워카 라인'인가 하는 데서
그랬을 끼라 카데요."

생각했던 바와는 달리, 건우의 이야기는 비교적 담담하였다.

● **말눈치** 말하는 가운데 은근히 드러나는 어떤 태도

"그래, 아버지의 얼굴은 기억하나?"

나는 속으로 그의 나이를 손꼽아 보았던 것이다.

"잘 모릅니더. 저가 두 살 때 군에 나갔다 카니……. 그라곤 통 안 돌아왔거던요."

나를 쳐다보는 둥그스름한 얼굴, 더구나 그린 듯이 짙은 양미간에는 미처 숨기지 못한 을씨년스런* 빛이 내비쳤다. 순간 나는 그의 노르께한 얼굴에서 문득 해바라기꽃을 환각했다.

삼사월 긴긴 해라더니, 보릿고개*는 오후 3시가 훨씬 지나도 해가 아직 메끝*과는 멀었다.

길가 수렁과 축축한 둑에는 빈틈없이 갈대가 우거져 있었다. 쑥쑥 보기 좋게 순과 잎을 뽑아 올리는 갈대청*은, 그곳을 오가는 사람들과는 판이하게 하늘과 땅과 계절의 혜택을 흐뭇이 받고 있는 듯, 한결 싱싱해 보였다.

"저 갈대들이 다 자라면 지나다니기가 무서울 테지? 사람의 길*이 훨씬 넘을 테니까."

나는 무료*에 지쳐 건우를 돌아보았다.

"괜찮심더, 산도 아인데요."

그는 간단히 대답할 뿐이었다. 아직도 짐승보다 인간이 더 무섭다는 것을 미처 모르는 모양이었다.

---

* 을씨년스럽다 보기에 날씨나 분위기 따위가 몹시 스산하고 쓸쓸한 데가 있다.
* 보릿고개 음력 4월 보리가 익기 직전의 궁핍한 시기를 비유적으로 이르는 말. 옛날에 농촌에서 음력 4월 경이 되면 곡식은 다 떨어지고 밭에 있는 보리는 아직 여물지 않아서 생활이 힘들기가 마치 큰 고개를 넘는 것 같다고 한 데서 유래함.
* 메끝 산봉우리.
* 갈대청 갈대의 줄기 안쪽에 붙어 있는 아주 얇고 흰 막.
* 길 길이의 단위. 한 길은 사람 키 정도의 길이.
* 무료(無聊) 흥미 있는 일이 없어 심심하고 지루함.

길바닥까지 몰려나왔던 갈게˚들이, 둔탁한 사람들의 발자국 소리
에 놀라 이리저리 황급히 구멍을 찾아 흩어지는가 하면, 어느 하늘
에선지 종달새가 재잘재잘 쉴 새 없이 재잘거리고 있었다. 잔등에 땀
을 느낄 정도로 발을 재게 떼 놓아, 건우가 사는 조마이섬에 닿았을
때는 해가 얼마만큼 기운 뒤였다.

섬의 생김새가 길쭉한 주머니 같다 해서 조마이섬이라고 불려 온
다는 건우의 고장에는, 보리가 거의 자랄 대로 자라 있었다. 강바람
이 불어올 때마다 푸른 물결이 제법 넘실거리곤 했다.

낙동강 하류의 삼각주˚ 일대가 대개 그러하듯이, 이 조마이섬이란
데도 사람들이 부락을 이루고 사는 것이 아니라 그저 한 집 두 집 띄
엄띄엄 땅을 물고 있을 따름이었다.

건우네 집은 조마이섬 위쪽에서 그리 멀지 않았다. 역시 외따로 떨
어진 집이었다. 마침 뒤꼍 사래˚ 긴 남새밭˚에 가 있던 어머니가 무슨
낌새를 차렸던지 우리가 당도하기 전에 어느새 사립께로 달려와 있
었다.

"인자 오나?"

아들에게부터 먼저 말을 건네고 나서 내게도 수인사˚를 하였다.

"우리 건우 선생님인가배요?"

상냥하게 웃었다. 가정조사표에 적혀 있는 서른세 살의 나이보다

˚ 갈게 바위겟과의 하나. 개펄이나 갈대밭에 구멍을 파고 삶.
˚ 삼각주(三角洲) 강이 바다로 들어가는 어귀에, 강물이 운반하여 온 모래나 흙이 쌓여 이루어진 편평한
  지형.
˚ 사래 이랑의 길이.
˚ 남새밭 채소밭.
˚ 수인사(修人事) 인사를 차림.

는 훨씬 핼쑥해 보였으나, 외간 남자를 대하는 붉은빛이 연하게 감도는 볼에는 그래도 시골 색시다운 숫기˚가 내비쳤다.

"수고하십니더."

하고 나는 사립을 들어섰다.

물론 집은 그저 그러했다. 체목˚은 과히 오래되지 않았지만, 바깥 일손이 모자라는 탓인지, 갈대로 엮어 두른 울타리에는 몇 군데 개구멍이 나 있었다.

"좀 들어가입시더. 촌집이 돼서 누추합니더만⋯⋯."

건우 어머니는 나를 곧 안으로 인도했다. 걸레질을 안 해도 청은 말끔했다. 굳이 방으로 모시겠다는 것을 나는 굳이 사양하고 마루 끝에 걸쳤다.

"어머니 혼자 힘으로 공부시키기가 여간 힘들지 않으실 텐데⋯⋯."

건우가 잠깐 자리를 비키는 것을 보고 나는 으레 하는 식으로 가정 사정부터 물어보았다. 할아버지와 아저씨와 그리고 재산 따위에 대해서.

—할아버지는 개깃배˚를 타시고, 재산이랄 끼사 머 있십니꺼. 선조 때부터 물려받은 밭뙈기들은 나라 땅이라 캤다가, 국회의원 땅이라 캤다가⋯⋯. 우리싸 머 압니꺼—이렇게 대략 건우 군의 글에서 알았을 정도의 얘기였고, 건우의 삼촌에 대해서는 웬일인지 일절 말이 없었다. 대신, 길이 먼 데다 나룻배까지 타야 되기 때문에 건우가 지각이 많아서 죄송스럽다는 얘기와, 아버지가 없으니 그런 점을 생각해

˚ 숫기 활발하여 부끄러워하지 않는 기운.
˚ 체목(體木) 집을 지을 때 기둥, 도리 등에 쓰는 재목.
˚ 개깃배 '고깃배'의 사투리.

서 잘 도와 달라는 부탁이 고작이었다.

　생활은 어떻게 무사히 꾸려 나가느냐고 했더니, 시아버님이 고깃배를 타기 때문에 가끔 어려운 돈을 기백 원씩 가져온다는 것과, 먹고 입는 것은 보리농사와 채소로써 그럭저럭 치대어 간다는 얘기였다.

　"재첩은 더러 안 건지세요?"

　강마을 일이라 이렇게 물었더니,

　"그건 남자들이라야 안 됩니꺼. 또 배도 있어야 하고요."

할 뿐, 그러나 이쪽에서 덤덤하니까,

　"물 빠질 땐 개발이싸* 늘 안 나가는기요. 조개새끼도 파고 재첩도 줏지만 그런 기사 어데 돈이 댑니꺼."

　이렇게 덧붙였다.

　잠시 안 보이던 건우가 어디서 다섯 홉*짜리 정종을 한 병 들고 왔다. 이마에 땀이 번질번질한 걸 보면 필시 뛰어온 게 틀림없다. 아마 어머니가 시킨 일이려니 싶었다.

　나는 미안스런 생각으로 건우 어머니가 따라 주는 술잔을 받았다. 손이 유달리 작아 보였다. 유달리 자그마한 손이 상일*에 거칠어 있는 양이 보기에 더욱 안타까울 정도였다.

　기어이 저녁까지 대접하겠다고 부엌으로 가 버린 뒤, 나는 건우를 앞에 두고 잔을 들면서, 그녀의 칠칠한* 인사범절에 새삼 생각되는 바가 있었다.

　나는 모든 것을 다시 보았다. 농삿집치고는 유난히도 말끔한 마루

---

* 개발이싸 '개펄이야'의 사투리.
* 홉 부피를 잴 때 쓰는 단위로 한 홉은 180ml에 해당한다.
* 상일 별로 기술이 필요하지 않은 막일.
* 칠칠하다 깨끗하고 단정하다.

청˚, 먼지를 뒤집어쓰고 있지 않은 장독대, 울타리 너머로 보이는 길찬˚ 장다리꽃들……. 그 어느 것 하나에도 그녀의 손이 안 간 곳이 없으리라 싶었다. 이러한 집 안팎 광경들을 통해서 나는 건우 어머니가 꽤 부지런하고 친절한 여성이라는 것을 고대˚ 짐작할 수가 있었다. 젊음이 한창인 열아홉부터 악지˚ 세게 혼자서 살아왔다는 것과, 어려운 가운데서도 외아들 건우를 나룻배를 태워 가면서까지 먼 일류 중학에 보내고 있다는 사실, 그리고 농촌 아이라고는 믿기지 않을 만큼 건우의 입성˚이 항시 깨끗했다는 사실들이 어련히 안 그러리 싶어지기도 했다. 얼핏 보아서는 어련무던한˚ 여인 같기도 하지만 유난히 볼가진 듯한 이마라든가, 역시 건우처럼 짙은 눈썹 같은 데선 그녀의 심상치 않을 의지랄까, 정열 같은 것을 읽을 수가 있었다.

나는 술상을 물리고서, 건우의 공부방을—어머니의 방일 테지만—잠깐 들여다보았다. 사과 궤짝 같은 것에 종이를 발라 쓰는 책상 위에는 몇 권 안 되는 책들이 나란히 꽂혀 있었다. 그 가운데서 '섬 얘기'라고, 잉크로써 굵직하게 등마루에 쓰인 두툼한 책 한 권이 특별히 눈에 띄었다.

"섬 얘기? 저건 무슨 책이지?"

나는 건우를 돌아보고 물었다.

"암것도 아입니더."

"소설?"

• **마루청** 마룻바닥에 깔아 놓은 널빤지 조각.
• **길차다** 아주 미끈하게 길다.
• **고대** 바로 막.
• **악지** 잘 안 될 일을 무리하게 해내려는 고집.
• **입성** '옷'을 속되게 이르는 말.
• **어련무던하다** 별로 흠잡을 데 없이 무던하다.

"아입니더."

"어디 가져와 봐!"

건우는 싫어도 무가내*라 뽑아 오면서,

"일기랑 또 책 같은 거 보고 적은 김더."

부끄러운 내색을 하였다.

"일기는 남의 비밀이니까 읽을 수가 없고, 어디 책 읽은 소감이나 뵈 주게."

나는 책을 도로 돌렸다. 건우는 마지못해 여기저길 뒤적거리다가 한 군데를 펴 주었다. 또박또박 깨알같이 박아 쓴 글씨였다.

×××여사는 어머니처럼 혼자 사시는 분이라 그런지 그분의 글에는 한결 감동되는 바가 있었다. 「내가 본 국도」 속의 한 구절.

"그래도 선거 때가 되면 소속 육지에서 똑딱선*을 가지고 섬 백성을 모시러 오는 알뜰한 정당이 있어, 이들은 다만, 그 배로 실려 가서 실상 자기네 실생활과는 무연한* 정치를 위하여 지정해 주는 기호 밑에 도장을 찍어 주고 그 배에 실려 돌아온다는 것입니다.

현대 문명의 혜택이라곤 아직 받아 보지 못한 그들의 생활 속에도 현대 문명인이 행사하는 선거란 상식이 깃들게 되고, 어느 정당이나 정치의 영향도 알뜰히 받아 보지 못한 그네들에게도 투표하는 임무만은 지워져야 하고 조국의 사랑이라곤 받아 본 일이 없이 헐벗고 배우지 못한 그들의 아들들이 먼저 조국을 수호해야 할 책임을 지고 훈련을 받고 총을 메고 군인이 되어 갔다는 것……."

* 무가내 막무가내. 도무지 융통성이 없고 고집이 세어 어찌할 수 없음.
* 똑딱선 발동기로 움직이는 작은 배.
* 무연(無緣)하다 아무 인연이나 연관이 없다.

우리 아버지도 응당 이러한 군인 중의 한 사람이었으리라. 그래서 언제 어디서 쓰러졌는지도 모르고, 따라서 국군묘지에도 묻히지 못하고, 우리에겐 연금도 없고…….

내 눈이 미처 젖기 전에 건우는 부끄러운 듯이 그 노트를 내게서 뺏어 갔다.

"건우야!"

나는 노트 대신 건우의 손을 꽉 쥐었다.

"이 땅이 이곳 사람들의 땅이 아니랬지? 멀쩡한 남의 농토까지 함께 매립 허가를 얻은 어떤 유력자의 것이라고 하잖았어? 그러나 두고 봐. 언젠가는 너희들이 이 땅의 주인이 될 거야. 우선은 어떠한 괴로움이 있더라도, 억울하더라도 희망을 잃지 말고 꾹 참고 살아가야 해."

어조가 어떻게 아까 그 노트를 읽을 때와 같은 것을 깨닫고 나는 잠깐 말을 끊었다. 건우는 내처 묵연해* 있었다.

"나라 땅, 남의 땅을 함부로 먹다니! 그건 땅을 먹는 게 아니라, 바로 '시한폭탄'을 먹는 거나 다름없다. 제 생전이 아니면 자손대에 가서라도 터지고 말거든! 그리고 제아무리 떵떵거려 대도 어른들은 다 가는 거다. 죽고 마는 거야. 어디 땅을 떼 짊어지고 갈 수야 있나. 결국 다음 이 나라 주인인 너희들의 거란 말야. 알겠어?"

나는 말이 절로 격해지는 것을 깨달았다. 저녁상이 들어왔다.

부엌에서 바깥 동정을 죄다 엿들었는지 건우 어머니는 저녁상을 물리기가 바쁘게 손을 닦으며 청 끝에 와 걸치더니,

"선생님 이야기는 우리 건우한테서 잘 듣고 있심더. 그라고 이 섬

---

* 묵연(默然)하다 잠잠히 말이 없다.

저 웃바지에 사는 윤 샌도 선생님 말을 곧잘 하데요. 우리 건우가 존 담임 선생님 만났다면서……."

해가 막 떨어진 뒤라 그런지 그녀의 웃음이 적이 붉게 보였다.

"윤 샌이라뇨?"

윤 생원이라는 말인 줄은 알았지만, 그가 누군지 미처 생각이 안 났다.

"성은 윤 씨고, 이름은 머라 카더라……."

건우를 흘끔 돌아보며,

"수딕이 할배 이름이 멋고?"

"춘삼이 아잉기요."

건우의 말이 떨어지자,

"내 정신 보래. 그래 춘삼 씨다."

그녀는 다시 나를 돌아보며,

"춘삼이란 어른인데 와 선생님을 잘 알데요. 부산에도 가끔 나갑니더. 쬐깐 포도밭도 가주고 있고요……."

"윤춘삼……? 네, 이제 알겠습니다."

비로소 생각이 났다.

"그분하고는 어데서도 같이 지냈담서요?"

건우 어머니는 '세상은 넓고도 좁지요?' 하는 듯한 눈매로 웃어 보였다.

"네."

아닌 게 아니라, 나는 적이 놀랐다. 어디서든 나쁜 짓 하고는 못 배기리라는 생각이 문득 들기까지 했다. 그와 동시에, 지난날 어떤 어두컴컴한 곳에서 그 윤춘삼이란 사람을 처음으로 만났던 일, 그리고 다시 소위 큰집˚이란 데서 한때 같이 고생을 하던 갖가지 일들이 마치 구름 피어오르듯 기억에 떠올랐다.

　—'육이오' 때의 일이었다. 나는 어떤 혐의로 몇몇 사람의 당시 대학교수들과 함께 육군 특무대란 데 갇혀 있었다. 거기서 윤 생원을 처음 만났다. 물론 그땐 그가 이곳 사람인 줄도 몰랐다. 무슨 혐의로 들어왔느냐고 물어도 그는 얼른 대답을 하지 않았다. 곧 나갈 거라고만 했다. 곧 나갈 거라고 장담을 하던 사람이 얼마 뒤 역시 우리의 뒤를 따라 감옥으로 넘어왔다. 감옥에서는 그도 제법 사상범˚으로 통해 있었다. 누가 붙였는지는 모르되, '송아지 빨갱이'라는 별명이 붙어 있었다. 그의 말에 의하면 이유는 간단했다. 한창 무슨 청년단인가 하는 패들이 마구 설칠 땐데, 남에게 배내˚를 주었던 그의 송아지를 그들이 잡아먹은 게 분해서, 배내 먹이던 사람에게 송아지를 물어내라고 화풀이를 한 것이 동기의 하나였다고 한다. 그 바보 같은 사람이 뒤퉁스럽게˚ 그 청년단을 찾아가서 그런 고자질을 한 것이 꼬투리가 되어 '이 새끼 맛 좀 볼 테야?' 하는 식으로 잡혀 왔다는 이야기였다. 그 밖에 또 하나 주목받을 이유가 될 만한 것은, 자기 고향인 조마이섬에 문둥이 떼가 이주해 왔을 때(물론 정부의 방침이었지만) 그들을 몰아내기 위해 싸우다가 결국 경찰 신세를 졌던 일이라 했다. 그러면서도 그 자신 무슨 영문인지를 확실히 모르고서 옥살이를 했다. 다만 '송아지 빨갱이'라는 별명으로서.

　어쩌다가 세수터에서라도 마주칠 때 "송아지 빨갱이!" 할라치면,

˚ 큰집 '감옥'의 은어.
˚ 사상범(思想犯) 현존 사회 체제에 반대하는 사상을 품고 개혁을 꾀하는 행위를 함으로써 성립하는 범죄. 또는 그런 죄를 지은 사람.
˚ 배내 남의 가축을 길러 다 자라거나 번식된 뒤에 주인과 나누어 가지는 일.
˚ 뒤퉁스럽다 미련하거나, 찬찬하지 못하다.

텁수룩한 머리를 끄덕대며 사람 좋게 웃던 윤춘삼 씨의 그때 얼굴이 눈에 선해 왔다.

"좋은 사람이었지요."

"그라문니요! 지금도 우리 집에 가끔 옵니더."

건우 어머니도 맞장구를 쳤다.

이야기꾼들이 곧잘 쓰는 '우연성'이란 것을 아주 싫어하는 나지만, 그날 저녁 일만은 사실대로 적지 않을 수가 없다.

어둡기 전에 건우의 집을 나서서 하단 쪽 나루터로 되돌아오던 길목에서 뜻밖에 이제 얘기하던 바로 그 윤춘삼이란 사람과 마주치게 되었으니 말이다.

"야, 이거 × 선생 아니요! 이런 섬에 우짠 일로?"

송아지 빨갱이, 아니 윤춘삼 씨는 덥석 내 손을 잡으며 반가워했다.

"아이들 가정방문을 왔다 가는 길이죠. 참 오랜만이군요."

"가정방문?"

그는 수인사는 제쳐 놓고,

"그럼 건우 집에도 들렀겠네요?"

"네, 이 섬에는 건우 한 애뿐입니다. 내가 맡아 있는 애로서는……."

"마침 잘됐다. 허허 참 세상에는 이런 수도 다 있다 카이! 인자 막 선생 이바구*를 하고 오던 참인데……."

윤춘삼 씨는 뒤에 따라오던 웬 성큼한 털보 영감을 돌아보며,

"자, 인사드리시오. 당신 손자 '거무'란 놈 선생이요."

● 이바구 '이야기'의 방언.

하며 내처 허허 하고 웃어 댔다. 벌써 약간 주기°가 있어 보였다. 두 사람이 인사를 채 나누기 전에 윤춘삼 씨는,

"허허, 노상에서 이럴 수가 있나. 나도 여러 해 만이고……."

하며 털보 영감더러 하단으로 되돌아가자는 것이었다. 아니 바로 떠밀듯 했다.

"암 그래야지. 나도 언제 한분 꼭 찾아볼라 캤는데, 바래다 드릴 겸 마침 잘됐구만."

멀쩡한 날에 고무장화를 신은 품이 누가 보나 뱃사람이 완연한 건우 할아버지도 약간 약주가 된 데다 역시 같은 떼거리였다.

윤춘삼 씨는 만나자 덥석 잡았던 내 손을 내처 아플 정도로 쥔 채 놓지 않았고, 건우 할아버지도 나란히 서게 되어 셋은 가뜩이나 좁은 들길을 좁아라 걸어 댔다. 땅거미를 받아선지, 건우 할아버지의 갯바람에 그을린 얼굴이 거의 검둥이에 가까울 정도로 검어 보였다.

"갈밭새 영감, 오늘 참 재수 좋네. 내가 술 샀지, 또 이런 훌륭한 선생님을 만났지……. 그러나 이분에는 영감이 사야 되오."

윤춘삼 씨의 말이 떨어지기가 바쁘게,

"암 내가 사야지. 이분에는 정종이다. 고놈의 따끈한!"

아마 '갈밭새'가 별명인 듯한 건우 할아버지는, 그 억세고 구부정한 어깨를 건들거리며 숫제 신을 내듯 했다.

하단 나룻가의 술집은 모두가 그들의 단골인 모양이었다.

"어이 또 왔쇠이!"

건우 할아버지가 구부정한 어깨를 먼저 어느 목롯집°으로 들이밀

● 주기(酒氣) 술기운.
● 목롯집 목로(널빤지로 기다랗게 만든 상)를 차려 놓고 파는 술집.

었다. 다시 술자리가 벌어졌다. 술자리랬자 술상 대신 쓰이는 네 발 달린 널빤지를 사이에 두고 역시 네 발 달린 널빤지 걸상에 마주 앉은 것이었지만.

"술은 정종! 따끈한 놈으로. 응이, 알겠소? 우리 거무 선생님이란 말이어!"

갈밭새 영감은 자기와 비슷하게 예순 고개를 넘어 보이는 주인 할머니더러 일렀다.

그가 소원인 듯 말하던 '따끈한 정종'은 그와 윤춘삼 씨보다 나를 먼저 취하게 했다. 그러나 좀처럼 놓아 줄 눈치들이 아니었다.

"한잔만 더."

이번에는 건우 할아버지의 커다란 손이 연신 내 손을 덮쌌다.

"비록 개깃배를 타고 있지만 나도 과히 나뿐 놈은 아임데이. 내, 선생 이바구 다 듣고 있소. 이 송아지 빨갱이(섬에까지 그런 별명이 퍼졌던 모양이다)한테도 여러 분 들었고 우리 손자 놈한테도 듣고 있소. 정말 정말 훌륭한 선생님이라고. 그까진 국회의원이 다 먼교? 돈만 있음 ×라도 다 되는 기고, 되문 나라 땅이나 훑이고 팔아 묵고 그런 놈들이 안 많던기요? 왜, 내 말이 어데 틀렸십니꺼?"

갈밭새 영감은 말이 차츰 엇나가기 시작했다.

자기로선 취중진담*일지 모르나 듣기만 해도 섬뜩한 소리를 함부로 뇌까렸다.

그런 얘길랑 그만두고 술이나 들라 해도 갈밭새 영감은 물론 이번엔 윤춘삼 씨까지 되레 가세를 하고 나섰다.

"촌사람이라꼬 바본 줄 알지 마소. 여간 답답해서 그런 소릴 하겠소."

---

* 취중진담(醉中眞談) 술에 취한 상태에서 자신의 진실된 마음을 말한다는 뜻.

전깃불이 들어왔다. 불빛에 비친 갈밭새 영감의 얼굴은 한층 더 인상적이었다. 우악스럽게 앞으로 굽어진 두 어깨 가운데 짤막한 목줄기°로 박혀 있는 듯한 텁석부리° 얼굴! 얼굴 전체는 키를 닮아 길쭉했으나, 무엇에 짓눌려 억지로 우그러뜨려진 듯이 납작해진 이마에는, 껍데기가 안으로 밀려들기나 한 듯한 깊은 주름이 두어 줄 뚜렷하게 그어져 있었다. 게다가 구레나룻에 둘러싸인 얼굴 전면이 검붉은 구릿빛이 아닌가! 통틀어 원시인이라도 연상케 하는 조금 무서운 면상이었다.

"와 빤히 보능기요? 내 안주° 술 안 취했음데이. 염려 마이소."

갈밭새 영감은 기름에 전 수건을 꺼내더니 이마를 한 번 훔치고서,

"인자 딴말은 안 하지요. 언제 또 만날지 모르이칸에 이왕 만낸 짐에 저 송아지 빨갱이나 이 갈밭새가 사는 조마이섬 이바구나 좀 하지요."

그러곤 정신을 가다듬기나 하듯이 앞에 놓인 술잔을 훌쩍 비웠다.

건우 할아버지와 윤춘삼 씨가 들려준 조마이섬 이야기는 언젠가 건우가 써냈던 '섬 얘기'에 몇 가지 기막히는 일화가 붙은 것이었다.

"우리 조마이섬 사람들은 지 땅이 없는 사람들이요. 와 처음부터 없기싸 없었겠소마는 죄다 뺏기고 말았지요. 옛적부터 이 고장 사람들이 젓줄같이 믿어 오는 낙동강 물이 맨들어 준 우리 조마이섬은……."

건우 할아버지는 처음부터 개탄조로 나왔다. 선조로부터 물려받

- **목줄기** '목덜미'(목의 뒤쪽 부분)의 방언.
- **텁석부리** 텁석나룻(짧고 더부룩하게 많이 난 수염)이 난 사람을 놀림조로 이르는 말.
- **안주** '아직'의 방언.

은 땅, 자기들 것이라고 믿어 오던 땅이 자기들이 겨우 철들락 말락 할 무렵에 별안간 왜놈의 동척(東拓)* 명의로 둔갑을 했더란 것이었다.

"이완용이란 놈이 '을사보호조약*'이란 걸 맨들어 낸 뒤라 카더만!"

윤춘삼 씨의 퉁방울 같은 눈에도 증오의 빛이 이글거리기 시작했다.

1905년—을사년 겨울, 일본 군대의 포위 속에서 맺어진 '을사보호조약'이란 매국 조약을 계기로, 소위 '조선 토지사업'이란 것이 전국적으로 실시되던 일, 그리고 이태* 후인 정미년에 가서는 "한국 정부는 시정 개선에 관하여 통감*의 지도를 수할 사*"란 치욕적인 조목으로 시작한 '한일 신협약'에 따라, 더욱 그 사업을 강행하고 역둔토(驛屯土)*의 대부분과 삼림원야(森林原野)*들을 모조리 국유*로 편입시키는 등 교묘한 구실과 방법으로써 농민들로부터 빼앗은 뒤, 다시 불하*하는 형식으로 동척과 일인 수중에 옮겨 놓던 그 해괴망측한 처사들이 문득 내 머릿속에도 떠올랐다.

"쥑일 놈들."

건우 할아버지는 그렇게 해서 다시 국회의원, 다음은 하천 부지의 매립 허가를 얻은 유력자…… 이런 식으로 소유자가 둔갑되어 간 사연들을 죽 들먹거리더니,

"이 꼴이 되고 보니 선조 때부터 둑을 맨들고 물과 싸워 가며 살

* 동척(東拓) 1908년 일제가 조선의 토지와 자원을 수탈할 목적으로 설치한 '동양척식주식회사'의 줄임말.
* 을사보호조약 을사조약(乙巳條約). 1905년 일본이 한국의 외교권을 박탈하기 위해 강제로 체결한 조약.
* 이태 두 해.
* 통감 통감부(統監府). 1905년부터 1910년까지 일제가 서울에 둔 관청.
* 수할 사 받아들일 것.
* 역둔토(驛屯土) 역토와 둔토를 아울러 이르는 말. 역토는 역참에 딸린 땅이고, 둔토는 지방에 주둔하는 군대의 경비를 충당하기 위한 논밭. 모두 농민이 경작하던 땅임.
* 삼림원야(森林原野) 숲과 벌판.
* 국유(國有) 국가의 소유.
* 불하(拂下) 국가 또는 공공 단체의 재산을 개인에게 팔아넘기는 일.

아온 우리들은 대관절 우찌 되는기요?"

그의 꺽꺽한* 목소리에는, 건우가 지각을 하고 꾸중을 듣던 날 "나 릿배 통학생임더" 하던 때의, 그 무엇인가를 저주하듯 한 감정이 꿈틀거리고 있는 것 같았다. 얼마나 그들의 땅에 대한 원한이 컸던가를 가히 짐작할 수가 있었다.

"섬사람들도 한번 뻗대 보시지요?"

이렇게 슬쩍 건드려 봤더니, 이번엔 윤춘삼 씨가 얼른 그 말을 받았다.

"선생님은 그런 걸 잘 알면서 그러네요. 우리 겉은 기 멀 알며, 무슨 힘이 있십니꺼. 하도 하는 짓들이 심해서 한분 해 보기는 해 봤지요. 그 문딩이 떼를 싣고 왔일 때 말임더……."

윤춘삼 씨는 그때의 화가 아직도 사라지지 않는 듯이 남은 술을 꿀꺽 들이켰다.

"쥑일 놈들!"

마치 그들의 입버릇인 듯 되어 있는 이 말을 안주처럼 되씹으며 윤춘삼 씨는 문둥이들과 싸운 얘기를 꺼냈다.

─큰 도둑질은 언제나 정치하는 놈들이 도맡아 놓고 한다는 게 서두였다. 그러면서도 겉으로는 동포애니 우리들의 현실성이 어떠니를 앞세우겠다! 그때만 해도 불쌍한 문둥이들에게 살 곳과 일거리를 마련해 준다면서 관청에서 뜻밖에 웬 문둥이들을 몇 배 해 싣고 그 조마이섬을 찾아왔더란 거다. 그야말로 섬사람들에게는 아닌 밤중에 홍두깨 내미는 격으로……. 옳아, 이건 어느 놈의 엉큼순지는 몰라도 필연 이 섬을 송두리째 집어삼킬 꿍심*으로 우릴 몰아내기 위

---

* 꺽꺽하다 사람의 목소리나 성질 따위가 억세고 거칠어서 부드러운 느낌이 없다.

해서 한때 문둥이를 이용하는 거라고……. 누군가의 입에서부터 이런 말이 퍼지기 시작하고, 그래서 그 섬사람들뿐 아니라 이웃 섬사람들까지 한 둥치*가 되어 그 문둥이 떼를 당장 내쫓기로 했더란 거다.

상대방은 자다가 호박을 주운 격인 병신들인데 오자마자 그 꼴을 당하고 보니 어리둥절은 하였지만, 그렇다고 호락호락 떠나갈 배짱들은 아니었다. 결국 나가라느니 못 나가겠느니 싸움이 벌어졌다.

"그때 바로 이 갈밭새 부자가 앞장을 안 섰능기요. 어데, 그때 문딩이한테 물린 자리 한분 봅시더."

윤춘삼 씨는 하던 말을 별안간 멈추고, 건우 할아버지 쪽을 쳐다보았다. 그러고는 골동품 같은 마도로스 파이프를 뻑뻑 빨고만 있는 건우 할아버지의 왼쪽 팔을 억지로 걷어 올렸다. 나이에 관계없이 아직도 우악스러워 보이는 어깻죽지 바로 밑에 커다란 흉터가 하나 남아 있었다.

"한 놈이 영감 여길 어설피 물고 늘어지다가 그만 터졌거든!"

윤춘삼 씨는 자랑삼아 이야기를 이었다.

—그렇게 악을 쓰는 문둥이들에 대해서, 몽둥이·괭이·쇠스랑 할 것 없이 마구 들이대고 싸웠노라고. 그래서 이쪽에서도 물론 부상자가 났지만, 괜히 문둥이들이 많이 상하고, 덕택에 자기와 건우 할아버지를 비롯해서 많은 섬사람들이 그야말로 문둥이 떼처럼 줄줄이 경찰에 붙들려 가고……. 그러나 뒷일이 더 켕겼던지 관청에서는 그 '기막힌 동포애'를 포기하고 그 문둥이들을 도로 싣고 갔다는 얘기였다.

---

* 꿍심 남에게 드러내 보이지 아니하고 속으로만 어떤 일을 꾸며 우물쭈물하는 속셈.
* 둥치 '덩어리'의 사투리.

"그 바람에 저 사람은 육이오 때 감옥살이 또 안 했능기요. 머 예비검거라 카드나……."

건우 할아버지가 이렇게 한마디 끼우니,

"그거는 송아지 때문이라 캐도……."

"누명을 써도 문둥이 뺄갱이는 되기 싫은 모양이제? 송아지 뺄갱이는 좋고."

건우 할아버지의 이런 농에는 탓하지 않고서,

"그런 짓들 하다가 결국 그것들이 안 망했나."

윤춘삼 씨는 지금도 고소한 듯이 웃었다.

"다른 패들이 나와도 머 벨수 있더나?"

건우 할아버지는 내처 같은 표정을 하였다.

"그놈이 그놈이란 말이지? 입으로만 머니 머니 해 댔지, 밭 맨드라 카니 제우* 맨들어 논 강둑이나 파헤치고, 나리* 막는다 카면서 또 섬이나 둘러마실라 카이……."

윤춘삼 씨도 그리 밝은 표정은 아니었다.

"× 선생님!"

건우 할아버지가 별안간 그 그로테스크한* 얼굴을 내게로 돌렸다.

"우리 거무란 놈 말을 들으니 선생님은 글을 잘 씬다 카데요? 우리 섬에 대한 글 한분 써 보이소. 멋지기! 재밌일 낌데이. 지발 그 썩어 빠진 글을랑 말고……."

"썩어 빠진 글이라뇨?"

가끔 잡문 나부랭이를 써오던 나는 지레 찌릿해졌다.

• 제우 '겨우'의 사투리.
• 나리 '나루'의 사투리.
• 그로테스크하다 기괴하다. 분위기가 괴상하고 기이하다.

"와 그 신문 같은 데도 그런 기 수타˙ 난다 카데요. 남은 보릿고개를 못 넹기서 솔가지에 모가지들을 매다는 판인데, 낙동강 물이 파아라니 푸르니 어쩌니…… 하는 것들 말임더."

갈밭새 영감이 이렇게 열을 내기 시작하자, 곁에 있던 윤춘삼 씨가,

"허허이 우리 선생님이 오늘 잘못 걸렸네요. 이 영감이 보통이 아임데이. 그래도 선배의 씨라꼬……."

핀잔 비슷이 말했지만, 건우 할아버지는 벌인춤˙이 되어 버렸다.

"하기싸 시인들이니칸에 훌륭하겠지요. 머리도 좋고……. 선생도 시인 아입니꺼. 그런데 와 우리 농사꾼이나 뱃놈들의 이바구는 통안 씨는기요? 추접다꼬? 글 베린다꼬 그라능기요?"

입이 말을 한다기보다 차라리 수염이 떨어 댄다고 느껴질 정도로, 건우 할아버지는 열을 냈다.

"그만하소. 영감이 머 글이나 이르능기요. 밤낮 한다는 기 '곡구롱˙ 우는 소리'지. 어데 그기나 한분 해 보소."

윤춘삼 씨가 또 참견을 했다.

"곡구롱 우는 소리라뇨?"

나도 윤 씨의 그 말에 귀가 쏠렸다. 어떤 고시조가 문득 생각났기 때문이다.

"어데, 해 보소. 모초럼 선생님을 모신 자리니."

하는 윤춘삼 씨의 말에, 그는 괜한 소리를 했구나 하는 표정을 지으며, 그 껄껄한 목청에 느린 가락을 넣기 시작했다.

곡구롱 우는 소리에 낮잠 깨어 니러 보니

˙ 수타 '많이'의 사투리.
˙ 벌인춤 이미 시작하여 중간에 그만둘 수 없는 것을 이르는 말.
˙ 곡구롱 '꾀꼬리'의 옛말. '곳구롱'이라 쓰기도 함.

작은아들 글 이르고 며늘아기 베 짜는데 어린 손자는 꽃놀이한다.
마초아 지어미 술 거르며 맛보라 하더라.

건우 할아버지는 갑자기 침착해진 채 눈을 노＊ 지그시 감고 불렀다. 땀에 번지르르한 관자놀이 쩜에 가뜩이나 굵은 맥이 한 줄 불쑥 드러나 보이기까지 하였다. 가락은 육자배기＊에 가까웠으나, 내용은 역시 내가 생각했던 오(吳) 아무개의 고시조였다.

"이 노래 하나만은 정말 떨어지게 잘한다 카이!"

윤춘삼 씨는 나 못지않게 감탄을 하면서 그가 그 노래를 즐겨 부르는 사연을 대강 이렇게 말했다. 그러니까, 그의 증조부 되는 분이 옛날 서울에서 무슨 벼슬깨나 하다가 그놈의 당파 싸움에 휘말려서 억울하게 그곳 조마이섬으로 귀양인지 피신인지를 해 와 살았는데, 그분이 살아 계실 때 즐겨 읊던 시조란 것이었다.

사연을 듣고 보니, 새삼 생각되는 바가 있었다. 그 노래를 부를 때의 갈밭새 영감의 표정에, 은근히 누군가를 사모하는 듯한 빛이 엿보였을 뿐 아니라, 그 껄껄한 목청에도 무엇인가를 원망하는 듯, 혹은 하소하는 듯한 가락이 확실히 떨리고 있었기 때문이다. 착각이 아니리라! 동시에 나는 아까 본 건우 군의 집 사립 밖에 해묵은 수양버들 몇 그루가 서 있던 광경이 새삼 기억에 떠오르고, 건우 어머니의 수인사 태도나 집안을 다스리는 범절이 어딘지 모르게 체통이 있는 선비 가문의 후예같이 짚어졌다.

"아드님은 육이오 때 잃으셨다지요?"

＊노 노상. 한 모양으로 줄곧.
＊육자배기 남도 지방에서 부르는 잡가(雜歌)의 하나.

내가 술을 한잔 더 권하며 위로 삼아 물으니까,

"야…… 큰놈은 그래서 빼도 몬 찾기 대고 작은놈은 머 사모아 섬이라 카던기요, 그곳 바다 속에 녀어(넣어) 버렸지요."

"사모아 섬?"

나는 그의 기구한 운명을 생각했다.

"야, 삼치잡이 배를 탔거던요……."

이러고 한숨을 쉬는 건우 할아버지의 뒤를 곁에 있던 윤춘삼 씨가 또 받아 이었다.

"와 언젠가 신문에도 짜다라* 안 났던기요. 허리케인인가 먼가 하는 폭풍을 만내 시운찮은 우리 삼치 배들이 마구 결딴이 난 일 말임더."

나도 건우 할아버지도 더 말이 없는데, 윤춘삼 씨가 혼자 화를 내듯,

"낙동강 잉어가 띠이 정지 바닥에 있던 부지깽이도 띤다* 카듯이, 배도 남 씨다가 베린 걸 사 가주고 제북 원양어업인가 먼가 숭내를 낼라 카다가 배만 카이는* 사람들까지 떼죽음을 안 시킸능기요. 거에다가* 머 시체도 몬 찾았거이와 회사가 워낙 시원찮아 노오니 위자료란 기나 어디 지데로 나왔능기요. 택도 앙이지 택도 앙이라!"

"없는 놈이 할 수 있나. 그저 이래 죽고 저래 죽는 기지 머!"

갈밭새 영감은 이렇게 내뱉듯이 해 던지고선, 아까부터 손 안에서 만지작거리고 있던 두 알의 가래 열매를 별안간 세차게 달가닥대기 시작했다. 마치 그렇게라도 함으로써 세상의 모든 근심 걱정을 잊

• 짜다라 '많이'란 뜻의 사투리.
• 낙동강 잉어가 띠이 정지 바닥에 있던 부지깽이도 띤다 낙동강 잉어가 뛰니 정지(부엌) 바닥에 있던 부지깽이(불을 땔 때 쓰는 막대기)도 뛴다. 줏대 없이 남이 하는 대로 따라 움직이는 것을 비유적으로 이르는 말.
• 배만 카이는 배만 아니라, 배는 커녕.
• 거에다가 '게다가'란 뜻의 사투리.

어버리기나 하려는 듯이. 어찌 들으면 남의 신경을 곤두서게 하는 그 딱딱한 소리가, 실은 어떤 깊은 분노의 분출을 억제하는 그의 마음의 울부짖음 같기도 했다.

그러나 나는 이내, 따그르르 따그르르 하는 그 소리가, 바로 나룻가 갈밭에서 요란스럽게 들려오는 진짜 갈밭새들의 약간 처량스런 울음소리와 흡사하다 느꼈다. 한편 또 조마이섬의 갈밭 속에서 나고 늙어 간다는 데서 지어졌으리라 믿어 왔던 갈밭새란 별명에, 어쩜 그가 즐겨 굴리는 그 가래 소리가 갈밭새의 울음소리와 비슷한 데 연유되지나 않았을까 하는 생각이 들기도 했다.

세 사람은 한참 동안 말이 없었다. 갓 나온 듯한 흰 부나비* 두 마리가 갈팡질팡 희미한 전등에 부딪칠 뿐이었다. 파닥거리는 소리도 없이.

그러고 두어 달이 지났다.

낙동강 물이 몇 차례 불었다 줄었다 하는 동안에 그해 여름도 어느덧 막바지에 접어들었다. 갈대도 이젠 길길이 자라서, 가뜩이나 섬 사람들의 눈에도 잘 띄지 않는 갈밭새들이, 더욱 깃들이기 좋을 만큼 우거진 무렵이었다. 아침저녁 그 속에서 갈밭새들이 한결 신나게 따그르르 따그르르 지저귀어 대면 머잖아 갈목*도 빠져나온다 한다. 물론 학교도 방학이 끝날 무렵이다.

건우는 그동안 그 지긋지긋한 지각 걱정을 안 해도 좋았다. 한나절이면 그야말로 물거미처럼 물위를 동동 떠다녀도 무방했다.

* 부나비 불나방.
* 갈목 갈대 이삭.

아닌 게 아니라 한여름 동안 얼마나 물과 볕에 그을었는지, 마지막 소집 날에 나타난 건우의 얼굴은, 사시장춘* 바다에서 산다는 즈 할아버지 못잖게 검둥이가 되어 있었다.

　"어지간히 그을었구나. 할아버지와 어머니도 잘 계시니?"

　늦게까지 어름거리는 그를 보고 일부러 물어봤더니,

　"예, 수박 자시러 오시라 캅디더."

　어머니의 전갈일 테지, 딴소리까지 했다. 까막딱지*가 묻힐 정도로 새까매진 얼굴이라 이빨이 유난히 희게 빛났다.

　"집에서 수박을 심었던가?"

　"예, 언제쯤 오실랍니꺼?"

　숫제 다그쳐 묻는 것이었다.

　"글쎄 언제 한번 가지."

　"꼭 모시고 오라 카던데요?"

　"그래, 오늘은 안 되고, 여가 봐서 한번 갈 테니까."

　나는 그의 좁다란 어깨를 툭 쳐 주며 돌려보냈다. 처서*가 낼모레니까 수박도 한물갈 때리라. 이왕이면 처서께쯤 한번 가 볼까 싶었다.

　그런데 공교히도 그 처서 날에 비가 내리기 시작했다. 처서에 비가 오면 독 안의 곡식도 준다*는 하필 그날에 추적추적 비가 내리기 시작했으니, 내가 건우네 집으로 가고 안 가고가 문제가 아니라, 그러한 경험과 속담 속에 살아온 농촌 사람들의 찌푸려질 얼굴들이 먼저 눈에 떠올랐다.

● 사시장춘(四時長春) '사시장철(사철 중 어느 때나 늘)'의 오기인 듯. 어느 때나 늘 봄과 같음.
● 까막딱지 까만 점.
● 처서(處暑) 24절기의 하나로 입추와 백로 사이에 드는 시기. 양력 8월 23일경.
● 처서에 비가 오면 독 안의 곡식도 준다 벼가 여물어 가는 처서에 비가 오면 흉년이 든다는 말.

게다가 이건 이른바 칠팔월 긴 장마가 아니라, 하루 이틀, 그러다
가 사흘째부터는 바로 억수로 변해 가더니 마침내 광풍까지 겹쳐서
온통 폭풍우로 바뀌고 말았다. 60년래 처음이니 뭐니 하고 떠드는
라디오나 신문들의 신나는 듯한 표현들은 나중에 있은 얘기고, 아무
튼 그날 새벽에는 하늘이 내려앉고 땅이 뒤흔들리기나 하듯이 우레
번개가 잦고 비바람이 사나웠다.

　이렇게 되면 속담 말로 '7월 더부살이 주인마누라 속곳 걱정'* 정
도의 장마 경황이 아니다. 더부살이도 우선 제 살 구멍 찾기가 급하
다. 반면 제 한 몸이나 제 집구석에 별 탈만 없으면 남의 불행쯤은 오
히려 구경 삼아 보아 넘기는 게 도회지 사람들의 버릇이다.

　한창 천지가 진동하던 몇 시간 동안은 옴짝달싹도 않던 사람들이,
비가 좀 뜨음하니까 사립 밖으로 꾸역꾸역 기어 나오기가 바빴다. 늙
은이나 어린애들은 하불실* 가까운 개울가쯤 나가면 족하지만, 어른
들은 그 정도로서는 한에 차질 않는다.

　"낙동강이 넘는다지?"

　"구포 다리가 우투룹단다!"

　가납사니* 같은 도시 사람들은 제멋대로 그럴싸한 소문을 퍼뜨리
며, 소위 물 구경에 미쳐서 낙동강이 내려다보이는 언덕으로, 산으로
올라들 갔다.

　내가 집을 나선 것은 반드시 그런 호기심에서만은 아니었다. 다행
히 하단 방면으로 가는 버스가 통한다기 얼른 그것을 집어탔다. 군데

● 7월 더부살이 주인마누라 속곳 걱정 '주인마누라'는 나이가 든 여자 주인이나 주인의 아내를 낮잡아 이르
　는 말로, 자신과 관계없는 일에 주제넘게 나서서 간섭을 한다는 의미의 속담.
● 하불실(下不失) 아무리 적어도, 적은 만큼의 희망이 있음을 이르는 말.
● 가납사니 쓸데없는 말을 지껄이기 좋아하는 수다스러운 사람.

군데 시뻘건 뻘물이 개울을 이루고 있는 길을, 차는 철버덕철버덕 기어가듯 했다. 대티고개서부터 내 눈은 벌써 김해 들을 더듬었다.

'저런⋯⋯!'

건우네 집이 있는 조마이섬 일대는 어느덧 벌건 홍수에 잠겨 가고 있지 않은가! 수박이 문제가 아니다. 다시 흩날리기 시작하는 차창 밖의 빗속을 뚫고서, 내 시선은 잘 보이지도 않는 조마이섬 쪽으로 얼어붙었다. 동시에 "나룻배 통학생임더!" 하던 건우 군의 가냘픈 목소리가 갑자기 귀에 쟁쟁 되살아나는 것 같았다.

고개 너머서부터 차는 더욱 끼우뚱거렸다. 논두렁을 밀고 넘어오는 물살이 숫제 쏴 하는 소리까지 내면서 길을 사뭇 덮었다. 때로는 길과 논밭이 얼른 분간이 안 되어, 가로수를 어림해서 달리기도 했다. 그럴 때마다 차 안의 손님들은 한층 더 떠들어 댔다. 대부분이 무슨 사연들이 있어서 가는 사람들이었겠지만, 그러한 사연들보다 우선 눈앞의 사정에 더욱 정신을 파는 것 같았다.

하단 나루께는 이미 발목물이 넘었다. '사라호'에 덴 경험이 있는 그곳 주민들은, 잽싸게 이불이랑 세간° 부스러기를 산으로 말끔 옮겨 놓았고, 부랴부랴 끌어올린 목선들이 여기저기 나뒹그러져 있는 길 위에는, 볼멘소리°를 내지르는 아낙네와 넋 잃은 듯한 사내들이 경황 없이 서성거릴 뿐이었다. 물론 나룻배가 있을 리 없었다. 예측 안 한 바는 아니지만, 행여나 싶었던 마음에도 실망은 컸다.

배 없는 나루터를 비롯해서 가까운 강가에는, 경비를 나온 듯한 소방대원 같은 복장의 사람들과 순경 한 사람이 버티고 있었다. 아

● 세간 집안 살림에 쓰는 온갖 물건.
● 볼멘소리 서운하거나 성이 나서 퉁명스럽게 하는 말투.

무리 가까이 오지 마라, 혹은 가지 마라 외 대도 사람들은 들은 체
만 체했다. 물이 점점 더 붇고 있는 모양이었다.

나는 닭 쫓던 개 지붕 쳐다보듯이 밀려오는 강물만 맥없이 바라보
았다. 어느 산이라도 뒤엎었는지 황토로 물든 물굽이°가 강이 차게
밀려 내렸다. 웬만한 모래톱이고 갈밭이고 남겨 두지 않았다. 닥치는
대로 뭉개고 삼킬 따름이었다. 그러고도 모자라는 듯 우르르 하는
강 울림소리는 더욱 무엇을 노리는 것같이 으르렁댔다.

둑이 넘을 정도로 그악스럽게 밀려 내리는 것은 벌건 물굽이만이
아니었다. 얼마나 많은 들녘들을 휩쓸었는지, 보릿대랑 두엄더미들이
무더기 무더기로 흘러내리는가 하면, 수박이랑 외°, 호박 따위까지 끼
리끼리 줄을 지어 떠내려왔다. 이상스런 것은 그러한 것들이 마치 서
로 약속이라도 한 듯이 모두 강 한가운데로만 줄을 지어 지나가는
것이었다.

"쳇, 용케도 피해 간다!"

저만큼 떨어진 데서 장대 끝에 접낫°을 해 단 억척보두°들이 둥글
둥글한 수박의 행렬을 향해 군침들을 삼켰다.

"그까진 수박은 껀지서 머 할라꼬? 하불실 돼지 새끼라도 아담아
내야지?"

이런 농지거리°도 들렸다. 역시 접낫을 해 든 주제에. 이들은 그저
물구경을 나온 것이 아니라, 그런 가운데서도 엄연히 생활을 계산하
고 있는 것이었다.

° **물굽이** 강물이나 바닷물이 굽이지어 흐르는 곳. 여기서는 굽이쳐 흐르는 물을 이름.
° **외** '참외'의 방언.
° **접낫** 자그마한 낫.
° **억척보두** 심성이 굳고 억척스러운 사람.
° **농지거리** 점잖지 아니하게 함부로 하는 장난이나 농담을 낮잡아 이르는 말.

나는 그들의 대담한 태도와 농담에 잠깐 정신을 팔다가, 다시 조마이섬이 있는 쪽으로 눈을 돌렸다. 부슬비가 계속 광풍에 흩날리고 있었다. 얼핏 홍적기(洪積期)를 연상케 하는 몽롱한 안개비 속이라, 어디가 어딘지 분별할 도리가 없었다.

'건우네 집은 벌써 홍수에 잠기지나 않았을까?'

불안한, 그리고 불길한 예감이 자꾸 들기 시작했다.

"물이 이 정도로 불어나면 건너편 조마이섬께는 어찌 되지요?"

생면부지[•]한 접낫패[•]들에게 불쑥 묻기까지 하였다.

"조마이섬?"

돼지 새끼를 안아 내겠다던 키다리가 나를 흘끗 쳐다보더니,

"맹지면에서는 땅이 조금 높은 편이라 카지만, 물이 이래 불으면 마찬가지지요. 만약에 어제 그런 소동이 안 일어났이문 밤새 무슨 탈이 났을지도 모를 끼요."

"어제 무슨 일이라도 있었던가요?"

나는 신경이 별안간 딴 곳으로 쏠렸다.

"있다뿐이라요? 문딩이 쫓아낼 때보다는 덜했겠지만 매립인강 먼 강 한답시고 밀가리만 잔뜩 띠이 처먹고 그저 눈가림으로 해놓은 둘[•]을 섬사람들이 우 대들어서 막 파헤쳐 버리고, 본래대로 물길을 티 났다 카드만요. 글 안 했으문……."

키다리는 혼자서 신을 내 가며 떠들었다.

• 홍적기(洪積期) 인류가 발생하여 진화한 시기. 지구가 널리 빙하로 덮여 몹시 추웠고, 매머드 같은 코끼리와 현재의 식물과 같은 것이 자라 번식함.
• 생면부지(生面不知) 태어나서 만나 본 적이 없는 전혀 모르는 사람.
• 접낫패 접낫(자그마한 낫)을 들고 홍수에 떠내려가는 것을 건지려는 패거리.
• 둘 '둑'의 방언.

"쓸데없는 소리 말게. 괜히 혼날라꼬."

곁에 있던 약삭빠른 얼굴의 사내가 이렇게 불쑥 쏘아붙이듯 하더니, 마침 저만큼 떠내려오는 널빤지를 향해 잽싸게 접낫을 던졌다. 그러나 걸리진 않았다. 그렇게 허탕을 친 게 마치 이쪽의 잘못이나 되는 듯,

"조마이섬에 누가 있소?"

내뱉듯 한 소리가 짐짓 퉁명스러웠다.

"건우란 학생이 있어서……."

나는 일부러 학생의 이름까지 대 보았다. 약삭빠른 눈초리가 다시 물굽이만 쏘아보고 말이 없으니까, 또 키다리가,

"그 아이 아배가 누군교?"

하고 나를 새삼 쳐다보았다.

"아버진 없고, 즈 할아버지 별명이 갈밭새 영감이라더군요."

나는 건우 할아버지의 이름이 얼른 생각나지 않았다.

"아, 그렇기요? 좋은 노인임더."

키다리는 접낫대를 세워 들더니,

"조마이섬의 인물 아잉기요. 어지(어제) 아침 이곳을 지내갔는데, 그 뒤 대강 알아봤거든……. 가고 난 뒤 얼마 안 돼서 그 일이 났단 말이여."

말머리가 어느덧 자기들끼리로 돌아갔다. 나는 굳이 파고 묻지 않았다.

그때 마침 판잣집 용마루* 비슷한 기다란 나무가 잠겼다 떴다 하며 떠내려가자, 조금 떨어진 신신바위 짬에서 별안간 쬐깐 쪽배 하나

---

* 용마루 지붕 가운데 부분에 있는 가장 높은 수평 마루.

가 쏜살같이 나타나더니, 기어코 그놈에게 달라붙어서 한참 파도와 싸우며 흐르다가 마침내 저 아래쪽 기슭에 용케 밀어다 붙였다. 박수를 치기보다는 모두 숨을 죽이고 바라보기만 했다. 용감하다기보다 차라리 처참한 광경이었다. 나는 거기서 누구에게도 보장을 받아 오지 못한 절박한 생활을 읽었다. 한 표의 값어치로서가 아니라, 다만 살기 위해서 스스로 죽을 모험을 무릅쓰는 그러한 행위는, 부질없이 그것을 경계하거나 방해하는 힘을 물리침으로써만 오히려 목숨 그 자체를 이어 갈 수 있다는 산 증거 같기도 했다.

'갈밭새 영감이나 송아지 빨갱이도 그냥 있지는 않았으리라!'

나는 조마이섬의 일이 불현듯 더 궁금해져서 이내 구포 가는 버스를 잡아탔다. 다리만 건너면 조마이섬 가까이까지 갈 수 있으리라 믿었다.

구포 다릿목°에서 차를 내렸으나 물은 이미 위험 수위를 훨씬 돌파해서, 다리는 통금이 돼 있었다. 비상경계의 붉은 깃발이 찢어질 듯 폭풍우에 펄럭이고, 다릿목을 건너지른 인줄° 곁에는 한국인 순경과 미군이 버티고 있었다. 무거워 보이는 고무 비옷에 철모를 푹 눌러쓰고 방망이를 해 든 폼이 여간 엄중해 뵈지 않았다.

그런데도 무슨 핑계들을 꾸며 대고 용케 건너가는 사람들이 있었다. 더러는 다리 위에서 유유히 물구경을 하는 사람들도. 나도 간신히 그들 틈에 끼었다. 우르르르 하는 강울림은 다리 위에서 듣기가 한결 우람스러웠다.

통행금지의 팻말이 서 있어도, 수해 시찰을 나온 듯한 새까만 관

° 다릿목 다리가 놓여 있는 길목.
° 인줄 금줄. 부정한 것의 침범을 막기 위해 문이나 길 어귀에 건너질러 매는 줄.

용차만은 사뭇 물을 튀기며 지나갔다. 바람이 휘몰아칠 때는 거기에 날리기나 하듯이 더욱 빨리 지나갔다. 요컨대 일종의 모험이기도 했으리라. 안에 타고 있는 얼굴들은 알 길이 없었지만 어련히 심각한 표정들을 했으랴 싶었다.

내려다봄으로 해서 한결 사나운 물굽이가 숫제 강을 주름잡듯 둘둘 말려 오다간, 거의 같은 지점에서 쏴아 하고 부서졌다. 그럴 때마다 구슬, 아니 퉁방울 같은 물거품이 강 위를 휘덮고 때로는 바람결을 따라서 다리 위까지 사뭇 튀었다. 그러한 강 한가운데를 잇달아 줄을 지어 떠내려오는 수박이랑 두엄 더미들이, 하단서 볼 때보다 훨씬 많았다. 말하자면 일종의 장관에 가까웠다.

"아까 그 송아지는 정말 아깝던데……."

이런 뚱딴지같은 소리도 퍼뜩 귓가를 스쳐 갔다.

조마이섬이 있는 먼 명지면 쯤은 완전히 물바다로 보였다. 구름을 이고 한가하던 원두막들은 다시 찾아볼 길이 없고, 길찬° 포플러나 무들도 겨우 대궁이만은 남은 듯, 바람에 누웠다 일어났다 했다.

지루하게 긴 다리를 지루하게 건너, 물구경 나온 인파를 헤치고 강둑길을 얼마 못 갔을 때였다. 뜻밖에 거기서 윤춘삼 씨와 마주쳤다. 헐레벌떡 빗속을 뛰어오던 송아지 빨갱이, 아니 윤춘삼 씨는, 머리끝에서 발끝까지 온통 물에서 막 건져 올린 사람처럼 젖어 있었다. 하긴 내 꼴도 그랬을 테지만.

"우짠 일인기요?"

하고 덥석 내 손을 검잡는° 윤춘삼 씨는, 그저 반갑다기보다 숫제 고

● 길차다 아주 알차게 길다.
● 검잡다 손으로 휘감아 잡다.

마워하는 기색까지 보였다.

"조마이섬은 어찌 됐소?"

수인사란 게 이랬더니,

"말 마이소. 자, 저리 가서 이야기나 합시더……."

그는 나를 도로 다릿목 쪽으로 끌었다.

"아니, 섬 쪽으로 가 보려 했는데요?"

"가야 아무것도 없소. 모두 피난소로 옮기고, 남은 건 물바다뿐임
더. 우짤라꼬 이놈의 하늘까지……!"

별안간 또 한 줄기 쏟아지는 비도 피할 겸 윤춘삼 씨는 나를 다릿
목 어떤 가겟집으로 안내했다. 언젠가 하단서 같이 들렀던 집과 거의
비슷한 차림의 주막집이었다.

둘 사이에는 한참 동안 말이 없었다. 너무나 다급하고 또 수다한
말들이 두 사람의 입을 한꺼번에 봉해 버렸다 할까!

"건우네 가족도 무사히 피난했겠지요?"

먼저 내 입에서 아까부터 미뤄 오던 말이 나왔다.

"야……."

해 놓고도 어쩐지 말끝이 석연치 않았다.

"집들은 물론 결딴이 났겠지만, 사람은 더러 상하진 않았던가요?"

나는 이런 질문을 해 놓고, 이내 후회했다. 으레 하는 빈 걱정 같
아서.

"집이고 농사고 머 있능기요. 다행히 목숨들만은 건졌지만, 그 바
람에 갈밭새 영감이 또 안 끌려갔능기요."

윤춘삼 씨는 가슴이 내려앉는 듯한 무거운 한숨을 내쉬었다.

"건우 할아버지가?"

나는 하단서 그 접낫패에게 얼핏 들은 얘기를 상기했다.

"그래서 내가 지금 경찰서꺼정 갔다 오는 길인데, 마침 잘 만냈심더. 글 안 해도……."

기진맥진한 탓인지, 그는 내가 권하는 술잔도 들지 않고 하던 이야기만 계속했다.

바로 어제 있은 일이었다. 하단서 들은 대로 소위 배짱들이 만들어 둔 엉터리 둑을 허물어 버린 얘기였다.

—비는 연 사흘 억수로 쏟아지지, 실하지도 않은 둑을 그대로 두었다가 물이 더 불었을 때 갑자기 터진다면 영락없이 온 섬이 떼죽음을 했을 텐데, 마침 배에서 돌아온 갈밭새 영감이 설두*를 해서 미리 무너뜨렸기 때문에 다행히 인명에는 피해가 없었다는 것이다.

"그런데 와 건우 할아버지 끌고 갔느냐고요?"

윤춘삼 씨는 그제야 소주를 한 잔 훅 들이켜고 다음을 계속했다. 섬사람들이 한창 둑을 파헤치고 있을 무렵이었다 한다. 좀 더 똑똑히 말한다면, 조마이섬 서쪽 강둑길에 검정 지프차가 한 대 와 닿은 뒤라 한다. 웬 깡패같이 생긴 청년 두 명이 불쑥 현장에 나타나더니, 둑을 허물어뜨리는 광경을 보자, 이내 노발대발 방해를 하기 시작하더라고. 엉터리 둑을 막아 놓고 섬을 통째로 집어삼키려던 소위 유력자의 앞잡인지 뭔지는 모르되, 아무리 타일러도, "여보, 당신들도 보다시피 물이 안팎으로 이렇게 불어나는데 섬사람들은 어떻게 하란 말이오?" 해 봐도, 들어주긴커녕 그중 힘깨나 있어 보이는, 눈이 약간 치째진* 친구가 되레 갈밭새 영감의 괭이를 와락 뺏더니 물속으로 핑 집어던졌다는 거다.

---

* 설두(設頭) 앞장서서 일을 주선함.
* 치째지다 아래로부터 위로 향하여 째지다.

그러곤 누굴 믿고 하는 수작일 테지만 후욕패설*을 함부로 뇌까리자, 순간 화가 머리끝까지 치밀었을 갈밭새 영감도,

　"이 개 같은 놈아, 사람의 목숨이 중하냐, 네놈들의 욕심이 중하냐?"

　말도 채 끝내기 전에 덜렁 그자를 들어 물속에 태질*을 해 버렸다는 것이다. 상대방은 '아이고' 소리도 못 해 보고 탁류*에 휘말려 가고, 지레 달아난 녀석의 고자질에 의해선지 이내 경찰이 둘이나 딸려 왔더라고.

　"내가 그랬소!"

　갈밭새 영감은 서슴지 않고 두 손을 내밀었다는 거다. 다행히도 벌써 그때는 둑이 완전히 뭉개지고, 섬을 치덮던 탁류도 빙 에워 돌며 뭉그적뭉그적 빠져나가고 있었다는 것이다.

　"정말 우리 조마이섬을 지키다시피 해 온 영감인데…… 살인죄라니 우짜문 좋겠능기요?"

　게까지 말하고 나를 쳐다보는 윤춘삼 씨의 벌건 눈에서는 어느덧 닭똥 같은 눈물이 뚝뚝 떨어지기 시작했다.

　법과 유력자의 배짱과 선량한 다수의 목숨……. 나는 이방인처럼 윤춘삼 씨의 꺙꺙한* 얼굴을 건너다보았다.

　폭풍우는 끝났다. 60년래 처음이니 뭐니 하고 수다를 떨던 라디오와 신문들도 이젠 거기에 대해선 감쪽같이 말이 없었다. 그저 몇몇

---

* 후욕패설(詬辱悖說) 꾸짖어 욕보이고 도리어 사리에 어긋나는 말을 한다는 뜻으로, 남에게 이치에 맞지도 않는 험한 말을 하며 마구 대하는 것을 일컬음.
* 태질 세게 메어치거나 내던지는 짓.
* 탁류(濁流) 혼탁한 물결.
* 꺙꺙하다 얼굴이 몹시 여위어 날카롭게 보이다.

일간 신문의 수해 구제 의연*란에 다소의 금액과 옷가지들이 늘어
갈 뿐이었다.

섬사람들의 애절한 하소연에도 불구하고 60이 넘는 갈밭새 영감
은 결국 기약 없는 감옥살이로 넘어갔다.

그리고 9월 새학기가 되어도 건우 군은 학교에 나타나지 않았다.
끝내 돌아오지 않았다. 그의 일기장에는 어떠한 글이 적힐는지.

황폐한 모래톱―조마이섬을 군대가 정지*를 하고 있다는 소문이
들렸다.

〔1966〕

• 수해 구제 의연(水害救濟義捐) 장마나 홍수로 인해 피해를 입은 이웃을 돕기 위해 돈이나 물품을 모금하
는 것.
• 정지(整地) 땅을 반반하게 고르는 것.

「모래톱 이야기」의 '나'가 관찰하는 조마이섬은 매우 이상한 섬입니다. 섬사람들은 몇백 년 동안 그곳에서 터전을 일구고 살아왔지만 섬의 주인은 아닙니다. 섬의 주인은 일본인에서 국회의원으로, 유력자로 계속 바뀌어 갑니다. '송아지 빨갱이' 윤춘삼 씨나 갈밭새 영감 같은 조마이섬의 선량한 사람들은 권력층에게 짓밟히며 생존까지 위협받습니다. 이렇게 힘들게 삶을 꾸려가던 중, 섬에 홍수까지 닥쳤습니다. 홍수는 계속되고 부당하게 땅을 수탈한 유력자에 의해 섬은 물에 잠길 위기에 처합니다. 결국 갈밭새 영감은 섬을 지키기 위해 '살인'을 저지르게 되지요. 절대 범해서는 안 될 '살인죄'로 감옥에 갇혔지만 그의 행동은 궁극적으로 억울한 수탈의 역사 속에서 굴곡진 삶을 바로 세우려는 노력이었습니다.

우리는 이 과정을 '나'의 눈과 입을 통해 알게 됩니다. '나'는 섬사람은 아니지만 그들을 관찰함으로써 그들의 삶에 대한 동정과 사회에 대한 비극적 인식을 갖게 됩니다. 지식인 서술자 '나'의 시점을 활용함으로써 작가는 고발하고자 하는 사회 현실에 객관성과 신뢰성을 부여합니다. 홍수가 끝나면 섬은 다시 제 모습으로 돌아오겠지요. 하지만 갈밭새 영감은 돌아오지 못할 것이며, 유력자의 횡포도 계속될 것입니다.

활동

1 다음은 조마이섬의 내력을 정리한 내용입니다. 빈칸을 채워 봅시다.

> 고장 사람들이 젖줄같이 여겨 온 낙동강, 그 물이 만들어 준
> 조마이섬을 섬사람들이 일구며 살아옴.

⬇

⬇

> 일제시대 을사조약으로 인해 일본 동척 명의가 됨.

⬇

> 해방 후 국회의원의 명의가 됨.

⬇

⬇

> 하천 부지 매립 허가를 얻은 유력자의 소유가 됨.

2 이 작품에서 드러나는 주된 갈등은 무엇일까요?

3 이 작품의 서술자는 '나'로 건우의 담임이자 지식인에 속하는 사람입니다. 이러한 서술자가 주는 효과는 무엇일까요?

4 유력자의 하수인을 죽인 갈밭새 영감은 결국 구속되었습니다. 이 사건에 대한 자신의 생각을 써 볼까요?

갈밭새 영감은 (가해자 / 피해자)이다. 왜냐하면······.

_____

_____

_____

_____

_____

_____

_____

원미동 시인
양귀자

양귀자(梁貴子, 1955~). 소설가. 전주에서 태어나 원광대 국문과를 졸업했다. 1978년 『문학사상』 신인상에 단편소설 「다시 시작하는 아침」 「이미 닫힌 문」이 당선되어 등단했다. 그는 도시 변두리 서민들의 일상적인 삶에 대한 관찰부터 이념적 지향을 잃고 방황하는 작가적 자의식에 이르기까지 진지한 주제들을 따뜻하고 섬세한 문체로 그려 냈다.

소설집 『원미동 사람들』 『지구를 색칠하는 페인트공』 『슬픔도 힘이 된다』, 장편소설 『희망』 『나는 소망한다, 내게 금지된 것을』 『천년의 사랑』 『모순』 등이 있다.

원미동 시인 양귀자

　남들은 나를 일곱 살짜리로서 부족함이 없는 그저 그만한 계집아이 이 정도로 여기고 있는 게 틀림없지만, 나는 결코 그저 그만한 어린아이는 아니다. 세상 돌아가는 이치를 다 알고 있다,라고 말하는 게 건방지다면 하다못해 집안 돌아가는 사정이나 동네 사람들의 속마음 정도는 두루 알아맞힐 수 있는 눈치만큼은 환하니까. 그도 그럴 것이 사실을 말하자면 내 나이는 여덟 살이거나 아홉 살, 둘 중의 하나이다.

　낳아 놓으니까 어쩌나 부실한지 살아날 것 같지 않아 차일피일 출생 신고를 미루다 보니 그렇게 된 것이라 하는데 그나마 일곱 살짜리로 호적에 올려놓은 것만도 다행인 셈이었다. 살아나기를 원하지 않았을 엄마 마음쯤은 나도 이미 알고 있는 터였다. 아버지는 좀 덜하지만 엄마는 나만 보면 늘상 으르렁거렸다. 꿈도 꾸지 않았던 자식이었지만 행여 해서 낳아 봤더니 원수 같은 또 딸이더라는 원성은 요사이도 노상 두고 하는 입버릇이니까 서운할 것도 없었다.

　그것은 뭐 내가 일찌감치 철이 들어서가 아니라, 우리 집 사정이 워낙 그러했다. 내가 태어나던 해에 벌써 스물이 넘어 처녀티가 꽉 밴 큰언니에서 중학교 졸업반이던 막내 언니까지 딸이 무려 넷이었다. 마흔셋에 임신인지도 모르고 네댓 달 배를 키우다가 엄마는 여기저기 용하다는 점쟁이들한테 다녀 보고는 마침내 낳을 결심을 했었다는 것이다. 모든 점쟁이들이 '만장일치'로 아들이라고 주장해서였다. 그런 판에 또 조개 달고 나오기가 무렴해서였는지* 냉큼 쑥 빠져나오지 못하고 버그적거리는* 통에 산모를 반죽음*시켜 놓았다니 나로서는 입이 열 개라도 할 말이 없는 형편이었다. 그렇지만 실제로는 여덟 살이다, 아홉 살이다, 자꾸 이랬다저랬다 하는 엄마도 과히 잘한 것은 없다. 내가 뭐 뺄셈 덧셈에 아주 까막눈*인 줄 알지만 천만에, 우리 엄마는 내가 세 살이 될 때까지도 혹시 죽어 주지나 않을까 기다린 게 분명하다.

내가 얼마나 구박덩이에 미운 오리새끼인가를 길게 설명하고 싶지는 않다. 진짜 하고 싶은 이야기는 그런 따위 너절한 게 아니라 원미동 시인(詩人)에 관한 것이니까. 내가 여러 가지 것을 많이 알고 있다고는 해도 솔직히 시가 뭣인지를 정확히 설명할 수는 없다. 얼추 짐작하기로 그것은 달 밝은 밤이나 파도가 출렁이는 바닷가에서 눈을 착 내리깔고 멋진 말을 몇 마디 내뱉는 것이 아닐까 여기지만 원미동 시인이 하는 것을 보면 매양* 그렇지도 않은 모양이었다. 우리 동네에는 원미동 시인 말고도 원미동 카수니 원미동 멋쟁이, 원미동 똑똑이 등이 있다. 행복사진관 엄 씨 아저씨가 원미동 카수인데 지난번 '전국노래자랑' 부천 대회에서 예선에도 못 들고 떨어졌다니 대단한 솜씨는 못 될 것이었다. 소라 엄마가 원미동 멋쟁이라는 것은 내가 가장 잘 안다. 그 보라색 매니큐어와 노랑머리는 소라 엄마뿐이니까. 원미동 똑똑이는, 부끄럽지만 우리 엄마이다. 부끄럽다는 것은 남의 일에 간섭이 심하고 걸핏하면 싸움질이나 해 대는 똑똑이는 욕이

• 무렴하다 염치가 없다. 혹은 염치가 없음을 느껴 마음이 부끄럽고 거북하다.
• 버그적거리다 나아가지 못하고 제자리에서 몸을 느리게 꿈지럭거리다.
• 반죽음 거의 죽게 됨. 또는 그런 상태.
• 까막눈 글을 읽을 줄 모르거나 어떤 일에 대하여 아무것도 모르는 사람을 비유적으로 이르는 말.
• 매양 번번이.

나 마찬가지라는 것을 알기 때문이었다.

원미동 시인에게는 또 다른 별명이 있다. 퀭한 두 눈에 부스스한 머리칼, 사시사철 껴입고 다니는 물들인 군용 점퍼와 희끄무레하게 닳아 빠진 낡은 청바지가 밤중에 보면 꼭 몽달귀신° 같다고 서울미용실의 미용사 경자 언니가 맨 처음 그를 '몽달 씨'라고 부르기 시작했다. 경자 언니뿐만 아니라 우리 동네 사람이라면 누구나 그를 좀 경멸하듯이, 어린애 다루듯 함부로 하는 게 보통인데 까닭은 그가 약간 돌았기 때문이라는 것이었다. 언제부터 어떻게 살짝 돌았는지는 모르지만 아무튼 보통 사람과는 다른 것만은 틀림없었다. 몽달 씨는 무궁화연립주택 3층에 살고 있었다. 베란다에 화분이 유난히 많고 새장이 세 개나 걸려 있는 몽달 씨네 집은 여름이면 우리 동네에서는 드물게 윙윙거리며 하루 종일 에어컨이 돌아가는 부자였다. 시내에서 한약방을 하는 노인이 늘그막에 젊은 마누라를 얻어 아기자기하게 살아 보는 판인데 결혼한 제 형 집에 있지 않고 새살림 재미에 푹 빠진 아버지 곁으로 옮겨 온 막둥이였다. 그것부터가 팔불출이° 짓이라고 강남부동산의 고흥댁 아줌마가 욕을 해 쌓는데, 아들이 아버지와 함께 사는 게 왜 바보짓이라는 건지 알 수가 없었다.

그런 몽달 씨에게 친구가 있다면 아마 내가 유일할 것이었다. 몽달 씨 나이가 스물일곱이라니까 나보다 스무 살이나 많지만 우리는 엄연히 친구이다. 믿지 않겠지만 내게는 스물일곱짜리 남자 친구가 또하나 있다. 우리 집 옆, 형제슈퍼의 김 반장이 바로 또 하나의 내 친구인데 그는 원미동 23통 5반의 반장으로 누구보다도 씩씩하고 재미

● 몽달귀신 총각이 죽어서 된 귀신.
● 팔불출(八不出) 몹시 어리석은 사람을 이르는 말.

있는 사람이었다. 나는 매일같이 슈퍼 앞의 비치파라솔 의자에 앉아 그와 함께 낄낄거리는 재미로 하루를 보내다시피 하였는데 요즘은 내가 의자에 앉아 있어도 전처럼 웃기는 소리를 해 주거나 쭈쭈바 따위를 건네주는 법 없이 다소 퉁명스러워졌다. 그 까닭도 나는 환히 알고 있지만 모르는 척하는 수밖에. 우리 집 셋째 딸 선옥이 언니가 지난달에 서울 이모 집으로 훌쩍 떠나 버렸기 때문인 것이다. 김 반장이 선옥이 언니랑 좋아 지내는 것은 온 동네가 다 아는 일이지만 선옥이 언니 마음이 요새 좀 싱숭생숭하더니 기어이는 이모네가 하는 옷가게를 도와준다고 서울로 가 버렸다. 선옥이 언니는 얼굴이 아주 예뻤다. 남들 말대로 개천에서 용이 났다고 해도 과언이 아닐 만큼 지지리 궁상인 우리 집에 두고 보기로는 아까운 편인데, 그 지지리 궁상이 지겨워 만날 뚱하던* 언니였다.

　참말이지 밝히고 싶지 않지만 우리 아버지는 청소부이다. 아침 새벽부터 저녁 늦게까지 남의 집 쓰레기통만 뒤지고 다니는 직업이라 몸에서 나는 냄새도 말할 수 없을 만큼 지독했다. 아버지만이 아니라 밝히고 싶지 않은 것이 또 있다. 큰언니는 경기도 양평으로 시집가서 농사꾼 아내가 되었으니 상관없지만 둘째 언니 이야기는 말하기가 부끄럽다. 둘째 언니는 처음에는 버스 안내양, 그다음에는 소시지 공장의 여공원, 그다음에는 다방에서 일하더니 돈 버는 일에 극성인 성격대로 지금은 구로동 어디에서 스물여섯 살의 처녀가 대폿집을 열고 있다. 언젠가 한번 가 봤더니 키가 멀대같이 큰 남자가 하나뿐인 방에서 웃통을 벗어부친 채 잠들어 있고 언니는 그 옆에서 엎드려 주간지를 뒤적이고 있지 않은가. 그만한 정도로도 나는 일이

* 뚱하다 말수가 적고 붙임성이 없다. 혹은 못마땅하여 시무룩하다.

되어 가는 모양을 알 수가 있었다.

우리 엄마와 청소부 아버지는 딸년들이야 시집보낼 만큼만 가르치면 족하다고 언니들을 모두 중학교까지만 보냈는데 웬일인지 선옥이 언니만 고등학교를 보냈었다. 그래서 더 골치이긴 하지만. 기껏 고등학교까지 나왔으니 공장은 싫다, 차라리 영화배우가 되는 편이 낫다고 우거지상°을 피우던 언니가 김 반장네의 콧구멍 같은 가게가 성이 찰 리 없을 것이었다.

이제 겨우 일곱 살짜리가, 사실은 그보다야 많지만 왜 나이 많은 떠꺼머리° 총각들하고만 어울리는지 이상할 터이나 그것은 결코 내 책임이 아니었다. 단짝인 소라를 비롯하여 몇 명의 친구들이 작년과 올해에 걸쳐 모두 국민학교°에 입학해 버렸고, 좀 어려도 아쉰 대로 놀아 볼 만한 아이들까지 깡그리 유치원에 다니기 때문에 아침밥 먹고 나오면 원미동 거리에는 이제 두어 살짜리 코흘리개들밖에 남지 않는 것이다. 설령 오후가 되어도 사정은 마찬가지였다. 끼리끼리만 통하는 아이들이 좀처럼 놀이에 끼워 주지 않기 때문에 나는 그만 홀로 뚝 떨어져 나와 외계인처럼 어성버성한° 아이가 되어 버렸다. 우리 동네에는 값이 싼 유치원도 많고 피아노 교습소도 두 군데나 있지만 엄마는 꿈쩍도 하지 않는다. 단칸방에 살아도 모두들 유치원에 보내느라고 아침마다 법석인데 나는 이날 입때껏 유희° 한번 제대로 배워 보지 못한 것이다. 아버지가 남의 집 쓰레기통에서 주워 온 그림책이나 고장 난 장난감이야 지천으로 널렸지만 이제는 그런 것들

● 우거지상 잔뜩 찌푸린 얼굴의 모양을 속되게 이르는 말.
● 떠꺼머리 장가나 시집 갈 나이가 된 총각이나 처녀가 땋아 늘인 머리. 또는 그런 머리를 한 사람.
● 국민학교 '초등학교'의 옛 용어.
● 어성버성하다 분위기가 어색하거나 사람을 대하는 것이 부자연스럽고 사이가 서먹서먹하다.
● 유희(遊戱) 즐겁게 노는 행위.

에는 흥미도 없으니 아무래도 나는 어른이 다 된 모양이었다.

몽달 씨와 친구가 된 것은 올봄, 바로 외계인 같던 시절이었다. 형제슈퍼 앞에서 어슬렁거리며 김 반장이 언제나 말동무가 되어 주려나 눈치만 보고 있는데 바로 내 뒤에 똑같은 자세로 김 반장 눈치를 보는 몽달 씨가 있었다. 염색한 작업복 주머니에서 꼬깃꼬깃한 종이를 펼쳐 들고 주춤주춤 내 옆의 빈 의자에 앉은 그가 "경옥아!" 하고 내 이름을 불렀을 때 정말이지 나는 기절할 정도로 놀랐다. 좀 바보이고 약간 돌았다고 생각했으므로 언젠가는 그가 보는 앞에서도 '헤이, 몽달귀신!' 하고 놀려 댄 적도 있었던 나였다. 놀라서 입을 쩌억 벌리고 있는 내게 그가 다음에 건넨 말은 더욱 기가 찼다.

"너는 나더러 개새끼, 개새끼라고만 그러는구나……."

나는 눈을 둥그렇게 떴다. 몽달귀신이라고 부른 적은 있지만 결코, '참말이지 하늘에 맹세코' 그를 개새끼라고 부른 적은 없었다. 그래서 나는 나도 모르게 고개를 마구 저어 댔다. 그런 나를 보는지 마는지 그는 계속해서 말했다. 너는 나더러 개새끼, 개새끼라고만 그러는구나…….

지금 생각해도 참 어이가 없는 노릇이지만, 세상에 그게 바로 시라는 것이었다. 김 반장이 몽달 씨에게 시를 쓴다 하니 멋있는 시를 한 수 지어 보라고 했다는 것이다. 그 청을 받고 몽달 씨가 밤새 끙끙거리며 시를 쓰려 했으나 도무지 마음먹은 대로 되지 않아 어느 유명한 시인의 시를 베껴 왔는데 그 구절이 바로 그 시의 마지막이라고 했다.

"에끼, 이 사람아. 내가 언제 자네더러 개새끼, 개새끼 그랬는가?"

김 반장은 으레 그럴 줄 알았다는 듯 몽달 씨 어깨를 툭 치며 빈정대고 말했지만 나의 놀라움은 쉽게 가시지 않았다. 기억을 못해서 그렇지 그를 향해 개새끼,라고 욕을 한 적이 꼭 있었던 것같이만 생각될 지경이었다. 김 반장이야 뭐라건 말건 몽달 씨는 그날 이후 며칠간은 개새끼 시를 외우고 다녔고 나는 김 반장 외에 몽달 씨까지도 내 친구로 해야겠다고 속으로 결심해 두었다. 시인하고 친구가 된다는 것은 구멍가게 주인과 친구 되는 것보다는 훨씬 근사했으니까.

그렇긴 했으나 약간 돈 사내와 오랜 시간을 어울려 다닐 만큼 나는 간이 크지 못했다. 게다가 김 반장은 마음이 내키면 언제라도 알사탕이나 쭈쭈바를 내놓을 수 있지만 몽달 씨는 그런 면으로는 영 젬병*이었다. 그는 오로지 시에 대하여 말하고 시를 생각하고 시를 함께 외우자는 요구밖에는 몰랐다. 그에게는 시가 전부였다. 바람이 불면 '풀잎에 바람 스치는 소리' 때문에 가슴이 아프고, 수녀가 지나가면 문득 '열일곱 개의, 또 스물한 개의 단추들이 그녀를 가두었다.'라고 부르짖었다. 그는 하루 종일이라도 유명한 시인들의 시를 외울 수 있었다. 그것만이 아니었다. 외운 시구절만 가지고 몇 시간이라도 대화를 할 수 있다고 그가 말하였다. 그게 바로 시적 대화라고 가르쳐 주기도 하였다. 그러기 위해서 그는 밤새도록 시를 읽는다고 하였다. 몽달 씨는 밤이 되면 엎드려 시를 외우고, 다음 날이면 그 시로써 말하는 사람이었다.

시를 빼고 나면 나와 마찬가지로 몽달 씨도 심심한 사람이었다. 낮 동안에는 꼼짝없이 젊은 새어머니와 한집에서 지내야 하기 때문에 끊임없이 동네를 빙빙 돌면서 시간을 때워 나갔다. 내가 김 반장과 마주 앉아 별로 새로울 것도 없는 이야기를 하다 보면 어느샌가 슬쩍 다가와 약간 구부정한 허리로 의자에 주저앉곤 하는 몽달 씨는

---

* 젬병 형편없는 것을 속되게 이르는 말.

나보다 훨씬 강렬하게 김 반장의 친구가 되었으면 하는 소망을 품고 있는 것처럼 보였다. 우리들은 제법 뜨거운 한낮 동안 각기 편한 자세로 앉아 신문을 읽거나 졸거나 하는 무료한 시간을 보내다가 막걸리 손님이라도 들이닥치면 몽달 씨와 나는 재빨리 의자를 비워 주곤 김 반장이 바삐 설치는 모양을 우두커니 바라보곤 하였다. 김 반장은 몽달 씨가 시가 어쩌구 하며 이야기를 꺼내기라도 할라치면 대번에 딴소리를 해서 입막음을 하기 때문에 몽달 씨도 김 반장 앞에서는 도통 시에 대한 말을 입에 올리지 않았다. 대신에 내가 원미동 시인의 '시적 대화'를 끊임없이 듣는 형편이었다.

그때까지만 해도 몽달 씨보다는 김 반장과 함께 있는 것이 더 좋았었다. 김 반장이 그 커다란 손바닥으로 내 엉덩이를 철썩 치면서 "어이, 경옥이 처제!" 하고 불러 주면 기분이 그럴싸해서 저절로 웃음이 비어져 나왔고 가끔가다 오토바이 뒷좌석에 앉아 함께 배달을 나가기라도 할라치면 피아노 배우러 가던 계집애들이 손가락을 입에 물고 부러워 죽겠다는 듯이 나를 바라봐 줬었다. 김 반장이 말 많은 원미동 여자들 누구하고도 사이좋게 지내면서 야채에다 생선까지 떼어다 수월찮게 재미를 보는 것을 잘 아는 고흥댁 아주머니도 "선옥이가 인물만 좀 훤할 뿐이지 그 집안 꼬라지로 봐서 김 반장이면 횡재한 거야" 하면서 은근히 선옥이 언니를 비아냥거렸다. 흥, 나는 고흥댁 아주머니의 마음도 알아맞힐 수 있다. 선옥이 언니보다 한 살 많은 딸이 하나 있는데 인물이 좀 제멋대로인 것이 아줌마의 속을 뒤집어 놓은 것이다. 그러면서도 지난번엔 김 반장 같은 사위나 얼른 봐야 될 것 아니냐는 은혜 할머니 말에는 가당찮게도 코웃음을 쳤다.

"요새 시상에 뭐 부모가 상관 있답여? 그래도 갸가 보는 눈이 높아서 엥간한 남자는 말도 못 꺼내게 하요잉. 저기 은행 대리가 중매를 넣어 왔는디도 돌아보도 않읍디다. 전문학교일망정 대학물도 1년 남짓 보았고 해서, 아는 게 아주 많다요."

그런 말을 들을 때마다 나는 목구멍이 근질거려서 견딜 수가 없었다. 왜 목구멍이 근질거리는가 하면 나는 또 다른 비밀을 하나 알고 있기 때문이었다. 이것은 정말 특급 비밀인데 만약에 이 사실을 고홍댁 아주머니가 알았다가는 어떻게 수습이 되는지 내가 더 걱정인 판이다.

복덕방집 딸 동아 언니가 누구와 좋아지내는가는 아마 나밖에 모르는 일일 것이다. 지난봄에 소라네 집에 놀러 갔다가 우연히 알게 된 사실로 소라조차도 영 모르고 있으니 나 혼자만 꿍꿍 앓다 말아야 할 것이긴 하지만, 그날 이후 복덕방 식구들만 만나면 내가 더 안절부절못했다. 여태까지 누구에게도 털어놓지 않은 말이라 좀 망설여지긴 하지만 아이, 할 수 없다, 이야기를 꺼냈으니 털어놓을밖에. 동아 언니는 소라네 대신설비에서 소라 아빠의 일을 거들어 주는 노가다 청년하고 연애를 하는 판이다. 그것도 보통 사이가 아니다. 지난 봄날, 소라네 집에 갔다가 소라가 보이지 않아 무심코 모퉁이를 돌아 나와 옆구리 창으로 가게를 기웃 들여다보니 그 두 남녀가 딱 붙어 앉아서 이상한 짓을 하고 있지 않은가. 동아 언니는 그렇다 치고 청년은 땀까지 뻘뻘 흘리면서 언니의 머리통을 꽉 껴안고 있었는데 좀 무섭기도 하였다.

이야기가 괜히 옆으로 흘렀지만 아무튼 선옥이 언니가 김 반장 같은 신랑감을 차 버린 것은 좀 아쉬운 일이기는 하였다. 김 반장이야 아직도 미련을 버리지 못하고 있는 터라 나만 보면 지금도 언니가 왔는가를 묻기에 여념이 없었다. 허나 선옥이 언니는 처음 떠날 때도 그랬지만 요사이 한 번씩 집에 들를 적에도 형제슈퍼 쪽은 쳐다보지도 않는다. 어떨 때는 "어휴, 저 거지발싸개 같은 자식"이라고 욕도 막 내뱉는데 어떻게 알았는지 이모네 옷가게로 심심하면 전화질이라고 이를 갈았다. 가만히 눈치를 보아하니 선옥이 언니도 요새 새 남자가 생긴 것 같고 전과 달리 아무 데서나 속옷을 홀렁홀렁 벗어 던지며 옷을 갈아입는데, 그 속옷이 요사무사하게* 생겨서 내 눈을 달뜨게 하곤 했다. 좀 만져라도 볼라치면 언니는 내 손을 탁 때려 버렸다.

"어때, 이쁘지? 경옥이 넌 이런 것 처음 보지? 이거 모두 선물 받은 거다."

끈으로 아슬아슬하게 꿰매 놓은 저런 팬티 따위를 선물하는 치도 우습지만 그것을 자랑하는 언니는 더욱 밉상이어서 그럴 때면 속도 모르는 김 반장이 불쌍해지기도 하였다.

몽달 씨가 있음으로 인하여 김 반장의 주가가 더 올라가는 점도 있었다. 나야 어린애니까 형제슈퍼의 비치파라솔 아래서 어슬렁거려도 흉볼 사람은 없지만 동갑내기인 몽달 씨가 하는 일도 없이 가게 근처를 빙빙 돌면서 어떨 때는 나와 같이 쭈쭈바나 쪽쪽 빨고 있으면 오가는 동네 어른들마다 혀를 끌끌 찼다.

"대학 다닐 때까진 저러지 않았대요. 저도 잘은 모르지만 학교에서 잘렸대나 봐요. 뭐 뻔하죠. 요새 대학생들 짓거린. 그러곤 곧장 군대에 갔는데 제대하고부턴 사람이 저리됐어요. 언제나 중얼중얼 시를 외운다는데 확 미쳐 버린 것도 아니고, 아주 죽겠어요."

몽달 씨 새어머니 되는 이가 김 반장에게 하소연하는 소리였다. 형제슈퍼 단골인 그녀는 '아주 죽겠어요'가 입버릇이었다.

"내 체면을 봐서라도 옷이나 좀 깨끗이 입고 나다니면 좋으련만,

* 요사무사하다 요사스럽다.

아주 죽겠어요."

　말이 났으니 말이지 그 옷차림은 형제슈퍼의 심부름꾼 복장으로 딱 걸맞았다. 종일 의자에서 빈둥거리기도 지겨운지라 우리는 곧잘 가게 일도 마다 않고 거들었었다. 우리 둘이서 기껏 머리를 짜내어 하는 일이란 게 고무호스로 가게 앞에 물을 뿌려 주는 정도였다. 포장이 덜 된 가게 앞길의 먼지 제거를 위해서나 여름 땡볕을 좀 무디게 하는 방법으로는 그 이상도 없어서 김 반장도 우리의 일을 기꺼이 바라봐 주고 일이 끝나면 기분이란 듯 요구르트 한 개씩을 던져 주기도 하였다.

　그러다 차츰차츰 몽달 씨 몫의 일이 하나둘 늘어 갔는데 가게 앞 청소나 빈 박스를 지하실 창고에 쟁이는 일 혹은 막걸리 손님 심부름 따위가 그것으로, 몽달 씨가 거드는 일이 많으면 많을수록 김 반장은 더욱 의젓해지고 몽달 씨는 자꾸 초라하게 비추어지는 게 나에겐 참으로 이상한 일이었다. 김 반장도 그걸 모르지는 않았을 것이다. 그래서 언젠가는 아주 정색을 하고서 몽달 씨 어깨를 꽉 껴안더니 이렇게 말하기도 하였다.

　"자네 같은 시인에게 이런 일만 시키려니 미안하이. 자네는 확실히 시인은 시인이야. 언제 바쁘지 않을 때는 정말이지 자네 시를 찬찬히 읽어 봄세. 이래 봬도 학교 다닐 때 위문편지는 내가 도맡아 써 주곤 했던 실력이니까."

　그러면 몽달 씨는 더욱 신이 나서 생선 잘라 주는 통나무 도마까지 깔끔히 씻어 내고 널브러져 있는 채소들을 다듬고 하면서 분주히 설치는 것이었다. 하지만 이제껏 몽달 씨의 시 노트를 읽어 본 적이 없는 김 반장이었다. 몽달 씨가 짐짓 아직 자기 시는 읽을 만하지 못하니 유명한 시인들의 시나 읽어 보지 않겠느냐고 구깃구깃 접은 종이를 꺼낼라치면 김 반장은 온갖 핑계를 다 대서라도 줄행랑을 치면서 그가 보지 않는 틈을 타 머리 위에 대고 손가락으로 빙글, 동그라미를 그려 보였다. 그것도 모르고 몽달 씨는 언제라도 김 반장에게 들려줄 수 있도록 꼬깃꼬깃한 종이쪽지들을 호주머니마다 가득 넣어 가지고 다녔다. 그때쯤엔 나도 몽달 씨의 시적 대화에는 질려 있어서 덩달아 자리를 피했고 김 반장을 따라 머리 위에 손가락으로 동그라미를 그려 댔다. 약간, 아니 혹시는 아주 많이 돈 원미동 시인은 그래도 여전히 형제슈퍼의 심부름꾼 꼬마처럼 다소곳이 잔심부름을 도맡아 가지고 있었다.

분명히 말하지만 보름 전쯤 그 사건이 일어날 때까지만 해도 나는 김 반장이 내 셋째 형부가 되어 주길 은근히 바라고 있었다. 농사 짓는 큰 형부는 워낙이 나이가 많아 늙은 아버지 같아서 싫었고 둘째 언니야 아직 공식적으로는 처녀니까 별 볼일 없는 데다 형부다운 형부는 선옥이 언니가 결혼해야 생길 터이니 기왕이면 김 반장 같은 남자가 형부가 되길 바란 것이었다. 하기야 넷째 언니도 시방 같은 공장에 다니는 사내와 눈이 맞아서 부쩍 세수하는 시간이 길어지긴 했지만 그래 봤자 앞차가 두 대나 밀려 있으니 어림도 없었다. 선옥이 언니와 김 반장이 결혼하면 누가 뭐래도 나는 형제슈퍼에 진득이 붙어 있을 수 있는 자격을 갖게 되는 셈이었다. 기분이 내키면 3백 원짜리 빵빠레를 먹은들 어떠하랴. 오밀조밀 늘어놓은 온갖 과자와 초콜릿과 사탕이 모두 내 손아귀에 있다, 라고 생각하면 어쩔 수 없이 나는 흐물흐물 기분이 좋아졌다.

그런데 정확히 열나흘 전의 그 일로 인하여 나는 김 반장과 형제슈퍼의 잡다한 군것질감을 한꺼번에 포기하였다. 모르긴 몰라도 이런 나의 처사는 백번 옳을 것이었다. 그 사건의 처음과 끝을 빠짐없

이 지켜본 유일한 목격자는 나 하나뿐이었지만 그렇다고 내가 본 것을 누군가에게도 늘어놓지는 않았다. 웬일인지 그 일에 관해서는 입도 뻥긋하기 싫었다. 그런 채로 나 혼자서만 김 반장을 형부감에서 제외시켜 버렸던 것이다. 또 하나, 아주 용기를 필요로 하는 일이었지만 그날 이후에는 김 반장이 내 엉덩이를 철썩 두들기며 어이, 우리 경옥이 처제 어쩌구 할 때는 단호하게 그를 뿌리치고 도망 나와 버리곤 하였다. 물론 그가 내미는 쭈쭈바도 받아먹지 않았다.

그 사건은 초여름 밤 10시가 넘어서 일어났다. 그날은 낮부터 티격태격해 대던 엄마와 아버지와의 말싸움이 저녁에 이르러서는 본격적으로 시작되었었다. 넷째 언니는 야간 조업이 있다고 늘상 12시가 다 되어야 돌아오는 처지라 만만한 나만 엄마의 분풀이 대상이 되어서 낮부터 적잖이 욕설도 들어 먹었던 차였다. 싸우는 이유도 뭐 그리 대단한 게 아니었다. 아버지가 쓰레기 속에서 주워 온 18금 목걸이를 맥주 네 병으로 맞바꾸어 간단히 목을 축이고 돌아왔노라는 말을 내뱉은 뒤부터 엄마의 잔소리가 시작된 게 원인이었다. 새삼 길게 이야기할 것도 없고 요지는 맥주 네 병으로 홀랑 마셔 버리느니 지 여편네 목에 걸어 주면 무슨 동티*가 날까 봐 그랬느냐는 아우성이었다. 엄마가 지금 손가락에 끼고 있는, 약간 색이 변한 18금 반지도 아버지가 주워 온 것인데 짜장* 목걸이까지 세트로 갖출 뻔한 것을 놓쳐서 엄마는 단단히 약이 올랐다. 그러던 말싸움이 저녁에 가서는 기어이 험악한 욕설과 아버지의 손찌검으로 이어지길래 나는 언제나처럼 슬그머니 집을 빠져나와 비어 있는 형제슈퍼의 노천 의자에 앉아

* 동티 건드려서는 안 될 것을 공연히 건드려서 스스로 걱정이나 해를 입음. 또는 그 걱정이나 피해를 비유적으로 이르는 말.
* 짜장 과연 정말로.

있었다. 가끔씩 있는 일로써 머지않아 아버지는 엄마를 KO로 때려 눕힌 뒤 코를 골며 잠들어 버릴 것이었다. 그다음엔 눈물 콧물 다 짜낸 엄마가 발을 질질 끌며 거리로 나와 경옥아!를 목청껏 부를 판이었다. 그때나 되어 못 이기는 척 들어가 잠자리에 누워 버리면 내일 아침의 새날이 올 것이 분명하였다.

집에서 나온 것이 9시쯤, 그래서 김 반장도 가겟방에 놓은 흑백텔레비전으로 저녁 뉴스를 시청하느라고 내가 나온 것도 모르고 있었다. 장가들면 색시가 컬러텔레비전을 해 올 것이므로 굳이 바꿀 필요 없다고 고물 텔레비전으로 견디어 내는 김 반장의 등허리를 흘깃 쳐다보고 나는 신발까지 벗고 의자 위에 냉큼 올라앉았다. 잠이 오면 탁자에 엎드려 한숨 졸고 있어 볼 생각으로 나는 가물가물 감기는 눈을 비비며 이리저리 몸을 뒤척이고 있었다. 거리는 그날따라 유난히 한산했고 지물포*나 사진관도 일찌감치 아크릴 간판에 불을 꺼둔 채였다. 우리정육점은 휴일인지 셔터까지 내려져 있었다. 그 옆의 서울미용실은 경자 언니가 출퇴근을 하기 때문에 9시만 되면 어김없이 불이 꺼진 채였다. 형제슈퍼에서 공단* 쪽으로 난 길은 공터가 드문드문 박혀 있어서 원래 칠흑같이 어두웠다. 한 블록쯤 가야 세탁소가 내비치는 불빛이 쬐끔 새어 나올 뿐이고 포장도 안 된 울퉁불퉁한 소방도로 옆으로는 자갈이며 벽돌 따위가 쌓여 있었다.

바로 그때 공단 쪽으로 가는 어두운 길에서 뭔가 비명 소리도 같고 욕지기를 참는 안간힘 같기도 한 소리가 들려왔다. 아니, 그때 나는 비몽사몽 졸음 속에서 헤매고 있었기 때문에 정확하게 어떤 소리

• 지물포(紙物鋪) 온갖 종이를 파는 가게.
• 공단 공업단지.

를 들은 것은 아니었다. 이제 생각하면 그 순간에는 분명 잠에 흠뻑 취해 있었음이 분명했다. 그럼에도 불구하고 그 소리를 들었던 것처럼 생각된 것은 꿈속에까지 쫓아와 악다구니*를 벌이고 있는 엄마와 아버지의 모습을 보고 있었던 탓인지도 몰랐다. 하여간 허공을 가르는 비명 소리가 꿈속이었거나 생시였거나 간에 들려왔던 것은 사실이었다. 움찔 놀라며 눈을 떴을 때는 이미 누군가가 어둠을 뚫고 뛰쳐나와 필사적으로 가게를 향해 덮쳐 오는 중이었다. 그리고 그 뒤엔 덫에서 뛰쳐나온 노루 새끼를 붙잡으러 온 것이 확실한 젊은 사내 둘이 가쁜 숨을 몰아쉬며 쫓아오고 있었다.

공교롭게도 나는 불빛에서 약간 비껴난 쪽의 의자에 앉아 있었기 때문에 그들의 눈에 띄지 않았다. 더욱 공교로웠던 것은 마침 가게 주변엔 아무도 없었다는 사실이었다. 때에 따라서는 비치파라솔 밑의 이 의자로는 턱도 없이 모자랄 만큼의 사람들이 왁자하게 모여 막걸리 타령을 벌이는 경우가 종종 있었다. 대개는 일을 끝내고 돌아가는 공사장의 인부들이었다. 그 사람들이 아니더라도 동네 사람 몇몇이 자주 이 의자에 앉아 밤바람을 쐬기도 했는데 그날은 아무도 없었다. 갑작스런 사태에 놀라 어리둥절하는 사이 도망자는 곧장 가게 안으로 들어가 버렸고 뒤쫓아 온 사람 중의 하나는 가게 앞에, 또 하나는 마악 가게 속으로 들어가는 중이어서 나는 그들의 모습을 비교적 자세히 볼 수 있었다.

"야, 이 새꺄! 이리 못 나와!"

가게 안으로 쫓아 들어가면서 소리치고 있는 사내는 빨간색의 소매 없는 러닝셔츠를 입고 있어서 땀에 번들거리는 어깻죽지가 엄청

---

* 악다구니 기를 써서 다투며 욕설을 함. 또는 그런 사람이나 행동.

우람하게 보였다.

"깽판 치기 전에 빨리 나오란 말야!"

가게 앞에 서서, 씩씩 가쁜 숨을 몰아쉬며 이마의 땀을 훔치고 있는 사내는 두 개의 웃저고리를 한 손에 거머쥐고 있었다. 그도 당연히 러닝셔츠 바람이었지만 소매도 달린, 점잖은 흰색이었으므로 빨간 셔츠에 비해 훨씬 온순하게 보여졌다.

도대체 무슨 일일까. 호기심을 이기지 못한 나는 가게 옆구리의 샛문을 통해 안을 들여다보았다. 그새 사내의 발길에 차여 버린 도망자가 바닥에 엎어져 있었고 김 반장이 만약을 위해 사내 주변의 맥주 박스를 방 안으로 져 나르면서 뭐라고 소리치고 있었다.

"김 형, 김 형…… 도와주세요."

쓰러진 남자의 입에서 이런 말이 가느다랗게 흘러나온 것은 그 순간이었다. 그와 동시에 빨간 셔츠의 사내가 다시 쓰러진 자의 등허리를 발로 꽉 찍어 눌렀다.

"이 새끼, 아는 사이요? 그러면 당신도 한번 맛 좀 볼 텐가?"

맥주병을 거꾸로 쳐들고 빨간 셔츠가 소리 질렀다. 김 반장의 얼굴이 대번에 하얗게 질려 버렸다.

"무, 무슨 소리요? 난 몰라요! 상관없는 일에 말려들고 싶지 않으니까 나가서들 하시오."

그때 바닥에 쓰러져 버둥거리던 남자가 간신히 몸을 비틀고 일어섰다. 코피로 범벅이 된 얼굴이 슬쩍 드러나 보였는데 세상에, 그는 몽달 씨임이 분명하였다. 그러고 보니 빛바랜 바지와 물들인 군용 점퍼 밑에 노상 껴입고 다니던 우중충한 남방셔츠가 틀림없는 몽달 씨였다. 아까는 워낙 눈 깜짝할 사이에 가게 안으로 뛰어들었기 때문에 얼굴을 볼 겨를이 없었다.

"이 짜식, 왜 남의 집으로 토끼는 거야! 너 같은 놈은 좀 맞아야 돼."

흰 이를 드러내며 빨간 셔츠가 으르렁거렸다. 순간 몽달 씨가 텔레비전이 왕왕거리고 있는 가겟방을 향해 튀었다. 방은 따로이 바깥쪽으로 난 출입구가 있었기 때문이었다. 그러나 몽달 씨보다 더 빠른 동작으로 방문을 가로막아 버린 사람이 있었다. 바로 김 반장이었다.

"나가요! 어서들 나가요! 싸우든가 말든가 장사 망치지 말고 어서 나가요!"

빨간 셔츠가 몽달 씨의 목덜미를 확 낚아챘다. 개처럼 질질 끌려 나오는 몽달 씨를 보더니 밖에 있던 흰 러닝셔츠가 찌익, 이빨 새로 침을 뱉어 냈다. 두 사람 다 술기운이 벌겋게 오른, 번들거리는 눈자위가 징그러웠다. 나는 재빨리 불빛이 닿지 않는 구석으로 몸을 피했다. 무섭고 또 무서웠다. 저렇게 질질 끌려가는 몽달 씨를 위해서 내가 해야 할 일이 무엇인지 알 수가 없었다. 도무지 가슴이 떨려 숨도 크게 쉬지 못할 지경이었는데도 김 반장은 어질러진 가게를 치우면서 밖은 내다보지도 않았다.

두 명의 사내 중에서도 빨간 셔츠가 훨씬 악독한 게 사실이었다. 녀석은 몽달 씨의 머리칼을 한 움큼 휘어 감고서 마치 짐짝을 부리듯이 몽달 씨를 다루고 있었다. 끌려가지 않으려고 버둥거리다가는 사내의 구둣발에 사정없이 정갱이며 옆구리가 뭉개어졌다. 지나가던 행인 몇 사람이 공포에 질린 얼굴로 그들을 지켜보았다. 구경꾼들이 보이자 빨간 셔츠가 당당하게 외쳐 댔다.

"이 새끼, 너 같은 놈은 여지없이 경찰서로 넘겨야 해. 빨리 와!"

불 켜진 강남부동산 앞에서 몽달 씨가 최후의 발악을 벌여 놈의 손아귀에서 빠져나왔다. 그러나 이내 녀석에게 머리칼을 붙잡히면서 부동산 옆의 시멘트 기둥에 된통 머리를 받혔다. 쿵. 몽달 씨의 머리통이 깨져 나가는 듯한 소리에 나는 눈을 감아 버렸다. 숨이 막힐 것만 같았다. 행복사진관과 원미지물포만 지나고 나면 또다시 불빛도 없는 공터가 나올 것이므로 몽달 씨를 구해 낼 시기는 지금밖에 없다. 몽달 씨가 악착같이 불 켜진 가게 쪽으로만 몸을 이끌어 갔기 때문에 길 이쪽은 텅 비어 있었다. 몇몇 사람들이 있기는 하였지만 그들은 섣불리 끼어들지 않고서 당하는 몽달 씨의 처참한 꼴에 혀만 끌끌 차고 있었다.

"빨리 가, 이 자식아! 경찰서로 가잔 말야!"

빨간 셔츠가 움켜쥔 머리칼을 확 낚아채면 몽달 씨는 시멘트 바닥에서 몸을 가누지 못해 정말 개처럼 두 손을 바닥에 짚고 끌려갔다.

"왜 이러세요……. 내게 무슨 잘못이…… 있다고……."

행복사진관의 밝은 불빛 앞에서 몽달 씨가 울부짖으며 사내에게 잡힌 머리통을 흔들어 대다가 녀석의 구둣발에 면상을 짓밟히기 시작하였다. 마침내 나는 내달리기 시작하였다. 두 주먹을 불끈 쥐고 녀석들 곁을 바람같이 스쳐 나는 원미지물포로 뛰어들었다. 가게는 텅 비워 둔 채 지물포 주 씨 아저씨는 아랫목에 길게 누워 텔레비전을 보느라 바깥의 소동은 까맣게 모르고 있었다.

"깡패가, 깡패가 몽달 씨를 죽여요!"

주 씨 아저씨는 그 우람한 체구에 비하면 말귀를 빨리 알아듣는 사람이었다. 벼락같이 튀어나와 마침 자기 가게 앞을 끌려가고 있는 몽달 씨의 꼴을 보고는 냅다 소리를 질렀다.

"죄가 있으므 경찰을 부를 일이제 무신 일로 사람을 이리 패노? 보소! 형씨, 그 손 못 놓나?"

투박한 경상도 말이 거침없이 쏟아져 나오자 녀석도 약간 주춤했다.

"아저씨는 상관 마쇼! 이런 놈은 경찰서로 끌고 가야 된다구요."

"누가 뭐라 카노. 야! 빨리 경찰에 신고해라. 당신네들이 사람 뚜드려 가며 경찰서까지 갈 것 없다. 1분 안에 오토바이 올 테니까."

"이 아저씨가…… 이 새끼 아는 사람이오?"

"잘 아는 사람이니 이카제. 이 착한 청년이 무신 죄를 졌다꼬 이래 반 죽여 났노? 무신 일이라?"

그제서야 빨간 셔츠가 슬그머니 움켜쥔 머리칼을 놓았다. 몽달 씨가 비틀거리며 주 씨 곁으로 도망쳤다.

"아무 잘못도…… 없어요……. 지나가는 사람 잡아 놓고…… 느닷없이 때리는데."

더듬더듬, 입안에 괴어 있는 피를 뱉어 내며 간신히 이어 가는 몽달 씨의 말을 듣노라고 주 씨가 잠시 한눈을 판 것이 잘못이었다. 멀찌감치 서서 구경을 하고 있던 사람들 중에서 누군가가 소리쳤다.

"어이, 저 봐요. 저 사람들 도망쳐요!"

정말 눈 깜짝할 사이였다. 벌써 공단 쪽 길로 튕겨 가는 모양으로 발자국 소리만 어지럽고 녀석들은 어둠 속에 파묻혀 버린 뒤였다.

"빨리 가서 잡아야지 저런 놈들 그냥 두면 안 돼요!"

언제 왔는지 김 반장이 발을 구르며 흥분하고 있었다. 금방이라도 잡으러 갈 듯 몸을 솟구치는 꼴이 가관이었다.

"소용없어. 저놈들이 어떤 놈이라고."

"세상에, 경찰서로 가자고 그리 당당하게 굴더니 도망치는 것 좀 봐."

"그러니까 그냥 닥치는 대로 골라잡아 팬 거군. 우린 그것도 모르고 정말 도둑이나 되는 줄 알았지 뭐야!"

"여기는 가게들이 많아 환하니까 어두운 곳으로 끌고 가서 작신 패려고 수작을 벌였군."

"그래요. 아까 보니까 저 윗길에서 이 총각이 그냥 지나가는데 불러 놓고 시비더라구요. 아휴, 저 총각 너무 많이 맞았어. 죽지 않은 게 다행이야."

"그럼 진작에 말하지 그랬어요?"

"누가 이 지경인 줄 알았수? 약국에 가는 길에 그 난리길래 무서워서 저쪽으로 돌아갔다가 약 사 갖고 와 보니 경찰서 가자고 여태도 패고 있던걸."

모여 섰던 사람들이 저마다 한마디씩 떠들어 대기 시작했다. 조금 아까까지도 텅 비어 있다시피 한 거리였는데 언제 알았는지 이 집 저 집에서 쏟아져 나온 사람들이 웅성거리며 피투성이가 된 몽달 씨를 기웃거렸다. 참말이지 쥐어뜯긴 머리칼하며 길바닥을 쓸고 온 옷 꼬락서니, 그리고 피범벅이 된 얼굴까지가 영락없이 몽달귀신 그대로였다.

"무신 놈의 세상이 이리 험악하노. 이래 가꼬는 사람이라 할 수 있겠나?"

주 씨가 어이없어하는데 또 김 반장이 냉큼 뛰어들었다.

"그러게 말입니다. 하여간 저놈들을 잡아 넘겼어야 하는 건데……. 좀 어때? 대체 이게 무슨 꼴인가. 어서 집으로 가세. 내가 데려다 줄게."

김 반장이 몽달 씨를 부축해 일으켰다. 세상에 밸*도 없지, 그 손을 뿌리치지 못하고 몽달 씨는 김 반장의 부축을 받으며 집으로 갔다.

몽달 씨를 다시 보게 된 것은 그로부터 꼭 열흘이 지난 며칠 전이었다. 그 열흘간을 어떻게 보냈는지는 설명하기도 귀찮을 정도였다. 몽달 씨와 더불어 다닐 때는 몰랐지만 막상 그가 없으니 심심해서 미칠 지경이었다. 하루가 꼭 마흔 시간쯤으로 늘어난 느낌이었다. 때

---

* 밸 배알의 준말. '배알'은 창자를 비속하게 이르는 말로, '밸이 없다'는 것은 '줏대가 없다'는 뜻.

때로는 형제슈퍼의 의자에 앉아 있은 적도 있었지만 이미 김 반장과는 서먹한 사이가 되어 버려서 그다지 자주 찾지는 않았다. 그날 밤, 내가 몰래 가게 안을 훔쳐보고 있은 줄을 모르는 김 반장만큼은 예전과 다름없이 굴고 있기는 하였다.

"경옥이 처제. 요새는 왜 뜸해? 선옥이 언니 서울서 오거든 직방*으로 내게 알리는 것 잊지 마라. 그러면 내가 이것 주지!"

김 반장이 쳐들어 보이는 것은 으레 요깡이었다. 껍질에는 영양갱이라고 씌어 있는 2백 원짜리 팥떡인데, 그것을 죽자 살자 먹고 싶어 하는 것을 아는 까닭이었다. 그러나 흥, 어림도 없지. 선옥이 언니가 오게 되면 김 반장의 비겁한 행동을 미주알고주알 일러바쳐서 행여 남아 있을지도 모를 미련까지도 아예 싹둑 끊어 버리게 하자는 것이 내 속셈이었다. 어찌 된 셈인지 선옥이 언니는 한 달 가까이 집에는 코빼기도 내비치지 않고 있었다. 얼마 전에 서울에 다녀온 엄마 말로는 양품점이 한 달에 두 번 노는데도 집에는 올 생각 않고 온종일 쏘다니다 밤늦게서야 기어 들어온다는 것이었다. 게다가 이모가 받아 본 전화 속의 남자들만도 서넛이 넘어서 양품점 전화통이 종일토록 불나게 울려 대는 바람에 지깐 년은 저한테 걸려 오는 전화 받기에도 바쁜 형편이라 했다. 엄마를 쏙 빼닮아 말본새*가 거칠기 짝이 없는 이모가 보나 마나 바가지로 퍼부었을 선옥이 언니의 흉보따리를 잔뜩 짊어지고 온 엄마의 마지막 결론은 갈데없이 원미동 똑똑이다웠다.

"선옥이 고년, 이왕지사 바람 든 년이니까 차라리 탤런트나 영화배우를 시키는 게 낫겠습디다. 말이사 바른 말이지 인물이야 요즘 헌다

---

*직방(直方) 곧바로.
*말본새 말하는 태도나 모양새.

하는 장미희보다 낫지……."

"미쳤군, 미쳤어. 탤런트는 누가 거저 시켜 주남. 뜨신 밥 먹고 식은 소리 작작해!"

그렇게 몰아붙이면서도 아버지는 으레 흐흐흐 웃고 마는 게 예사였다. 딸 많은 집구석에 인물 팔아 돈 버는 딸년 하나쯤 생긴다 해서 나쁠 것도 없다는 웃음이 분명했다.

"서울 사람들은 눈도 밝지. 선옥이가 명동으로 나갔다 하면 영화 배우 해 보라고 줄줄이 따라다닌답니다. 인물 좋은 것도 딱 귀찮다고 고년이 어찌 성가셔하는지……."

엄마도 참, 입술에 침도 안 바르고 고흥댁 아줌마한테 이렇게 주워섬기는 때도 있었다. 그러면 여태도 동아 언니 콧대가 하늘 높은 줄 모르게 솟아 있다고만 믿는 고흥댁 아주머니도 지지 않고 딸 자랑을 쏟아 놓았다.

"우리 동아는 요새 피아노도 배우고 꽃꽂이 학원도 다닌다고 맨날 바쁘다요. 시방 세상은 그 정도의 신부 수업인가 뭔가가 아주 필수라 한다드만."

엄마도 엄마지만 고흥댁 아주머니 말은 듣기에 거북하였다. 대신 설비 노가다 청년한테 시집가면 피아노는커녕, 호박꽃 한 송이 꽃을 일도 없을 것이니까. 어른들은 알고 보면 하나밖에 모르는 멍텅구리 같을 때가 종종 있는 법이다. 그 사건 이후, 김 반장에 대한 이야기만 해도 그렇다.

"김 반장 그 사람 참말이제 진국은 진국인기라. 엊그제만 해도 복숭아 깡통 하나 들고 몽달 청년한테 가능갑드라. 걱정도 억시기 해 쌓고, 우찌 됐건 미친놈한테 그만큼 정성 들이는 것만 봐도 보통은 아닌 기 맞다."

지물포 주 씨가 행복사진관 엄 씨한테 하는 말이었다. 세 살 많다 하여 어김없이 형님으로 받드는 엄 씨가 고개를 끄덕이며 맞장구치는 것을 보고 있으면 내 속이 터질 것만 같았다. 그렇지만 이상하게도 그 밤의 일을 속 시원히 털어놓을 수가 없었다. 그러고 보면 이 김경옥이야말로 진국 중에 진국인지도 모른다.

몽달 씨가 자리 털고 일어난 이야기를 하려다가 또 다른 쪽으로 새 버렸지만 몽달 씨야말로 진짜 이상한 사람이었다. 오후반인 소라가 등교 준비를 해야 한다고 서둘러 저희 집으로 가 버린 때니까 정오가 조금 지나서였을 것이다. 집으로 가다 말고 문득 형제슈퍼 쪽을 돌아보니 음료수 박스들을 차곡차곡 쟁여 놓는 일에 땀을 뻘뻘 흘리고 있는 몽달 씨가 보였다. 실컷 두들겨 맞고 열흘간이나 누워 있었던 사람이라 안색은 차마 마주 보기 어려울 만큼 핼쑥했다. 그런데도 뭐가 좋은지 히죽히죽 웃어 가면서 열심히 박스들을 나르고 있는 게 아닌가. 그것도 김 반장네 가게에서. 아무리 눈을 크게 뜨고 보아도 몽달 씨가 분명했다. 저럴 수가. 어쨌든 제정신이 아닌 작자임이 틀림없었다. 아무리 정신이 좀 헷갈린 사람이래도 그렇지, 그날 밤의 김 반장 행동을 깡그리 잊어버리지 않고서야 저럴 수가 없다는 게 내 생각이었다.

잊었을까. 그날 밤 머리의 어딘가를 세게 다쳐서 김 반장이 자기를 내쫓은 부분만큼만 감쪽같이 지워진 것은 아닐까. 전혀 엉뚱한 이야기만도 아니었다. 텔레비전에서도 보면 기억상실증인가 뭔가로 자기 아들도 못 알아보는 연속극이 있었다. 그런 쪽의 상상이라면 나를 따라올 만한 아이가 없는 형편이었다. 내 머릿속은 기기괴괴한 온갖 상상들로 늘 모래주머니처럼 빽빽했으니까. 나는 청소부 아버지의 딸이 아니라 사실은 어느 부잣집의 버려진 딸이다, 라는 식의 유치한 상상은 작년도 못 되어 이미 졸업했었다. 요즘의 내 상상이란 외계인 아버지와 지구인 엄마와의 사랑, 뭐 그런 쪽의 의젓한 것이었다. 아무튼 나의 기막힌 상상력으로 인해 몽달 씨는 부분적인 기억상실증 환자로 결정되었다. 그렇다면 이제는 확인할 일만 남은 셈이었다. 오래 기다릴 필요도 없었다. 나는 김 반장네 가게 일을 거들어 주고 난 뒤 비치파라솔 밑의 의자에 앉아 뭔가를 읽고 있는 몽달 씨에게로 갔다. 보나 마나 주머니 속에 잔뜩 들어 있는 종잇조각 중의 하나일 것이었다. 멀쩡한 정신도 아닌 주제에 이번엔 기억상실증이란 병까지 얻어 놓고도 여태 시 따위나 읽고 있는 몽달 씨 꼴이 한심했다.

"이거, 또 시예요?"

"그래. 슬픈 시야. 아주 슬픈······."

몽달 씨가 핼쑥한 얼굴을 쳐들며 행복하게 웃었다. 슬픈 시라고 해 놓고선 웃다니. 나는 이맛살을 찡그리며 몽달 씨 옆에 앉았다. 그리고 아주 낮은 목소리로 물었다.

"이제 다 나았어요?"

"응. 시를 읽으면서 누워 있었더니 금방 나았지."

금방은 무슨 금방. 열흘이나 되었는데. 또 한 번 나는 몽달 씨의 형편없는 정신 상태에 실망했다.

"그날 밤에 난 여기에 앉아서 다 봤어요."

"무얼?"

"김 반장이 아저씨를 쫓아내는 것······."

순간 몽달 씨가 정색을 하고 내 얼굴을 쳐다보았다. 예전의 그 풀려 있던 눈동자가 아니었다. 까맣고 반짝이는 눈이었다. 그러나 잠깐이었다. 다시는 내 얼굴을 보지 않을 작정인지 괜스레 팔뚝에 엉겨 붙은 상처 딱지를 떼어 내려고 애쓰는 척했다. 나는 더욱 바싹 다가 앉았다.

"김 반장은 나쁜 사람이야. 그렇지요?"

몽달 씨가 팔뚝을 탁 치면서 "아니야."라고 응수했는데도 나는 계속 다그쳤다.

"그렇지요? 맞죠?"

그래도 몽달 씨는 못 들은 척 팔뚝만 문지르고 있었다. 바보같이. 기억상실도 아니면서······. 나는 자꾸만 약이 올라 견딜 수 없는데도 몽달 씨는 마냥 딴전만 피우고 있었다.

"슬픈 시가 있어. 들어 볼래?"

치, 누가 그따위 시를 듣고 싶어 할 줄 알고. 내가 입술을 비죽 내밀거나 말거나 몽달 씨는 기어이 시를 읊고 있었다. ······마른 가지로 자기 몸과 마음에 바람을 들이는 저 은사시나무는, 박해 받는 순교자 같다. 그러나 다시 보면 저 은사시나무는 박해 받고 싶어 하는 순교자 같다······.

"너 글씨 알지? 자, 이것 가져. 나는 다 외었으니까."

몽달 씨가 구깃구깃한 종이쪽지를 내게로 내밀었다. 아주 슬픈 시라고 말하면서. 시는 전혀 슬픈 것 같지 않았는데도 난 자꾸만 눈물이 나려 하였다. 바보같이, 다 알고 있었으면서······. 바보 같은 몽달 씨······.

* 소설 속에 인용된 시는 순서대로 김정환, 이하석, 황지우 시인의 작품임.

(1986)

작품 이해

　나이에 비해 눈치가 빠르고 매우 조숙한 '나'는 약간 모자란 몽달 씨와 친구입니다. 몽달 씨는 시를 많이 외우고 다녀서 '원미동 시인'이라는 별명도 붙었습니다. 몽달 씨와 나에게는 슈퍼를 하는 '김 반장'이라는 친구가 있습니다. 하지만 김 반장의 실체를 본 후 '나'는 그를 친구라고 생각하지 않기로 했습니다. 몽달 씨가 불량배에게 폭행을 당하는 것을 보고도 모르는 척하더니 일이 해결되고 난 뒤에는 동네 사람들 앞에서 몽달 씨를 챙겨 주는 척했기 때문이지요. 몽달 씨는 모든 것을 알면서도 그냥 덮어 주고 여전히 시만 외우고 있습니다. '나'의 눈에 비친 몽달 씨는 바보 같은 사람입니다. 자신을 도와주지 않은 사람에게 여전히 친절을 베풀기 때문이지요.

　작가는 어린아이의 시선을 통해 김 반장의 이기적인 모습을 비판하고 있습니다. 세상을 잘 모르는 어린아이의 눈으로 봐도 김 반장의 행동은 잘못된 것이었지요. 작가는 어른들의 세상으로부터 비교적 객관적인 위치에 있는 아이의 눈을 통해 어른들의 세상이 얼마나 잘못되어 있는지 보여 줍니다. 그런데 어린아이를 서술자로 내세운 이유는 무엇일까요? 앞서 말했듯이 순수성과 객관성을 지닌 시선으로 어른 세계의 이면을 엿보려는 것일 수도 있고, 어른 세계에 대한 비판의 강도를 높이기 위해서일 수도 있습니다. 또 어떤 경우에는 어린 서술자가 이해하는 수준에서 서술하게 함으로써 짐짓 그 상황에 대한 비판을 우회적으로 표현하기도 합니다. 작가가 무엇을 의도하는가에 따라 적절한 서술자가 설정된다고 이해하면 되겠지요.

　'원미동(遠美洞)'이란 이름은 멀고도 아름다운 동네를 뜻한다고 합니다.

원미동 시인 – 양귀자　**109**

하지만 이 동네는 불의를 보고도 꾹 참는 이기적인 사람들이 모여 사는 곳입니다. 바로 우리가 살고 있는 동네, 가깝고도 아름답지 않은 동네를 역설적으로 가리킨다고도 할 수 있지요.

타인에 대한 정과 의리가 있는 세상, 그 세상은 어디에 있는 걸까요?

활동

1 불량배에게 폭행을 당한 몽달 씨의 사건을 통해 알 수 있는 각 인물들의 성격을 정리해 봅시다.

김 반장	
지물포 주 씨	
그 외 동네 사람들	

2 몽달 씨가 "그러나 다시 보면 저 은사시나무는 박해 받고 싶어 하는 순교자 같다……."라는 시를 읊은 이유는 무엇일까요?

3 어린아이를 서술자로 내세움으로써 발생하는 효과는 무엇일까요?

4 다음 글이 소개하는 작품에 대해, 이러한 서술자를 내세움으로써 얻을 수 있는 효과는 무엇일지 논의해 봅시다.

「오빠가 돌아왔다」는 16살에 아빠의 구타를 참지 못하고 집을 나가서 4년 만에 돌아온 오빠와 그의 17살 먹은 애인으로 인해 가족이 다시 모여 사는 과정을 그려 낸다. 아빠는 민원 전문 고발꾼이며, 엄마는 5년 전에 이혼해서 함바집에서 혼자 살다가 오빠가 돌아오면서 슬쩍 집으로 돌아온다.

비정상적인 가족 관계를 14살 소녀의 시점으로 적나라하게 그려 낸 소설로, '나'는 굳이 그 나이의 소녀가 알지 않아도 될 가족의 비정상적인 모습에 관해 꽤 성숙한 사고와 달관한 듯한 입장을 보인다. 대신 14살 소녀가 가지고 있어야 할 순수성은 나타나지 않는다. 우여곡절 끝에 모두 함께 야유회를 가는 데서 비정상적인 가족이 다시 정상화될 수 있는 가능성을 보이며 소설은 마무리된다.

엮어 읽기

시점은 소설을 서술하는 서술자의 위치를 말하는 것으로, 누구의 시각으로 어떻게 서술하느냐에 따라 다양한 효과를 느낄 수 있다는 것을 「유예」, 「모래톱 이야기」, 「원미동 시인」을 통해 살펴보았습니다.

현진건의 「운수 좋은 날」(1924)은 시점이 혼용된 작품이고, 주요섭의 「사랑 손님과 어머니」(1935)는 어린 서술자를 내세우고 있습니다. 앞의 작품들과 유사한 면이 있지요. 교과서에 수록된 이 작품들을 더 읽으면서 시점에 대한 이해의 폭을 좀 더 넓혀 볼까요?

운수 좋은 날 (현진건)

동소문 안의 가난한 인력거꾼 김 첨지의 아내는 중병을 앓고 있습니다. 하지만 몹시 가난하여 약 한 번 써 본 적 없고, 김 첨지는 아내가 먹고 싶다 하는 설렁탕 한 그릇을 사 주지 못합니다. 비가 추적추적 내리는 어느 날 김 첨지는 운수 좋게도 많은 돈을 벌게 됩니다. 왠지 자꾸 불안한 생각이 스치기는 하지만 아내에게 줄 설렁탕을 사 들고 집으로 들어갑니다. 하지만 아내는 이미 죽은 뒤였지요.

이 작품의 서술자는 이야기 밖에 존재합니다. 전지적 작가 시점으로 서술자는 김 첨지의 심리뿐 아니라 행동까지 분석해서 우리에게 알려 줍니다. 하지만 작가는 김 첨지가 혹시 아내가 죽지는 않았을까 불안해하는 행동들에 대해서는 객관적 태도를 가진 작가 관찰자 시점으로 바라봅니다. 전지적 작가 시점과 작가 관찰자 시점의 혼용을 통해 인물의 심리를 드러낼 뿐 아니라 인물이 처한 상황을 독자가 적극적으로 상상하게 하는 계기를 마련하고 있습니다.

사랑 손님과 어머니 (주요섭)

이 작품은 어린 서술자 옥희의 눈으로 본 어머니와 사랑 손님의 이야기입니다.

사랑 손님과 어머니는 독자가 보기에 분명 서로 좋아하는 사이입니다. 하지만 어린 옥희는 왜 어머니가 계란을 많이 사는지, 안 켜던 풍금을 켜는지 알지 못합니다. 1930년대는 자유연애나 여성의 재혼을 곱지 않은 시선으로 바라볼 때였고, 이런 사회적 환경으로 인해 어머니와 사랑 손님은 헤어지게 됩니다. 자칫 어둡고 부정적으로 비칠 수 있는 사랑 이야기를 어린 아이의 천진난만한 눈을 통하여 아름답고 순수하게 그렸지요.

6부

구성

전상국 동행
이청준 눈길

구성에 대하여

소설은 무엇을 담고 있을까요?

소설이라는 그릇에는 무엇이 담겨 있을까요? 우리는 거기에 담긴 내용물을 흔히 '사건'이라고 부릅니다. 그럼 사건이 없어도 소설이 존재할 수 있을까요? 아닙니다. 사건이 없다면 소설이라는 이야기는 존재하기가 어렵겠지요. 이러한 점에서 사건은 소설의 출발점이라고 할 수 있습니다.

이렇게 사건을 담고 있는 것은 소설 외에는 없을까요? 그건 아닙니다. 우리가 일상생활에서 쉽게 만날 수 있는 신문 기사들도 소설과 마찬가지로 사건을 다루고 있습니다. 그러면 소설과 신문 기사에는 어떤 차이가 있을까요? 소설과 신문 기사는 어떤 사건을 '누가, 언제, 어디서, 무엇을, 어떻게, 왜'라는 육하원칙에 따라 다룬다는 점에서는 크게 다르지 않습니다. 하지만 신문 기사가 철저하게 사실을 대상으로 하는 반면, 소설은 작가의 상상력으로 꾸며 낸 이야기를 대상으로 한다는 점에서 차이가 있지요.

소설은 '사건'을 어떤 원리로 엮을까요?

우리는 소설 작품을 복합적인 구조물이나 유기체에 비유하고는 합니다. 왜 그럴까요? 그 까닭은 소설 속의 '사건'들이 단순히 시간적 순서에 따라 나열되어 있는 것이 아니라, 이야기를 만드는 부분과 요소가 인과 관계를 맺으며 맞물려 있기 때문입니다.

소설에서 주제를 효과적으로 드러내기 위하여 사건을 인과 관계에 따라 유기적으로 배치하는 짜임새를 '구성(plot)'이라고 합니다. '구성'은 작가가 하고 싶은 이야기를 좀 더 설득력 있게 전달하기 위해 일정한 규칙과 틀을 갖추어 사건을 개성적으로 배열하는 방법이면서, 소설 속에 나오는 다양한 요소들을 효과적으로 종합하는 힘입니다. 우리의 일상적인 삶을 예술적인 빛깔이 있는 삶으로 변화시키는 서술상의 기술이기도 하지요.

소설에서 '구성'은 사건을 단순히 시간 순서에 따라 나열하는 '줄거리(story)'와는 다릅니다. 구성이란, 사건의 인과 관계에 중점을 두고 줄거리를 새롭게 엮음으로써 주제를 구현하고 소설의 예술미를 형성하는 논리적이고 지적인 활동이기 때문입니다. 작가는 구성을 통하여 주제 의식에 걸맞게 사건의 진행 과정을 효과적으로 엮어 냄으로써 단순히 시간 순서에 따라 사건을 나열하는 것보다 독자에게 훨씬 선명한 인상을 주게 됩니다.

소설의 '구성' 방식은 다양합니다

소설에서 사건을 엮어 나가는 구성 방식은 매우 다양합니다. 가장 일반적인 방식은 사건을 몇 개의 특징적인 단계로 엮어 나가는 것으로 3단계 구성, 4단계 구성, 5단계 구성 등이 있습니다. 이 가운데 '발단-전개-위기-절정-결말'의 5단계 구성이 가장 대표적인 방식이지요.

그리고 사건의 단일성 여부에 따라 단순하고 단일한 사건으로만 전개하는 '단일 구성'과 두 가지 이상의 사건이 얽혀서 교차하는 '복합 구성'이 있습니다. 또 오랜 시간의 흐름에 따라 다양한 인물과 사건을 순차적으로 다루는 '연대기 구성', 사건을 시간의 흐름에 따라 전개하지 않고 '현재-과거-미래', 또는 '과거-미래-현재' 등으로 얽어서 전개하는 '입체 구성', 사진을 넣은 액자처럼 '외부 이야기'와 '내부 이야기'가 겹 구조로 이루어진 '액자 구성' 등도 있습니다.

특히 '액자 구성'은 '외부 이야기'에서 '내부 이야기'를 하게 된 배경을 설명하여 독자들의 흥미와 호기심을 유발하는 구성 방식입니다. 예를 들어,

김동리의 「무녀도(巫女圖)」(1936)는 토속 신앙을 지닌 어머니와 외래 신앙을 지닌 아들 간의 충돌과 내면적 갈등을 그리고 있습니다. 작가는 이를 효과적으로 드러내기 위하여 서술자 '나'가 집안 대대로 내려오는 '무녀도'의 사연을 전하는 '외부 이야기' 속에, 핏줄로 이어진 모자(母子)가 신관(神觀)의 차이로 충돌하면서 비극적 파탄을 맞이한다는 '내부 이야기'를 담는 '액자 구성' 방식을 사용합니다.

이처럼 사건을 엮는 방식은 여러 가지가 있습니다. 그리고 작가는 자신의 창작 의도에 따라 구성 방식을 자유롭게 선택할 수 있습니다. 하지만 작가가 어떤 구성 방식을 선택하더라도 각각의 사건들이 인과적으로 맺어진다는 점은 잊지 말아야겠지요.

6부 '구성'에서는 전상국의 「동행」과 이청준의 「눈길」이라는 두 편의 이야기를 묶었습니다.

전상국의 「동행」에서는 '쫓는 자'와 '쫓기는 자'라는 대립적인 인물 설정과 그들의 갈등 양상이 '구듬치' 고개를 중심으로 변화하는 독특한 구성 방식을 활용하고 있습니다. 이청준의 「눈길」에서는 아들이 서술하는 '외부 이야기' 속에 어머니가 서술하는 '내부 이야기'가 담긴 '액자 구성' 방식을 활용하여 아들에 대한 어머니의 절절한 사랑을 감동적으로 보여 줍니다.

이처럼 두 편의 이야기는 독특하고 개성적인 구성 방식을 통하여 독자들을 작품의 중심으로 끌어들이고 있습니다. 그럼, 소설의 구성 방식이 어떻게 극적 흥미를 제공하는지 함께 살펴볼까요?

동행(同行)

전상국

전상국(全商國, 1940~). 소설가. 강원도 홍천에서 태어나 어린 시절을 보내며 한국전쟁을 겪었다. 경희대 국문과 및 동 대학원을 졸업하고 1963년 조선일보 신춘문예에 단편 「동행」이 당선되어 등단했다. 이후 오랫동안 교편을 잡으며 창작 활동을 해 온 그는 유년 시절에 겪은 전쟁의 상처와 분단 현실을 가족사의 맥락에서 성찰하는 한편, 교육 현장의 폭력과 권력의 문제를 파고들어 우리 사회의 모순을 탐구하는 작품 세계를 펼쳐 왔다.

소설집 『우상의 눈물』 『아베의 가족』 『우리들의 날개』 『온 생애의 한순간』, 장편소설 『늪에서는 바람이』 『길』 『유정의 사랑』 등이 있다.

동행 전상국

 발목까지 빠져드는 눈길을 두 사내가 터벅터벅° 걷고 있었다. 우중
충 흐린 하늘은 곧 눈발이라도 세울 듯, 이제 한창 밝을 정월 보름달
이 시세°를 잃고 있는 밤이었다.
 앞서서 걷고 있는 사내는 작은 키에 다부져° 보이는 체구였지만
그 걸음걸이가 어딘지 모르게 허전허전해 보였다.
 이 사내로부터 두서너 걸음 뒤져 걷고 있는 사내는 멀쑥한 키에
언뜻 보아 맺힌 데 없다는 인상을 주면서도 앞선 쪽에 비해 그 걸음
걸이는 한결 정확했다.
 큰 키의 사내가 중절모를 눌러 쓰고 밤색 오버에 푹 싸이다시피
방한(防寒)°에 빈틈이 없어 보이는가 하면 키 작은 사내는 희끔한 와
이셔츠 위에 다만 양복 하나를 걸쳤을 뿐, 그 차림새가 퍽도 을씨년
스러워 보였다. 그 양복이라는 것도 윗도리의 품이 좁디좁고 길이도
깡똥한° 반면 아랫바지는 헐렁하게 크기만 해 걷어 올린 바짓가랑이
에 눈이 녹아 붙어 걸음을 옮길 적마다 서걱거렸다. 그 작은 키에 어
깨를 잔뜩 좁혀, 을씨년스럽고 초라한 모습이었다.
 "정말 이렇게 동행을 얻어 다행입니다."

* 터벅터벅 천천히 힘없는 걸음으로 걷는 모습.
* 시세(時勢) 현재의 값. 여기서는 밝지 못한 달빛을 값이 떨어짐에 비유함.
* 다부지다 생김새가 옹골차다.
* 방한(防寒) 추위를 막음.
* 깡똥하다 옷의 길이가 매우 짧다.

큰 키의 사내가 깡깡하면서도* 어딘가 여유를 둔 나지막한 목소리로 말했다.

"예, 밤길을 혼자 걷기란 맹했죠.* 더욱이 이런 산골 눈길은……."

하고, 앞서 걷던 작은 키의 사내가 어떤 생각으로부터 후다닥 벗어나기라도 한 듯, 생경한 목소리로 받았다.

그리고 곧 자기 쪽에서 말을 건네 왔다.

"참, 선생은 춘천에서 오신다기에 말씀입니다만, 혹시 어제 근화동에서 살인 사건이 생긴 걸 아시우?"

그러자 큰 키의 사내는 흠칫 몸을 추슬렀다가 좀 사이를 두어,

"살—인이라면……. 아, 네! 알구말구요. 사실 전 우연한 기회로 현장까지 봤습니다만……."

하고, 조심스레 말끝을 흐렸다.

그러자 키 작은 사내가 주춤 멈춰 서서 다그치듯,

"허, 현장엘? 그래요? 그 술집엘 선생이 가 보셨다구……?"

다시 몇 걸음 떼어 놓다가 말을 이었다.

"근데, 거— 말입니다. 그 살인범을 경찰에선 쉬 잡아 낼 수 있겠습디까? 뭐, 단서 같은 거라두……."

그러자, 큰 키의 사내는 잠깐 머뭇거리다, 글쎄요, 그건 잘 모르겠군요— 중얼거리듯 잘라 놓곤 이어,

"그런데 노형*은 아까 원주에서 오신다고 하신 듯한데 어떻게 벌써 그 사건을 그렇게…… 역시 소문이란……."

그냥 흘려 넘기는 투였다.

---

* 깡깡하다 행동이나 성격이 빈틈없이 깐깐해 보이다.
* 맹하다 막막하다. 난감하다.
* 노형(老兄) 처음 만났거나 그다지 가깝지 않은 남자 어른들 사이에서 상대편을 높여 이르는 말.

그러나 이때 키 작은 사내가 주춤 멈춰 서며,

"아아니 선생, 이거 왜 이러슈. 그래, 내가 언제 원주에서 온다고 했단 말이유?"

무턱 시비조였다.

"아, 그러십니까? 제가 그만……."

그제야 멈춰 섰던 사내가 다시 걸음을 옮겨 놓기 시작했다. 큰 키의 사내도 어깨를 한 번 으쓱 추키곤* 앞선 쪽의 뒤를 부지런히 따라붙었다.

그렇게 상당한 거리를 서로 한마디의 대화도 없이 눈길을 터벅터벅 걷던 그들이 문득 고개를 쳐들었을 때, 그들 시야에 꽤 넓은 평지를 사이에 두고 좀 멀찍이 놓인 산마루*가 희미하게 그 윤곽을 드러냈다.

작은 키의 사내가 걸음을 멈추고 엉거주춤한 자세로 질금질금 소변을 보기 시작했다. 이때 큰 키의 사내는 바짓가랑이와 오버 자락에 엉겨 붙은 눈을 털어 내다가 불쑥,

"저 재 너머가 바루 와야리겠습니다그려?"

무슨 변명이라도 하듯, 초행*이라 놔서…… 했다.

그러나 키 작은 쪽은 대꾸도 없이 바지 단추를 더듬거려 채우다간,

"가만있자…… 이 길루 내처* 가면 엔간히 돌 게구……."

곧 뒷 사내를 향해,

• 추키다 힘 있게 위로 끌어 올리다.
• 산마루 산의 등줄기에서 가장 높은 곳.
• 초행(初行) 어떤 곳에 처음으로 감.
• 내처 하는 김에 잇달아 끝까지.

"선생, 우리 일루 질러갑시다."

그런 다음 이쪽 대답은 아랑곳없다는 듯 지금 그들이 걸어온 한길을 벗어나 도무지 길이 있을 것 같지 않은, 그냥 눈 덮인 밭으로 터벅터벅 걸어 들어가고 있었다.

"질러가는 겁니까? 허지만 이 눈에 저 고갤…… 좀 돌더라두……."

언제나 말미*를 흐리곤 하는 큰 키의 사내가 아직 한길에서 내려서지도 않은 채 머뭇댔다.

"맘대루 허슈, 난 일루 가겠수다."

뒤도 돌아보지 않은 채 작은 키의 사내는 터벅터벅 발목까지 빠져드는 흰 눈밭을 걸어 나갔다.

그러자 큰 키의 사내는 퍽 난처하다는 듯 한동안 망설이다가,

"여보시오, 노형, 나 잠깐!"

그러나 키 작은 사내는 뒤도 돌아보지 않았다.

큰 키의 사내는 무슨 결심이라도 한 듯 어깨를 한 번 으쓱 추켜올리곤 한길에서 내려서 앞서 간 쪽의 발자국을 조심스레 되밟아 나갔다.

앞서 가던 쪽이 밭두렁에서 발을 헛디뎌 앞으로 넘어졌다. 그러나 곧바로 몸을 세워 옷에 묻은 눈을 털 생각도 않고 그냥 걷고만 있었다. 그렇게 키 작은 쪽이 허청거릴* 적마다 큰 키의 사내는 오버 주머니에서 가죽장갑 낀 손을 빼어 줄타기하듯 조심스레 발을 옮기곤 했다.

바짓가랑이에 붙은 눈을 열심히 털면서.

• 말미 말의 끄트머리.
• 허청거리다 다리에 힘이 없어 잘 걷지 못하고 비틀거리다.

그들이 지금 가로지른 평지가 끝난 바로 앞에 하천이 하나 가로놓여 있었다.

"여길 건너야 할 텐데…….."

작은 키의 사내가 벌써 아래로 내려서면서 중얼거렸다. 언뜻 보기에 거기 개울이 있다고 보기엔 어려웠다. 다만 잘잘거리는 물소릴 듣고야 바로 앞에 막아선 산기슭을 타고 개울이 흐르고 있다는 걸 짐작할 수밖에 없었던 것이다.

"얼음이 잘 얼었을까요? 물이 많진 않을 것 같습니다만…….."

큰 키의 사내가 조심스레 개울로 내려서며 말했지만 역시 앞선 쪽은 대답이 없었다.

온통 눈으로 덮인 개울은 처음엔 자갈이 밟혔다. 좀 더 들어서자 덧물*이 흘렀다가 언 층이 발 닿는 곳마다 부적부적 소릴 냈다. 큰 키의 사내는 언제나 앞선 쪽의 발자국을 되디디며 그것도 못 미더운지 몇 번씩 발을 굴러 보곤 했다.

이때 앞서 걷던 사내가 뒤로 돌아서며, 여긴 안 되겠수다— 중얼거리는 거와 동시에 그의 한쪽 발이 뿌지직 얼음을 깨뜨렸다. 그러자 사내는 다시 몸을 돌려 꺼져 드는 얼음 위를 철벅철벅 걸어가며,

"어, 물 차다!"

꺼져 버린 얼음 조각들이 흐르는 물에 처르르— 씻겨 내리고 있었다. 눈 덮여 희던 개울 바닥이 그가 걸어 나간 뒤를 좇아 차츰차츰 검은빛으로 번져 나갔다.

그렇게 찬물 속을 철벅거리며 개울을 다 건넌 사내는 이쪽에서 아직 어쩌지 못해 서성거리고 있는 큰 키의 사내를 향해 소리치는 것이

---

* 덧물 강이나 호수 따위의 얼음 위에 괸 물.

었다.

"제엔장, 일룬 안 되겠수다. 여긴 여울이라 놔서……."

키 작은 사내는 산기슭을 타고 개울 상류로 거슬러 오르고 있었다. 이쪽 사내는 안절부절못하는 몸짓으로 역시 같은 방향으로 거슬러 오르며 눈을 항시 건너편 사내에게서 뗄 줄 몰랐다.

그렇게 얼마쯤 허둥대고 걷다가 큰 키의 사내는 무턱대고 개울로 들어섰다. 다행히 여울*이 아닌 모양이어서 쉽게 건널 수 있었다. 그러나 키 작은 사내는 이쪽에 눈 한 번 주는 법 없이 서벅서벅 제 발길만 옮기고 있었다. 큰 키의 사내는 꽤 허덕댄* 다음에야 앞선 쪽을 따라갈 수 있었다.

역시 앞 사내의 발자국을 되밟으며 따라 걷던 큰 키의 사내는 힉— 한 번 혼자 웃었다. 앞 사내의 바지가 정강이까지 온통 물에 젖어 있어 차츰 얼어들고 있는 것이었다.

"노형, 그거 그렇게 젖어서 어떻게 합니까? 진작 이 위로 건너실 걸……."

"제에기랄, 누가 아니래우. 근데 옷은 이렇게 벌써 뻐쩍 얼어드는데 이놈의 발이 통 안 시렵다니……."

잠시 사이를 두었다간,

"그래, 꼭 그날 밤도 이랬지! 제기랄……."

신음하듯 중얼댔다. 그러자 큰 키의 사내가, 그날 밤이라뇨……? 하고 불쑥 물었다. 그러나 앞선 사내는 대꾸 없이 개울 상류를 향해 자꾸 치오르며 옆 산비탈을 올려다보곤 했다.

* 여울 강이나 바다의 바닥이 얕거나 폭이 좁아 물살이 세게 흐르는 곳.
* 허덕대다 힘에 부쳐서 괴로워하며 애쓰다.

금세 눈이 내릴 듯 우중충 흐린 밤이었지만 날은 퍽 차가웠다.

드디어 키 작은 사내의 바짓가랑이가 데거덕거리기* 시작했다.

그렇게 자꾸 산비탈을 훔쳐보며 개울 기슭을 따라 걷던 작은 키의 사내가 다시 주춤 멈춰 섰다.

"하, 이거 아무래도 잘못 잡았지……."

그러면서 사방을 두리번거렸다.

"눈에 홀린다더니, 정말 눈길을 걷기란 힘이 듭니다그려."

오버 자락의 눈을 털면서 큰 키의 사내가 말했다.

"선생한텐 정말 미안하우, 제에기랄, 이놈의 델 와 본 지도 꽤 오래 돼 놔서……."

"그럼 여기가 고향……?"

그러나 키 작은 사내는 이쪽 말은 염두에도 없다는 듯 제 궁리에 잠겼다가,

"에라, 내친김에 좀 더 올라가 볼 수밖에—."

하고, 다시 데걱거리며 걷기 시작했다.

그렇게 한참을 걸었다. 그러나 앞선 쪽의 사내는 다시 걸음을 멈추며 속으로 가만히 한숨을 몰아쉬는 것이었다. 이때 함께 멈춰 발을 탁탁 구르며 주위를 두리번대던 큰 키의 사내가 한쪽을 가리켜 보였다.

산을 끼고 흐르던 개울이 점차 산비탈과 그 거리를 벌리면서 그 중간쯤에 집 한 채가 오똑— 눈에 띄었다. 누가 먼저 말을 낸 것도 아닌데 그들은 그쪽으로 발을 옮기고 있었다.

집 앞의 길은 꽤 넓게 눈에 쓸려 있었다. 눈이 쓸리고 거뭇거뭇 드러난 맨땅에 이르러 그들은 옷에 묻은 눈을 털었다. 키 작은 쪽의 바

---

* 데거덕거리다 단단한 물건들이 서로 맞닿거나 부딪치거나 부러지는 소리가 잇따라 나다.

짓가랑이는 달라붙은 눈덩이와 함께 데걱데걱 얼어 있었다.

키 작은 사내가 사립문 앞으로 다가갔다.

이때 허리를 굽히고 열심히 눈을 털던 큰 키의 사내가 쿳쿳― 기침을 하기 시작했다. 꽤 밭은,* 그리고 사뭇 어깨를 움츠린 채였다. 기침이 멎자 그는 눈 위에 무엇인가 뱉었다. 짙은 자국이 눈 위에 드러났다. 발로 즉시 그 자국을 뭉개 버렸다. 그리고 손수건을 꺼내어 거기에 무엇인가 또 뱉었다. 그 손수건을 유심히 들여다본 다음 다시 입언저리를 말끔히 닦았다.

"많이 변했군. 이런 데 집이 다 있구. 헌데 이눔의 집은 초저녁부터 자빠져 자는 건가?"

키 작은 사내가 사립문 위로 고개를 세워 들고 안을 기웃거리다가 언성을 높여,

"여보시우, 쥔장! 거 말 좀 물어봅시다."

그러나 안에선 기척이 없었다.

제엔장, 눈까지 친 걸 보면 빈집이 아닌 건 분명한데 하고, 키 작은 사내가 사립문을 마구 흔들어 대기 시작했다. 사립문에 달린 깡통이 쩔렁쩔렁 울렸다.

그러기를 한참, 드디어 안에서 두런거리는 소리가 들리는가 싶더니,

"거, 누구유? 첫잠에 그만 푹 빠져서……."

하고 남자의 목소리가 들렸다.

그러나 키 작은 사내는 자꾸 사립문만 흔들어 댔다.

그제야 방문이 삐금― 열리며,

"뉘세유?"

* 밭다 숨이 가쁘고 급하다.

이번엔 여자였다.

"거 말 좀 물어봅시다. 구듬치 고개가 어디쯤 되우?"

그러자 삐끔히 열린 문 사이로 남자의 목소리가 새어 나왔다.

"거 누군지 구듬치 고갤 찾는 걸 보니 와야릴 가는가 본데, 에이 여보슈, 길을 영 잘못 잡았수다. 좀 돌더라두 큰길로 갈 것이지, 거 미욱하게시리* 이 눈길에 구듬칠 넘다니!"

쯧쯧, 혀까지 차고 있었다.

작은 키의 사내가 그 말에 응수*라도 하듯 세차게 사립문을 흔들어 대며,

"아니 여보, 누가 얼루 가든 이거 왜 이래? 거 주인 좀 이리 나오슈!"

사뭇 깡깡한 시비조였다.

"에이그 손님, 참으세유. 우리 으른은 몸이 불편해서 못 나오세유. 구듬치 고갤 넘으실려구 허세유? 그럼 저 앞에 개울을 따라서 한참 내려가셔야 해유."

"알았수다. 실은 나두 와야리 사람이유. 댁에선 여기 산 지가 얼마 됐는지 모르겠소만 혹시 최억구라구 아시겠수? 바루 내가 최억구란 말이유……."

언 바짓가랑이를 데걱거리며 몸을 돌리던 키 작은 사내가 말했다.

방문을 열고 섰던 아낙네가, 최억구유? 최억구…… 하고 중얼거렸다.

그러자 갑자기 놀란 남자의 목소리가 방 안으로부터 튕겨 나왔다.

"엥? 최억구라구? 분명 억구랬다! 아아니, 그런데 그 사람이 정신이 있나? 와야릴 제 발루……."

• 미욱하다 됨됨이가 어리석고 미련하다.
• 응수(應酬) 상대편이 한 말이나 행동을 받아서 마주 응함.

그러나 최억구라고 씹어뱉듯 이름을 밝힌 키 작은 사내는 방 안에서 굴러 나오는 소리엔 아랑곳없다는 듯, 홍, 콧바람을 날리며,

"선생, 가십시다. 제기랄, 좀 서 있으려니 발이 비적 얼어드는군……."

심한 기침을 끝내고 아직 말 한마디 없이 서 있던 큰 키의 사내가 입을 열었다.

"노형, 발이 그렇게 얼어선 안 됩니다. 예서 좀 녹여 가지구 가십시다."

그러나 최억구는 이미 저만큼 앞서 걸으며 혼잣말하듯 얼어서 안 될 것도 별루 없수다— 했다.

그 기세에 머쓱해진 큰 키의 사내 역시 그냥 덤덤히 키 작은 사내를 따라나섰다.

두 사내는 조금 전 자기들이 밟고 올라온 눈길을 되밟으며 개울의 흐름을 따라 산비탈을 끼고 내려갔다.

"이거 정말 안됐수! 거 아까 선생 말대루 큰길루 가야 하는 건데, 선생 고생이 말이 아니외다."

아까와는 달리 푹 누그러진 음성으로 얘길 시작한 억구는 이어,

"우습지만, 선생이 와야릴 우째 가시는지 여쮜 보지두 못했네유. 그래, 하필 이 설한°에 춘천에서 와야린 하러 가시는 거유?"

그냥 예사롭게 묻는 투였다.

큰 키의 사내는 좀 당황한 듯 공연히 발을 힘주어 쿵쿵 울려 디디다간,

"예, 뭐 좀 일이…… 하, 이거 죄송합니다. 사삿일°이 돼 놔서, 말씀 드리기가……."

° 설한(雪寒) 눈이 내리는 때나 내린 뒤에 닥치는 추위.
° 사삿일 개인의 사사로운 일.

더듬거렸다.

"사삿일이시라면……."

하고, 좀 사이를 두었다가 이어,

"아, 그럼 휴양이라두?"

큰 키의 사내는 흠칫 놀란 듯,

"네? 휴양……? 아, 네, 몸이 좀……."

이렇게 어물어물 말미를 흐렸다.

"역시 몸이? 아까 기침을 하실 때 객혈*이 있으시기에……."

"보셨군요. 예, 약두 무척 썼지요. 하지만 그게 좀체루. 역시……
제 병은 자기가 잘 알지 않습니까!"

다시 큰 키의 사내는 터져 나오는 기침을 참느라고 쿳쿳─ 했다.

"그럼 결국……."

말이 무심결에 튀어나온 걸 엄폐*라도 하듯,

"참, 선생은 뭘 하시우? 내 보기엔 어디 관공서에라두 나가시는 것
같은데……."

"예, 뭐, 그저…… 길이 참 맹했다!"

주춤 몸을 가누며 중절모를 벗어 들었다가 다시 눌러쓰는 큰 키
의 사내였다.

"노형 고향이 와야리시라면 거기 친척이 많으시겠습니다그려……."

억구에게로 질문을 돌리고 있었다.

"친척? 하아 친척이라…… 제에기랄……."

억구는 걸음을 잠깐 멈추며 허리춤을 고쳐 올린 다음 씹어뱉듯,

* 객혈(喀血) 피를 토함.
* 엄폐(掩蔽) 가리어 숨김.

"가친이 계시죠. 우리 아버지 말입네다……."

하고는 ㅎㅎㅎ…… 허탈하게 웃어 댔다.

"아, 그러십니까. 춘부장*께서 아직…… 부럽습니다."

"아직 죽지 않았느냐구요? 부럽다구요?"

그렇게 다긋던* 억구가 다시 허탈한 웃음을 웃었다.

눈 덮인 산골 밤은 냉랭하고 적연했다.* 다만 개울물 흐르는 소리가 잘잘 두 사내의 눈 밟아 나가는 소리에 어울려지곤 할 뿐이었다.

하늘은 곧 눈을 쏟을 듯 점점 어둑해지기 시작했다. 억구의 언 바짓가랑이가 제법 데걱거리고 있었다.

앞서 걷던 억구가 멈춰 섰다.

거뭇거뭇 송림*이 우거진 고갯마루를 치어다봤다. 구듬치 고개라는 것이었다.

큰 키의 사내가 두어 번 발을 구르며 오버 주머니에서 담배를 꺼내어 피봉*을 뗐다. 그리고 한 개비를 뽑아 억구에게 내밀었다. 담배를 받아 드는 억구의 맨손이 뻣뻣하게 얼어 있음을 그의 엉거주춤한 손가락을 보아 곧 알 수 있었다. 키 큰 쪽도 한 개를 빼어 물고 성냥을 찾아 가죽장갑 낀 채 불을 당겼다.

성냥불에 담배를 대고 빠는 억구의 턱이 심하게 떨고 있었다. 첫 성냥개비는 허탕이 됐다. 다시 성냥을 그어 대는 큰 키의 사내 시선이 모가 난 억구의 얼굴을 날카롭게 뜯어보고 있었다.

"그래, 와야릴 갈래면 꼭 저놈의 고갤 넘어야 한단 말이우? 내애 참!"

• 춘부장(椿府丈) 남의 아버지를 높여 이르는 말.
• 다긋다 다그치다.
• 적연(寂然)하다 조용하고 고요하다.
• 송림(松林) 솔숲.
• 피봉(皮封) 겉봉.

생뚱같이 중얼거리는 억구의 말을 큰 키의 사내가 사뭇 송구스럽다는 투로 받았다.

"전 여기가 초행이라 놔서……."

그러나 억구는 홍, 콧바람을 날리며,

"왜 이러슈 이거! 내가 여길 지릴 몰라 그걸 선생한테 물은 거유?"
하고 퉁기듯 퉁명을 부렸다. 그리고 담배를 몇 모금 거듭 빨아 연기를 내뿜으며,

"제에기랄, 저놈의 고갤 내가 꼭 넘어야 하는 이유가 도대체 뭐야?"

혼잣소릴 했다.

큰 키의 사내는 조용히 억구의 옆모습만 뜯어보고 서 있었다.

문득 옆 사내의 시선을 알아차리기라도 한 듯 억구는 담배를 손끝까지 타들도록 거듭거듭 빨아 대곤 휙 집어던지며 고개를 향해 터덜터덜 오르기 시작했다. 언 바짓가랑이를 데걱거리며.

데걱거리며 고개를 향해 걷기 시작한 억구에게 시선을 떼지 않고 서 있던 큰 키의 사내가 아랫입술을 지그시 물었다. 그리고 고개를 두어 번 끄덕인 다음 억구의 뒤를 따랐다. 터져 나오는 기침을 쿳쿳— 참아 가며.

고개로 접어드는 산기슭, 보득솔밭*을 지나며 먼저 입을 뗀 것은 억구였다.

"제에기랄, 우리 어렸을 적만 해두 이 보득솔밭엔 토끼두 숱했는데……. 거, 눈이라두 좀 빠졌을 땐 그저 두어 마리 때려잡긴 예사였소만……. 그런데 거 토끼란 짐승은 눈엔 영 맥을 못 쏩데다……."

---

* 보득솔밭 키가 작고 가지가 많은 어린 소나무 밭.

그러자 큰 키의 사내가 회고조로 천천히 말을 받았다.

"이거 토끼 얘기가 나왔으니 생각이 납니다만……."

중학 2학년 때인가 전교생이 학교 뒷산으로 식수°를 나갔다. 이제 싸리순이 파랗게 터져 오르는 싸리밭에서 토끼 똥을 주워 든 아이들이 장난삼아, 토끼 여깄다아— 하자 여기저기서 웅성대다 보니 그게 그냥 토끼 사냥이 돼 버렸다. 상급반에서 정말 한 마리 풍겨° 놓은 것이다. 그러나 스크럼°이 허술한 몰이여서 그놈은 이내 포위망을 빠져나가고 말았지만 어쩌다 이제 겨우 발발 기어 다니는 새끼 한 마리를 붙잡았다. 토끼 새끼를 번쩍 처들어 둘러선 아이들에게 구경을 시킨 생물 선생은 싱글거리며 봄볕에 노곤히 지쳐 있는 이쪽에게 그것을 건네주며, 잘 가지고 있어라— 했다. 얼결에 새끼 토끼를 받아 든 이쪽은 생물 선생의 말을 들으면서 그만 헛구역질을 했다. 이놈을 생물 시간에 해부를 해 보이겠다는 것이었다. 해부를 한 다음에는요? 하고 어떤 녀석이 장난조로 묻자, 하 그건 너희들이 아직 잘 모를 테지만, 거 토끼 고기가 뭐뭐에는 최고지— 하는 생물 선생의 말을 받아 아이들은 합창하듯,

"토끼 다리 술안주!" 했다. "고오놈들." 가히 무서울 것 없는 호령이었다.

그러나 조막만 한 토끼 새끼의 귀를 잡고 앉아 있는 이쪽은 요렇게 작은 걸— 내심으로 툴툴대며 자꾸 헛구역질을 했다. 토끼 새끼의 가슴팍에 손을 대어 봤다. 파득파득 뛰고 있는 가슴팍에서 따스한 온기가 전해졌다.

- 식수(植樹) 나무를 심음.
- 풍기다 짐승을 사방으로 흩어지게 하다.
- 스크럼(scrum) 여럿이 팔을 바싹 끼고 가로로 줄을 지어 늘어서는 것.

이때 누군가 "저기 에미 토끼 온다아!" 소릴 쳤다. 정말 칡빛 토끼 한 마리가 이리로 곧장 구르다시피 달려 내려오고 있었다. "에미다, 에미! 야, 인마, 그 새낄 에미가 보두룩 번쩍 들어라. 번쩍……." 국어 선생이었다. 어미 토끼를 포위하기란 수월했다. 아이들이 와와 소리 쳤다. 어미 토끼는 이리저리 핑핑 돌기만 했다. 그렇게 어쩔 줄 모르고 핑핑 돌기만 하던 어미 토끼가 갑자기 딱 멈춰 서며 이쪽의 번쩍 쳐들고 있는 새끼 토끼를 노려보는 것이 아닌가. 이 당돌한 기세에 아이들도 주춤했다. 칡빛 어미 토끼의 쭈뼛 곤두선 두 귀와 까만 눈빛. 빛나는 눈알을 보자, 이쪽은 부르르 몸을 떨었다. 그러자 이때 살기 차고° 공포에 질린 표정으로 이쪽을 노려보던 그 어미 토끼가 씽하니 이쪽에게로 내달아 오기 시작했다. 둘러섰던 아이들이 그제야 와아…… 소릴 쳤다. 새끼 토끼 역시 무어나 알기라도 한 듯 부들컹대며° 깍깍거렸다. 이쪽은 어미 토끼의 눈에서 무엇인가 뻔쩍하는 걸 본 듯했다. 마치 불꽃 같은— 순간, 새끼 토끼를 쳐들고 있던 이쪽은 그만 얼결에 비켜서고 말았다. 그 틈이 난 사이로 토끼가 빠져나가 산으로 치뛰고 있었다. 치뛰는 토끼를 쫓는다는 건 무모한 것이었다. 모두들 악을 쓰다시피 이쪽에게 욕을 해 대고 있었다. 그러나 정작 이쪽은 멍하니 선 채로 치뛰는 어미 토끼를 바라보고 있을 뿐이었다. 토끼 새끼의 두 귀를 움켜쥔 손바닥에 땀이 배었음을 늦게야 깨달았다. 거, 인간이나 동물이나 모성애란 무섭거든 하고 입을 연 국어 선생은 금세 입을 헤— 벌리며 "하, 그놈 꽤 크던걸, 그으거 참……." 이쪽에게 힐끔 눈살°을 주면서였다.

● 살기 차다 독살스러운 기운이 가득하다.
● 부들컹대다 몸을 심하게 떨다.
● 눈살 눈총. 눈에 독기를 띠며 쏘아보는 시선.

"하아, 그럼 누군 입맛을 안 다시겠소? 그때 선생님께선 욕깨나 먹게 됐수다 뭐."

흠흠— 웃으며 억구가 말했다. 그러나 자못 정색을 한 큰 키의 사내는,

"욕이 문젭니까? 그보다두 다음 생물 시간에 벌어질 일을 생각하니……."

하다간 그냥 겸연쩍게 웃어 버리고 말았다.

"그래, 다음 날 고 조막만 한 토끼 새낄 해불 합디까? 그 고긴 술 안줄 하구……?"

억구가 다시 흠흠 웃었다. 하자 큰 키의 사내는 보득솔을 붙잡고 끙끙 힘을 써 오르며,

"글쎄 그게……."

잠시 사이를 두었다가,

"그날 밤 꽤 피곤했지만 잠이 통 오질 않더군요. 그 어미 토끼의 도사리고 노려보던 눈, 그리고 배를 째이는 새끼 토끼의 환상이 자꾸……. 그예 난 생물 선생네 토끼장의 위치를 짐작하며 잠자리에서 빠져나오고야 말았습죠."

하자, 억구는 그 예의 조소* 섞인 웃음을 흠흠— 하며,

"하, 선생이 왜 일어났는가 내 알겠수다. 물론 그 새끼 토낄 구해 주셨겠구만. 그러구 보니 선생두 어렸을 적엔 어지간하게시리 거 뭐랄까……."

그러나 큰 키의 사내는 그 말을 가로채,

"글쎄 그게 그렇게 되지가 못하구……."

• 조소(嘲笑) 비웃음.

하고 또 긴 말을 이을 기세를 보이자, 억구는 얼른 말미를 낚아,

"여하튼 선생 얘길 듣고 보니 난 사실 부끄럽수다. 그럼 선생, 이번엔 내 얘길 한번 들어 보실라우? 이렇게 눈이라두 푹 빠진 날이면 늘 생각이 납니다만 이놈은 원래 종자가 악종이었습니다."

아홉 살인가 그럴 때였다. 자기 집 앞 보리밭에서 눈을 뭉치고 있었다.

처음엔 주먹만 하게 뭉쳐서 그것을 눈 위로 굴렸다. 주먹만 하던 게 차츰차츰 커지기 시작했다. 아기 머리통만 하게, 더 커지면서 물동이만 하게, 억구는 자꾸자꾸 굴렸다. 숨이 찼다. 장갑을 끼지 않은 손이 에이듯 시렸지만 참았다. 꾹 참았다. 참아야만 했다. 뒤에 종종머리˚ 계집애가 있었던 것이다. 눈덩이가 굴러 바닥이 드러난 곳에 푸릇푸릇 보리싹이 보였다. 그 드러난 자국을 쫓아 종종머리 예쁜 계집애가 따라오며 좋아라 손뼉을 치고 있었다. 마을 밤나무 숲에선 까치가 듣그럽게˚ 울었다. 계집애 옆엔 강아지도 깡충깡충 뛰며 따르고 있었다. 신이 난 억구는 자꾸자꾸 눈덩이를 굴렸다.

그러나 이게 웬일인가. 이미 한 아름이 넘게 커진 눈덩이는 이제 바닥에서 뿌득뿌득 소리만 날 뿐 더 이상 움직이질 않았다. 눈덩이가 아홉 살짜리 힘에 부치게 컸던 것이다. 그러나 예쁜 종종머리 계집앤 자꾸 더 굴리란 것이다. 항아리만 하게 낟가리˚만 하게, 산만큼 크게, 아주아주 하늘 땅만큼 크게 만들라는 것이다. 억구는 그만 울상이 됐다. 안달했다. 이젠 손이 시린 걸 더 참을 수가 없었다.

그러나 이때 종종머리 계집애가 저쪽을 손가락질했다. 득수란 놈

˚ 종종머리 한쪽에 세 층씩 석 줄로 땋아서 그 끝에 댕기를 드린 여자아이의 머리.
˚ 듣그럽다 시끄럽다.
˚ 낟가리 낟알이 붙은 곡식을 쌓은 더미. 혹은 나무, 풀, 짚 따위를 쌓은 더미.

이 이쪽으로 눈덩이를 굴려 오고 있지 않은가. 득수의 눈덩이가 점점 커지더니 잠시 후에 억구 것은 댈 것도 못 되었다. 종종머리 계집앤 문제없이 득수 편이 됐다. 강아지까지였다.

억구는 그만 눈물이 징 솟았다. 더 참을 수 없이 손이 시렸다. 드디어 억구 앞까지 눈덩이를 굴려 온 득수가 씩 웃으며 파란 바탕에 노란 무늬 수놓은 장갑을 낀 손으로 억구 눈덩이를 손가락질하며, "애걔 쪼끄매⋯⋯."했다. 덩달아 종종머리 예쁜 계집애도, 득수야 쟤 꺼 (나를 가리키는 그 계집애도 빨간 벙어리장갑을 끼고 있었지요)하구 막 싸워 봐, 누구 께 이기나!" 하는 것이었다. 그러자 득의양양해서 자기 눈덩이를 억구 것에다 굴려 오는 득수, 억구는 자기가 만든 눈덩이가 두 쪽으로 갈라지는 걸 보았다. 그리고 계집애가 좋아라 손뼉 치는 소리도 들었다.

"문득 깨닫고 나니 난 득수 놈의 장갑을 입에 물고 있더란 말이요. 헌데, 입안엔 분명 장갑뿐인 게 아니었쥬. 난 그걸 뱉는 것까지 잊어 버린 채 그저 멍하니 서 있었지 뭡니까."

이때 눈 위에 벌렁 나자빠졌던 득수가 제 손등을 보더니 그제야 아악! 하고 비명을 질렀다. 그렇게 기겁을 한 득수가 시뻘건 눈으로 (놈이 커서 죽을 때도 역시 꼭 그런 눈으로 날 노려봅데다) 뿌르르 일어서더니 억구가 아직 물고 있는 장갑을 낚아챘다. 그제야 억구는 입안 가득히 괸 것을 눈 위에 뱉었다. 눈이 새빨갛게 물들었다. 억구는 입안에 괴어든 피를 거푸 뱉어 냈다. 손등의 살이 떨어져 나간 득수가 펄펄 뛰면서 울어 대는 걸 힐끔거리며 억구는 자꾸자꾸 침만 뱉었다.

"허나 이빨 사이에 끼인 그놈의 장갑 실오래긴 영 나오질 않습디다 그려!"

하고, 억구는 걷기를 잠깐 멈추고 몇 번 퉤ㅡ, 침을 뱉고 나서 다시 이야길 이었다. 볼이 얼어서 발음이 제대로 안 되는지 더듬거려.

"마침 그때 아버님은 안 계셨지만, 난 계모한테 붙들려 꼬박 이틀을, 꼭 이틀하구두 한나절을 광 속에 갇혀 지냈수다. 컴컴한 광 속에 가마니를 깔고 앉아 자꾸 침만 뱉었죠. 그러나 아무리 해도 그 득수놈의 장갑 실오래긴 어떻게 빼낼 수가 없습데다. 속에선 불이 펄펄 일구, 그 망할 광 속은 왜 그리 캄캄하고 추운지! 제기랄, 내 그때 벌써 감옥소란 데가 이렇겠거니 생각했댐 알조* 아니우?"

억구는 말을 맺으며, 다시 눈 쌓인 고갯길을 오르고 있었다. 그의 양복은 온통 눈투성이였다. 바짓가랑이에선 여전히 데걱데걱 언 소리가 났다.

보득솔밭을 지나 꽤 큼직한 송림 사잇길이었다. 소나무 위에 얹혔던 눈이 쏴르르 떨어져 내렸다. 억구가 다시 이야길 이어 갔다.

"난 기어코 득술 죽이고야 만 겁니다. 거 왜, 사변 때 말입니다. 파리 새끼 쥑이듯 사람 막 쥑일 때 말이죠. 놈을 죽일 때 보니 그놈은 왼손에 장갑을 끼고 있더군요. 차마 그걸 벗겨 버릴 순 없었는데, 울화통은 더 치밀더군요. 여하튼 난 득술 죽이고야 말았다ㅡ 이겁니다. 허나 그뿐인 줄 아슈? 육친을, 즉 제 애비까지 잡아먹은 게 바로 나요. 이 최억구라는 인간입데다."

결국 이용당했더란 것이다. 어릴 적부터 동네의 천더기*로 따돌림 당하던 자기를 빨갱이들이 용하게 이용했더란 얘기다. 무슨 위원회 부위원장이니 하는 감투를 떠억 씌워서. 그래 결국 자기 부친까지 참

---

* 알조 알 만한 일.
* 천더기 천덕꾸러기. 남에게 업신여김을 받는 사람이나 물건.

사를 당하게 됐다는.

늙은 부친과 함께 한방에서 자고 있었다. 계모는 이미 억구가 철들기 시작할 무렵 달아나 버렸고, 그래 부친은 늘 억구에게 장가가길 원했던 것이다. 허지만 와야리에선 힘든 일일 수밖에.

억구는 눈을 멀뚱히 뜬 채 생각에 잠겨 있었다. 조금 전 소변보러 밖에 나갔던 부친이 돌아오며 하던 말이 떠올랐다. 밖에 눈이 퍽 내렸다고, 올해의 눈 온 짐작으로 봐선 내년은 분명 풍년일 게라고— 하던 부친이 이불을 뒤집어쓰며 푸욱 한숨을 내쉬었던 것이다. 그 깊은 한숨 소리에 억구는 그만 잠을 뺏기고 만 것이다. 자기 때문에 마을도 한번 변변히 못 나가고 (그렇게 이 억구란 놈이 악종으로 날뛰었던 겁니다) 방 안에서만 늘 풀이 죽어 있어야만 했던 부친의 한숨 소리에 자꾸 헛기침만 해 대던 억구였다.

그 밤, 부친은 죽창에 찔려 죽고, 어쩌다 자긴 이렇게 여기 살아 있다고 억구는 또 고개 오르기를 멈추며 조용히 한숨을 몰아쉬었다.

"우리 부자만 몰랐지, 동네에서들은 모두 국군이 머지않아 돌아온다는 걸 알고들 있었던 거죠. 결국 자기들 손으로 우리 부잘 처치해 버리자는 생각들이었겠죠. 억구란 놈이 그렇게 죽어 마땅한 놈이었습네."

그들이 고개 오르기를 잠시 쉬는 동안도 산속의 소나무 위에 얹혔던 눈은 제 무게가 겨운지 쏴르르— 쏟아져 내리곤 했다.

"그날 밤, 난 집을 빠져나와 뒷산으로 치뛰며 아버님의 비명을 들었수다. 득수 동생 놈이, 잡았다! 하고 소릴 치더군요. 잡았다, 하고 말입네. 그래두 이놈은 살겠다고 정갱이까지 빠져드는 눈길을 맨발로 달아나구 있었죠."

그는 카악 가래침을 돋워 입안에 꿀럭거리며,

"그러니까 그때 와야릴 떠나군 이번이 처음 가는 겝니다. 10년이 넘는 오늘에야 아버님을 찾아가는 겁니다. 비록 무덤이지만……."

퉤— 가래침을 뱉어 버리고 다시 고개를 허위적허위적 오르기 시작했다.

큰 키의 사내는 이제 눈길을 걷기에 지칠 대로 지친 듯 헉헉 숨을 몰아쉬곤 했다. 그러나 억구의 얘기에 흠뻑 끌리고 있는 투였다.

드디어 우중충 흐렸던 하늘이 눈을 내리기 시작했다. 세상의 모든 것을 덮어 버리며, 그리고 순화시키는 그런 위력을 가진, 그리고 못 견딜 추억 같은 걸 뿌리면서 눈이 내렸다. 바람결에 눈발이 비끼고 있었다. 송림이 웅웅— 적막한 음향을 냈다.

"그럼, 노형은 이제 와야리 사람들을 만날 생각이십니까?"

큰 키의 사내가 좀 가파른 눈길을 엉금엉금 기어오르며 숨가쁘게 말했다. 하자, 옆에서 기어오르던 억구가 주춤 멈추며 뒤를 향해,

"와야리 사람들을 만나겠느냐구요? 분명 선생이 그렇게 말씀하셨 것다? 만나겠느냐구— 흥, 만—나—겠—느냐구!"

억구는 거푸 되뇌며, 마치 얼빠진 사람처럼 웅얼거렸다. 그러다가 느닷없이 발끈 내질렀다.

"선생, 그래 내가 그 사람들을 만나지 못할 건 뭐유? 난 와야리서 낳구, 거기서 뼈가 굵었구, 가친*이 게서 돌아가시구, 게다가 나두 사람인데 내가 왜 그 사람들을 못 만난단 말이우?"

꽤나 격양된* 어조였다. 그러나 다시 푹 사그라진 어조로,

"난 어제두 와야리 놈을 하나 만났수다. 춘천에서 말이오. 바루 내

• 가친(家親) 남에게 자기 아버지를 높여 이르는 말.
• 격양되다 기운이나 감정 따위가 세차게 일어나다.

가 죽인 거나 진배없는 그 득수 놈의 동생을 만났다 이겁니다. 놈이 날 보자마자, 형님, 이거 반가워유…… 하지 않겠소. 사실 나도 처음엔 왈칵 반갑습데다. 놈을 술집으로 끌구 갔죠. 우린 과거 얘긴 될 수 있는 한 피했죠. 하나 술이 얼근해지자[*], 난 떠억 물어본 겁니다. 그래 자넨 우리 아버질 분명 잡았겠다? 그런데 그 잡은 걸 어데다 묻었나? 하고 말이죠. 허니까 그 녀석 술이 확 깨는지, 그래두 놈은 내 맘을 풀어 볼 양으로 고분고분한 말투로, 우리 선대조 산소에 모셨노라구, 그리고 벌초까지 제가 매년 해 왔다는 겁니다. 우선 놈의 얘기가 고맙더군요."

신음하듯 말미를 흐렸다.

"네에! 득수라는 사람 동생을 어제 만나셨다구요? 그 김득칠일……."

그러자 억구는 후딱 놀란 듯,

"예, 어제 분명 그놈을 만났지요. 그런데 선생이 어떻게 그놈 이름을 아슈? 알길……."

조급스레 다그쳐 물었다.

"김득칠이가 맞죠? 서른셋, 직업은 면서기죠. 김득칠인 어제 근화동서 살해됐습니다."

큰 키의 사내가 차분한 어조로 말했다.

이제 억구가 획 몸을 돌리며,

"나도 알구 있소. 득칠이가 소주병에 대가릴 맞아 죽은 걸 나도 알고 있단 말이오. 그런데 지금 선생은 꼭 내가 득칠일 죽인 범인이라두 되는 것처럼 생각하는가 본데, 자, 선생, 내가 득칠일 죽였단 말이오?"

[*] 얼근하다 술에 취하여 정신이 조금 어렴풋하다.

한 마리 곰처럼 도사려 앉아 밑의 사내를 노려봤다.

큰 키의 사내는 오른손을 오버 주머니에 찌른 채 두어 걸음 밑으로 물러서며 억구를 쳐다봤다.

이미 그들은 거의 고갯마루 턱까지 올라와 있었다. 한동안 그들은 서로 마주 본 채 움직이지 않았다. 큰 키의 사내의 오른손은 아직 오버 주머니에 꾹 찔려 있었고 억구는 머리부터 온통 눈을 뒤집어쓰고 있었다. 눈은 자꾸 비껴 내렸다.

이윽고 큰 키의 사내가 오른쪽 손을 오버 주머니에서 빼며 모자를 벗었다.

모자에 하얗게 내려앉은 눈을 털면서 입을 열었다.

"공연한 오해를 하고 있는 것 같습니다그려. 제가 왜, 어제 근화동에서 그 현장을 우연히 봤다지 않습디까? 형사들은 죽은 사람의 증명서를 뒤지며 김득칠이니 뭐니 하길래……. 또 노형이 어제 만났다는 분이 그 죽은 사람 같아서 한번 그래 본 것뿐입니다……. 자, 그런데 이거 눈이 너무 오십니다그려……."

그러자 억구는 아무런 대꾸 없이 몸을 일으켜 걸음을 옮기기 시작했다.

이제 그들은 바람을 안고 내리막 눈길을 걷고 있었다. 걷는다기보다는 미끄러져 내려가고 있는 형편이었다. 그러나 앞선 것은 여전히 억구였다.

눈 덮인 송림이 웅웅 울고 있었다.

가끔 소나무 위에 얹혔던 눈 무더기가 쏴르르 쏟아져 내렸다. 부쩍 언 억구의 바짓가랑이는 연해 데걱거렸고.

"그래, 노형은 그동안 어떻게 지내셨습니까? 그날 밤 와야릴 떠난 후에 말입니다."

큰 키의 사내가 물었다.

"진작 물으실 줄 알았는데……, 결국 선생이 궁금한 건 사람을 죽인 놈이, 제 애비까지 죽인 빨갱이가 그동안 그 대가를 치렀느냐 이거죠? 즉 이 최억구란 놈이 형무소에서라두 도망쳐 오는 게 아니냔 그 말씀이죠?"

억구는 또 그 예의 흠흠— 비웃음 소리를 냈다.

그렇게 웃던 억구가 풀썩 미끄러져 주저앉았다. 주저앉는가 하자 어느새 굴러 내리기 시작했다. 순간 큰 키의 사내는 확— 긴장하면서 오른손을 오버 주머니에 넣었다. 역시 그도 몇 걸음 미끄러져 내리며,

"여보!"

외쳤다.

그러나 서너 바퀴 굴러 내린 억구는 온통 눈에 묻혀 버린 채 꼼짝도 안 했다. 큰 키의 사내는 오른쪽 손을 주머니에 넣은 채 어쩔까 망설이는 표정으로 서 있기만 했다.

눈발은 더욱 세게 비껴 내리고.

이윽고 눈 속에 엎어져 있던 억구가 엉기엉기 길을 찾아 오르며 띄엄띄엄 중얼거렸다.

"하긴 나두 처음엔 몇 번이고 자수할 생각이었죠. 그러나 결국 난 자술 못하고 만 거죠. 난 그 광 속을 잊을 수가 없었던 거요. 그 광 속에서 이틀 동안이나 이빨 사이에 박힌 장갑 실오래길 빼려구 내가 얼마나 애를 썼는지 아슈? 침이 묻은 손은 자꾸 얼어들구, 실이 긴 잇몸의 살이 떨어져 피까지 나왔지만 난 그 장갑 실오래긴 아무래도 뺄 수가 없었던 거요. 예, 늘 생각을 한 거죠. 난 그 육실하게* 춥구 캄캄한 광 속에선 실오래길 죽어두 빼낼 수가 없었다…… 이겁네다."

그는 흡사 술 취한 사람처럼 떠벌리며 기어올랐다.

큰 키의 사내는 얼마간 경계하는 몸짓을 하면서 그를 부축해 끌어올렸다.

다 기어 올라온 억구는 눈 같은 건 털려고도 않은 채 우선 양복 윗주머니의 불룩한 곳부터 더듬었다.

그리고 다시 앞을 서서 고개를 내려가기 시작했다. 넋두리하듯 지껄여 대며,

"보시우 선생. 징역이니 사형이니 어쩌구 하는 것에다 제 죄를 전부 뒤집어씌워 놓곤 자긴 떠억 시치밀 뗄 수가 있다고 생각하시우? 어쩜 그게 가능할지도 모르죠. 허나 이놈에겐 그 춤구 캄캄한 광 속의 기억이 있는 한……. 여하튼 산다는 게 무서웠습니다. 선생, 좀 어쭙잖은* 말 같습니다만 늘 생각해 왔습네다. 내 운명이라는 게 가혹하지 않았느냐 하는 생각 말입네다. 미련하구 무식한 나지만 난 분명 알구 있었지요. 이건 분명 사람으로 태어나서 사람처럼 살아 보질 못했다는 사실 말입니다. 우선 난 잠을 잃어버렸던 겁니다. 사람이 잠을 못 잔다는 건 마지막이 아닙니까? 그건 그렇다구 하더라두 이 최억구 놈 세상만사에 재밀 몰랐던 거요. 모든 게 나와는 거리가 멀구 하루하루 사는 게 그저 고역이었습네다. 이렇게 서른여섯 해를 살아온 납네다. 그래 놓으니 이 철저한 악종두, 이건 너무 억울하지 않으냐…… 하는 생각이 미치는 게 아니겠소……."

눈발은 여전히 푸슴푸슴 비껴 내렸다. 눈을 하얗게 뒤집어쓴 채 내리막 눈길을 걷는 억구의 바짓가랑이가 계속해 데걱거렸다. 송림

---

* 육실하다 육시(戮屍), 즉 이미 죽은 사람의 시체에 다시 목을 베는 형벌을 가한다는 뜻으로 저주를 할 때 욕으로 하는 말.
* 어쭙잖다 비웃음을 살 만큼 언행이 분수에 넘치는 데가 있다.

이 웅웅— 울며 나뭇가지 위에 쌓였던 눈이 다시금 쏴르르 쏟아져 내렸다.

이때 앞서서 내려가던 억구가 아까처럼 쭈르르 미끄러져 두어 바퀴 굴러 내렸다. 하자, 큰 키의 사내는 재빨리 오버 주머니에 손을 넣으려다 짐짓 긴장을 풀며 오버 깃을 추켜올렸다. 굴러 내린 억구가 이번엔 곧 일어나 걸으며 여전히 떠벌렸다.

"내 어느 날 창녀 하나 찾아가질 않았겠소. 선생 같은 분네한텐 부끄럽수만 난 돈푼이라두 생기면 그런 데라두 가지 않군 못 견뎠습네다. 어쨌든 끌어안고 보면 제아무리 부처님이라도 열중해 버리고 말거든요. 그렇게 무엇에고 열중할 수 있다는 게 이놈에겐 여간 대견한 일이 아니었수다. 암, 대견했죠. 그런데 어쩌다 그날 내게 걸려든 계집이라는 게 이건 정말 주물러 잡아 뺀 상판입데다. 눈칫밥* 사흘 만에 얻은 손님이라구 그 계집 입이 함박만 하게* 벌어지더군요. 아무리 못났대두 끼구 누웠으려니 사람의 정이란 묘해서 이런저런 얘길 주고받았죠. 얘기래야 그 잘나 빠진 계집의 신파* 같은 신세타령이었소만…… 헌데, 내애 차암, 어이없어서. 글쎄 그 계집애가 갑자기 쿨쩍쿨쩍 울더란 말이오. 그렇게 쿨쩍거리며 울던 계집이 이번엔 또 천연덕스럽게 한다는 소리가 제 운명을 탓해서 우는 건 아니라구요, 기뻐서, 가슴이 벅차서 운다는 겁니다. 그게 무슨 소린고 하니 자기가 지금 이렇게 천댈 받고 살지만, 그게 도무지 억울하지가 않다나요. 억울할 게 뭐냔 겁니다. 그래, 그게 어째 그러냐 했더니, 그 계집 대답이

• 눈칫밥 남의 눈치를 보아 가며 얻어먹는 밥.
• 함박만 하다 벌어진 입이 매우 크다.
• 신파(新派) 관객을 감동시킬 목적으로 처량하고 슬프고 우울한 느낌을 과장해서 보여 주던 예전의 신파 극을 일컫는 말.

걸작입데다. 뭐라는고 하니, 자긴 죽었다가 다시 이 세상에 태어난다나요. 그건 틀림이 없다구요. 그땐 지금 괄셸* 받고 산 그만큼 잘 살아 보겠다는 겁니다. 그건 틀림이 없다나요. 그 생각을 하기만 하면 그만 가슴이 벅차서 울음이 자꾸 터진다나요. 자기 머릿속에 꽉 차 있는 건, 다시 태어나면 그땐 어떻게 살아 보겠다는 계획뿐이랍니다. '국회의원 외딸루 태어날지도 몰라요. 아버진 귀가 큰 데다가 얼굴이 잘생기구 또 기맥히게 인자하시지 뭐예요. 이렇게 눈에 선한걸요. 학교에 갈 땐 아버지 차로 가겠어요. 사내 동생 하나가 또 있음 좋겠어요. 걘 말 아니게 개구쟁이라니까요. 그래두 날 얼마나 따른다구요. 그 앤 영화배울 만들었으면 좋겠는데……'

이렇게 꿈같은 소릴 하길래 내 말이, 오뉴월 쇠불알 떨어지길 기다리지* 왜…… 했더니 그 계집 정색을 하는 텐 내 그만 손들었수다. 그렇지 못하다면 지금 자기가 왜 이 고생을 하며 살겠느냔 겁니다. 안 그래요, 손님? 하지 뭐요. 제에기랄, 계집이 미쳐두……."

억구는 이제 흡사 한 마리 흰곰이 돼 있었다. 언 바짓가랑이가 걸음을 옮길 적마다 요란스레 데걱거렸다.

큰 키의 사내는 억구의 떠벌리는 말을 들으며 좀체로 입을 열지 않고 있었다. 그의 모자와 오버에도 온통 하얗게 눈이 내려앉아 있었다. 그는 가끔 터져 나오려는 기침을 쿳쿳— 참는 것이었다.

"그 창년 다음 세상에서 잘 살아 보길 원하고 있었지만 난 그게 아니었수다. 보다는 이왕 이 세상에 나온 이상 한번 태어난 값이나 해 보자, 한번쯤은 인간답게 살아 보구 싶었던 겁니다. 아마 나처럼

● 괄세 괄시(恝視). 업신여겨 하찮게 대함.
● 오뉴월 쇠불알 떨어지기 기다린다 이뤄질 가망이 없는 일을 어리석게도 탐낸다는 뜻의 속담.

살려구, 그놈의 구렁텅이에서 벗어나려구 끈덕지게 버둥거린 놈두 드물 겝니다. 허지만, 선생, 그 보답이 뭔지 아시우?"

마치 시비라도 걸 듯한 기세였다가 곧 수그러진 어조로 말했다.

"자, 이제 됐수다. 여기가 바루 큰길입니다."

걸음을 멈춘 억구는 엉거주춤 소변을 봤다. 그의 말대로 그들은 이미 그 험한 구듬치 고개 눈길을 다 넘어 큰길에 다다라 있었던 것이다.

큰길에 이르고서부터 그들은 서로 나란히 서서 걸었다. 두 사내의 발이 터벌터벌 발목까지 빠지는 눈길 위에 점을 찍어 나가고 있었다.

먼저보다 바람기가 스러지면서 눈발은 이제 조용한 흩날림으로 변했다.

옆 산 소나무 위에 얹혔던 눈 무더기가 쏴르르 쏟아져 내렸다. 마치 자기 무게를 그렇게 나약한 소나무 가지 위에선 더 이상 지탱할 수 없다는 듯이…… 그때 먼 곳에서 뚝 우지끈— 소나무 가지 부러져 내리는 소리가 들려왔다.

그러자 이때 억구가 느닷없이 키 큰 사내의 앞을 막아서며,

"선생, 난 득수 동생 놈을, 그 김득칠일 어제 죽였단 말이오. 이렇게 온통 눈이 내리는데 그까짓 걸 숨겨 뭘 하겠소. 선생은 아주 추악한, 사람을 몇씩이나 죽인 무서운 놈과 함께 서 있는 거유. 자, 날 어떻게 하겠수?"

그러면서 한 걸음 큰 키의 사내 앞으로 다가섰다.

큰 키의 사내는 후딱 몇 걸음 물러서며 오버 주머니에 오른손을 잽싸게 넣었다.

그의 시선은 억구가 양복 윗주머니의 불룩한 것을 움켜쥐고 있는 것에 머물러 있었다.

"아까두 말했지만, 그 술집에서 난 놈에게 이주걱댔죠.* 그래 자넨 분명 우리 아버질 잡았것다? 그래 벌초를 매년 해 왔다구? 아 고마워, 고마워…… 하고 말입네다. 한데 그 득칠일 난 그날 밤 죽이고야만 것입니다. 글쎄, 나두 그걸 모르겠수다. 왜 내가 그 득칠일 죽였는지……."

아직 들어 보질 못한 맥 빠진, 그렇게 풀이 죽은 목소리로 말했다.

그러나 큰 키의 사내는 묵묵히 억구의 얼굴을 뜯어보고만 있었다. 이윽고 억구가 큰 키의 사내 앞에서 몸을 돌리며 저쪽 산등성이를 가리켜 보였다.

"바루 저 산에 가친 산소가 있답니다. 우리 조부님 산소 옆이라는 군요. 난 지금 거길 가는 겁니다. 가서 우선 무덤의 눈을 쳐 드려야죠. 그리구 술을 한잔 올릴랍니다. 술을 올리면서 가친의 음성을 들을 겁니다. 올해두 눈이 퍽 내렸구나. 눈 온 짐작우루 봐선 내년두 분명 풍년이겠다만…… 하실 겁니다. 그리고 푹— 한숨을 몰아쉬시겠죠. 그 한숨 소릴 들으면서 가친 옆에 누워야죠. 이젠 가친을 혼자 버려두고 달아나진 않을 겁니다."

그는 산으로 향한 생눈길*을 몇 걸음 걷다가 다시 이쪽을 향해,

"참, 바루 저기 보이는 저 모퉁일 돌아감 거기가 바로 와야립니다. 가셔서 우선 구장네 집을 찾아 몸을 녹이시우. 뜨끈뜨끈한 아랫목에 푹 몸을 녹이셔. 자, 그럼 난……."

산을 향해 생눈길을 걸어가는 그의 언 바짓가랑이가 서걱서걱* 요란한 소리를 냈다.

● 이주걱대다 자꾸 밉살스럽게 지껄이며 짓궂게 빈정거리다. '이기죽대다'의 방언.
● 생눈길 내린 뒤에 밟지 않아 녹지 아니한 채로 고스란히 있는 눈길.

어깨를 잔뜩 구부리고 흡사 한 마리 흰곰처럼 산을 향해 걷는 억구의 을씨년스럽고 초라한 뒷모습에 눈을 주고 선 큰 키의 사내는 한참이나 그렇게 묵묵히 섰다가 문득 큰길 아래로 내려서서 억구 쪽으로 따라가며,

"노—형, 잠깐!"

말소리 속에 강인한 무엇인가가 깔려 있는 듯싶었다.

언 바짓가랑이를 데걱거리며 걸어가던 억구가 주춤 멈춰 서 이쪽으로 몸을 돌렸다. 큰 키의 사내가 성큼성큼 다가갔다. 오버 안주머니에 손을 넣어 무엇인가 움켜쥔 그런 자세였다.

억구가 짐짓 몸을 추스르며 자기에게로 다가서는 큰 키의 사내 거동을 바라보고만 있었다.

억구 앞에 멈춰 선 큰 키의 사내가 할 말을 잊은 듯 멍청하니 고개를 위로 향했다. 고개를 약간 젖히고 입을 헤— 벌린 채, 그의 이러한 생각하는 표정 위에 눈이 내려앉고 있었다.

—그날 밤 난 생물 선생네 담을 빙빙 돌고만 있었지. 내 키보다두 낮은 담이었어. 난 거푸 담을 돌고만 있었지. 만약 내가 담을 넘어 들어간다면……. 그러나 난 담을 넘어서는 안 된다고 생각했다. 담이란 남이 들어오지 말라고 만들어 놓은 거니까. 들어오지 말라는 걸 들어가면 그건 나쁜 짓이니까, 그건 도둑놈이지. 난 나쁜 놈이 되는 건 싫었으니까. 무서웠던 거야. 나는 담만 돌며 생각했지. 오늘 갑자기 생물 선생넨 무서운 개를 얻어다 놓았을지도 모른다고. 또 어쩌면 선생이 설사 나서 변소에 웅크려 앉았을지도 모른다는 지레 경계를…… 그리고 남의 담을 넘는다는 건 분명 나쁜 짓이라고……. 무서웠던 거야. 결국, 난 새끼 토낄 구할 생각을 거두고 담만 돌다 돌아오고 말았지.

"아니 선생, 남을 불러 놓군 왜 그렇게 하늘만 쳐다보슈?"

억구가 말했다.

―나쁜 놈이 되기가 싫었던 거야. 담을 넘는다는 건…….

큰 키의 사내가 한 걸음 물러섰다. 생각하는 표정을 거두지 못한 채.

산속 소나무 위에서 다시 눈 무더기가 쏴르르― 쏟아져 내렸다. 마치 그 연약한 나뭇가지 위에선, 그리고 거푸 내려 쌓이고 있는 눈의 무게를 더 이상 지탱할 수 없다는 듯.

억구가 다시 다그쳤다.

"선생, 발이 시립니다. 내가 여기 얼어붙어야 좋겠소? 원 별 양반도……. 자, 그럼……."

억구가 다시 몸을 돌려 산을 향했다. 그가 몸을 돌리는 순간 그의 깡똥한 양복 윗주머니에 삐죽하니 2홉들이° 소주병 노란 덮개가 드러나 보였다.

순간 망설이던 큰 키의 사내 얼굴에 어떤 결의의 빛이 스쳤다.

"아, 노형, 잠깐!"

억구가 바짓가랑이를 데걱거리며 다시 몸을 돌렸다.

순간 큰 키의 사내는 오른쪽 오버 주머니에서 서서히 손을 뺐다.

―나는 담만 돌았지. 무서웠던 거야.

"이걸 나한테 주시는 겁니까?"

억구가 물었다.

"예, 드리는 겁니다. 아까 두 개비를 피웠으니까 꼭 열여덟 개비가 남아 있을 겁니다. 눈이 이렇게 많이 왔으니 올핸 담배도 풍년이겠죠. 그러나 제가 지금 드린 담배는 하루에 꼭 한 개씩만 피우셔야 합

° 2홉들이 1홉은 1되의 10분의 1로 약 180ml에 해당함. '들이'는 '그만큼 담을 수 있는 용량'이란 뜻.

니다."

 큰 키의 사내 얼굴에 엷은 미소가 번지고 있었다.

 그리고 그는 담배 한 갑을 받아 든 채 멍청히 서 있는 역구에게서 몸을 돌려 마치 눈에 홀린 사람처럼 비척비척 큰길을 향해 걸어가고 있었다.

 잔기침을 몇 번 쿳쿳— 하면서.

 걸어가는 그의 등 뒤로 마치 울음 같은 역구의 외침이 따랐다.

 "하루에 꼭 한 개씩 피우라구요? 꼭, 한 개씩, 피, 우, 라, 구요?"

 그러면서 그는 느닷없이 웃음을 터뜨렸다.

 ㅎ ㅎ ㅎ ㅎ ㅎ ㅎ ㅎ

 눈 덮인 산속, 아직 눈이 조용히 비껴 내리고 있는 밤이었다.

[1963]

작품 이해

「동행」은 범인과 형사가 신분을 감춘 채 눈 덮인 산길을 '동행'하게 되고, 그 과정에서 형사는 범인의 과거를 알면서도 놓아 준다는 비교적 단순한 구조로 이루어진 작품입니다. 또 전쟁의 혼란 속에서 살인을 하고 고향을 떠났던 범인이 고향으로 다시 돌아온다는 '여로형(旅路型)' 구조이기도 합니다.

이렇게 단순한 사건 전개가 극적 효과를 얻는 것은 구듬치 고개를 중심으로 펼쳐지는 인물들의 내적 갈등 변화 때문입니다. 고개를 오르는 과정에서 상승하던 두 사내의 대립과 갈등은 고개를 내려오는 과정에서 점차 해소됩니다. 이러한 구성 방식은 인물들의 갈등 양상과 일치함으로써 작품의 안정감을 높이고 있습니다.

그리고 '쫓기는 자'와 '쫓는 자'라는 대립적인 인물 설정도 입체감 있는 사건 전개에 이바지합니다. 두 사내 가운데 범인은 키가 작고 험한 길을 가기에는 어울리지 않는 초라한 차림새이지만, 형사는 키도 크고 추위에 잘 대비한 차림새입니다. 성격도 범인은 저돌성과 잔인성을 가진 인물로 묘사되지만, 형사는 조심성을 갖춘 인물로 묘사됩니다. 이렇게 대조적인 인물이 '동행'한다는 설정이 독자들에게 지속적으로 긴장감을 제공하고 있습니다.

특히 범인으로 등장하는 억구는 이데올로기의 맹목성에 휩쓸려 살인을 하고 쫓겨 다니는 인물입니다. 이러한 억구의 삶은 개인적인 비극이기도 하지만, 우리 겨레 전체의 문제이기도 합니다. 그것은 분단으로 인한 갈등이 아직도 남아 있기 때문입니다.

이에 대해 작가는 서로에 대한 이해가 있을 때 분단의 아픔이 치유될 수 있음을 형사를 통해 보여 줍니다. 그는 사회적 굴레에 묶여 토끼의 생명을 구하지 못했던 과거의 기억을 떠올리며 억구를 풀어 주게 됩니다. 이러한 행동은 이데올로기라는 관념을 내세워 대립하는 분단 현실에 대한 반성이면서 진정한 인간애를 통해 분단의 상처를 극복해야 한다는 작가의 메시지를 전하는 것 아닐까요?

1 구성 단계를 고려하여 이야기의 흐름을 정리해 봅시다.

발단	➡	신분을 감춘 두 사내가 눈 덮인 산길을 걸음.
전개	➡	㉠
위기	➡	'억구'가 자신의 기구한 운명과 고난을 말함.
절정	➡	㉡
결말	➡	㉢

2 이 작품에서 '눈'이 하는 역할은 무엇일까요?

3 다음 그림을 보고, 아래 물음에 답해 봅시다.

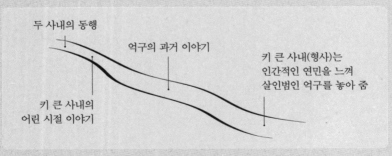

두 사내의 동행

억구의 과거 이야기

키 큰 사내(형사)는 인간적인 연민을 느껴 살인범인 억구를 놓아 줌

키 큰 사내의 어린 시절 이야기

① 서사적 흐름을 고려할 때, '구들치 고개'는 어디쯤 있을까요?

② ①의 답을 바탕으로, 작품 구성 방식의 특징을 이야기해 봅시다.

눈길

이청준

이청준(李淸俊, 1939~2008). 소설가. 전라남도 장흥에서 태어나 서울대 독문과를 졸업했다. 1965년 『사상계』 신인문학상 공모에 「퇴원」이 당선되어 등단했다. 사회 현실과 정신의 대결 관계를 포착하여, 이를 매우 치밀하게 구조화하고 지적인 언어로 그려 내었다.

소설집 『별을 보여 드립니다』 『소문의 벽』 『가면의 꿈』 『자서전들 쓰십시다』, 장편소설 『당신들의 천국』 『낮은 데로 임하소서』 『축제』 『신화를 삼킨 섬』 등이 있다.

눈길 이청준

1

"내일 아침 올라가야겠어요."

점심상을 물러나 앉으면서 나는 마침내 입속에서 별러 오던 소리를 내뱉어 버렸다.

노인과 아내가 동시에 밥숟가락을 멈추며 멀거니 내 얼굴을 건너다본다.

"내일 아침 올라가다니. 이참에도 또 그렇게 쉽게?"

노인은 결국 숟가락을 상 위로 내려놓으며 믿기지 않는다는 듯 되묻고 있었다.

나는 이제 내친걸음*이었다. 어차피 일이 그렇게 될 바엔 말이 나온 김에 매듭을 분명히 지어 두지 않으면 안 되었다.

"예, 내일 아침에 올라가겠어요. 방학을 얻어 온 학생 팔자도 아닌데, 남들 일할 때 저라고 이렇게 한가할 수가 있나요. 급하게 맡아 놓은 일도 한두 가지가 아니고요."

"그래도 한 며칠 쉬어 가지 않고……. 난 해필 이런 더운 때를 골라 왔길래 이참에는 며칠 좀 쉬어 갈 줄 알았더니……."

"제가 무슨 더운 때 추운 때를 가려 살 여유나 있습니까."

● 내친걸음 이왕 나선 걸음.

"그래도 그 먼 길을 이렇게 단걸음에 되돌아가기야 하겠냐. 넌 항상 한동자°로만 왔다가 선걸음°에 새벽길을 나서곤 하더라마는……. 이번에는 너 혼자도 아니고……. 하룻밤이나 차분히 좀 쉬어 가도록 하거라."

"오늘 하루는 쉬었지 않아요. 하루를 쉬어도 제 일은 사흘을 버리는걸요. 찻길이 훨씬 나아졌다곤 하지만 여기선 아직도 서울이 천리 길이라 오는 데 하루 가는 데 하루……."

"급한 일은 우선 좀 마무리를 지어 놓고 오지 않구선……."

노인 대신 이번에는 아내 쪽에서 나를 원망스럽게 건너다보았다.

그건 물론 내 주변머리°를 탓하고 있는 게 아니었다. 내게 그처럼 급한 일이 없다는 걸 그녀는 알고 있었다. 서울을 떠나올 때 급한 일들은 대충 다 처리해 둔 것을 그녀에겐 내가 미리 말을 해 줬으니까. 그리고 이번엔 좀 홀가분한 기분으로 여름 여행을 겸해 며칠 동안이라도 노인을 찾아보자고 내 편에서 먼저 제의를 했었으니까. 그녀는 나의 참을성 없는 심경의 변화를 나무란 것이었다. 그리고 그 매정스런 결단을 원망하고 있는 것이었다. 까닭 없는 연민과 애원기 같은 것이 서려 있는 그녀의 눈길이 그것을 더욱 분명히 하고 있었다.

"그래, 일이 그리 바쁘다면 가 봐야 하기는 하겠구나. 바쁜 일을 받아 놓고 온 사람을 붙잡는다고 들을 일이겠냐."

한동안 입을 다물고 앉아 있던 노인이 마침내 체념을 한 듯 다시 입을 열어 왔다.

"항상 그렇게 바쁜 사람인 줄은 안다마는, 에미라고 이렇게 먼 길

• 한동자 끼니를 마친 후에 새로 밥을 짓는 일.
• 선걸음 이미 내디뎌 걷고 있는 그대로의 걸음.
• 주변머리 일을 주선하거나 변통하는 재주인 '주변'을 속되게 이르는 말.

을 찾아와도 편한 잠자리 하나 못 마련해 주는 내 맘이 아쉬워 그랬던 것 같구나."

말을 끝내고 무연스런˚ 표정으로 장죽˚ 끝에 풍년초˚를 꾹꾹 눌러 담기 시작한다.

너무도 간단한 체념이었다. 담배통에 풍년초를 눌러 담고 있는 그 노인의 얼굴에는 아내에게서와 같은 어떤 원망기 같은 것도 찾아볼 수가 없었다. 당신 곁을 조급히 떠나고 싶어 하는 그 매정스런 아들에 대한 아쉬움 같은 것도 엿볼 수가 없었다. 성냥불도 붙이려 하지 않고 언제까지나 그 풍년초 담배만 꾹꾹 눌러 채우고 앉아 있는 노인의 눈길은 차라리 무표정에 가까운 것이었다.

나는 그 너무도 간단한 노인의 체념에 오히려 불쑥 짜증이 치솟았다.

나는 마침내 자리를 일어섰다. 그러고는 그 노인의 무표정에 밀려 나기라도 하듯 방문을 나왔다.

장지문 밖 마당가에 작은 치자나무 한 그루가 한낮의 땡볕을 견디고 서 있었다.

2

지열˚이 후끈거리는 뒤꼍˚ 콩밭 한가운데에 오리나무 무성한 묘지

• **무연하다** 크게 낙심하여 허탈해하거나 멍해 있다.
• **장죽(長竹)** 긴 담뱃대.
• **풍년초** 종이에 말아서 피우거나 담뱃대에 넣어 피울 수 있게 잘게 썰어 포장한 담배의 상표. 봉초.
• **지열(地熱)** 햇볕을 받아 땅 표면에서 나는 열.
• **뒤꼍** 집 뒤에 있는 뜰이나 마당.

가 하나 있었다. 그 오리나무 그늘에 숨어 앉아 콩밭 아래로 내려다 보니 집이라고 생긴 게 꼭 습지에 돋아 오른 여름 버섯 형상을 닮아 있었다.

나는 금세 어디서 묵은 빚문서°라도 불쑥 불거져 나올 것 같은 조마조마한 기분이었다.

애초의 허물은 그 빌어먹게 비좁고 음습한 단칸 오두막 때문이었다. 묵은 빚이 불거져 나올 것 같은 불편스런 기분이 들게 해 오는 것도 그랬고, 처음 예정을 뒤바꿔 하루 만에 다시 길을 되돌아갈 작정을 내리게 한 것 역시 그러했다. 하지만 내게 빚은 없었다. 노인에 대해선 처음부터 빚이 있을 수 없는 떳떳한 처지였다.

노인도 물론 그 점에 대해선 나를 완전히 신용하고 있었다.

"내 나이 일흔이 다 됐는데, 이제 또 남은 세상이 있으면 얼마나 길라더냐."

이가 완전히 삭아 없어져서 음식 섭생°이 몹시 불편스러워진 노인을 보고 언젠가 내가 지나가는 말처럼 권해 본 일이 있었다. 싸구려 가치°라도 해 끼우는 게 어떻겠느냐는 나의 말선심에 애초부터 그래 줄 가망이 없어 보여 그랬던지 노인은 단자리°에서 사양을 해 버리는 것이었다.

"이럭저럭 지내다 이대로 가면 그만일 육신, 이제 와 늘그막에 웬 딴 세상을 보겠다고……."

한번은 또 치질기가 몹시 심해져서 배변을 힘들어하시는 걸 보고

- 빚문서 꾸어 쓴 빚의 내역을 증명하는 문서.
- 섭생(攝生) 병에 걸리지 아니하도록 음식 섭취와 건강 관리를 잘하여 오래 살기를 꾀함.
- 가치(假齒) 이 빠진 자리에 만들어 박은 가짜 이. 의치(義齒).
- 단자리 지금 일이 이루어지는 그곳.

수술 같은 걸 권해 본 일도 있었다.

　노인은 그때도 역시 비슷한 대답이었다.

　"나이를 먹어도 아녀자는 아녀자다. 어떻게 남의 눈에 궂은 데를 보이겠더냐. 그냥저냥 참다 갈란다."

　남은 세상이 얼마 길지 못하리라는 체념 때문에도 그랬겠지만, 그보다 노인은 아무것도 아들에겐 주장하거나 돌려받을 것이 없는 당신의 처지를 감득하고˚ 있는 탓에도 그리된 것이었다.

　고등학교 1학년 때 형의 주벽˚으로 가계가 파산을 겪은 뒤부터, 그리고 마침내 그 형이 세 조카아이와 아이들의 홀어머니까지 포함한 장남의 모든 책임을 내게 떠맡기고 세상을 떠난 뒤부터 일은 줄곧 그렇게 되어 온 셈이었다.

　고등학교와 대학교와 군영 3년을 치러 내는 동안 노인은 내게 아무것도 낳아 기르는 사람의 몫을 못 했고, 나는 또 나대로 그 고등학교와 대학교와 군영의 의무를 치르고 나와서도 자식 놈의 도리는 엄두를 못 냈다. 노인이 내게 베푼 바가 없어서가 아니라 그럴 처지가 못 되었기 때문이다. 나는 나대로 형이 내게 떠맡기고 간 장남의 책임을 감당하기를 사양치 않을 수가 없었기 때문이다.

　노인과 나는 결국 그런 식으로 서로 주고받을 것이 없는 처지였다. 노인은 누구보다 그것을 잘 알고 있었다. 그렇기 때문에 내게 대해선 소망도 원망도 있을 수 없었다.

　그런 노인이었다. 한데 이번에는 웬일인지 노인의 눈치가 이상했다. 글쎄 그 가치나 수술마저 한사코 사양을 해 온 노인이, 나이 여든에

˚ 감득(感得)하다 느껴서 알다.
˚ 주벽(酒癖) 술을 매우 좋아하는 버릇.

서 겨우 두 해가 모자란 늘그막에 와서야 새삼스레 다시 딴 세상 희망이 생긴 것일까.

노인이 아무래도 엉뚱한 꿈을 꾸고 있는 것 같았다. 그것도 너무나 엄청난 꿈이었다.

지붕개량사업˚이 애초의 허물이었다.

"집집마다 모두 도당˚ 아니면 기와들을 얹는단다."

노인은 처음 남의 말을 하듯이 집 이야기를 꺼냈었다. 어제저녁 때 노인과 셋이서 잠자리를 들기 전이었다. 밤이 이슥해서 형수는 뒤늦게 조카들을 데리고 이웃집으로 잠자리를 얻어 나가고, 우리는 노인과 셋이서 그 비좁은 오두막 단칸방에 잠자리를 함께 폈다.

어기영차! 어기영…… 그때 어디선가 밤일을 하는 남정들의 합창 소리가 왁자하게 부풀어 올랐다. 귀를 기울이고 듣고 있다가 무슨 소리냐니까 노인이 문득 생각난 듯이 귀띔을 해 왔다.

"동네가 너도나도 집들을 고쳐 짓느라 밤잠들을 안 자고 저 야단들이구나."

농어촌 지붕개량사업이라는 것이었다. 통일벼가 보급된 후로는 집집마다 그 초가지붕 개초˚가 어렵게 되었댔다. 초봄부터 시작된 지붕개량사업은 그래저래 제격이랬다. 지붕을 개량하면 정부 보조금 5만 원을 얻는다는 것이었다. 모심기가 시작되기 전 봄철 한때하고 모심기가 끝난 초여름께부터 지금까지 마을 집들 거의가 일을 끝냈댔다.

나는 처음 그런 노인의 이야기를 들었을 때 무턱대고 가슴부터 덜

˚ 지붕개량사업 정부의 주도로 농어촌의 초가지붕을 기와지붕이나 함석지붕 등으로 바꾸는 사업. 1970년대 새마을운동의 일환으로 국가에서 추진함.
˚ 도당 함석. 포르투갈어 'tutanaga'를 일본어식으로 읽은 'トタン'에서 온 말.
˚ 개초(蓋草) 이엉으로 지붕을 임.

렁 내려앉고 있었다. 노인에 대한 빚 생각이 처음으로 머릿속에 떠오른 순간이었다. 이 노인이 쓸데없는 소망을 지니면 어쩌나. 하지만 나는 곧 마음을 가라앉혔다. 무엇보다도 나는 노인에 대해 빚이란 게 없었다. 노인이 그걸 잊었을 리 없었다. 그리고 그런 아들에게 섣부른 주문을 내색할 리 없었다. 전부터도 그 점만은 안심을 할 만한 노인의 성깔이었다. 한데다 노인이 설령 어떤 어울리잖을 소망을 지닌다 해도 이번에는 그 집 꼴이 문제 밖이었다. 도대체가 기와고 도당이고 지붕을 가꿀 만한 집 꼴이 못 되었다. 그래저래 노인도 소망을 지녀 볼 엄두를 못 낸 모양이었다. 이야기하는 말투가 영락없는 남의 일이었다.

하지만 사실은 그게 오해였다. 노인의 속마음은 그게 아니었다.

"관에서 하는 일이라면 이 집에도 몇 번 이야기가 있었겠군요?"

사태를 너무 낙관한 나머지 위로 겸해 한마디 실없는 소리를 내놓은 것이 나의 실수였다.

노인은 다시 자리를 일어나 앉았다. 그리고 머리맡에 놓아둔 장죽 끝에다 풍년초 한 줌을 쏘아 박기 시작했다.

"왜 우리 집이라 말썽이 없었더라냐."

노인은 여전히 남의 말을 옮기듯 덤덤히 말했다.

"이장이 쫓아와 뜸을 들이고, 면에서 나와서 으름장*을 놓고 가고……. 그런 일이 한두 번뿐이었으면야……. 나중엔 숫제 자기들 쪽에서 사정조로 나오더라."

"그래 어머닌 뭐라고 우겼어요?"

나는 아직도 노인의 진심을 모르고 있었다.

---

* 으름장 말과 행동으로 위협하는 짓.

"우길 것도 뭣도 없는 일 아니겄냐. 지놈들도 눈깔이 제대로 박힌 인간들일 것인디……. 사정을 해 오면 나도 똑같이 사정을 했더니라. 늙은이도 사람인디 나라고 어디 좋은 집으로 손봐 살고 싶은 맘이 없었소. 맘으로야 천번 만번 우리도 남들같이 기와도 입히고 기둥도 갈아 내고 하고는 싶지만 이 집 꼴을 좀 들여다보시오들, 이 오막살이 흙집 꼴에다 어디 기와를 얹고 말 것이 있겄소……."

"그랬더니요?"

"그랬더니 몇 번 더 발길을 스쳐 가더니 그담엔 흐지부지 말이 없더라. 지놈들도 이 집 꼴을 보면 사정을 모를 청맹과니*들이라냐?"

노인은 그 거칠고 굵은 엄지손가락 끝으로 뜨거운 장죽 끝을 꾹 꾹 눌러 대고 있었다.

"그 친구들 아마 이 동네를 백 퍼센트 지붕 개량으로 모범 마을을 만들고 싶어 그랬던 모양이구만요."

나는 이제 그만 기분이 쓸쓸해져 그런 식으로 슬쩍 이야기를 얼버무려 넘기려 하였다.

그런데 그게 오히려 결정적인 실수였다.

"하기사 그 사람들도 그런 소리들을 하더라. 오늘 밤일을 하는 저 집을 끝내고 나면 이 동네에서 인제 지붕 개량을 안 한 집은 우리하고 저 아랫동네 순심이네 두 집밖엔 안 남는다니 말이다."

"그래도 동네 듣기 좋은 모범 마을 만들자고 이런 집에까지 꼭 기와를 얹으라 하겠어요."

"글쎄 말이다. 차라리 지붕에 기와나 도당만 얹으랬으면 우리도 두 눈 딱 감고 한번 저질러 보고 싶기도 하더라마는, 이런 집은 아예 터

---

* 청맹과니 사리에 밝지 못해 눈을 뜨고도 사물을 제대로 분간하지 못하는 사람을 비유적으로 이르는 말.

부터 성주°를 다시 할 집이라 그렇제……."

모범 마을이 꼬투리가 되어서 이야기가 다시 엉뚱한 곳으로 번지고 있었다. 나는 비로소 다시 가슴이 섬뜩해 왔다. 하지만 이미 때가 너무 늦고 말았다.

"하기사 말이 쉬운 지붕 개량이지 알속은 실상 새 성주를 하는 집도 여러 집 된단다."

한번 이야기를 꺼낸 노인이 거기서부터는 새삼 마을 사정을 소상하게 털어놓기 시작했다.

그 지붕개량사업이라는 것은 알고 보니 사실 융통성이 꽤나 많은 일이었다. 원칙은 그저 초가지붕을 벗기고 기와나 도당을 얹는 것이었지만, 기와의 하중을 견뎌 내기 위해선 기둥을 몇 개쯤 성한 것으로 갈아 넣어야 할 집들이 허다했다. 그걸 구실로 대부분의 사람들은 성주를 새로 하듯 집들을 터부터 고쳐 지어 버렸다. 노인에게도 물론 그런 권유가 여러 번 들어왔다. 기둥이 허술해서 기와를 못 얹는다는 건 구실일 뿐이었다. 허술한 기둥을 구실로 끝끝내 기와 얹기를 미뤄 온 집이 세 가구가 있었는데, 이날 밤에 또 한 집이 새 성주를 위해서 밤일을 벌이고 있다는 것이었다. 노인이 기와 얹기를 단념한 것은 집 기둥이 너무 허해서가 아니었다. 노인은 새 성주가 겁이 나 일을 단념할 수밖에 없었던 셈이다. 허술한 기둥만 믿을 수는 없었다.

일은 아직도 낙관할 수 없었다. 나는 불시에 다시 그 노인에 대한 나의 빚만을 생각하고 있었다.

° 성주 집을 수호하는 신령(神靈). 성주를 새로 모시는 굿을 '성주받이'라고 함. 집을 새로 짓거나 이사한 뒤에는 반드시 성주를 새로 모셨음.

노인도 거기서 한동안은 그저 꺼져 가는 장죽 불에만 신경을 쏟고 있는 기색이었다. 하더니 이윽고는 더 이상 소망을 숨기기가 어려운 듯 가는 한숨기를 삼켰다. 그러고는 그 한숨기 끝에 무심결인 듯 덧붙여 왔다.

"이참에 웬만하면 우리도 여기다 방 한 칸쯤이나 더 늘려 내고 지붕도 도당으로 얹어 버리면 싶긴 하더라만……."

마침내 노인이 당신의 소망을 내비친 것이었다.

"오늘 당할지 낼 당할지 모를 일이기는 하다만, 날짐승만도 못한 목숨이 이리 모질기만 하다 보니 별의별 생각이 다 드는구나. 저런 옷궤 하나도 간수할 곳이 없어 이리 밀치고 저리 밀치다 보면 어떤 땐 그저 일을 저질러 버리고 싶은 생각이 꿀떡 같아지기도 하고……."

노인은 결국 그런 식으로 당신의 소망을 분명히 해 버리고 만 셈이었다. 지금은 아니더라도 적어도 그런 소망을 지녔던 것만은 분명히 한 것이었다.

나는 이제 할 말이 없었다. 눈을 감은 채 듣고만 있었다. 노인에 대해선 빚이 없음을 골백번 속으로 다짐하고 있었다.

"이번에는 면에서도 그냥 흐지부지 지나가 주더라만 내년엔 또 이번처럼 어떻게 잠잠해 주기나 할는지. 하기사 면 사람들 무서워 집을 고친다고 할 수도 없지마는, 늙은이 냄새가 싫어 그런지 그래도 한데*서 등짝 붙이고 누울 만한 방 놔두고 밤마다 남의 집으로 잠자릴 얻어 다니는 저것들 에미 꼴도 모른 체하기는 못할 일이더니라."

내가 아예 대꾸를 않으니까 노인은 이제 혼잣말 비슷한 푸념을 계

* 한데 한곳. 한군데. 같은 곳.

속했다. 듣다 보니 노인의 머릿속엔 이미 꽤 구체적인 계획표까지 마련되어 있었던 것 같았다.

"나라에서 보조금을 5만 원이나 내주겠다, 일을 일단 저지르고 들었더라면 큰돈이야 얼마나 더 들 일이 있었을라더냐……. 남정네가 없어 남들처럼 일손을 구하기가 쉽진 않았겠지만 네 형수가 여름 한철만 밭을 매 주기로 했으면 건넛집 용석이 아배라도 그냥 모른 체하지는 않았을 것이다……."

흙일을 돌볼 사람은 그 용석이 아버지에게 부탁을 하고 기둥을 갈아 낼 나무 가대*는 이장네 산에서 헐값으로 몇 개 부탁해 볼 수 있었다는 거였다.

노인의 장죽 끝에는 이제 불기가 꺼져 식어 있었다. 노인은 연신 그 불이 꺼진 장죽을 빨아 대며, 예의 면 보조금 5만 원과 이웃 도움이 아까워서라도 일을 단념하기가 아쉬웠다는 투였다.

하지만 노인은 그러면서도 끝끝내 내게 대한 주장이나 원망의 빛을 보이진 않았다. 이야기의 형식은 어디까지나 과거의 일로서 그런 생각을 해 봤을 뿐이고, 그럴 뻔했다는 말일 뿐이었다. 그리고 그런 식으로 나에 대해선 어떤 형식으로도 직접적인 부담을 느끼게 하지 않으려는 식이었다. 말하는 목소리도 끝끝내 그 체념기가 짙은 특유의 침착성을 잃지 않은 채였다.

"하지만 다 소용없는 일이다. 세상일이 그렇게 맘같이만 된다면야 나이 먹고 늙은 걸 설워 안 할 사람이 있을라더냐. 나이를 먹으면 애기가 된다더니 이게 다 나이 먹고 늙어 가는 노망기 한가지제."

종당*에는 그 은밀스런 당신의 소망조차 당신 자신의 실없는 노망

---

* 가대(架臺) 물건 따위를 얹어 놓기 위하여 밑을 받쳐 세운 구조물.

기 탓으로 돌리고 있었다.

하지만 나는 이제 노인의 내심을 못 알아볼 리 없었다. 한마디 말참견도 없이 눈을 감고 잠이 든 척 잠잠히 누워만 있던 아내까지도 그것을 분명히 눈치채고 있었다.

"당신, 어젯밤 어머니 말씀에 그렇게밖에 응대해 드릴 방법이 없었어요?"

오늘 아침 아내는 마당가로 세숫물을 떠 들고 나왔다가 낮은 소리로 추궁을 해 왔다. 그때 나는 아내에게 그저 쓸데없는 참견 말라는 듯 눈매를 잔뜩 깎아 떠 보였었다. 하니까 아내는 그러는 나를 차라리 경멸조로 나무랐다.

"당신은 참 엉뚱한 데서 독해요. 늙은 노인네가 가엾지도 않으세요. 말씀이라도 좀 더 따뜻하게 위로해 드릴 수 있었을 텐데 말예요."

아내도 분명 노인의 말뜻을 알아듣고 있었다. 그리고 나보다도 더 노인의 일을 걱정하고 있었다. 노인에 대한 내 속마음도 속속들이 모두 읽고 있는 게 당연했다. 내일 아침으로 서둘러 서울로 되돌아가겠노라는 나의 결정에 아내가 은근히 분개하고 나선 것도 그런 사연을 모두 알고 있기 때문이었다. 한다고 그녀들 무슨 뾰족한 수가 있을 수가 있는가.

어쨌든 노인이 이제라도 그 집을 새로 짓고 싶어 하고 있는 건 분명했다. 아무래도 알 수 없는 일이었다. 아닌 게 아니라 나이를 먹으면 노인들은 모두 어린애가 되어 가는 것일까. 노인이 정말로 내게 빚이 없다는 사실을 잊어버리고 만 것인가. 노인의 말처럼 그건 일테면 노망기가 분명했다. 그런 염치도 못 가릴 정도로 노인은 그렇게 늙어

• 종당(從當) 일의 마지막.

버린 것이었다. 하지만 나는 굳이 노인의 그런 노망기를 원망할 필요
도 없었다. 문제는 서로 간의 빚의 문제였다. 노인에 대해 빚이 없다
는 사실만이 내게는 중요했다. 염치가 없어져서건 노망을 해서건 노
인에 대해 내가 갚아야 할 빚만 없으면 그만이었다.

　―빚이 있을 리 없지. 절대로! 글쎄 노인도 그걸 알고 있으니까 정
면으로는 말을 꺼내질 못하질 않던가 말이다.

　어디선가 무덥고 게으른 매미 울음소리가 들렸다.

　나는 비로소 마음을 굳힌 듯 오리나무 그늘에서 몸을 힘차게 일
으켜 세웠다. 콩밭 아래로 흘러 뻗은 마을이 눈앞으로 멀리 펼쳐져
나갔다. 거기 과연 아직 초가지붕을 이고 있는 건 노인네의 그 버섯
모양 오두막과 아랫동네의 다른 한 채가 전부였다.

　―빌어먹을! 그 지붕개량사업인지 뭔지 하필 이런 때 법석들일구?

　아무래도 심기가 편할 수는 없었다. 나는 공연히 그 지붕개량사업
쪽에다 애꿎은 저주를 보내고 있었다.

3

　해가 훨씬 기운 다음에야 콩밭을 가로질러 노인의 집 뒤꼍으로 뜰
을 들어서려다 보니, 아내는 결국 반갑지 않은 화제를 벌여 놓고 있
었다.

　"이 나이에 내가 살면 얼마나 더 좋은 세상을 살겠다고 속없이 새
방 들이고 기와지붕을 덮자겠냐……. 집 욕심 때문이 아니라 나 간
뒷일이 안 놓여 그런다……."

　뒤꼍에서 앞뜰로 발길을 돌아 나서려는데, 장지문을 반쯤 열어젖

힌 안방에서 노인의 말소리가 도란도란 흘러나오고 있었다.

"날씨가 선선한 봄가을철이나, 하다못해 마당에 채일*이라도 치고들 지내는 여름철 되더라도 걱정이 덜하겠다마는, 한겨울 추위 속에서 운 사납게 숨이 딸깍 끊어져 봐라. 단칸방 아랫목에다 내 시신 하나 가득 늘여 놓으면 그 일을 어찌할 것이냐."

이번에도 또 그 집에 관한 이야기였다. 노인을 어떻게 좀 위로해 드린다는 것인가. 아니면 아내는 내가 그 노인의 소망을 더 어떻게 외면할 수 없도록 드러내 버리고 싶었던 것일까. 답답하게 눈치만 보고도는 내게 대한 아내의 원망은 그토록 뿌리가 깊고 지혜로웠더란 말인가. 노인의 이야기는 아내가 거기까지 유도해 낸 게 분명했다. 노인은 그 아내 앞에 당신의 집에 대한 소망을 분명한 목소리로 털어 놓고 있었다.

그리고 이젠 당신의 소망에 대한 솔직한 사연을 말하고 있었다. 노인의 그 오랜 체념의 습관과 염치를 방패 삼아 어물어물 고비를 지나가려던 내 앞에 노인의 소망이 마침내 노골적인 모습을 드러낸 것이었다. 노인의 소망은 이미 짐작하고 있었지만, 설마하면 그렇게 분명한 대목까지 만날 줄은 몰랐던 일이었다. 나는 마치 마지막 희망이 무너진 느낌이었다. 하지만 그 노인의 설명에는 나에게도 마침내 분명해진 것이 있었다. 노인이 갑자기 그 집에 대한 엉뚱한 소망을 지니게 된 내력이었다. 노인은 아직도 당신의 삶을 위해서는 새삼스런 소망을 지니고 있지 않았다. 노인의 소망은 당신의 사후에 내력이 있었다.

"떠돌아 들어 살아오긴 했어도, 난 이 동네 사람들한테 못 할 일은 한 번도 안 해 보고 살아온 늙은이다. 궂은 밥 먹고 궂은 옷 입고

---

* **채일** 차일. 햇볕을 가리기 위하여 치는 포장.

굿은 잠자리 속에 말년을 보냈어도 난 이웃이나 이 동네 사람들한테 굿은 소리는 안 듣고 늙어 왔다. 이 소리가 무슨 소린고 하니 나 죽고 나면 그래도 이 동네 사람들, 이 늙은이 주검 위에 흙 한 삽, 뗏장* 한 장씩은 덮어 주러 올 거란 말이다. 늙거나 젊거나 그렇게 날 들여다봐 주러 오는 사람들을 어찌할 것이냐. 사람은 죽어서 고단해지는 것보다 더 고단한 것도 없는 법인디, 오는 사람 마다할 수 없고 가난하게 간 늙은이가 죽어서라도 날 들여다봐 주러 오는 사람들한테 쓴 소주 한잔이나마 대접해 보내고 싶은 게 죄가 될거냐. 그래서 그저 혼자서 궁리해 본 일이란다. 숨 끊어지는 날 바로 못 내다 묻으면 주검하고 산 사람들이 이 방 하나뿐 아니냐. 먼 데서 온 느그들도 그렇고……. 그래서 꼭 찬바람이나 막고 궁둥이 붙여 앉을 방 한 칸만 어떻게 늘려 봤으면 했더니라마는……. 그게 어디 맘 같은 일이더냐. 이도저도 다 늙고 속없는 늙은이 노망일 테이제……."

노인의 소망은 바로 그 당신의 죽음에 대한 대비에서 비롯된 것이었다.

알 만한 노릇이었다. 살림이 망하고 옛 살던 동네를 나와 떠돌기 시작하면서부터 언제나 당신의 죽음에 대한 대비를 게을리해 오지 않던 노인이었다. 동네 뒷산 양지바른 언덕 아래다 마을 영감 한 분에게 당신의 집터(노인은 당신의 무덤 자리를 늘 그렇게 말했다)를 미리 얻어 놓고 겨울철에도 날씨가 좋으면 그곳을 찾아가 햇볕 바라기를 하다가 내려온다던 노인이었다. 노인은 이제 당신의 죽음에 마지막 준비를 서두르고 있는 것이었다. 나는 더 노인의 이야기를 엿듣고 있을 수가 없었다. 발길을 움직여 소리 없이 자리를 피해 버리고

* 뗏장 흙이 붙어 있는 상태로 뿌리째 떠낸 잔디의 조각.

싶었다.

　한데 그때였다. 쓸데없는 일에 공연히 감동을 잘하는 아내가 아무래도 견딜 수가 없어진 모양이었다.

　"전에 사시던 집은 터도 넓고 칸수도 많았다면서요?"

　아내가 느닷없이 화제를 바꾸고 나섰다. 별달리 노인을 달랠 말이 없으니, 지나간 일이나마 그렇게 넓게 살던 옛집의 기억을 상기시켜서라도 노인을 위로하고 싶어진 것이리라. 그것은 노인도 한때 번듯한 집 살림을 해 온 기억을 되돌이키게 하여 기분을 바꿔 드리고 싶어서이기도 하겠지만, 그 외에도 그건 또 언제나 가난한 살림만을 보고 가게 하는 부끄러운 며느리 앞에 당신의 자존심을 얼마간이나마 되살려 내게 할 가외의 효과도 있을 수 있었다. 어쨌거나 나는 당분간 다시 자리를 피할 필요가 없어진 셈이다.

　"옛날 살던 집이야, 크고 넓었제. 다섯 칸 겹집에다 앞뒤 터가 운동장이었더니라……. 하지만 이제 와서 그게 다 무슨 소용이냐. 남의 집 된 지가 20년이 다 된 것을……."

　"그래도 어머님은 한때 그런 좋은 집도 살아 보셨으니 추억은 즐거운 편이 아니시겠어요? 이 집이 답답하고 짜증 나실 땐 그런 기억이라도 되살려 보세요."

　"기억이나 되살려서 어디다 쓰게야. 새록새록 옛날 생각이 되살아나다 보면 그렇지 않아도 심사가 어지러운 것을."

　"하긴 그것도 그러실 거예요. 그렇게 넓은 집에 사셨던 생각을 하시면 지금 사시는 형편이 더 짜증스러워지기도 하시겠죠. 뭐니 뭐니 해도 지금 형편이 이렇게 비좁은 단칸방 신세가 되고 마셨으니 말씀예요……."

　노인과 아내는 잠시 그렇게 위론지 넋두린지 분간이 가지 않는 소리들을 주고받고 있었다. 한동안 그렇게 오가는 이야기를 듣다 보니, 나는 그 아내의 동기가 다시 의심스러웠다. 아내의 말투는 그저 노인을 위로하기 위해서가 아니었다. 노인을 위로해 드리긴커녕 심기만 점점 더 불편스럽게 하고 있었다. 노인에게 옛집을 상기시켜 드리는 것은 당신의 불편스런 심기를 주저앉히기보다 오늘을 더욱더 비참스럽게 느끼게 만들고 있었다. 집을 고쳐 짓고 싶은 그 은밀스런 소망을 자꾸만 밖으로 후벼 대고 있었다. 아내의 목적은 차라리 그쪽에 있었던 것 같았다.

아내에 대한 나의 판단은 과연 크게 빗나가지 않았다.

"방이 이렇게 비좁은데 그럼 어머니, 이 옷장이라도 어디 다른 데로 좀 내놓을 수 없으세요? 이 옷장을 들여놓으니까 좁은 방이 더 비좁지 않아요."

아내는 마침내 내가 가장 거북스럽게 시선을 피해 오던 곳으로 화제를 끌어들이고 있었다.

바로 그 옷궤 이야기였다. 십칠팔 년 전, 고등학교 1학년 때였다. 술버릇이 점점 사나워져 가던 형이 전답을 팔고 선산을 팔고, 마침내는 그 아버지 때부터 살아온 집까지 마지막으로 팔아넘겼다는 소식이 들려왔다. K시에서 겨울방학을 보내고 있던 나는 도대체 일이 어떻게 되어 가는지 알아보고 싶어 옛 살던 마을엘 찾아가 보았다. 집을 팔아 버렸으니 식구들을 만나게 될 기대는 없었지만, 그래도 달리 소식을 알아볼 곳이 없기 때문이었다. 어스름을 기다려 살던 집 골목을 들어서니 사정은 역시 K시에서 듣고 온 대로였다. 집은 텅텅 빈 채였고 식구들은 어디론지 간 곳이 없었다. 나는 다시 골목 앞에 살고 있던 먼 친척 간 누님을 찾아갔다. 그런데 그 누님의 말을 들으니, 노인이 뜻밖에 아직 나를 기다리고 있다는 것이었다.

"여기가 어디냐. 네가 누군데 내 집 앞 골목을 이렇게 서성대고 있어야 하더란 말이냐."

한참 뒤에 어디선가 누님의 소식을 듣고 달려온 노인이 문간 앞에서 어정어정 망설이고 있는 나를 보고 다짜고짜 나무랐다. 행여나 싶은 마음으로 노인을 따라 문간을 들어섰으나 집이 팔린 것은 분명해 보였다.

그날 밤 노인은 옛날과 똑같이 저녁을 지어 내왔고, 그날 밤을 거기서 함께 지냈다. 그리고 이튿날 새벽 일찍 K시로 나를 다시 되돌려 보냈다. 나중에야 안 일이지만 노인은 그렇게 나에게 저녁밥 한 끼를 지어 먹이고 마지막 밤을 지내게 해 주고 싶어, 새 주인의 양해를 얻어 그렇게 혼자서 나를 기다리고 있었다 했다. 언젠가 내가 다녀갈 때까지는 하룻밤만이라도 내게 옛집의 모습과 옛날 같은 분위기 속에 맘 편히 눈을 붙이고 가게 해 주고 싶어서였을 터이다. 아무리 그렇더라도 문간을 들어설 때부터 썰렁한 집안 분위기가 이사를 나간 빈집이 분명했건만.

한데도 노인은 그때까지 매일같이 그 빈집을 드나들며 먼지를 털고 걸레질을 해 온 것이었다. 그리고 그때 노인은 아직 집을 지켜 온 흔적으로 안방 한쪽에 이불 한 채와 옷궤 하나를 예대로 그냥 남겨 두고 있었다. 이튿날 새벽 K시로 다시 길을 나설 때서야 비로소 집이 팔린 사실을 분명히 해 온 노인의 심정으로는 그날 밤 그 옷궤 한 가지로나마 옛집의 분위기를 되살려 내 괴로운 잠자리를 위로하고 싶었음에 분명한 물건이었다.

그런 내력이 숨겨져 온 옷궤였다. 떠돌이 살림에 다른 가재도구가 없어서도 그랬겠지만, 이 20년 가까이를 노인이 한사코 함께 간직해 온 옷궤였다. 그만큼 또 나를 언제나 불편스럽게 만들어 온 물건이었

다. 노인에게 빚이 없음을 몇 번씩 스스로 다짐하고 지내다가도 그 옷궤만 보면 무슨 액면가 없는 빚문서를 만난 듯 기분이 꺼림칙스러워지곤 하던 물건이었다.

이번에도 물론 마찬가지였다. 노인의 방을 들어선 순간에 벌써 기분을 불편스럽게 해 오던 옷궤였다. 그리고 끝내는 이틀 밤을 못 넘기고 길을 다시 되돌아갈 작정을 내리게 한 것도 알고 보면 바로 그 옷궤의 허물이 컸을지 모른다.

아내도 물론 그 옷궤에 관한 내력을 내게서 들을 만큼 듣고 있었다. 그리고 그걸 알고 있는 여자라면 그 옷궤에 관한 내 기분도 짐작을 못할 그녀가 아니었다. 아내는 일부러 그 옷궤 이야기를 꺼냈음이 분명했다. 더욱이 내가 바깥에서 두 사람의 이야기를 엿듣고 있는 걸 알고서 그랬을 수도 있었다.

나는 어느새 콧속을 후벼 대는 못된 버릇이 되살아날 만큼 긴장하고 있었다. 생각지도 않았던 곳에서 갑자기 묵은 빚문서가 튀어나올 것 같은 조마조마한 기분이었다. 노인이 치사하게 그 묵은 빚문서로 나를 궁지에 몰아넣으려 덤빌 수도 있었다.

─그래 보라지. 누가 뭐래도 내겐 절대로 빚진 게 없으니까. 그래 본들 없는 빚이 생길 리가 있을라구.

나는 거의 기구*를 드리듯 눈을 감고 기다렸다.

하지만 다행스러운 것은 아직도 그 무심스러워 보이기만 한 노인의 대꾸였다.

"옷궤를 내놓으면 몸에 걸칠 옷가지는 다 어디다 간수하고야? 어디다 따로 내놓을 데가 있는 것도 아니지만, 그걸 어디다 내놓을 데가

---

* 기구(祈求) 원하던 바가 실현되도록 빌고 바람.

생긴다고 해도 그것 말고는 옷가지 나부랑일 간수해 둘 데는 있어얄 것 아니냐."

알고 그러는지 모르고 그러는지 노인이 그 옷궤 쪽에는 그리 신경을 쓰고 있지 않은 것 같았다.

"옷이야 어떻게 못을 박아 걸더라도, 사람이 우선 좀 발이라도 뻗고 누울 자리가 있어야잖아요. 이건 뭐 사람보다도 옷장을 모시는 꼴이지 뭐예요."

아내는 거의 억지를 부리고 있었다. 옷궤에 대한 노인의 집착심을 시험해 보기 위한 수작임이 분명했다.

하지만 노인의 반응은 여전히 의연했다.

"그건 네가 모르는 소리다. 그 옷궤라도 하나 없으면 이 집을 누가 사람 사는 집이라 할 수 있겠냐. 사람 사는 집 흔적으로 해서라도 그건 집 안에 지녀야 할 물건이다."

"어머님은 아마 저 옷장에 그럴 만한 사연이 있으신가 봐요. 시집오실 때 해 오신 건가요?"

노인의 나이가 너무 높다 보니 아내는 때로 그 노인 앞에 손주딸처럼 버릇이 없어지기도 했지만, 이번에는 숫제 장난기 한가지였다.

"내력은 무슨……."

노인은 이제 그것으로 그만 입을 다물어 버리고 말았다. 옷궤 이야기는 더 이상 들추고 싶지가 않은 모양이었다.

하지만 아내 쪽도 그쯤 호락호락 물러설 여자가 아니었다. 노인이 입을 다물어 버리자 아내도 잠시 할 말을 잃은 듯 침묵을 지키고 있더니, 이윽곤 다시 새판잡이* 공세를 펴기 시작했다.

* 새판잡이 새로 일을 벌여 다시 하는 일.

"하긴 어쨌거나 어머님 마음이 편하진 못하시겠어요. 뭐니 뭐니 해도 옛날 사시던 집을 지켜 오시는 게 제일 좋으셨을 텐데 말씀예요. 도대체 그 집은 어떻게 해서 팔리게 되었어요?"

다시 그 집 얘기였다. 그 역시 모르고 묻는 소리가 아니었다. 아내는 그 옷궤의 내력과 함께 집이 팔리게 된 사정에 대해서도 모두 알고 있었다. 하면서도 그녀는 다시 노인에게 그것을 되풀이시키려 하고 있었다. 옷궤를 구실로 그 노인의 소망을 유인해 내려는 그녀 나름의 노력의 연장이었다.

하지만 노인의 태도도 아직은 그 아내에 못지않게 끈질긴 데가 있었다.

"집이 어떻게 팔리기는……. 안 팔아도 좋을 집을 뭔 장난삼아 팔았을라더냐. 내 집 지니고 살 팔자가 못 돼 그리된 거제……."

알고도 묻는 소릴 노인은 또 노인대로 내력을 얼버무려 넘기려고 하였다.

"그래도 사정은 있었을 게 아녜요? 그 집을 지을 때 돌아가신 아버님이 몹시 고생을 하셨다고 하던데요."

"집이야 참 어렵게 장만한 집이었지야. 남같이 한번에 지어 올린 집이 아니고 몇 해에 걸쳐서 한 칸씩 두 칸씩 살림 형편 좋아서 늘려 간 집이었더니라. 그렇게 마련한 집이 결국은 내 집 못 되고……. 그런다고 이제 그런 소린 해서 다 뭣을 하겠냐. 어차피 내 집 못 될 운수라 그리된 일을 이런 소리 곱씹는다고 팔려 간 집 다시 내 집이 되어 돌아올 것도 아니고……."

"하지만 그리 어렵게 장만한 집이라 애석한 생각이 더할 게 아녜요. 지금 형편도 그럴 수밖에 없고요. 어떻게 되어 그리되고 말았는지 그때 사정이라도 좀 말씀해 보세요."

"그만둬라, 다 소용없는 일이다. 이제는 그럭저럭 세월이 흘러서 기억도 많이 희미해진 일이고……."

한사코 이야기를 피하려는 노인에게 아내는 마침내 마지막 수단을 동원하고 있었다.

"좋아요. 어머님께선 아마 지난 일로 저까지 공연히 속을 상하게 할까 봐 그러시는 모양인데요, 그래도 별로 소용이 없으세요. 저도 사실은 이야기를 대강 다 들어 알고 있단 말씀예요."

"이야기를 들어? 누구한테서?"

노인이 비로소 조금 놀라는 기미였다.

"그야 물론 저 사람한테지요."

노인의 물음에 아내가 대답했다. 눈에는 보이지 않았지만, 밖에서 엿듣고 있는 나를 지목한 말투가 분명했다. 짐작대로 그녀는 벌써부터 내가 밖에서 엿듣고 있는 낌새를 알아차리고 있었음이 분명했다.

"제가 알고 있는 건 그 집을 팔게 된 사정만도 아니에요. 어머님께서 저 사람한테 그 팔려 간 집에서 마지막 밤을 지내게 해 주신 일도 모두 알고 있단 말씀예요. 모른 척하고 있기는 했지만 저 옷장 말씀예요, 그날 밤에도 어머님은 저 헌 옷장 하나를 집 안에다 아직 남겨 두고 계셨더라면서요. 아직도 저 사람한텐 어머님이 거기서 살고 계신 것처럼 보이시려고 말씀이에요."

아내는 차츰 목소리가 떨려 나오고 있었다.

"그렇담 어머님, 이제 좀 속 시원히 말씀해 보세요. 혼자서 참아 넘기려고만 하지 마시고 말씀이라도 하셔서 속을 후련히 털어놔 보시란 말씀이에요. 저흰 어머님 자식들 아닙니까. 자식들한테까지 어머님은 어째서 그렇게 말씀을 참아 넘기려고만 하세요."

아내의 어조는 거의 울먹임에 가까웠다.

노인도 이젠 어찌할 수가 없는지, 한동안 묵묵히 대꾸가 없었다.

나는 온통 입안의 침이 다 말랐다. 노인의 대꾸가 어떻게 나올지 숨도 못 쉰 채 당신의 다음 말만 기다리고 있었다.

하지만 그 아내나 나의 조바심과는 아랑곳없이 노인은 끝내 심기를 흩뜨리지 않았다.

"그래 그 아그도 어떻게 아직 그날 밤 일을 잊지 않고 있더냐?"

"그래요. 그리고 그날 밤 어머님은 저 사람이 집을 못 들어가고 서성대고 있으니까 아직도 그 집이 아직 안 팔린 것처럼 저 사람을 안으로 데려다가 저녁까지 한 끼 지어 먹이셨다면서요?"

"그럼 됐구나. 그렇게 죄다 알고 있는 일을 뭐 하러 한사코 나한테 되뇌게 하려느냐."

"저 사람은 벌써 잊어 가고 있거든요. 저 사람한테선 진짜 얘기를 들을 수도 없고요. 사람이 모질어 저 사람은 그런 일 일부러 잊어요. 그래 이번엔 어머님한테서 진짜 이야길 듣고 싶은 거예요. 저 사람 얘기 말고 어머님의 그날 밤 진짜 심경을 말씀이에요."

"심경이나 마나 저하고 별다른 대목이 있었을라더냐. 사세부득°해서 팔았다곤 하지만 아직은 그래도 내 발길이 끊이지 않은 집인데, 그 집을 놔두고 그 아그가 그래 발길을 주춤주춤 어정대고 서 있더구나……."

아내의 성화를 견디다 못해 노인은 결국 마지못한 어조로 그날 밤 일을 얼핏 돌이키고 들었다. 어조에는 아직도 그날 밤의 심사가 조금도 실려 있지 않은 채였다.

• 아그 '아이'의 사투리.
• 사세부득(事勢不得) 어쩔 수 없는 상황 때문에 그렇게 할 수밖에 없음.

"그래 저를 나무래서 냉큼 집 안으로 데리고 들어갔더니라. 그리고 더운밥 지어 먹여서 그 집에서 하룻밤을 재워 가지고 동도 트기 전에 길을 되돌려 떠나보냈더니라……."

"그래 그때 어머님 마음이 어떠셨어요?"

"마음이 어쩌기는야. 팔린 집이나마 거기서 하룻밤 저 아그를 재워 보내고 싶어 싫은 골목 드나들며 마당도 쓸고 걸레질도 훔치며 기다려 온 에미였는디, 더운밥 해 먹이고 하룻밤을 재우고 나니 그만만 해도 한 소원은 우선 풀린 것 같더구나."

"그래 어머님은 흡족한 기분으로 아들을 떠나보내셨다는 말씀이시군요. 하지만 정말로 그게 그러실 수 있었을까요? 어머님은 정말로 그렇게 흡족한 마음으로 아들을 떠나보내실 수 있으셨을까 말씀이에요. 아들은 다시 학교로 돌아가는 길이었다 치더라도 어머님 자신은 그때 변변한 거처 하나 마련해 두시지 못하셨을 처지에 말씀이에요."

"나더러 또 무슨 이야길 더 하라는 것이냐."

"그때 아들을 떠나보내실 때 어머님 심경을 듣고 싶어요. 객지 공부 가는 어린 아들을 그런 식으로 떠나보내시면서 어머님 자신도 거처가 없이 떠도셔야 했던 그때 처지에서 어머님이 겪으신 심경을 말씀예요."

"그만두거라. 다 쓸데없는 노릇이니라. 이야기를 한들 그때 마음이야 네가 어찌 다 알아들을 수가 있었냐."

노인이 다시 이야기를 사양했다. 그러나 그 체념기가 완연한 노인의 어조에는 아직도 혼자 당신의 맘속으로만 지녀 온 어떤 이야기가 남아 있는 것 같았다.

나는 이제 더 기다리고 있을 수가 없었다. 아내는 내 기미를 눈치채고 있었다 하더라도 노인만은 아직 그걸 알지 못하고 있었다. 노인의 말을 그쯤에서 그만 중단시켜야 했다. 아내가 어떻게 나온다 하더라도 내게까지 그것을 알게 하고 싶지는 않을 노인이었다. 내 앞에선 더 이상 노인의 이야기가 계속되어 갈 수 없었다.

나는 이윽고 헛기침을 한 번 하고서 그 노인의 눈길이 닿고 있는 장지문 앞으로 모습을 불쑥 드러내고 나섰다.

4

위험한 고비는 그럭저럭 모두 지나가고 있었다.

저녁상을 들일 때 노인은 언제나처럼 막걸리 한 되를 가져오게 하였다. 형의 술버릇 때문에 집안 꼴이 그 지경이 되었는데도 노인은 웬일로 내게 그리 술 걱정을 하지 않았다. 집에만 가면 당신이 손수 막걸리 한두 되씩을 꼭꼭 미리 마련해다 주곤 하였다.

—한잔 마시고 잠이나 자거라.

그러면서 낮참부터 늘 잠자기를 권했다.

이날 저녁도 마찬가지였다.

"그래, 정 내일 아침으로 길을 나설라냐?"

저녁상이 들어왔을 때 노인은 그렇게 조심스런 목소리로 나의 내심을 한 번 더 떠 왔을 뿐이다.

"가야 할 일이 있으니까 가겠다는 거 아니겠어요."

나는 노인에게 공연히 짜증기 선 목소리로 퉁명스럽게 대꾸했다. 하니까 노인은 그것으로 그만이었다.

"그래 알았다. 저녁 하고 술이나 한잔하고 일찍 쉬거라."

아침부터 먼 길을 나서려면 잠이라도 일찍 자 두라는 단속이었다.

나는 말없이 노인을 따랐다. 저녁 겸해서 술 한 되를 비우고 그리고 술기를 못 견디는 사람처럼 일찌감치 잠자리를 펴고 누웠다. 이윽고 형수님이 조카들을 데리고 잠자리를 찾아 나가자 이날 밤도 우리는 세 사람 합숙이었다.

어쨌거나 이제 위태로운 고비는 그럭저럭 거의 다 넘겨 가고 있는 셈이었다. 눈을 붙였다 깨고 나면 그것으로 모든 건 끝난다. 지붕이고 옷궤고 더 이상 신경을 쓸 일이 없어진다. 노인에게 숨겨진 빚문서가 있을까. 하지만 이날 밤만 무사히 넘기고 나면 노인의 빚문서도 그것으로 영영 휴지가 되는 것이다.

—잠이나 자자. 빚이고 뭐고 잠들면 그만이다. 노인에게 빚은 내가 무슨 빚이 있단 말인가…….

나는 제법 홀가분한 기분으로 눈을 감고 잠을 청했다. 술기 탓인지 알알한 잠기운이 이내 눈꺼풀을 덮어 왔다.

한데 얼마쯤 그렇게 아늑한 졸음기 속을 헤매고 났을 때였을까. 나는 웬일인지 문득 다시 잠기가 서서히 엷어져 가고 있었다. 그리고 아직도 그 어렴풋한 선잠기 속에 도란도란 조심스런 노인의 말소리가 들려왔다.

"그날 밤사말로* 갑자기 웬 눈이 그리도 많이 내렸던지 잠을 잤으면 얼마나 잤겠느냐마는 그래도 잠시 눈을 붙였다가 새벽녘에 일어나 보니 바깥이 왼통 환한 눈 천지로구나……. 눈이 왔더라도 어쩔 수가 있더냐. 서둘러 밥 한술씩을 끓여다가 속을 덥히고 그 눈길을 서둘러 나섰더니라……."

나는 다시 정신이 번쩍 들고 말았다. 어찌 된 일인지 노인이 마침

● 밤사말로 '밤에는' '밤이야말로'라는 뜻의 사투리.

내 그날 밤 이야기를 아내에게 가닥가닥 털어놓고 있는 중이었다.

"처지가 떳떳했으면 날이라도 좀 밝은 다음에 길을 나설 수도 있었으련만, 그땐 어찌도 그리 처지가 부끄럽고 저주스럽기만 했던지……. 그래 할 수 없이 새벽 눈길을 둘이서 나섰지만, 시오 리˚나 되는 장터 차부˚까지 산길이 멀기는 또 얼마나 멀더라냐."

기억을 차근차근 더듬어 나가고 있는 노인의 몽롱한 목소리는 마치 어린 손주 아이에게 옛얘기라도 들려주는 할머니의 그것처럼 아늑한 느낌마저 깃들고 있었다.

아내가 결국은 노인을 거기까지 유도해 냈음이 분명했다.

—이야기를 한들 네가 어찌 다 알아들을 수가 있었겠냐…….

낮결에 노인이 말꼬리를 한 가닥 깔고 넘은 기미를 아내가 무심히 들어 넘겼을 리 없었다.

그날 밤—아니 그날 새벽—아내에겐 한 번도 들려준 일이 없는 그날 새벽의 서글픈 동행을, 나 자신도 한사코 기억의 피안으로 사라져 가 주기를 바라 오던 그 새벽의 눈길의 기억을 노인은 이제 받아 낼 길 없는 묵은 빚문서를 들추듯 허무한 목소리로 되씹고 있었다.

"날은 아직 어둡고 산길은 험하고, 미끄러지고 넘어지면서도 차부까지는 그래도 어떻게 시간을 대어 갈 수가 있었구나……."

이야기를 듣고 있는 나의 머릿속에도 마침내 그날의 정경이 손에 닿을 듯 역력히 떠올랐다. 어린 자식 놈의 처지가 너무도 딱해서였을까. 아니 어쩌면 노인 자신의 처지까지도 그 밖엔 달리 도리가 없었을 노릇이었는지도 모른다. 동구 밖까지만 바래다주겠다던 노인

˚ 시오 리 10리에 5리를 더한 거리. 본음은 '십오 리'.

˚ 차부(車部) 자동차 터미널. 자동차의 시발점이나 종착점에 마련한 차의 집합소.

은 다시 마을 뒷산 잿길*까지 나를 좀 더 바래주마 우겼고, 그 잿길
을 올라선 다음엔 새 신작로*가 나설 때까지만 산길을 함께 넘어가
자 우겼다. 그럴 때마다 한 차례씩 애시린* 실랑이를 치르고 나면 노
인과 나는 더 이상 할 말이 있을 수 없었다. 아닌 게 아니라 날이라
도 좀 밝은 다음이었으면 좋았겠는데, 날이 밝기를 기다려 동네를 나
서는 건 노인이나 나나 생각을 안 했다. 그나마 그 어둠을 타고 마을
을 나서는 것이 노인이나 나나 마음이 편했다. 노인의 말마따나 미끄
러지고 넘어지면서, 내가 미끄러지면 노인이 나를 부축해 일으키고,
노인이 넘어지면 내가 당신을 부축해 가면서, 그렇게 말없이 신작로
까지 나섰다. 그러고도 아직 그 면소 차부까지는 길이 한참이나 남
아 있었다. 나는 결국 그 면소 차부까지도 노인과 함께 신작로를 걸
었다.

　아직도 날이 밝기 전이었다.

　하지만 그러고 우리는 어찌 되었던가.

　나는 차를 타고 떠나갔고, 노인은 거기서 다시 어둠 속의 눈길을
되돌아서야 했다…….

　내가 알고 있는 건 거기까지뿐이었다.

　노인이 그 후 어떻게 길을 되돌아갔는지는 나로서도 아직 들은 바
가 없었다. 노인을 길가에 혼자 남겨 두고 차로 올라선 그 순간부터
나는 차마 그 노인을 생각하기가 싫었고, 노인도 오늘까지 그날의 뒷
얘기를 들려준 일이 없었다. 그런데 노인은 웬일로 오늘사 그날의 기
억을 끝까지 돌이키고 있었다.

• 잿길 재(고개)에 난 길, 또는 언덕바지에 난 길.
• 신작로(新作路) '새로 만든 길'이란 뜻으로, 자동차가 다닐 수 있을 정도로 넓게 새로 낸 길을 이르는 말.
• 애시리다 애달프다.

"어떻게 어떻게 장터거리로 들어서서 차부가 저만큼 보일 만한 데까지 가니까 그때 마침 차가 미리 불을 켜고 차부를 나오더구나. 급한 김에 내가 손을 휘저어 그 차를 세웠더니, 그래 그 운전사란 사람들은 어찌 그리 길이 급하고 매정하기만 한 사람들이더냐. 차를 미처 세우지도 덜하고 덜크렁덜크렁 눈 깜짝할 사이에 저 아그를 홀쩍 실어 담고 가 버리는구나."

"그래서 어머님은 그때 어떻게 하셨어요?"

잠잠히 입을 다문 채 듣고만 있던 아내가 모처럼 한마디 끼어들었다.

나는 갑자기 다시 노인의 이야기가 두려워졌다. 자리를 차고 일어나 다음 이야기를 가로막고 싶었다. 하지만 나는 이미 그럴 수가 없었다. 사지가 말을 들어주지 않았다. 온몸이 마치 물먹은 솜처럼 무겁게 가라앉고 있었다. 몸을 어떻게 움직여 볼 수가 없었다. 형언하기 어려운 어떤 달콤한 슬픔, 달콤한 피곤기 같은 것이 나를 아늑히 감싸 오고 있었다.

"어떻게 하기는야. 넋이 나간 사람마냥 어둠 속에 한참이나 찻길만 바라보고 서 있을 수밖에야…… 그 허망한 마음을 어떻게 다 말할 수가 있을 거나……."

노인은 여전히 옛애기를 하듯 하는 그 차분하고 아득한 음성으로 그날의 기억을 더듬어 나갔다.

"한참 그러고 서 있다 보니 찬바람에 정신이 좀 되돌아오더구나. 정신이 들어 보니 갈 길이 새삼 허망스럽지 않았겠냐. 지금까진 그래도 저하고 나하고 둘이서 함께 헤쳐 온 길인데 이참에는 그 길을 늙은것 혼자서 되돌아서려니…… 거기다 아직도 날은 어둡지야……. 그대로는 암만해도 길을 되돌아설 수가 없어 차부를 찾아 들어갔더니라. 한 식경*이나 차부 안 나무 걸상에 웅크리고 앉아 있으려니 그제사 동녘 하늘이 훤해져 오더구나……. 그래서 또 혼자 서두를 것도 없는 길을 서둘러 나섰는데, 그때 일만은 언제까지도 잊힐 수가 없을 것 같구나."

"길을 혼자 돌아가시던 그때 일을 말씀이세요?"

"눈길을 혼자 돌아가다 보니 그 길엔 아직도 우리 둘 말고는 아무도 지나간 사람이 없지 않았겠냐. 눈발이 그친 그 신작로 눈 위에 저하고 나하고 둘이 걸어온 발자국만 나란히 이어져 있구나."

"그래서 어머님은 그 발자국 때문에 아들 생각이 더 간절하셨겠네요."

"간절하다 뿐이었겠냐. 신작로를 지나고 산길을 들어서도 굽이굽이 돌아온 그 몹쓸 발자국들에 아직도 도란도란 저 아그 목소리나 따뜻한 온기가 남아 있는 듯만 싶었제. 산비둘기만 푸르르 날아올라도 저 아그 넋이 새가 되어 다시 되돌아오는 듯 놀라지고, 나무들이 눈을 쓰고 서 있는 것만 보아도 뒤에서 금세 저 아그 모습이 뛰어나올 것만 싶었지야. 하다 보니 나는 굽이굽이 외지기만 한 그 산길을 저 아그 발자국만 따라 밟고 왔더니라. 내 자석아, 내 자석아, 너하고 둘이 온 길을 이제는 이 몹쓸 늙은것 혼자서 너를 보내고 돌아가고 있구나!"

"어머님 그때 우시지 않았어요?"

"울기만 했겠냐. 오목오목 디뎌 논 그 아그 발자국마다 한도 없는 눈물을 뿌리며 돌아왔제. 내 자석아, 내 자석아, 부디 몸이나 성히 지내거라. 부디부디 너라도 좋은 운 타서 복 받고 살거라……. 눈앞이 가리도록 눈물을 떨구면서 눈물로 저 아그 앞길을 빌고 왔제……."

---

* 식경(食頃) '밥을 먹을 동안'이란 뜻으로, 잠깐 동안을 이르는 말.

노인의 이야기가 거진 끝이 나 가고 있는 것 같았다. 아내는 이제 할 말을 잊은 듯 입을 조용히 다물고 있었다.

"그런디 그 서두를 것도 없는 길이라 그렁저렁 시름없이 걸어온 발걸음이 그래도 어느 참에 동네 뒷산까지 당도해 있었구나. 하지만 나는 그길로는 차마 동네를 바로 들어설 수가 없어 잿등* 위에 눈을 쓸고 아직도 한참이나 시간을 기다리고 앉아 있었더니라……."

"어머님도 이젠 돌아가실 거처가 없으셨던 거지요."

한동안 조용히 입을 다물고 있던 아내가 더 이상 참을 수가 없어진 듯 갑자기 노인을 채근하고 나섰다. 그 목소리가 울먹임 때문에 떨리고 있었다.

나 역시 더 이상 노인을 참을 수가 없었다. 이제나마 노인을 가로막고 싶었다. 아내의 추궁에 대한 그 노인의 대꾸가 너무도 두려웠다. 노인의 대답을 들을 수가 없었다. 하지만 그 역시도 불가능한 일이었다.

나는 아직도 눈을 뜰 수가 없었다. 불빛 아래 눈을 뜨고 일어날 수가 없었다. 사지가 마비된 듯 가라앉아 있는 때문만이 아니었다. 졸음기가 아직 아쉬워서도 아니었다. 눈꺼풀 밑으로 뜨겁게 차오르는 것을 아내와 노인 앞에 보일 수가 없었다. 그것이 너무도 부끄러웠기 때문이다. 아내는 이번에도 그러는 나를 알고 있었던 것 같았다.

"여보, 이젠 좀 일어나 보세요. 일어나서 당신도 말을 좀 해 보세요."

그녀가 느닷없이 나를 세차게 흔들어 깨웠다. 그녀의 음성은 이제 거의 울부짖음에 가까웠다. 그래도 나는 일어날 수가 없었다. 뜨거운 것을 숨기기 위해 눈꺼풀을 꾹꾹 눌러 참으며 내처 잠이 든 척 버틸 수밖에 없었다.

---

* 잿등 고갯마루. 고개에서 가장 높은 자리.

음성이 아직 흐트러지지 않고 있는 건 오히려 노인뿐이었다.

"가만두거라. 아침 길 나서기도 피곤할 것인디 곤하게 자고 있는 사람 뭣 하러 그러냐."

노인은 일단 아내의 행동을 말려 두고 나서 아직도 그 옛얘기를 하는 듯한 아득하고 차분한 음성으로 당신의 남은 이야기를 끝맺어 가고 있었다.

"그런디 이것만은 네가 좀 잘못 안 것 같구나. 그때 내가 뒷산 잿등에서 동네를 바로 들어가지 못하고 있었던 일 말이다. 그건 내가 갈 데가 없어 그랬던 건 아니란다. 산 사람 목숨인데 설마 그때라고 누구네 문간방 한 칸이라도 산 몸뚱이 깃들일 데 마련이 안 됐겄냐. 갈 데가 없어서가 아니라 아침 햇살이 활짝 퍼져 들어 있는디, 눈에 덮인 그 우리 집 지붕까지도 햇살 때문에 볼 수가 없더구나. 더구나 동네에선 아침 짓는 연기가 한창인디 그렇게 시린 눈을 해 갖고는 그 햇살이 부끄러워 차마 어떻게 동네 골목을 들어설 수가 있더냐. 그놈의 말간 햇살이 부끄러워져서 그럴 엄두가 안 생겨나더구나. 시린 눈이라도 좀 가라앉히자고 그래 그러고 앉아 있었더니라……."

[1977]

작품 이해

「눈길」은 근대화 과정에서 점차 사라지고 있는 '효(孝)'의 문제를 다루고 있습니다. 이를 위해 물질적 가치관에 젖어 있는 아들과 그 아들을 무조건적으로 사랑하는 노모를 대조적으로 보여 주고 있지요. 형의 주벽(酒癖)으로 몰락한 집안에서 자수성가했다고 생각하는 아들과 집안의 불행을 자신의 부덕함으로 돌리는 어머니. 그 아들은 어머니의 사랑에 대해 '빚이 없다'고 생각합니다. 하지만 어머니가 전하는 '눈길'의 이야기를 통해 뒤늦게 어머니의 사랑을 깨닫게 되지요.

특히 '눈길'은 '나'와 '어머니'에게는 그 의미가 다릅니다. '나'에게 '눈길'은 기억하고 싶지 않은 과거의 쓰라린 추억이지만, '어머니'에게 '눈길'은 자신이 감수해야 하는 혹독한 시련이면서 동시에 아들에 대한 가슴 시리도록 절절한 사랑을 확인하는 상징물인 것입니다.

작가는 이러한 주제를 전하는 방식으로 주인공이 떠나온 고향을 방문해 겪게 되는 체험을 중심으로 이야기를 풀어가는 '귀향형(歸鄕型) 구조'와, '눈길'에 대한 어머니의 이야기를 내부에 담고 있는 '액자 구성' 방식을 활용하고 있습니다. 이와 더불어 작가는 사건의 진실에 접근해 가는 특유의 미학을 보여 줍니다. 즉 '나'의 어머니가 처음에는 자신의 속내를 감추고 이야기를 하다가 조금씩 자신의 한(恨)을 드러내는 과정이 팽팽한 긴장감을 주고 있지요. 이렇게 어머니의 마음이 한 꺼풀씩 걷히며 비밀이 벗겨지는 형식과 호기심을 유발하는 구성 방식을 통해, 어머니의 절절한 사랑을 깨달아 가는 아들의 모습을 그리고 있습니다.

1 그림을 참고하여, 어머니에 대한 '나'의 심정이 어떻게 바뀌고 있는지 정리해 봅시다.

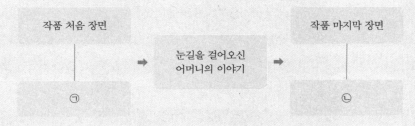

작품 처음 장면

⊙

눈길을 걸어오신
어머니의 이야기

작품 마지막 장면

ⓛ

2 '나'는 어머니를 '노인'이라고 부르면서 끊임없이 '빚이 없다'라고 말합니다. 그 까닭은 무엇일까요?

3 이 작품에서 '눈길'은 '나'와 '어머니'에게 다른 의미로 이해되고 있습니다. 두 인물이 받아들이는 '눈길'의 의미를 정리해 봅시다.

나 ➡ ⊙

어머니 ➡ ⓛ

4 '눈길'에 대한 이야기를 들은 아들이 자신의 '어머니'께 보내는 짧은 편지를 상상하여 써 봅시다.

사랑하는 어머님께

_____

_____

_____

_____

_____

_____

_____

_____

_____

소설에서 사건들을 엮어 나가는 '구성(plot)' 방식은 매우 다양합니다. 구성은 허구성을 기반으로 하는 소설에서 사건들이 인과 관계에 따라 유기적으로 맺어지도록 함으로써 독자들에게 극적인 흥미를 제공하게 됩니다. 교과서에 수록된 다음 작품들을 더 찾아서 읽고 '구성'에 대한 이해의 폭을 넓혀 볼까요?

금수회의록 (안국선)

  안국선의 「금수회의록」(1908)은 '액자 구성' 방식에 대한 이해를 높일 수 있는 좋은 작품입니다. 이 작품은 꿈속으로 들어가는 '입몽(入夢)'과 꿈에서 깨어나는 '각몽(覺夢)'의 과정을 통해, '나'라는 1인칭 관찰자가 꿈속에서 보고 들은 내용을 전달하는 '액자 구성' 방식으로 되어 있습니다.

  서술자 '나'가 전하는 꿈 이야기에서 까마귀, 여우, 개구리, 벌, 게, 파리, 호랑이, 원앙 등의 짐승은 인간의 악행을 짐승의 행태에 빗대어 성토합니다. 이러한 형식을 흔히 '우화 소설'이라고도 합니다. 이것은 주로 동물에 가탁(假託, 어떤 사물을 빌려 그것을 통해서 일정한 사상, 감정 따위를 나타냄)하여 인간을 풍자하거나 비판하는 기법인데요, 작가가 우화 형식을 빌린 것은 당대의 시대적 정황 때문으로 보입니다. 외세의 침략과 매국(賣國)을 비판하려는 자신의 정치적·사회적 의식을 좀 더 강렬하고 신랄한 어조로 드러내기 위해 직설적인 표현 방식보다 우화 형식으로 돌려서 표현할 필요가 있었기 때문입니다.

난쟁이가 쏘아올린 작은 공 (조세희)

조세희의 『난쟁이가 쏘아올린 작은 공』(1978)은 모두 열두 편의 이야기를 담고 있는 연작소설집입니다. '난쟁이' 일가로 표상되는 가난한 소외 계층과 공장 근로자들의 삶을 통해 1970년대의 노동 현실을 그려 내고 있는데, 어떤 작품들이 실려 있는지 살펴볼까요?

뫼비우스의 띠 / 칼날 / 우주 여행 / 난쟁이가 쏘아 올린 작은 공 / 육교 위에서 / 궤도 회전 / 기계 도시 / 은강 노동 가족의 생계비 / 잘못은 신에게도 있다 / 클라인 씨의 병 / 내 그물로 오는 가시고기 / 에필로그

소설집에 실린 열두 편의 이야기는 모두 독립된 구조를 갖고 있습니다. 하지만 각각의 단편들은 순차적으로 배치되어 마치 하나의 장편소설처럼 읽힙니다. 그것은 소설집에 실린 열두 편의 이야기가 '난쟁이와 앉은뱅이, 꼽추 등 고지대 철거민의 생활—도시 재개발로 집을 잃음—희망을 잃은 난쟁이의 자살—은강으로 이사한 난쟁이 가족—은강 생활의 어려움—경영주를 살해한 영수—영수의 죽음'이라는 구성 방식으로 엮여 있기 때문입니다. 작가는 이러한 구성 방식을 통해 단편의 기동성과 장편의 총체성을 결합한 연작소설을 실현하고 있습니다.

표현

박태원 소설가 구보 씨의 일일
최인호 타인의 방

표현에 대하여

맛있는 라면의 비법은 뭘까요?

라면은 많은 사람들이 즐겨 먹는 간편한 음식이지만 누가 끓이느냐에 따라 맛이 다릅니다. 끓이는 방법은 쉬워 보이지만 국물 맛을 내는 비결과 첨가되는 재료에 따라 다양한 맛이 나지요. 소설도 이와 마찬가지입니다. 세상에서 벌어지는 수많은 일들을 재료로 작가는 작품을 씁니다. 한마디로 소설은 무엇을(what), 어떻게(how) 형상화하느냐가 문제입니다. 여기서 '무엇'이 '내용'에 해당한다면 '어떻게'는 '표현'에 해당합니다. 라면이 '내용'이라면 첨가된 재료와 그릇은 '표현'이라고 할 수 있습니다. 결국 내용은 표현에 따라 다르게 전달됩니다. 같은 재료라도 요리사가 어떻게 요리하느냐에 따라 맛이 달라지듯이, 같은 소재라도 작가가 어떤 형식에 담아 어떻게 표현하느냐에 따라 소설은 다양한 빛깔과 모양을 내는 것이죠.

앞서 살펴본 소설의 여러 요소들뿐 아니라 겉으로 드러나지 않는 다양한 표현 방법을 알고 나면 소설의 색다른 재미를 느낄 수 있습니다.

소설의 '표현'에 대해 알아야 할 몇 가지

소설은 현실에 있을 법한 이야기를 글로써 실감 나게 들려주어야 하기 때문에 작가는 다양한 방법을 동원합니다. 대화, 묘사, 서사 등의 서술 방법과 의식의 흐름, 자동기술법, 상징, 알레고리 등 표현 방법, 문체와 어조에 이르기까지 효과적으로 활용하여 독자에게 소설의 색다른 재미와 감동을 경험하게 합니다.

먼저 서술 방법에 대해 살펴볼까요? 인물들이 주고받는 말인 '대화'는 사건을 생생하게 전달하여 현장감과 사실성을 높여 주며 인물의 성격까지 간접적으로 드러냅니다. 이에 비해 '묘사'는 실제 눈으로 보는 듯하게 사물과 배경 그리고 행동을 구체적으로 그려 냅니다.

"길은 지금 긴 산허리에 걸려 있다. 밤중을 지난 무렵인지 죽은 듯이 고요한 속에서 짐승 같은 달의 숨소리가 손에 잡힐 듯이 들리며, 콩포기와 옥수수 잎새가 한층 달에 푸르게 젖었다. 산허리는 온통 메밀밭이어서 피기 시작한 꽃이 소금을 뿌린 듯이 흐뭇한 달빛에 숨이 막혀 하얬다. 붉은 대궁이 향기같이 애잔하고 나귀들의 걸음도 시원하다."

한 편의 시처럼 아름다운 묘사로 유명한 이효석의 「메밀꽃 필 무렵」의 한 대목입니다. 묘사는 이와 같이 '글로 그린 그림'입니다.

사건을 서술하는 '서사'는 긴 시간에 걸쳐 벌어진 일들을 압축적으로 전달할 때 유용한 서술 방법입니다. 소설의 가장 기본적이고 핵심적인 특징인 '이야기'를 만들어 가지요. 인물을 설명하고 사건을 이끌어 가며 갈등을 만들고 결말을 알려 주기도 하지만, 현대 소설에서는 서사성이 약하거나 아예 없는 작품도 등장합니다.

다음은 표현 방법에 대해 알아보지요. '의식의 흐름'은 일반적인 소설에서 볼 수 없는 특이한 방법입니다. 의식의 흐름은 인물의 복잡한 내면 심리를 독백과 자유 연상의 방식으로 보여 주는 기법으로, 객관적인 묘사나 설명 없이 작중 인물의 사상과 감정을 주로 내적 독백의 방식으로 표출합니다. 이런 기법을 사용한 소설들은 기억이나 연상 등의 의식 활동이 생활의 논리와 시간적 순서에 따라 진행되는 게 아니라 시시각각으로 변화하고 일관된 이야기 줄거리가 없는 게 특징입니다. '필수편' 상권에서 읽은 이상의 「날개」와 곧 읽을 박태원의 「소설가 구보 씨의 일일」에서 이런 모습을 확인할 수 있습니다.

한편, '상징'은 시와 마찬가지로 소설에서도 중요한 역할을 합니다. 황순원의 「소나기」에서는 보라색 꽃이 소녀의 죽음을 암시하고, 하근찬의 「수난이대」에서는 용머리재가 진수와 만도 부자를 내려다보는 장면이 주제를 상징합니다. 그 외에 영화에서 차용한 몽타주* 기법, 알레고리* 등의 방법도 사용됩니다. 소설을 읽어 나가면서 숨어 있는 표현 기법을 발견한다면 또 다른 재미를 느낄 수 있을 것입니다.

마지막으로 문체와 어조입니다. 문체와 어조는 작가의 개성을 잘 드러내며 소설에 독특한 맛을 부여합니다. 채만식이 즐겨 사용한 판소리 사설 문체는 풍자적 어조로 사회를 간접적으로 비판하며, 김유정이나 성석제의 해학적인 어조는 독자에게 웃음과 재미를 선사하지요.

7부 '표현'에는 박태원의 「소설가 구보 씨의 일일」과 최인호의 「타인의 방」 두 편을 엮었습니다. 일본 유학까지 마친 젊은 소설가 구보 씨가 하루 동안 서울 시내를 돌아다니며 겪는 일과 머릿속에 떠오른 생각들을 몽타주 기법과 의식의 흐름으로 표현한 1930년대의 세태 소설 「소설가 구보 씨의 일일」은 소설의 색다른 표현 방법을 살펴보기 좋은 작품입니다.

「타인의 방」은 한 남자가 겪는 비현실적 상황을 통해 현대인들이 겪는 소외 현상을 잘 다루고 있습니다. 예정보다 일찍 출장에서 돌아와 아내가 남긴 메모를 보고 남자는 아내의 거짓말을 눈치챕니다. 방 안의 가구와 사물이 날뛰는 초현실적인 장면에서는 너무나 익숙한 것들이 낯설게 느껴지면서 이곳은 자신이 아닌 타인의 방일 수도 있다는 생각을 합니다. 물질과 환경에 기인한 인간 소외를 인상적으로 보여 주는 작품입니다.

* 몽타주(montage) 따로따로 찍은 화면을 떼어 붙여서 하나의 유기적인 화면을 구성하는 영화나 사진의 편집 기법. 어떤 장면들을 의도에 따라 연속적으로 보임으로써 효과적이고 강렬한 인상을 낳는다.
* 알레고리(allegory) 풍유(諷諭). 주제를 말하기 위해 이야기 전체를 총체적인 은유로 구성하여 적절히 암시하면서 주제를 나타내는 수사법.

소설가 구보 씨의 일일

박태원

박태원(朴泰遠, 1909~1986) 소설가. 서울에서 태어나 경성제일고보를 졸업하고 일본 호세이(法政) 대학을 중퇴했다. 1930년 『신생』에 단편소설 「수염」을 발표하며 등단했다. 김기림, 이상, 이태준, 이효석 등과 함께 구인회(九人會) 동인으로 활동했다. 과감한 실험적 기법으로 도시 소시민의 일상과 세태 풍속을 세밀하게 묘사한 「소설가 구보 씨의 일일」 『천변 풍경』 등을 발표했다. 해방 직후 조선문학가동맹에 참여하다 6·25 전쟁 때 월북하여 북한 최고의 역사소설로 꼽히는 『갑오농민전쟁』을 남겼다.

중단편소설 「딱한 사람들」 「전말」 「소설가 구보 씨의 일일」 「성탄제」, 장편소설 『천변풍경』 『태평성대』 『군상(群像)』 『갑오농민전쟁』 등이 있다.

소설가 구보 씨의 일일 박태원

어머니는

아들이 제 방에서 나와, 마루 끝에 놓인 구두를 신고, 기둥 못에 걸린
단장˚을 떼어 들고, 그리고 문간으로 향하여 나가는 소리를 들었다.

"어디, 가니?"

대답은 들리지 않았다.

중문˚ 앞까지 나간 아들은, 혹은, 자기의 한 말을 듣지 못하였는지
도 모른다. 또는, 아들의 대답 소리가 자기의 귀에까지 이르지 못하였
는지도 모른다. 그 둘 중의 하나라고 생각한 어머니는 이번에는 중문
밖에까지 들릴 목소리를 내었다.

"일쯔거니 들어오너라."

역시, 대답은 들리지 않았다.

중문이 소리를 내어 열리고, 또 소리를 내어 닫혔다. 어머니는 얇
은 실망을 느끼려는 자기 자신을 스스로 위로하려 한다. 중문 소리
만 크게 나지 않았더면, 아들의 '네' 소리를, 혹은 들을 수 있었을지
도 모른다…….

어머니는 다시 바느질을 하며, 대체, 그 애는, 매일, 어딜, 그렇게,

• 단장(短杖) 짧은 지팡이.
• 중문 가운데뜰로 들어가는 대문. 혹은 대문 안에 또 세운 문.

가는, 겐가, 하고 그런 것을 생각하여 본다.

직업과 아내를 갖지 않은, 스물여섯 살짜리 아들은, 늙은 어머니에게는 온갖 종류의, 근심, 걱정거리였다. 우선, 낮에 한번 집을 나서면, 아들은 밤늦게나 되어 돌아왔다.

늙고, 쇠약한 어머니는, 자리도 깔지 않고, 맨바닥에 가, 팔을 괴고 누워, 아들을 기다리다가 곧잘 잠이 든다. 편안하지 못한 잠은, 두 시간씩 세 시간씩 계속될 수 없다. 잠깐 잠이 들었다 깰 때마다, 어머니는 고개를 들어 아들의 방을 바라보고, 그리고, 기둥에 걸린 시계를 쳐다본다.

자정──그리 늦지는 않았다. 이제 아들은 돌아올 게다. 어머니는 아들이 어서 돌아와지라 빌며, 또 어느 틈엔가 꼬빡 잠이 든다.

그가 두 번째 잠을 깨는 것은 새로 한 점 반이나, 두 점*, 그러한 시각이다. 아들의 방에는 그저 불이 켜 있다.

아들은 잘 때면 반드시 불을 끈다. 그러나, 혹은, 어느 틈엔가 아들은 돌아와 자리에 누워 책이라도 읽고 있는 게 아닐까. 아들에게는 그런 버릇이 있다.

어머니는 소리 안 나게 아들의 방 앞에까지 걸어가 가만히 안을 엿듣는다. 마침내, 어머니는 방문을 열어 보고, 입때* 웬일일까, 호젓한 얼굴을 하고, 다시 방문을 닫으려다 말고 방 안으로 들어온다.

나이 찬 아들의, 기름과 분 냄새 없는 방이, 늙은 어머니에게는 애달팠다. 어머니는 초저녁에 깔아 놓은 채 그대로 있는, 아들의 이부자리와 베개를 바로 고쳐 놓고, 그리고 그 옆에 가 앉아 본다.

---

* 한 점 반이나, 두 점 1시 반이나, 2시.
* 입때 여태.

스물여섯 해를 길렀어도 종시 마음이 놓이지 않는 것은 자식이었다. 설혹 스물여섯 해를 스물여섯 곱하는 일이 있다더라도, 어머니의 마음은 늘 걱정으로 차리라. 그래도 어머니는 그가 작은며느리를 보면, 이렇게 밤늦게 한 가지 걱정을 덜 수 있으리라 생각한다.

"참 이 애는 왜 장가를 들려구 안 하는 겐구."

언제나 혼인 말을 꺼내면, 아들은 말하였다.

"돈 한 푼 없이 어떻게 기집을 멕여 살립니까?"

하지만…… 어떻게 도리야 있느니라. 어디 월급쟁이가 되더라도, 두 식구 입에 풀칠이야 못할라구…….

어머니는 어디 월급자리라도 구할 생각은 없이, 밤낮으로, 책이나 읽고 글이나 쓰고, 혹은 공연스레 밤중까지 쏘다니고 하는 아들이, 보기에 딱하고, 또 답답하였다.

"그래두 장가를 들어 노면 맘이 달라지지."

"제 기집 귀여운 줄 알면, 자연, 돈 벌 궁릴 하겠지."

작년 여름에 아들은 한 '색시'를 만나 본 일이 있다. 그 애면 저도 싫다고는 않겠지. 이제 이놈이 들어오거든 단단히 따져 보리라…….
그리고 어머니는 어느 틈엔가 손주 자식을 눈앞에 그려 보기조차 한다.

아들은

그러나, 돌아와, 채 어머니가 무어라고 말할 수 있기 전에, 입때 안 주무셨에요, 어서 주무세요, 그리고 자리옷°으로 갈아입고는 책상 앞에 앉아, 원고지를 펴 논다.

그런 때 옆에서 무슨 말이든 하면, 아들은 언제든 불쾌한 표정을 지었다. 그것은 어머니의 마음을 아프게 한다. 그래, 어머니는 가까스로, 늦었으니 어서 자거라, 그걸랑 낼 쓰구……. 한마디를 하고서 아들의 방을 나온다.

"얘기는 낼 아침에래두 허지."

그러나 열한 점이나 오정˚에야 일어나는 아들은, 그대로 소리 없이 밥을 떠먹고는 나가 버렸다.

때로, 글을 팔아 몇 푼의 돈을 구할 수 있을 때, 그 어느 한 경우에, 아들은 어머니를 보고, 무어 잡수시구 싶으신 거 없에요, 그렇게 묻는 일이 있었다.

어머니는 직업을 가지지 못한 아들이, 그래도 어떻게 몇 푼의 돈을 만들어, 자기에게 그런 말을 할 수 있는 것을 신기하게 기뻐하였다.

"어서 내 생각 말구, 네 양말이나 사 신어라."

그러면, 아들은, 으례, 제 고집을 세웠다. 아들의 고집 센 것을, 물론 어머니는 좋게 생각 안 했다. 그러나 이러한 경우라면, 아들이 고집을 세우면 세울수록 어머니는 만족하였다. 어머니의 사랑은 보수를 원하지 않지만, 그래도 자식이 자기에게 대한 사랑을 보여 줄 때, 그것은 어머니를 기쁘게 하여 준다.

대체 무얼 사 줄 테냐. 무어든 어머니 마음대루. 먹는 게 아니래두 좋으냐. 네. 그래 어머니는 에누리 없이 욕망을 말해 본다.

"너, 나, 치마 하나 해 주려무나."

아들이 흔연히˚ 응낙하는 걸 보고,

˚ 자리옷 잠옷.
˚ 오정(午正) 정오. 낮 12시.
˚ 흔연하다 기쁘거나 반가워 기분이 좋다.

"네 아주멈은 무어 안 해 주니?"

아들은 치마 두 감의 가격을 묻고, 그리고 갑자기 엄숙한 얼굴을 한다. 혹은 밤을 새우기까지 하여 아들이 번 돈은 결코, 대단한 액수의 것이 아니었다. 그래, 어머니는 말한다.

"그럼 네 아주멈이나 해 주럼."

아들은, 아니에요, 넉넉해요. 갖다 끊으세요. 그리고 돈을 내놓았다.

어머니는, 얼마를 주저한다. 그러나, 마침내, 그는 가장 자랑스러이 돈을 집어 들고, 얘애 옷감 바꾸러 나가자, 아재비가 치마 허라구 돈을 주었다. 네 아재비가……. 그렇게 건넌방에서 재봉틀을 놀리고 있던 맏며느리를 신기하게 놀래어 준다.

치마가 되면, 어머니는 그것을 입고, 나들이를 하였다.

일갓집* 대청*에 가 주인 아낙네와 마주 앉아, 갓난애같이 어머니는 치마 자랑할 기회를 엿본다. 주인마누라가, 섣불리, 참 치마 좋은 거 해 입으셨구면,이라고나 한다면, 어머니는 서슴지 않고,

"이거 내 둘째 아이가 해 준 거죠. 제 아주멈 해*하구 이거하구……."

이렇게 묻지도 않은 말을 하였다. 어머니는 그것이 아들의 훌륭한 자랑거리라 생각하였다. 자식을 자랑할 때, 어머니는 얼마든지 뻔뻔스러울 수 있다.

그러나 그런 일은 늘 있을 수 없다. 어머니는 역시, 글을 쓰는 것보다는 월급쟁이가 몇 갑절 낫다고 생각하고, 그리고 그렇게 재주 있는 내 아들은 무엇을 하든 잘하리라고 혼자 작정해 버린다. 아들은 지

* 일갓집 일가(친척)가 되는 집.
* 대청 한옥에서 본채의 방과 방 사이에 있는 큰 마루.
* 해 것.

금 세상에서 월급자리 얻기가 얼마나 힘드는 것인가를 말한다. 하지만, 보통학교만 졸업하고도, 고등학교만 나오고도, 회사에서 관청에서 일들만 잘하고 있는 것을 알고 있는 어머니는, 고등학교를 졸업하고도, 또 동경˚엘 건너가 공부하고 온 내 아들이, 구하여도 일자리가 없다는 것이 도무지 믿어지지가 않았다.

구보(仇甫)는

집을 나와 천변길˚을 광교로 향하여 걸어가며, 어머니에게 단 한마디 '네' 하고 대답 못했던 것을 뉘우쳐 본다. 하기야 중문을 여닫으며 구보는 '네' 소리를 목구멍까지 내어 보았던 것이나 중문과 안방과의 거리는 제법 큰 소리를 요구하였고, 그리고 공교롭게 활짝 열린 대문 앞을, 때마침 세 명의 여학생이 웃고 떠들며 지나갔다.

그렇더라도 대답은 역시 하여야만 하였었다고, 구보는 어머니의 외로워할 때의 표정을 눈앞에 그려 본다. 처녀들은 어느 틈엔가 그의 시야에서 사라졌다.

구보는 마침내 다리 모퉁이에까지 이르렀다. 그의 일 있는 듯싶게 꾸미는 걸음걸이는 그곳에서 멈추어진다. 그는 어딜 갈까, 생각하여 본다. 모두가 그의 갈 곳이었다. 한 군데라 그가 갈 곳은 없었다.

한낮의 거리 위에서 구보는 갑자기 격렬한 두통을 느낀다. 비록 식욕은 왕성하더라도, 잠은 잘 오더라도, 그것은 역시 신경쇠약에 틀림

˚동경(東京) 일본의 '도쿄'를 우리 한자음으로 읽은 이름.
˚천변길 서울 청계천 가에 있는 길.

없었다.

구보는 떠름한 얼굴을 하여 본다.

臭剝(취박)	4.0
臭那(취나)	2.0
臭安(취안)	2.0
苦丁(고정)	4.0
水(수)	200.0

一日 三回 分服 二日分

그가 다니는 병원의 젊은 간호부가 반드시 '삼비스이'라고 발음하는 이 약은 그에게는 조그마한 효험도 없었다.

그러자 구보는 갑자기 옆으로 몸을 비킨다. 그 순간 자전거가 그의 몸을 가까스로 피하여 지났다. 자전거 위의 젊은이는 모멸 가득한 눈으로 구보를 돌아본다. 그는 구보의 몇 칸통 뒤에서부터 요란스레 종을 울렸던 것임에 틀림없었다. 그것을 위험이 박두 하였을 때에야 비로소 몸을 피할 수 있었던 것은 반드시 그가 '3B수(水)'의 처방을 외고 있었기 때문만이 아니었다.

구보는, 자기의 왼편 귀 기능에 스스로 의혹을 갖는다. 병원의 젊은 조수는 결코 익숙지 못한 솜씨로 그의 귓속을 살피고, 그리고 대담하게도 그 안이 몹시 불결한 까닭 외에 아무 이상이 없다고 선언하였었다. 한 덩어리의 '귀지'를 갖기보다는 차라리 4주일간 치료를

• 삼비스이 '3B수(水)'를 일본식으로 읽은 것.
• 칸통 넓이의 단위. 한 칸통은 집의 몇 칸쯤 되는 넓이.
• 박두(迫頭) 기일이나 시기가 가까이 닥쳐옴.

요하는 중이염을 앓고 싶다 생각하는 구보는, 그의 선언에 무한한 굴욕을 느끼며, 그래도 매일 신경질하게 귀 안을 소제하였었다.

그러나, 구보는 다행하게도 중이질환(中耳疾患)°을 가진 듯싶었다. 어느 기회에 그는 의학사전을 뒤적거려 보고, 그리고 별 까닭도 없이 자기는 중이가답아(中耳加答兒)°에 걸렸다고 혼자 생각하였다. 사전에 의하면 중이가답아에는 급성 급° 만성(急性及慢性)이 있고, 만성 중이가답아는 또다시 이를 만성건성 급 만성습성(慢性乾性及慢性濕性)의 이자(二者)로 나눈다 하였는데, 자기의 이질(耳疾)°은 그 만성습성의 중이가답아에 틀림없다고 구보는 작정하고 있었다.

그러나 부실한 것은 그의 왼쪽 귀뿐이 아니었다. 구보는 그의 오른쪽 귀에도 자신을 갖지 못한다. 언제든 쉬이 전문의를 찾아보아야겠다고 생각은 하면서도, 1년이나 그대로 내버려 둔 채 지내 온 그는, 비교적 건강한 그의 오른쪽 귀마저 또 한편 귀의 난청(難聽)° 보충으로 그 기능을 소모시키고, 그리고 불원한 장래에 '듄케르 청장관(聽長管)'이나 '전기 보청기'의 힘을 빌리지 않으면 안 될지도 모른다.

구보는

갑자기 걸음을 걷기로 한다. 그렇게 우두커니 다리 곁에 가 서 있는

• 중이질환(中耳疾患) 가운데귀의 질환.
• 중이가답아(中耳加答兒) '가답아'는 귀·코·목 등에 생기는 염증인 '카타르(catarrh)'의 한자 음차. 즉 중이염.
• 급(及) 및.
• 이질(耳疾) 귀의 질병.
• 난청(難聽) 청각기관의 장애로 듣는 힘이 낮아지거나 없어진 상태.

것의 무의미함을 새삼스러이 깨달은 까닭이다. 그는 종로 거리를 바라보고 걷는다. 구보는 종로 네거리에 아무런 사무(事務)도 갖지 않는다. 처음에 그가 아무렇게나 내어놓았던 바른발이 공교롭게도 왼편으로 쏠렸기 때문에 지나지 않는다.

갑자기 한 사람이 나타나 그의 앞을 가로질러 지난다. 구보는 그 사내와 마주칠 것 같은 착각을 느끼고, 위태롭게 걸음을 멈춘다.

그리고 다음 순간, 구보는, 이렇게 대낮에도 조금의 자신을 가질 수 없는 자기의 시력을 저주한다. 그의 코 위에 걸려 있는 24도의 안경은 그의 근시를 도와주었으나, 그의 망막에 나타나 있는 무수한 맹점(盲點)*을 제거하는 재주는 없었다. 총독부 병원 시대의 구보의 시력검사표는 그저 그 우울한 '안과 재래(眼科再來)*'의 책상 서랍 속에 들어 있을지도 모른다.

　　R, 4　L, 3

구보는, 2주일간 열병을 앓은 끝에, 갑자기 쇠약해진 시력을 호소하러 처음으로 안과의와 대하였을 때의, 그 조그만 테이블 위에 놓여 있던 '시야측정기'를 지금 기억하고 있다. 저 자신 강도(強度)의 안경을 쓰고 있던 의사는, 백묵을 가져 그 위에 용서 없이 무수한 맹점을 찾아내었었다.

그래도, 구보는, 약간 자신이 있는 듯싶은 걸음걸이로 전차 선로를 두 번 횡단하여 화신상회* 앞으로 간다. 그리고 저도 모를 사이에 그

• 맹점(盲點) 눈의 망막에서 시세포가 없어 물체의 상이 맺히지 않는 부분.
• 안과 재래(眼科再來) '안과에 다시 올 것', 즉 경과를 보기 위해 재검진이 필요하다는 의미임.
• 화신상회 1929년 현재의 종로타워 자리에 만들어진, 최초의 백화점식 건물.

의 발은 백화점 안으로 들어서기조차 하였다.

　젊은 내외가, 너덧 살 되어 보이는 아이를 데리고 그곳에 가 승강기를 기다리고 있었다. 이제 그들은 식당으로 가서 그들의 오찬을 즐길 것이다. 흘낏 구보를 본 그들 내외의 눈에는 자기네들의 행복을 자랑하고 싶어 하는 마음이 엿보였는지도 모른다. 구보는, 그들을 업신여겨 볼까 하다가, 문득 생각을 고쳐, 그들을 축복하여 주려 하였다. 사실, 사오 년 이상을 같이 살아왔으면서도, 오히려 새로운 기쁨을 가져 이렇게 거리로 나온 젊은 부부는 구보에게 좀 다른 의미로서의 부러움을 느끼게 하였는지도 모른다. 그들은 분명히 가정을 가졌고, 그리고 그들은 그곳에서 당연히 그들의 행복을 찾을게다.

　승강기가 내려와 서고, 문이 열리고, 닫히고, 그리고 젊은 내외는 수남(壽男)이나 복동(福童)이와 더불어 구보의 시야를 벗어났다.

　구보는 다시 밖으로 나오며, 자기는 어디 가 행복을 찾을까 생각한다. 발 가는 대로, 그는 어느 틈엔가 안전지대에 가 서서, 자기의 두 손을 내려다보았다. 한 손의 단장과 또 한 손의 공책과——물론 구보는 거기에서 행복을 찾을 수는 없다.

　안전지대 위에, 사람들은 서서 전차를 기다린다. 그들에게, 행복은 알 수 없다. 그러나 그들은 분명히, 갈 곳만은 가지고 있었다.

　전차가 왔다. 사람들은 내리고 또 탔다. 구보는 잠깐 머엉하니 그곳에 서 있었다. 그러나 자기와 더불어 그곳에 있던 온갖 사람들이 모두 저 차에 오른다 보았을 때, 그는 저 혼자 그곳에 남아 있는 것에, 외로움과 애달픔을 맛본다. 구보는, 움직인 전차에 뛰어올랐다.

구보는, 우선, 제자리를 찾지 못한다. 하나 남았던 좌석은 그보다 바로 한 걸음 먼저 차에 오른 젊은 여인에게 점령당했다. 구보는, 차장대(車掌臺) 가까운 한구석에 가 서서, 자기는 대체, 이 동대문행 차를 어디까지 타고 가야 할 것인가를, 대체, 어느 곳에 행복은 자기를 기다리고 있을 것인가를 생각해 본다.

이제 이 차는 동대문을 돌아 경성운동장 앞으로 해서……. 구보는, 차장대, 운전대로 향한, 안으로 파아란 융을 받쳐 댄 창을 본다. 전차과(電車課)에서는 그곳에 뉴스를 게시한다. 그러나 사람들은, 요사이 축구도 야구도 하지 않는 모양이었다.

장충단으로. 청량리로. 혹은 성북동으로……. 그러나 요사이 구보는 교외를 즐기지 않는다. 그곳에는, 하여튼 자연이 있었고, 한적(閑寂)이 있었다. 그리고 고독조차 그곳에는, 준비되어 있었다. 요사이, 구보는 고독을 두려워한다.

일찍이 그는 고독을 사랑한 일이 있었다. 그러나 고독을 사랑한다는 것은 그의 심경의 바른 표현이 못 될 게다. 그는 결코 고독을 사랑하지 않았는지도 모른다. 아니 도리어 그는 그것을 그지없이 무서워하였는지도 모른다. 그러나 그는 고독과 힘을 겨루어, 결코 그것을 이겨 내지 못하였다. 그런 때 구보는 차라리 고독에게 몸을 떠맡기어 버리고, 그리고, 스스로 자기는 고독을 사랑하고 있는 것이라고 꾸며 왔는지도 모를 일이다…….

* 차장대(車掌臺) 전차 따위에서 찻삯을 받거나 승객의 편의를 도모하는 차장이 있는 곳.
* 융(絨) 표면이 부드럽고 보들보들한 옷감의 하나.
* 한적(閑寂) 한가하고 고요함.

표, 찍읍쇼. 차장이 그의 앞으로 왔다. 구보는 단장을 왼팔에 걸고, 바지 주머니에 손을 넣었다. 그러나 그가 그 속에서 다섯 닢의 동전을 골라내었을 때, 차는 종묘(宗廟) 앞에 서고, 그리고 차장은 제자리로 돌아갔다.

구보는 눈을 떨어뜨려, 손바닥 위의 다섯 닢 동전을 본다. 그것들은 공교롭게도 모두가 뒤집혀 있었다. 대정(大正) 12년.* 11년. 11년. 8년. 12년. 대정 54년——구보는 그 숫자에서 어떤 한 개의 의미를 찾아내려 들었다. 그러나 그것은 부질없는 일이었고, 그리고 또 설혹 그것이 무슨 의미를 가지고 있었다 하더라도, 그것은 적어도 '행복'은 아니었을 게다.

차장이 다시 그의 옆으로 왔다. 어디를 가십니까. 구보는 전차가 향하여 가는 곳을 바라보며 문득 창경원에라도 갈까, 하고 생각한다. 그러나 그는 차장에게 아무런 사인도 하지 않았다. 갈 곳을 갖지 않은 사람이, 한번, 차에 몸을 의탁하였을 때, 그는 어디서든 섣불리 내릴 수 없다.

차는 서고, 또 움직였다. 구보는 창밖을 내어다보며, 문득, 대학병원에라도 들를 것을 그랬나 하여 본다. 연구실에서, 벗은, 정신병을 공부하고 있었다. 그를 찾아가, 좀 다른 세상을 구경하는 것은, 행복은 아니어도, 어떻든 한 개의 일일 수 있다…….

구보가 머리를 돌렸을 때, 그는 그곳에, 지금 마악 차에 오른 듯싶은 한 여성을 보고, 그리고 신기하게 놀랐다. 집에 돌아가, 어머니에게 오늘 전차에서 '그 색시'를 만났죠 하면, 어머니는 응당 반색을 하

---

* 대정(大正) 12년 1923년. '대정'은 일본 다이쇼(大正) 천황의 통치 시기(1912~1926)를 말함. 일본은 왕이 바뀔 때마다 새로운 연호를 사용함.

고, 그리고, '그래서 그래서' 뒤를 캐어물을 게다. 그가 만일, 오직 그뿐이라고라도 말한다면, 어머니는 실망하고, 그리고 그를 주변머리 없다고 책(責)할°지도 모른다. 그러나 누가 그 일을 알고, 그리고 아들을 졸(拙)하다°고라도 말한다면, 어머니는, 내 아들은 원체 얌전해서……. 그렇게 변호할 게다.

구보는 여자와 시선이 마주칠까 겁(怯)하여°, 얼토당토않은 곳을 보며, 저 여자는 내가 여기 있는 것을 보았을까, 하고 생각한다.

여자는

혹은, 그를 보았을지도 모른다. 전차 안에, 승객은 결코 많지 않았고, 그리고 자리가 몇 군데 비어 있음에도 불구하고, 구석에 가 서 있는 사람이란, 남의 눈에 띄기 쉽다. 여자는 응당 자기를 보았을 게다. 그러나 여자는 능히 자기를 알아볼 수 있었을까. 그것은 의문이다. 작년 여름에 단 한 번 만났을 뿐으로, 이래 1년간 길에서라도 얼굴을 대한 일이 없는 남자를 그렇게 쉽사리 여자는 알아내지 못할 게다. 그러나, 자기가 기억하고 있는 여자에게, 자기의 기억이 없으리라고 생각하는 것은, 누구에게 있어서든, 외롭고 또 쓸쓸한 일이다. 구보는, 여자와의 회견 당시의 자기의 그 대담한, 혹은 뻔뻔스런 태도와 화술이, 그에게 적지않이 인상 주었으리라고 생각하고, 그리고 여자는 때때로 자기를 생각하여 주고 있었다고 믿고 싶었다.

- 책(責)하다 잘못을 꾸짖거나 나무라며 못마땅하게 여기다.
- 졸(拙)하다 주변이 없고 생각이 좁아 옹졸하다.
- 겁(怯)하다 무서워하다.

그는 분명히 나를 보았고 그리고 나를 나라고 알았을 게다. 그러한 그는 지금 어떠한 느낌을 가지고 있을까, 그것이 구보는 알고 싶었다.

그는 결코 대담하지 못한 눈초리로, 비스듬히 두 칸통 떨어진 곳에 앉아 있는 여자의 옆얼굴을 곁눈질하였다. 그리고 다음 순간, 그와 눈이 마주칠 것을 겁하여 시선을 돌리며, 여자는 혹은 자기를 곁눈질한 남자의 꼴을, 곁눈으로 느꼈을지도 모르겠다고, 그렇게 생각하여 본다. 여자는 남자를 그 남자라 알고, 그리고 남자가 자기를 그 여자라 안 것을 알고 있을지도 모른다. 이러한 경우에, 나는 어떠한 태도를 취하여야 마땅할까 하고, 구보는 그러한 것에 머리를 썼다. 알은체를 하여야 옳을지도 몰랐다. 혹은 모른 체하는 게 정당한 인사일지도 몰랐다. 그 둘 중에 어느 편을 여자는 바라고 있을까. 그것을 알았으면, 하였다. 그러다가, 갑자기, 그러한 것에 마음을 태우고 있는 자기가 스스로 괴이하고 우스워, 나는 오직 요만 일로 이렇게 흥분할 수가 있었던가 하고 스스로를 의심하여 보았다. 그러면 나는 마음 속 그윽이 그를 생각하고 있었던지도 모르겠다고 생각하여 보았다. 그러나 그가 여자와 한 번 본 뒤로, 이래 1년간, 그를 일찍이 한 번도 꿈에 본 일이 없었던 것을 생각해 내었을 때, 자기는 역시 진정으로 그를 사랑하고 있는 것은 아닌지도 모르겠다고, 그러한 생각이 들었다. 만일 그렇다면 자기가 여자의 마음을 헤아려 보고, 그리고 이리저리 공상을 달리고 하는 것은, 이를테면, 감정의 모독이었고, 그리고 일종의 죄악이었다.

그러나 만일 여자가 자기를 진정으로 그리고 있다면—

구보가, 여자 편으로 눈을 주었을 때, 그러나, 여자는 자리에서 일어나 양산을 들고 차가 동대문 앞에 정차하기를 기다리어 내려갔다. 구보의 마음은 또 한 번 동요하며, 창 너머로 여자가 청량리행 전차를 기다리느라, 그곳 안전지대로 가 서는 것을 보았을 때, 그는 자기도 차에서 곧 내리고 싶은 충동을 느꼈다. 그러나, 여자가 청량리행 전차 속에서 자기를 또 한 번 발견하고, 그리고 자기가 일도 없건만, 오직 여자와의 사이에 어떠한 기회를 엿보기 위하여 그 차를 탄 것에 틀림없다는 것을 눈치챌 때, 여자는 그러한 자기를 얼마나 천박하게 생각할까. 그래, 구보가 망설거리는 동안, 전차는 달리고, 그들의 사이는 멀어졌다. 마침내 여자의 모양이 완전히 그의 시야에서 떠났을 때, 구보는 갑자기, 아차, 하고 뉘우친다.

행복은,

그가 그렇게도 구하여 마지않던 행복은, 그 여자와 함께 영구히 가 버렸는지도 모른다. 여자는 자기에게 던져 줄 행복을 가슴에 품고서, 구보가 마음의 문을 열어 가까이 와 주기를 갈망하였는지도 모른다. 왜 자기는 여자에게 좀 더 대담하지 못하였나. 구보는, 여자가 가지고 있는 온갖 아름다운 점을 하나하나 세어 보며, 혹은 이 여자 말고 자기에게 행복을 약속하여 주는 이는 없지나 않을까, 하고 그렇게 생각하였다.

방향판을 '한강교'로 갈고 전차는 훈련원을 지났다. 구보는 자리에 앉아, 주머니에서 5전 백동화(白銅貨)*를 골라 꺼내면서, 비록 한 번도 꿈에 본 일은 없었더라도, 역시 그가 자기에게는 유일한 여자가 아닐까 하고 생각하여 본다.

---

* 백동화(白銅貨) 구리, 아연, 니켈을 합금한 은백색의 백통으로 만든 돈.

자기가, 그를, 그동안 대수롭지 않게 여겨 왔던 것같이 생각하는 것은, 구보가 제 감정을 속인 것에 지나지 않을지도 모른다. 그가 여자를 만나 보고 돌아왔을 때, 그는 집에서 아들을 궁금히 기다리고 있던 어머니에게 '그 여자면' 정도의 뜻을 표하였었던 것에 틀림없었다. 그러나 구보는, 어머니가 색시 집으로 솔직하게 구혼할 것을 금하였다. 그것은 허영심만에서 나온 일은 아니다. 그는 여자가 자기 생각을 안 하고 있는 경우에 객쩍게시리* 여자를 괴롭혀 주고 싶지 않았던 까닭이다. 구보는 여자의 의사와 감정을 존중하고 싶었다.

　그러나, 물론, 여자에게서는 아무런 말도 하여 오지 않았다. 구보는, 여자가 은근히 자기에게서 무슨 말이 있기를 기다리고 있는 것이나 아닐까, 하고도 생각하여 보았다. 그러나 그런 것을 생각하는 것은 저 자신 우스운 일이다. 그러는 동안에, 날은 가고, 그리고 그것에 대한 흥미를 구보는 잃기 시작하였다. 혹시, 여자에게서라도 먼저 말이 있다면―. 그러면 구보는 다시 이 문제에 흥미를 가질 수 있을 게다. 언젠가 여자의 집과 어떻게 인척 관계가 있는 노(老) 마나님이 와서 색시 집에서도 이편의 동정만 살피고 있는 듯싶더란 말을 들었을 때, 구보는 쓰디쓰게 웃고, 그리고 그것이 사실이라면, 그것은 희극이라느니보다는, 오히려 한 개의 비극이라고 생각하였다. 그러면서도 구보는 그 비극에서 자기네들을 구하기 위하여 팔을 걷고 나서려 들지 않았다.

　전차가 약초정(若草町) 근처를 지나갈 때, 구보는, 그러나, 그 흥분에서 깨어나, 뜻 모를 웃음을 입가에 띠어 본다. 그의 앞에 어떤 젊은 여자가 앉아 있었다. 그 여자는 자기의 두 무릎 사이에다 양산을 놓

* 객쩍다 행동이나 말, 생각이 쓸데없고 싱겁다.

고 있었다. 어느 잡지에선가, 구보는, 그것이 비(非)처녀성을 나타내는 것임을 배운 일이 있다. 딴은, 머리를 틀어 올렸을 뿐이나, 그만한 나이로는 저 여인은 마땅히 남편을 가졌어야 옳을 게다. 아까, 그는 양산을 어디다 놓고 있었을까 하고, 구보는, 객쩍은 생각을 하다가, 여성에게 대하여 그러한 관찰을 하는 자기는, 혹은 어떠한 여자를 아내로 삼든 반드시 불행하게 만들어 주지나 않을까, 하고 생각하였다. 그러나 여자는──. 여자는 능히 자기를 행복되게 하여 줄 것인가. 구보는 자기가 알고 있는 온갖 여자를 차례로 생각하여 보고, 그리고 가만히 한숨지었다.

일찍이

구보는 벗의 누이에게 짝사랑을 느낀 일이 있었다. 어느 여름날 저녁, 그가 벗을 찾았을 때, 문간으로 그를 응대하러 나온 벗의 누이는, 혹은 정말, 나어린* 구보가 동경의 마음을 갖기에 알맞도록 아름답고, 깨끗하였는지도 모른다. 열다섯 살짜리 문학 소년은 그를 사랑하고 싶다 생각하고, 뒷날 그와 결혼할 수 있다 하면, 응당 자기는 행복이리라 생각하고, 자주 벗을 찾아가 그와 만날 기회를 엿보고, 혹 만나면 저 혼자 얼굴을 붉히고, 그리고 돌아와 밤늦게 여러 편의 연애시를 초(草)하였다.* 그러나, 그가 자기보다 세 살이나 위라는 것을 생각할 때, 구보의 마음은 불안하였다. 자기가 한 여자의 앞에서

* 나어리다 나이가 어리다.
* 초(草)하다 글의 초안을 잡다. 메모하다.

자기의 사랑을 고백하여도 결코 서투르지 않을 나이가 되었을 때, 여자는, 이미, 그전에, 다른, 더 나이 먹은 이의 사랑을 용납해 버릴 게다.

그러나 구보가 그것에 대하여 아무런 대책도 강구할 수 있기 전에, 여자는, 참말, 나이 먹은 남자의 품으로 갔다. 열일곱 살 먹은 구보는, 자기의 마음이 퍽 괴롭고 슬픈 것같이 생각하려 들고, 그리고, 그러면서도, 그들의 행복을 특히 남자의 행복을 빌려 들었다. 그러한 감정은 그가 읽은 문학서류에 얼마든지 씌어 있었다. 결혼 비용 3천 원. 신혼여행은 동경으로. 관수동(觀水洞)에 그들 부처(夫妻)°를 위하여 개축된° 집은 행복을 보장하는 듯싶었다.

이번 봄에 들어서서, 구보는 벗과 더불어 그들을 찾았다. 이미 두 아이의 어머니인 여인 앞에서, 구보는 얼굴을 붉히는 일 없이 평범한 이야기를 서로 할 수 있었다. 구보가 일곱 살 먹은 사내아이를 영리하다고 칭찬하였을 때, 젊은 어머니는, 그러나 그 애가 이 골목 안에서는 그중 나이 어림을 말하고, 그리고 나이 먹은 아이들이란, 저희보다 적은 아이에게 대하여 얼마든지 교활할 수 있음을 한탄하였다. 언제든 딱지를 가지고 나가서는, 최후의 한 장까지 빼앗기고 들어오는 아들이 민망하여, 하루는 그 뒤에 연필로 하나하나 표를 하여 주고 그것을 또 다 잃고 돌아왔을 때, 그는 골목 안의 아이들을 모아, 그들이 가지고 있는 딱지에서 원래의 내 아이 물건을 가려내어, 거의 모조리 회수할 수 있었다는 이야기를, 젊은 어머니는 일종의 자랑조차 가지고 구보에게 들려주었었다…….

• 부처(夫妻) 부부.
• 개축(改築)되다 집이나 축조물 따위가 허물어지거나 낡아서 새로 짓다.

구보는 가만히 한숨짓는다. 그가 그 여인을 아내로 삼을 수 없었던 것은, 결코 불행이 아니었다. 그러한 여인은, 혹은, 한평생을 두고, 구보에게 행복이 무엇임을 알 기회를 주지 않았을지도 모른다.

조선은행 앞에서 구보는 전차를 내려, 장곡천정(長谷川町)°으로 향한다. 생각에 피로한 그는 이제 마땅히 다방에 들러 한 잔의 홍차를 즐겨야 할 것이다.

몇 점이나 되었나. 구보는, 그러나, 시계를 갖지 않았다. 갖는다면, 그는 우아한 회중시계°를 택할 게다. 팔뚝시계는——그것은 소녀취미에나 맞을 게다. 구보는 그렇게도 팔뚝시계를 갈망하던 한 소녀를 생각하였다. 그는 동리에 전당(典當)° 나온 18금 팔뚝시계를 탐내고 있었다. 그것은 4원 80전에 구할 수 있었다. 그리고, 그는, 그 시계 말고, 치마 하나를 해 입을 수 있을 때에, 자기는 행복의 절정에 이를 것같이 생각하고 있었다.

뱀베르크 실°로 짠 보일° 치마. 3원 60전. 하여튼 8원 40전이 있으면, 그 소녀는 완전히 행복일 수 있었다. 그러나, 구보는, 그 결코 크지 못한 욕망이 이루어졌음을 듣지 못했다.

구보는, 자기는, 대체, 얼마를 가져야 행복일 수 있을까 생각해 본다.

• 장곡천정(長谷川町) 현 중구 소공동의 일제 강점기 명칭.
• 회중시계(懷中時計) 몸에 지닐 수 있게 만든 작은 시계. 손목시계보다 약간 큰 것이 많음.
• 전당(典當) 물건 따위를 맡기고 돈을 빌리는 일.
• 뱀베르크(Bemberg) 실 독일 뱀베르크사에서 만든 인조 견사인 구리암모늄 레이온을 이름. 촉감이 좋고 광택이 난다.
• 보일(voile) 성기게 짜서 비쳐 보이는 얇고 가벼운 직물.

다방의

오후 두 시, 일을 가지지 못한 사람들이 그곳 등의자(藤椅子)˚에 앉아, 차를 마시고, 담배를 태우고, 이야기를 하고, 또 레코드를 들었다. 그들은 거의 다 젊은이들이었고, 그리고 그 젊은이들은 그 젊음에도 불구하고, 이미 자기네들은 인생에 피로한 것같이 느꼈다. 그들의 눈은 그 광선이 부족하고 또 불균등한 속에서 쉴 사이 없이 제각각의 우울과 고달픔을 하소연한다. 때로, 탄력 있는 발소리가 이 안을 찾아들고, 그리고 호화로운 웃음소리가 이 안에 들리는 일이 있었다. 그러나 그것들은 이곳에 어울리지 않았고, 그리고 무엇보다도 다방에 깃들인 무리들은 그런 것을 업신여겼다.

구보는 아이에게 한 잔의 가배차˚와 담배를 청하고 구석진 등탁자(藤卓子)로 갔다. 나는 대체 얼마가 있으면──그의 머리 위에 한 장의 포스터가 걸려 있었다. 어느 화가의 '도구유별전(渡歐留別展).'˚ 구보는 자기에게 양행비(洋行費)˚가 있으면, 적어도 지금 자기는 거의 완전히 행복일 수 있으리라 생각한다. 동경에라도──. 동경도 좋았다. 구보는 자기가 떠나온 뒤의 변한 동경이 보고 싶다 생각한다. 혹은 더 좀 가까운 데라도 좋았다. 지극히 가까운 데라도 좋았다. 50마일(哩) 이내의 여정에 지나지 않더라도, 구보는, 조그만 슈트케이스를 들고 경성역˚에 섰을 때, 응당 자기는 행복을 느끼리라 믿는다. 그것은 금전과

• 등의자(藤椅子) 등나무 덩굴로 엮어서 만든 의자.
• 가배차(珈琲茶) 커피.
• 도구유별전(渡歐留別展) 유럽으로 유학 가면서 여는 고별 전시회.
• 양행비(洋行費) 유럽, 미국 등 서양으로 갈 수 있을 만한 여행 경비.
• 경성역(京城驛) 지금의 서울역.

시간이 주는 행복이다. 구보에게는 언제든 여정에 오르려면, 오를 수 있는 시간의 준비가 있었다…….

구보는 차를 마시며, 약간의 금전이 가져다줄 수 있는 온갖 행복을 손꼽아 보았다. 자기도, 혹은, 8원 40전을 가지면, 우선, 조그만 한 개의, 혹은, 몇 개의 행복을 가질 수 있을 게다. 구보는, 그러한 저 자신을 비웃으려 들지 않았다. 오직 고만한 돈으로 한때 만족할 수 있는 그 마음은 애달프고 또 사랑스럽지 않은가.

구보는 담배에 불을 붙이며 자기가 원하는 최대의 욕망은 대체 무엇일까, 하였다. 이시카와 다쿠보쿠(石川啄木)*는 화롯가에 앉아 곰방대를 닦으며, 참말로 자기가 원하는 것이 무엇일까, 생각하였다. 그러나 그것은 있을 듯하면서도 없었다. 혹은, 그럴 게다. 그러나 구태여 말하여, 말할 수 없을 것도 없을 게다. "원거마의경구 여붕우공 폐지이무감(願車馬衣輕裘 與朋友共 敝之而無憾)"*은 자로(子路)*의 뜻이요, "좌상객상만 준중주불공(座上客常滿 樽中酒不空)"*은 공융(孔融)*의 원하는 바였다. 구보는, 저도 역시, 좋은 벗들과 더불어 그 즐거움을 함께하였으면 한다.

갑자기 구보는 벗이 그리워진다. 이 자리에 앉아 한잔의 차를 나누며, 또 같은 생각 속에 있고 싶다 생각한다…….

구둣발 소리가 바깥 포도(鋪道)*를 걸어와, 문 앞에 서고, 그리고 다

* 이시카와 다쿠보쿠(石川啄木, 1886~1912) 스물여섯에 요절한 일본의 유명 시인.
* 원거마의경구 여붕우공 폐지이무감(願車馬衣輕裘 與朋友共 敝之而無憾) 수레와 말과 가벼운 갖옷(짐승의 털가죽으로 안을 댄 옷)을 친구와 함께 쓰다가 해지더라도 유감이 없고자 한다.
* 자로(子路, B.C. 543~B.C. 480) 공자를 제일 잘 섬긴 중국 춘추 시대 유학자.
* 좌상객상만 준중주불공(座上客常滿 樽中酒不空) 자리에는 항상 손님이 그득하고 술독에는 술이 떨어지지 않는다.
* 공융(孔融, 153~208) 중국 후한(後漢) 말기의 학자. 조조를 비판하다가 일족과 함께 처형됨.
* 포도(鋪道) 포장도로.

음에 소리도 없이 문이 열렸다. 그러나 그는 구보의 벗이 아니었다. 뿐만 아니라, 두 사람의 시선이 마주쳤을 때, 두 사람은 거의 일시에 머리를 돌리고 그리고 구보는 그의 고요한 마음속에 음울을 갖는다.

그 사내와,

구보는, 일찍이, 인사를 한 일이 있었다. 그러나, 그것은 공교롭게 어두운 거리에서이었다. 한 벗이 그를 소개하였다. 말씀은 많이 들었습니다, 하고 그는 말하였었다. 사실 그는 구보의 이름과 또 얼굴을 전부터 알고 있었던 것임에 틀림없었다. 그러나 구보는, 구보는 그를 몰랐다. 모른 채 어두운 곳에서 그대로 헤어져 버린 구보는 뒤에 그를 만나도, 그를 그라고 알아내지 못하였다. 그 사내는 구보가 자기를 보고도 알은체 안 하는 것에 응당 모욕을 느꼈을 게다. 자기를 자기라 알고도 모르는 체하는 것이라 생각할 때, 그의 마음은 평온할 수 없었을 게다. 그러나 구보는, 구보는 몰랐고, 모르면 태연할 수 있다. 자기를 볼 때마다 황당하게, 또 불쾌하게 시선을 돌리는 그 사내를, 구보는 오직 괴이하게만 여겨 왔다. 괴이하게만 여겨 오는 동안은 그래도 좋았다. 마침내 구보가 그를 그라고 알아낼 수 있었을 때, 그것은 그의 마음에 암영(暗影)*을 주었다. 그 뒤부터 구보는 그 사내와 시선이 마주치면, 역시 당황하게, 그리고 불안하게 고개를 돌리는 수밖에 없었다. 그것은 사람의 마음을 우울하게 하여 놓는다. 구보는 다방 안의 한 구획을 그의 시야 밖에 두려 노력하며, 사람과 사람 사이

* 암영(暗影) 어두운 그림자.

의 교섭의 번거로움을 새삼스러이 느끼지 않으면 안 된다.

구보는 백동화를 두 푼, 탁자 위에 놓고, 그리고 공책을 들고 그 안을 나왔다. 어디로——. 그는 우선 부청(府廳)* 쪽으로 향하여 걸으며, 아무튼 벗의 얼굴이 보고 싶다, 생각하였다. 구보는 거리의 순서로 벗들을 마음속에 헤아려 보았다. 그러나 이 시각에 집에 있을 사람은 하나도 없을 듯싶었다. 어디로——. 구보는 한길 위에 서서, 넓은 마당 건너 대한문(大漢門)을 바라본다. 아동 유원지 유동(遊動)* 의자에라도 앉아서……. 그러나 그 빈약한, 너무나 빈약한 옛 궁전은, 역시 사람의 마음을 우울하게 하여 주는 것임에 틀림없었다.

구보가 다 탄 담배를 길 위에 버렸을 때, 그의 옆에 아이가 와 선다. 그는 구보가 다방에 놓아둔 채 잊어버리고 나온 단장을 들고 있었다. 고맙다. 구보는 그렇게도 방심한 저 자신을 쓰게 웃으며, 달음질하여 다방으로 돌아가는 아이의 뒷모양을 이윽히 바라보고 있다가, 자기도 그 길을 되걸어 갔다.

다방 옆 골목 안. 그곳에서 젊은 화가는 골동점을 경영하고 있었다. 구보는 그 방면에 대한 지식을 갖지 않는다. 그러나, 하여튼 그것은 그의 취미에 맞았고, 그리고 기회 있으면 그 방면의 이야기를 듣고 싶다 생각한다. 온갖 지식이 소설가에게는 필요하다.

그러나 벗은 점(店)에 있지 않았다.

"바로 지금 나가셨습니다."

그리고 기둥에 걸린 시계를 쳐다보며

"한 10분, 됐을까요."

---

* **부청(府廳)** 일제 강점기에 부(府)의 행정 사무를 처리하던 관청.
* **유동(遊動)** 자유로이 움직임.

점원은 덧붙여 말하였다.

구보는 골목을 전찻길로 향하여 걸어 나오며, 그 10분이란 시간이 얼마만 한 영향을 자기에게 줄 것인가, 생각한다.

한길 위에 사람들은 바쁘게 또 일 있게 오고 갔다. 구보는 포도 위에 서서, 문득, 자기도 창작을 위하여 어디, 예(例)하면˚ 서소문정(西小門町) 방면이라도 답사할까 생각한다. '모데르놀로지오'˚˚를 게을리하기 이미 오래다.

그러나 그러한 생각과 함께 구보는 격렬한 두통을 느끼며, 이제 한 걸음도 더 옮길 수 없을 것 같은 피로를 전신에 깨닫는다. 구보는 얼마 동안을 망연히 그곳, 한길 위에 서 있었다…….

얼마 있다.

구보는 다시 걷기로 한다. 여름 한낮의 뙤약볕이 맨머릿바람˚의 그에게 현기증을 주었다. 그는 그곳에 더 그렇게 서 있을 수 없다. 신경쇠약. 그러나 물론, 쇠약한 것은 그의 신경뿐이 아니다. 이 머리를 가져, 이 몸을 가져, 대체 얼마만 한 일을 나는 하겠단 말인가. 때마침 옆을 지나는 장년의, 그 정력가형 육체와 탄력 있는 걸음걸이에 구보는, 일종 위압조차 느끼며, 문득, 아홉 살 때에 집안 어른의 눈을 기어˚

˚ 예(例)하면 예를 들면.
˚ 모데르놀로지오(modernologio) 고현학(考現學). 당대 삶의 풍속들 속에서 시대를 대변하는 삶의 방식을 보아 내는 학문.
˚ 맨머릿바람 머리에 아무것도 쓰지 아니한 차림새.
˚ 기다 '기이다'의 준말. 어떤 일을 숨기고 바른대로 말하지 않다.

『춘향전』을 읽었던 것을 뉘우친다. 어머니를 따라 일갓집에 갔다 와서, 구보는 저도 얘기책이 보고 싶다 생각하였다. 그러나 집안에서는 그것을 금했다. 구보는 남몰래 안잠자기*에게 문의하였다. 안잠자기는 세책(貰册)집*에는 어떤 책이든 있다는 것과 1전이면 능히 한 권을 세내 올 수 있음을 말하고, 그러나 꾸중 들우. 그리고 다음에, 재밌긴 『춘향전』이 제일이지, 그렇게 그는 혼잣말을 하였었다. 한 푼의 동전과 한 개의 주발 뚜껑, 그것들이, 17년 전의 그것들이, 뒤에 온, 그리고 또 올, 온갖 것의 근원이었을지도 모른다. 자기 전에 읽던 얘기책들. 밤을 새워 읽던 소설책들. 구보의 건강은 그의 소년 시대에 결정적으로 손상되었던 것임에 틀림없다…….

변비, 요의빈삭(尿意頻數)*, 피로, 권태, 두통, 두중(頭重)*, 두압(頭壓), 모리타 마사타케(森田正馬) 박사의 단련요법……. 그러한 것은 어떻든, 보잘것없는, 아니, 그 살풍경하고 또 어수선한 태평통(太平通)*의 거리는 구보의 마음을 어둡게 한다. 그는 저, 불결한 고물상들을 어떻게 이 거리에서 쫓아낼 것인가를 생각하며, 문득, 반자*의 무늬가 눈에 시끄럽다고, 양지(洋紙)*로 반자를 발라 버렸던 서해(曙海)*도 역시 신경쇠약이었음에 틀림없었다고, 이름 모를 웃음을 입가에 띠어 보았다. 서해의 너털웃음. 그것도 생각하여 보면, 역시, 공허한, 적막한 음향이었다.

* 안잠자기 남의 집에서 먹고 자며 그 집의 일을 도와주는 여자.
* 세책(貰册)집 세를 받고 책을 빌려 주는 책방.
* 요의빈삭(尿意頻數) 소변을 보고 싶은 생각이 자주 드는 병증.
* 두중(頭重) 머리가 무겁고 무엇으로 싼 듯한 느낌이 있는 증상.
* 태평통(太平通) 태평로의 일제 강점기 이름.
* 반자 지붕 밑이나 위층 바닥 밑을 편평하게 하여 치장한 각 방의 윗면.
* 양지(洋紙) 서양에서 들여온 종이. 또는 서양식으로 만든 종이.
* 서해(曙海) 소설가 최서해(1901~1932).

구보는 고인(故人)에게서 받은 『홍염(紅焰)』을 이제도록 한 페이지도 들춰 보지 않았던 것을 생각해 내고, 그리고 딱한 표정을 지었다. 그가 읽지 않은 것은 오직 서해의 작품뿐이 아니다. 독서를 게을리하기 이미 3년. 언젠가 구보는 지식의 고갈을 느끼고 악연(愕然)하였다.

갑자기 한 젊은이가 구보의 시야에 들어왔다. 그는 구보가 향하여 걸어가고 있는 곳에서 왔다. 구보는 그를 어디서 본 듯싶었다. 자기가 마땅히 알아보아야만 할 사람인 듯싶었다. 마침내 두 사람의 거리가 한 칸통으로 단축되었을 때, 문득 구보는 어린 시절을 회상하고, 그리고 그곳에 옛 동무를 발견한다. 그리운 옛 시절. 그리운 옛 동무. 그들은 보통학교를 나온 채 이제도록 한 번도 못 만났다. 그래도 구보는 그 동무의 이름까지 기억 속에서 찾아낸다.

그러나 옛 동무는 너무나 영락(零落)하였다. 모시 두루마기에 흰 고무신, 오직 새로운 맥고모자를 쓴 그의 행색은 너무나 초라하다. 구보는 망설거린다. 그대로 모른 체하고 지날까. 옛 동무는 분명히 자기를 알아본 듯싶었다. 그리고, 구보가 자기를 알아볼 것을 두려워하는 듯싶었다. 그러나, 그러나 마침내 두 사람이 서로 지나치는, 그 마지막 순간을 포착하여, 구보는 용기를 내었다.

"이거 얼마 만이야, 유(劉) 군."

그러나 벗은 순간에 약간 얼굴조차 붉히며,

"네, 참 오래간만입니다."

"그동안 서울에, 늘, 있었어."

• 고인(故人) 죽은 사람. 여기서는 친구 최서해를 말함.
• 악연(愕然)하다 깜짝 놀라 아찔하다.
• 영락(零落)하다 세력이나 살림이 줄어들어 보잘것없이 되다.
• 맥고모자 밀짚모자.

"네."

구보는 다음에 간신히,

"어째서 그렇게 뵈올 수 없었어요."

한마디를 하고, 그리고 서운한 감정을 맛보며, 그래도 또 무슨 말이든 하고 싶다 생각할 때, 그러나 벗은, 그만 실례합니다, 그렇게 말하고, 그리고 구보의 앞을 떠나, 저 갈 길을 가 버린다.

구보는 잠깐 그곳에 섰다가 다시 고개 숙여 걸으며 울 것 같은 감정을 스스로 억제하지 못한다.

조그만

한 개의 기쁨을 찾아, 구보는 남대문을 안에서 밖으로 나가 보기로 한다. 그러나 그곳에는 불어 드는 바람도 없이, 양옆에 웅숭그리고 앉아 있는 서너 명의 지게꾼들의 그 모양이 맥없다.

구보는 고독을 느끼고, 사람들 있는 곳으로, 약동하는 무리들이 있는 곳으로, 가고 싶다 생각한다. 그는 눈앞에 경성역을 본다. 그곳에는 마땅히 인생이 있을 게다. 이 낡은 서울의 호흡과 또 감정이 있을 게다. 도회의 소설가는 모름지기 이 도회의 항구와 친하여야 한다. 그러나 물론 그러한 직업의식은 어떻든 좋았다. 다만 구보는 고독을 삼등 대합실 군중 속에 피할 수 있으면 그만이다.

그러나 오히려 고독은 그곳에 있었다. 구보가 한옆에 끼어 앉을 수도 없게시리 사람들은 그곳에 빽빽하게 모여 있어도, 그들의 누구에게서도 인간 본래의 온정을 찾을 수는 없었다. 그네들은 거의 옆의 사람에게 한마디 말을 건네는 일도 없이, 오직 자기네들 사무에 바빴고, 그리고 간혹 말을 건네도, 그것은 자기네가 타고 갈 열차의 시각이나 그러한 것에 지나지 않았다. 그네들의 동료가 아닌 사람에게 그네들은 변소에 다녀올 동안의 그네들 짐을 부탁하는 일조차 없었다. 남을 결코 믿지 않는 그네들의 눈은 보기에 딱하고 또 가엾었다.

구보는 한구석에 가 서서, 그의 앞에 앉아 있는 노파를 본다. 그는 뉘 집에 드난*을 살다가 이제 늙고 또 쇠잔한 몸을 이끌어, 결코 넉넉하지 못한 어느 시골, 딸네 집이라도 찾아가는지 모른다. 이미 굳어 버린 그의 안면 근육은 어떠한 다행한 일에도 펴질 턱 없고, 그리고 그의 몽롱한 두 눈은 비록 그의 딸의 그지없는 효양(孝養)*을 가지고도 감동시킬 수 없을지 모른다. 노파 옆에 앉은 중년의 시골 신사는 그의 시골서 조그만 백화점을 경영하고 있을 게다. 그의 점포에는 마땅히 주단포목*도 있고, 일용 잡화도 있고, 또 흔히 쓰이는 약품도 갖추어 있을 게다. 그는 이제 그의 옆에 놓인 물품을 들고 자랑스러이 차에 오를 게다. 구보는 그 시골 신사가 노파와 사이에 되도록 간격을 가지려고 노력하는 것을 발견하고, 그리고 그를 업신여겼다. 만약 그에게 옅은 지혜와 또 약간의 용기를 주면 그는 삼등 승차권을 주머니 속에 간수하고 일이등 대합실에 오만하게 자리 잡고 앉을 게다.

문득 구보는 그의 얼굴에 부종(浮腫)*을 발견하고 그의 앞을 떠났다. 신장염. 그뿐 아니라, 구보는 자기 자신의 만성 위확장을 새삼스러이 생각해 내지 않으면 안 되었다. 그러나 구보가 매점 옆에까지

---

*드난 임시로 남의 집 행랑에 붙어 지내며 그 집의 일을 도와줌. 또는 그런 사람.
*효양(孝養) 어버이를 효성으로 봉양함.
*주단포목(紬緞布木) 명주, 비단, 베, 무명 따위의 온갖 직물류를 통틀어 이르는 말.
*부종(浮腫) 몸이 붓는 증상. 심장병이나 콩팥병 또는 몸의 어느 한 부분의 혈액 순환 장애로 생김.

갔었을 때, 그는 그곳에서도 역시 병자를 보지 않으면 안 되었다. 40여 세의 노동자. 전경부(前頸部)*의 광범한 팽륭(澎隆)*. 돌출한 안구. 또 손의 경미한 진동. 분명한 바세도우 씨 병.* 그것은 누구에게든 결코 깨끗한 느낌을 주지는 못한다. 그의 좌우에는 좌석이 비어 있어도 사람들은 그곳에 앉으려 들지 않는다. 뿐만 아니라, 그에게서 두 칸통 떨어진 곳에 있던 아이 업은 젊은 아낙네가 그의 바스켓 속에서 꺼내다 잘못하여 시멘트 바닥에 떨어뜨린 한 개의 복숭아가 굴러 병자의 발 앞에까지 왔을 때, 여인은 그것을 쫓아와 집기를 단념하기조차 하였다.

구보는 이 조그만 사건에 문득, 흥미를 느끼고, 그리고 그의 '대학노트'를 펴 들었다. 그러나 그가 문 옆에 기대어 섰는 캡 쓰고 린네르 쓰메리* 양복 입은 사내의, 그 온갖 사람에게 의혹을 갖는 두 눈을 발견하였을 때, 구보는 또다시 우울 속에 그곳을 떠나지 않으면 안 된다.

개찰구 앞에

두 명의 사내가 서 있었다. 낡은 파나마*에 모시 두루마기 노랑 구두

---

* 전경부(前頸部) 목의 앞부분 근육 있는 부위.
* 팽륭(澎隆) 부풀어 오르고 튀어나옴.
* 바세도우 씨 병(Basedow's disease) 갑상선 호르몬의 분비 과다에 의해 생기는 질병으로 맥박이 빠르고, 갑상선이 부어오르며, 안구 돌출의 증상을 보임.
* 린네르 쓰메리(linière つめえり) 리넨(linen) 쓰메리. '리넨'은 아마(亞麻)의 실로 짠 얇은 직물의 총칭이고, '쓰메리'는 목을 닫게 된 모양의 깃이나 그런 옷을 가리킴.
* 파나마 파나마모자. 파나마모자풀의 잎을 잘게 쪼개어서 만든 여름 모자.

를 신고, 그리고 손에 조그만 보따리 하나도 들지 않은 그들을, 구보는, 확신을 가져 무직자라고 단정한다. 그리고 이 시대의 무직자들은, 거의 다 금광 브로커*에 틀림없었다. 구보는 새삼스러이 대합실 안팎을 둘러본다. 그러한 인물들은, 이곳에도 저곳에도 눈에 띄었다.

황금광(黃金狂) 시대.*

저도 모를 사이에 구보의 입술에선 무거운 한숨이 새어 나왔다. 황금을 찾아, 황금을 찾아. 그것도 역시 숨김없는 인생의, 분명히, 일면이다. 그것은 적어도, 한 손에 단장과 또 한 손에 공책을 들고, 목적 없이 거리로 나온 자기보다는 좀 더 진실한 인생이었을지도 모른다. 시내에 산재한* 무수한 광무소(鑛務所).* 인지대* 백 원. 열람비 5원. 수수료 10원. 지도대(地圖代) 18전⋯⋯. 출원 등록된 광구, 조선 전토(全土)의 7할. 시시각각으로 사람들은 졸부가 되고, 또 몰락하여 갔다. 황금광 시대. 그들 중에는 평론가와 시인, 이러한 문인들조차 끼여 있었다. 구보는 일찍이 창작을 위하여 그의 벗의 광산에 가 보고 싶다 생각하였다. 사람들의 사행심,* 황금의 매력, 그러한 것들을 구보는 보고, 느끼고, 하고 싶었다. 그러나, 고도의 금광열은, 오히려, 총독부 청사, 동측(東側) 최고층, 광무과(鑛務課) 열람실에서 볼 수 있었다⋯⋯.

문득, 한 사내가 둥글넓적한, 그리고 또 비속한 얼굴에 웃음을 띠

• 브로커(broker) 중개 상인. 혹은 사기성이 있는 중개 상인을 가리킬 때 쓰이는 말.
• 황금광(黃金狂) 시대 금광에 미쳐서 금을 캐어 일확천금하려는 사람들이 들끓는 시대. 즉 물질을 좇는 세태를 드러낸 말.
• 산재(散在)하다 여기저기 흩어져 있다.
• 광무소(鑛務所) 광업에 관한 모든 제출 서류를 광업령(鑛業令)에 의거하여 대신 써 주던 영업소.
• 인지대(印紙代) 인지 값으로 치르는 돈. '인지'는 수수료나 세금 따위를 낸 것을 증명하기 위하여 서류에 붙이는 종이 표.
• 사행심(射倖心) 요행을 바라는 마음.

고, 구보 앞에 그의 모양 없는 손을 내민다. 그도 벗이라면 벗이었다. 중학 시대의 열등생. 구보는 그래도 약간 웃음에 가까운 표정을 지어 보이고, 그리고, 단장 든 손을 그대로 내밀어 그의 손을 가장 엉성하게 잡았다. 이거 얼마 만이야. 어디, 가나. 응, 자네는.

구보는 친하지 않은 사람에게 '자네' 소리를 들으면 언제든 불쾌하였다. '해라'는, 해라는 오히려 나았다. 그 사내는 주머니에서 금시계를 꺼내 보고, 다음에 구보의 얼굴을 쳐다보며, 저기 가서 차라도 안 먹으려나. 전당포˚ 집의 둘째 아들. 구보는 그러한 사내와 자리를 같이하여 차를 마실 생각은 없었다. 그러나, 그러한 경우에 한 개의 구실을 지어, 그 호의를 사절할 수 있도록 구보는 용감하지 못하다. 그 사내는 앞장을 섰다. 자아 그럼 저리로 가지. 그러나 그것은 구보에게만 한 말이 아니었다.

구보는 자기 뒤를 따라오는 한 여성을 보았다. 그는 한번 홀낏 보기에도, 한 사내의 애인 된 티가 있었다. 어느 틈엔가 이런 자도 연애를 하는 시대가 왔나. 새삼스러이 그 천한 얼굴이 쳐다보였으나, 그러나 서정시인조차 황금광으로 나서는 때다.

의자에 가 가장 자신 있이 앉아, 그는 주문 들으러 온 소녀에게, 나는 가루삐스˚, 그리고 구보를 향하여, 자네두 그걸루 하지. 그러나 구보는 거의 황급하게 고개를 흔들고, 나는 홍차나 커피로 하지.

음료 칼피스를, 구보는, 좋아하지 않는다. 그것은 외설한˚ 색채를 갖는다. 또, 그 맛은 결코 그의 미각에 맞지 않았다. 구보는 차를 마

˚ 전당포(典當鋪) 물건을 잡고 돈을 빌려 주어 이익을 취하는 곳.
˚ 가루삐스 '칼피스(calpis)'란 상표명을 가진 음료. 우유를 살균하여 냉각 발효시킨 후 당액과 칼슘을 넣은 음료.
˚ 외설하다 사람의 성욕을 함부로 자극하여 난잡하다.

시며, 문득, 끽다점(喫茶店)에서 사람들이 취하는 음료를 가져, 그들의 성격, 교양, 취미를 어느 정도까지는 알 수 있을 것이 아닌가, 하고 생각하여 본다. 그리고 그것은 동시에, 그네들의 그때, 그때의 기분조차 표현하고 있을 게다.

구보는 맞은편에 앉은 사내의, 그 교양 없는 이야기에 건성 맞장구를 치며, 언제든 그러한 것을 연구하여 보리라 생각한다.

월미도로

놀러 가는 듯싶은 그들과 헤어져, 구보는 혼자 역 밖으로 나온다. 이러한 시각에 떠나는 그들은 적어도 오늘 하루를 그곳에서 묵을 게다. 구보는, 문득, 여자의 발가숭이를 아무 거리낌 없이 애무할 그 남자의, 야비한 웃음으로 하여 좀 더 추악해진 얼굴을 눈앞에 그려 보고, 그리고 마음이 편안하지 못했다.

여자는, 여자는 확실히 어여뻤다. 그는, 혹은, 구보가 이제까지 어여쁘다고 생각하여 온 온갖 여인들보다도 좀 더 어여뻤을지도 모른다. 그뿐 아니다. 남자가 같이 '가루삐스'를 먹자고 권하는 것을 물리치고, 한 접시의 아이스크림을 지망할 수 있도록 여자는 총명하였다.

문득, 구보는, 그러한 여자가 왜 그자를 사랑하려 드나, 또는 그자의 사랑을 용납하는 것인가 하고, 그런 것을 괴이하게 여겨본다. 그것은, 그것은 역시 황금 까닭일 게다. 여자들은 그렇게도 쉽사리 황금에서 행복을 찾는다. 구보는 그러한 여자를 가엾이, 또 안타깝게

• 끽다점(喫茶店) '차를 즐기는 곳'이란 뜻으로 1920~1930년대 다방을 일컫던 말.

생각하다가, 갑자기 그 사내의 재력을 탐내 본다. 사실, 같은 돈이라도 그 사내에게 있어서는 헛되이, 그리고 또 아깝게 소비되어 버릴게다. 그는 날마다 기름진 음식이나 실컷 먹고, 살찐 계집이나 즐기고, 그리고 아무 앞에서나 그의 금시계를 꺼내 보고는 만족하여할게다.

일순간, 구보는, 그 사내의 손으로 소비되어 버리는 돈이, 원래 자기의 것이나 되는 것같이 입맛을 다시어 보았으나, 그 즉시, 그러한 저 자신을 픽 웃고, 내가 언제부터 이렇게 돈에 걸신이 들렸누……. 단장 끝으로 구두코를 탁 치고, 그리고 좀 더 빠른 걸음걸이로 전차선로를 횡단하여, 구보는 포도 위를 걸어갔다.

그러나 여자는, 여자는 확실히 어여뻤고, 그리고 또……. 구보는, 갑자기, 그 여자가 이미 오래전부터 그자에게 몸을 허락하여 온 것이나 아닐까, 생각하였다. 그것은 생각만 하여 볼 따름으로 그의 마음을 언짢게 하여 준다. 역시, 여자는 결코 총명하지 못했다. 또 생각하여 보면, 어딘지 모르게 저속한 맛이 있었다. 결코 기품 있는 인물은 아니다. 그저 좀 예쁠 뿐…….

그러나 그 여자가 그자에게 쉽사리 미소를 보여 주었다고 새삼스러이 여자의 값어치를 깎을 필요는 없었다. 남자는 여자의 육체를 즐기고, 여자는 남자의 황금을 소비하고, 그리고 두 사람은 충분히 행복일 수 있을 게다. 행복이란 지극히 주관적인 것이다…….

어느 틈엔가, 구보는 조선은행 앞에까지 와 있었다. 이제 이대로, 이대로 집으로 돌아갈 마음은 없었다. 그러면, 어디로──구보가 또다시 고독과 피로를 느꼈을 때, 약칠해 신으시죠 구두에. 구보는 혐오의 눈을 가져 그 사내를, 남의 구두만 항상 살피며, 그곳에 무엇이든 결점을 잡아내고야 마는 그 사내를 흘겨보고, 그리고 걸음을 옮

겄다. 일면식(一面識)도 없는 나의 구두를 비평할 권리가 그에게 있기
라도 하단 말인가. 거리에서 그에게 온갖 종류의 불유쾌한 느낌을 주
는 온갖 종류의 사물을 저주하고 싶다, 생각하며, 그러나, 문득, 구보
는 이러한 때, 이렇게 제 몸을 혼자 두어 두는 것에 위험을 느낀다.
누구든 좋았다. 벗과, 벗과 같이 있어야만 한다. 벗과 같이 있을 때,
구보는 얼마쯤 명랑할 수 있었다. 혹은, 명랑을 가장할 수 있었다.

마침내, 그는 한 벗을 생각해 내고, 길가 양복점으로 들어가 전화
를 빌렸다. 다행하게도 벗은 아직 사(社)에 남아 있었다. 바로 지금 나
가려던 차야, 하고 그는 말했다.

구보는 그에게 부디 다방으로 와 주기를 청하고, 그리고 잠깐 또
할 말을 생각하다가, 저편에서 전화를 끊어 버릴 것을 염려하여 당황
하게 덧붙여 말했다.

"꼭 좀, 곧 좀, 오."

다행하게도

다시 돌아간 다방 안에, 사람들은 많지 않았다. 또, 문득, 생각하고
둘러보아, 그 벗 아닌 벗도 그곳에 있지 않았다. 구보는 카운터 가까
이 자리를 잡고 앉아, 마침, 자기가 사랑하는 스키퍼의 「아이 아이 아
이」를 들려주는 이 다방에 애정을 갖는다. 그것이 허락받을 수 있는
것이라면 그는 지금 앉아 있는 등의자를 안락의자로 바꾸어, 감미한
오수(午睡)를 즐기고 싶다, 생각한다. 이제 그는 그의 앞에, 아까의 신

* 일면식(一面識) 서로 한 번 만나 인사나 나눈 정도로 조금 앎.

기료장수˙를 보더라도, 고요한 마음을 가져 그를 용납하여 줄 수 있을 게다.

조그만 강아지가, 저편 구석에 앉아, 토스트를 먹고 있는 사내의 그리 대단하지도 않은 구두코를 핥고 있었다. 그 사내는 발을 뒤로 무르며, 쉬 쉬 강아지를 쫓았다. 강아지는 연해 꼬리를 흔들며 잠깐 그 사내의 얼굴을 쳐다보다가, 돌아서서 다음 탁자 앞으로 갔다. 그곳에 앉아 있는 젊은 여자는, 그는 확실히 개를 무서워하는 듯싶었다. 다리를 잔뜩 옹크리고 얼굴빛조차 변하여 가지고, 그는 크게 뜬 눈으로 개의 동정만 살폈다. 개는 여전히 꼬리를 흔들며 그러나, 저를 귀애해˙ 주고 안 해 주는 사람을 용하게 가릴 줄이나 아는 듯이, 그곳에 오래 머무르지 않고, 또 옆 탁자로 갔다. 그러나 구보가 앉아 있는 자리에서는 그곳이 잘 안 보였다. 어떠한 대우를 그 가엾은 강아지가 그곳에서 받았는지 그는 모른다. 그래도 어떻든 만족한 결과는 아니었던 게다. 강아지는 다시 그곳을 떠나, 이제는 사람들의 사랑을 구하기를 아주 단념이나 한 듯이 구보에게서 한 칸통쯤 떨어진 곳에 가 두 발을 쭉 뻗고 모로 쓰러져 버렸다.

강아지의 반쯤 감은 두 눈에는 고독이 숨어 있는 듯싶었다. 그리고 그와 함께, 모든 것에 대한 단념도 그곳에 있는 듯싶었다. 구보는 그 강아지를 가엾다, 생각한다. 저를 사랑하는 사람이 단 한 사람일지라도 이 다방 안에 있음을 알려 주고 싶다, 생각한다. 그는, 문득, 자기가 이제까지 한 번도 그의 머리를 쓰다듬어 준다거나, 또는 그가 핥는 대로 손을 맡기어 둔다거나, 그러한 그에 대한 사랑의 표현을

˙ 오수(午睡) 낮잠.
˙ 신기료장수 헌 신을 꿰매어 고치는 일을 직업으로 하는 사람.
˙ 귀애하다 귀엽게 여겨 사랑하다.

한 일이 없었던 것을 생각해 내고, 손을 내밀어 그를 불렀다. 사람들은 이런 경우에 휘파람을 분다. 그러나 원래 구보는 휘파람을 안 분다. 잠깐 궁리하다가, 마침내 그는 개에게만 들릴 정도로 "캄, 히어." 하고 말해 본다.

강아지는 영어를 해득하지° 못하는지도 모른다. 머리를 들어 구보를 쳐다보고, 그리고 아무 흥미도 느낄 수 없는 듯이 다시 머리를 떨어뜨렸다. 구보는 의자 밖으로 몸을 내밀어, 조금 더 큰 소리로, 그러나 한껏 부드럽게, 또 한 번, "캄, 히어." 그리고 그것을 번역하였다. "이리 온." 그러나 강아지는 먼젓번 동작을 또 한 번 되풀이하였을 따름, 이번에는 입을 벌려 하품 비슷한 짓을 하고, 아주 눈까지 감는다.

구보는 초조와, 또 일종 분노에 가까운 감정을 맛보며, 그래도 그것을 억제하고 이번에는 완전히 의자에서 떠나, 그의 머리를 쓰다듬어 주려 하였다. 그러나 그보다도 먼저 강아지는 진저리치게 놀라, 몸을 일으켜, 구보에게 향하여 적대적 자세를 취하고, 캥, 캐캥 하고 짖고, 그리고, 제풀에 질겁을 하여 카운터 뒤로 달음질쳐 들어갔다.

구보는 저도 모르게 얼굴을 붉히고, 그 강아지의 방정맞은 성정(性情)°을 저주하며, 수건을 꺼내어, 땀도 안 난 이마를 두루 씻었다. 그리고, 그렇게까지 당부하였건만, 곧 와 주지 않는 벗에게조차 그는 가벼운 분노를 느끼지 않으면 안 된다.

° 해득(解得)하다 뜻을 깨쳐 알다.
° 성정(性情) 타고난 본성.

벗이 왔다. 그렇게 늦게 온 벗을 구보는 책망할까 하고 생각하여 보았으나, 그보다 먼저 진정 반가워하는 빛이 그의 얼굴에 떠올랐다. 사실, 그는, 지금 벗을 가진 몸의 다행함을 느낀다.

그 벗은 시인이었음에도 불구하고, 극히 건장한 육체와 또 먹기 위하여 어느 신문사 사회부 기자의 직업을 가지고 있었다. 그것이 때로 구보에게 애달픔을 주지 않는 것은 아니다. 그래도, 그래도 그와 대하여 있으면, 구보는 마음속에 밝음을 가질 수 있었다.

"나, 소오다스이˚를 다우."

벗은, 즐겨 음료 조달수(曹達水)˚를 취하였다. 그것은 언제든 구보에게 가벼운 쓴웃음을 준다. 그러나 물론 그것은 적어도 불쾌한 감정은 아니다.

다방에 들어오면, 여학생이나 같이, 조달수를 즐기면서도, 그래도 벗은 조선 문학 건설에 가장 열의를 가지고 있었다. 그러한 그가 하루에 두 차례씩, 종로서와, 도청과, 또 체신국엘 들르지 않으면 안 되었던 것은 한 개의 비참한 현실이었을지도 모른다. 마땅히 시를 초(草)하여야만˚ 할 그의 만년필을 가져, 그는 매일같이 살인강도와 방화 범인의 기사를 쓰지 않으면 안 되었다. 그래 이렇게 저 자신의 시간을 가지면 그는 억압당하였던, 그의 문학에 대한 열정을 쏟아 놓는다……

오늘은 주로 구보의 소설에 대하여서이었다. 그는, 즐겨 구보의 작

˚ 소오다스이 소다수. 사이다와 같은 탄산음료.
˚ 조달수(曹達水) 소다수.
˚ 초(草)하다 메모하다. 글의 초안을 잡다.

품을 읽는 사람의 하나이다. 그리고, 또, 즐겨 구보의 작품을 비평하려 드는 독지가(篤志家)였다. 그러나, 그의 그러한 후의(厚意)에도 불구하고, 구보는 자기 작품에 대한 그의 의견에 그다지 신용을 두고 있지 않았다. 언젠가, 벗은 구보의 그리 대단하지 않은 작품을 오직 한 개 읽었을 따름으로, 구보를 완전히 알 수나 있었던 것같이 생각하고 있는 듯싶었다.

오늘은, 그러나, 구보는 그의 말에 귀를 기울이지 않으면 안 된다. 벗은, 요사이 구보가 발표하고 있는 작품을 가리켜 작자가 그의 나이 분수보다 엄청나게 늙었음을 말했다. 그러나 그뿐이면 좋았다. 벗은 또, 작자가 정말 늙지는 않았고, 오직 늙음을 가장하였을 따름이라고 단정하였다. 혹은 그럴지도 모른다. 구보에게는 그러한 경향이 있었을지도 모른다. 그리고 다시 돌이켜 생각하면, 그것이 오직 가장(假裝)에 그치고, 그리고 작자가 정말 늙지 않았음은, 오히려 구보가 기꺼하여 마땅할 일일 게다.

그러나 구보는 그의 작품 속에서 젊을 수가 없었을지도 모른다. 그가 만약 구태여 그러려 하면, 벗은, 이번에는, 작자가 무리로 젊음을 가장하였다고 말할 게다. 그리고 그것은 틀림없이 구보의 마음을 슬프게 하여 줄 게다…….

어느 틈엔가, 구보는 그 화제에 권태를 깨닫고, 그리고 저도 모르게 '다섯 개의 능금(林檎)' 문제를 풀려 들었다. 자기가 완전히 소유한 다섯 개의 능금을 대체 어떠한 순차로 먹어야만 마땅할 것인가. 그것에는 우선 세 가지의 방법이 있을 게다. 그중 맛있는 놈부터 차

• 독지가(篤志家) 도탑고 친절한 마음을 가진 사람.
• 후의(厚意) 남에게 두터이 인정을 베푸는 마음.
• 가장(假裝) 태도를 거짓으로 꾸밈.

례로 먹어 가는 법. 그것은, 언제든, 그중에 맛있는 놈을 먹고 있다는 기쁨을 우리에게 줄 게다. 그러나 그것은 혹은 그 결과가 비참하지나 않을까. 이와 반대로, 그중 맛없는 놈부터 차례로 먹어 가는 법. 그것은 점입가경(漸入佳境), 그러한 뜻을 가지고 있으나, 뒤집어 생각하면, 사람은 그 방법으로는 항상 그중 맛없는 놈만 먹지 않으면 안 되는 셈이다. 또 계획 없이 아무거나 집어 먹는 법. 그것은…….

구보는, 맞은편에 앉아, 그의 문학론에, 앙드레 지드의 말을 인용하고 있던 벗을, 갑자기, 이 유민(遊民)다운 문제를 가져 어이없게 만들어 주었다. 벗은 대체, 그 다섯 개의 능금이 문학과 어떠한 교섭을 갖는가 의혹하며, 자기는 일찍이 그러한 문제를 생각하여 본 일이 없노라 말하고,

"그래, 그것이 어쨌단 말이야."

"어쩌기는, 무에 어째."

그리고 구보는 오늘 처음으로 명랑한, 혹은 명랑을 가장한 웃음을 웃었다.

문득,

창밖 길가에, 어린애 울음소리가 들린다. 그것은 울음소리에는 틀림없었다. 그러나 어린애의 것보다는 오히려 짐승의 소리에 가까웠다. 구보는 『율리시스』를 논하고 있는 벗의 탁설(卓說)에는 상관없이, 대

• 점입가경(漸入佳境) 들어갈수록 점점 재미가 있다는 뜻.
• 앙드레 지드(André P. Gide, 1869~1951) 프랑스의 소설가, 비평가.
• 유민(遊民) 직업이 없이 놀며 지내는 사람.

체, 누가 또 죄악의 자식을 낳았누, 하고 생각한다.

가엾은 벗이 있었다. 그는, 어렸을 때부터 그렇게도 불행하였던 그는, 온갖 고생을 겪지 않으면 안 되었었고, 또 그렇게 경난(經難)한* 사람이었던 까닭에, 벗과의 사이에 있어서도 가장 관대한 품이 있었다. 그는 거의 구보의 친우였다. 그러나, 그에게는 남자로서의 가장 불행한 약점이 있었다. 그의 앞에서 구보가 말을 한다면, '다정다한(多情多恨),'* 이러한 문자를 사용할 게다. 그러나 그것은 한 개의 수식에 지나지 않았고, 그 벗의 통제를 잃은 성 본능은 누가 보기에도 진실로 딱한 것임에 틀림없었다. 구보는 왕왕*이, 그 벗의 여성에 대한 심미안*에 의혹을 갖기조차 하였다. 그러나 오히려 그러고 있는 동안은 좋았다. 마침내 비극이 왔다. 그 벗은, 결코 아름답지도 총명하지도 않은 한 여성을 사랑하고, 여자는 또 남자를 오직 하나의 사내라 알았을 때, 비극은 비롯한다. 여자가 어느 날 저녁 남자와 마주 앉아, 얼굴조차 붉히고, 그리고 자기가 이미 홀몸*이 아님을 고백하였을 때, 남자는 어느 틈엔가 그 여자에 대하여 거의 완전히 애정을 상실하고 있었다. 여자는 어리석게도 모성(母性) 됨의 기쁨을 맛보려 하였고, 그리고 남자의 사랑을 좀 더 확실히 포착할 수 있을 것같이 생각하였다. 그러나 남자는 오직 저 자신이 곤경에 빠졌음을 한(恨)하고,* 그리고 또 그 젊은 어미에게 대한 자기의 책임을 느끼지 않으면 안 되었

• 탁설(卓說) 뛰어난 논설이나 의견.
• 경난(經難)하다 어려운 일을 겪다.
• 다정다한(多情多恨) 애틋한 정도 많고 한스러운 일도 많음.
• 왕왕(往往) 시간의 간격을 두고 이따금.
• 심미안(審美眼) 아름다움을 살펴 찾는 안목.
• 홀몸 아이를 배지 아니한 몸.
• 한(恨)하다 몹시 억울하여 원망스럽게 생각하다.

던 까닭에, 좀 더 그 여자를 미워하였을지도 모른다.

　여자는, 그러나, 남자의 변심을 깨닫지 못하였을지도 모른다. 또, 설혹, 그가 알 수 있었더라도, 역시, 그 수밖에 없었을지도 모른다. 여자는 돌도 안 된 아이를 안고, 남자를 찾아 서울로 올라왔다. 그러나 그곳에는 그들 모자를 위하여 아무러한 밝은 길이 없었다. 이미 반생을 고락을 같이하여 온 아내가 남자에게는 있었고, 또 그와 견주어 볼 때, 이 가정의 틈입자(闖入者)는 어떠한 점으로든 떨어졌다. 특히 아이와 아이를 비(比)하여 볼 때 그러하였다. 가엾은 사생자(私生子)는 나이 분수보다 엄청나게나 거대한 체구와, 또 치매적(癡呆的) 안모(顔貌)를 가지고 있었다.

　그러나 그것만이라면, 오히려 좋았다. 한번 그 아이의 울음소리를 들을 수 있었을 때, 사람들은 가장 언짢고 또 야릇한 느낌을 갖지 않으면 안 되었다. 그것은 결코 사람의 아이의 울음이 아니었다. 그것은 그들의, 특히, 남자의 죄악에 진노한 신(神)이, 그 아이의 비상한 성대를 빌려, 그들의, 특히, 남자의 죄악을 규탄하고, 또 영구히 저주하는 것인 것만 같았다…….

　구보는 그저 『율리시스』를 논하고 있는 벗을 깨닫고, 불쑥, 그야 제임스 조이스의 새로운 시험에는 경의를 표하여야 마땅할 게지. 그러나 그것이 새롭다는, 오직 그 점만 가지고 과중 평가를 할 까닭이야 없지. 그리고 벗이 그 말에 대하여, 항의를 하려 하였을 때, 구보는 의자에서 몸을 일으키어, 벗의 등을 치고, 자아 그만 나갑시다.

• 틈입자(闖入者) 느닷없이 함부로 들어간 사람.
• 사생자(私生子) 법률적으로 부부가 아닌 남녀 사이에서 태어난 아이.
• 안모(顔貌) 얼굴의 생김새.
• 제임스 조이스(James Joyce, 1882~1941) 아일랜드의 소설가. 『율리시스』의 작자.

그들이 밖에 나왔을 때, 그곳에 황혼이 있었다. 구보는 이 시간에, 이 거리에, 맑고 깨끗함을 느끼며, 문득, 벗을 돌아보았다.

"이제 어디로 가?"

"집으루 가지."

벗은 서슴지 않고 대답하였다. 구보는 대체 누구와 이 황혼을 지내야 할 것인가 망연하여한다.

전차를 타고

벗은 이내 집으로 돌아가고 말았다. 집이 아니다. 여사(旅舍)였다. 주인집 식구 말고, 아무도 없을 여사로, 그는 그렇게 저녁 시간을 맞추어 가야만 할까. 만약 그것이 단지 저녁밥을 먹기 위하여서의 일이라면…….

"지금부터 집엘 가서 무얼 할 생각이오?"

그러나 그것은 물론 어리석은 물음이었다. '생활'을 가진 사람은 마땅히 제집에서 저녁을 먹어야 할 게다. 벗은 구보와 비겨 볼 때, 분명히 생활을 가지고 있었다.

하루의 대부분을 속무(俗務)에 헤매지 않으면 안 되었던 그는 이제 저녁 후의 조용한 제 시간을 가져, 독서와 창작에서 기쁨을 찾을 게다. 구보는, 구보는 그러나 요사이 그 기쁨을 못 갖는다.

어느 틈엔가, 구보는 종로 네거리에 서서, 그곳에 황혼과, 또 황혼

• 여사(旅舍) 여관.
• 속무(俗務) 여러 가지 세속적인 잡무.

을 타서 거리로 나온 노는계집˚의 무리들을 본다. 노는계집들은 오늘도 무지(無智)˚를 싸고 거리에 나왔다. 이제 곧 밤은 올 게요 그리고 밤은 분명히 그들의 것이었다. 구보는 포도 위에 눈을 떨어뜨려, 그곳에 무수한 화려한 또는 화려하지 못한 다리를 보며, 그들의 걸음걸이를 가장 위태롭다 생각한다. 그들은, 모두가 숙녀화에 익숙하지 못한 것은 아니다. 그러나 그러함에도 불구하고, 그들은 모두들 가장 서투르고, 부자연한 걸음걸이를 갖는다. 그것은, 역시, '위태로운 것'이라고밖에 말할 수 없는 것임에 틀림없었다.

그들은, 그러나 물론 그런 것을 그들 자신 깨닫지 못한다. 그들의 세상살이의 걸음걸이가, 얼마나 불안정한 것인가를 깨닫지 못한다. 그들은 누구라 하나 인생에 확실한 목표를 가지고 있지 않았으나, 무지는 거의 완전히 그 불안에서 그들의 눈을 가리어 준다.

그러나 포도를 울리는 것은 물론 그들의 가장 불안정한 구두 뒤축뿐이 아니었다. 생활을, 생활을 가진 온갖 사람들의 발끝은 이 거리 위에서 모두 자기네들 집으로 향하여 놓여 있었다. 집으로 집으로, 그들은 그들의 만찬과 가족의 얼굴과 또 하루 고역 뒤의 안위를 찾아 그렇게도 기꺼이 걸어가고 있다. 문득, 저도 모를 사이에 구보의 입술을 새어 나오는 다쿠보쿠의 단카(短歌)˚ ──

누구나 모두 집 가지고 있다는 애달픔이여
무덤에 들어가듯
돌아와서 자옵네

˚ 노는계집 술과 함께 몸을 파는 일을 직업으로 하는 여자들을 통틀어 이르는 말.
˚ 무지(無智) 지혜나 꾀가 없음.
˚ 단카(短歌) 일본의 전통적 시가를 대표하는 단시. 정형시(定型詩)로, 5구 31음절로 되어 있다.

그러나 구보는 그러한 것을 초저녁의 거리에서 느낄 필요는 없다. 아직 그는 집에 돌아가지 않아도 좋았다. 그리고 좁은 서울이었으나, 밤늦게까지 헤맬 거리와, 들를 처소가 구보에게 있었다.

그러나 대체 누구와 이 황혼을……. 구보는 거의 자신을 가지고, 걷기 시작한다. 벗이 있다. 황혼을, 또 밤을 같이 지낼 벗이 구보에게 있다. 종로경찰서 앞을 지나 하얗고 납작한 조그만 다료(茶寮)*엘 들른다.

그러나 주인은 없었다. 구보가 다시 문으로 향하여 나오면서, 왜 자기는 그와 미리 맞추어 두지 않았던가, 뉘우칠 때, 아이가 생각난 듯이 말했다. 참, 곧 돌아오신다구요, 누구 오시거든 기다리시라구요. '누구'가, 혹은, 특정한 인물일지도 모른다. 벗은 혹은, 구보와 이제 행동을 같이할 수 없을지도 모른다. 그래도 사람은 언제든 희망을 가져야 하고, 달리 찾을 벗을 갖지 아니한 구보는, 하여튼 이제 자리에 앉아, 돌아올 벗을 기다려야 한다.

여자를

동반한 청년이 축음기 놓여 있는 곳 가까이 앉아 있었다. 그는 노는 계집 아닌 여성과 그렇게 같이 앉아 차를 마실 수 있는 것에 득의(得意)*와 또 행복을 느낄 수 있었는지도 모른다. 그의 육체는 건강하였고, 또 그의 복장은 화미(華美)하였고*, 그리고 그의 여인은 그에게 그렇게도 용이하게 미소를 보여 주었던 까닭에, 구보는 그 청년에게 엷

● 다료(茶寮) 찻집.
● 득의(得意) 일이 뜻대로 이루어져 만족해하거나 뽐냄.
● 화미(華美)하다 화려하다.

은 질투와 또 선망을 느끼지 않으면 안 되었다. 그뿐 아니다. 그 청년은, 한 개의 인단(仁丹)˚ 용기(容器)와, 로도 목약(目藥)˚을 가지고 있는 것에조차 철없는 자랑을 느낄 수 있었던 듯싶었다. 구보는 저 자신, 포용력을 가지고 있는 듯싶게 가장하는 일 없이, 그의 명랑성에 참말 부러움을 느낀다.

그 사상에는 황혼의 애수와 또 고독이 혼화(混和)되어˚ 있었는지도 모른다. 구보는 극히 음울할 제 표정을 깨닫고, 그리고 이 안에 거울이 없음을 다행하여한다. 일찍이, 어느 시인이 구보의 이 심정을 가리켜 독신자의 비애라 하였다. 그러나 그것은 언뜻 그러한 듯싶으면서도 옳지 않았다. 구보가 새로운 사랑을 찾으려 하지 않고, 때로 좋은 벗의 우정에 마음을 의탁하려 한 것은 제법 오랜 일이다…….

어느 틈엔가, 그 여자와 축복받은 젊은이는 이 안에서 사라지고, 밤은 완전히 다료 안팎에 왔다. 이제 어디로 가나. 문득, 구보는 자기가 그동안 벗을 기다리면서도 벗을 잊고 있었던 사실에 생각이 미치고, 그리고 호젓한 웃음을 웃었다. 그것은 일찍이 사랑하는 여자와 마주 대하여 권태와 고독을 느끼었던 것보다도 좀 더 애처로운 일임에 틀림없었다.

구보의 눈이 갑자기 빛났다. 참 그는 그 뒤 어찌 되었을까. 비록 어떠한 종류의 것이든 추억을 갖는다는 것은 사람의 마음을 고요하게, 또 기쁘게 하여 준다.

동경의 가을이다. 간다(神田) 어느 철물전에서 한 개의 네일 클리퍼˚를 구한 구보는 진보초(神保町) 그가 가끔 드나드는 끽다점(喫茶店)

˚ 인단(仁丹) 은단.
˚ 로도 목약(目藥) 일본제 안약의 한 종류.
˚ 혼화(混和)되다 한데 섞이어 합쳐지다.

을 찾았다. 그러나 그것은 휴식을 위함도, 차를 먹기 위함도 아니었던 듯싶다. 오직 오늘 새로 구한 것으로 손톱을 깎기 위하여서만인지도 몰랐다. 그중 구석진 테이블. 그중 구석진 의자. 통속 작가들이 즐겨 취급하는 종류의 로맨스의 발단이 그곳에 있었다. 광선이 잘 안 들어오는 그곳 마룻바닥에서 구보의 발길에 차인 것. 한 권 대학 노트에는 윤리학 석 자와 '임(姙)' 자가 든 성명이 기입되어 있었다.

그것은 일종의 죄악일 게다. 그러나 젊은이들에게 그만한 호기심은 허락되어도 좋다. 그래도 구보는 다른 좌석에서 잘 안 보이는 위치에 노트를 놓고, 그리고 손톱을 깎을 것도 잊고 있었다.

제1장 서론(緒論). 제1절 윤리학의 정의. 2. 규범 과학. 제2장 본론. 도덕 판단의 대상. C동기설과 결과설. 예 1. 빈가(貧家)의 자손이 효양(孝養)을 위해서 절도함. 2. 허영심을 만족키 위한 자선 사업. 제2학기. 3. 품성 형성의 요소. 1. 의지 필연론…….

그리고 여백에, 연필로, 그러나 수치심은 사랑의 상상 작용에 조력(助力)을 준다. 이것은 사랑에 생명을 주는 것이다. 스탕달의 『연애론』의 일절. 그러고는 연락(連絡) 없이, 서부 전선 이상 없다. 요시야 노부코(吉屋信子). 아쿠타가와 류노스케(芥川龍之介). 어제 어디 갔었니. 「라부파레드」를 보았니……. 이런 것들이 씌어 있었다.

다료의 주인이 돌아왔다. 아, 언제 왔소. 오래 기다렸소. 무슨 좋은 소식 있소. 구보는 대답 없이 자리에서 일어나, 노트와 단장을 집어

- 네일 클리퍼(nail clipper) 손톱깎이.
- 조력(助力) 힘을 써 도와줌. 또는 그 힘.
- 스탕달(M. H. Stendhal, 1783~1842) 프랑스의 소설가.
- 요시야 노부코(吉屋信子, 1896~1973) 일본의 소설가.
- 아쿠타가와 류노스케(芥川龍之介, 1892~1927) 일본의 소설가.

들고, 저녁 먹으러 나갑시다. 그리고 속으로 지난날의 조그만 로맨스를 좀 더 이어 생각하려 한다.

다료에서

나와, 벗과, 대창옥(大昌屋)으로 향하며, 구보는 문득 대학 노트 틈에 끼여 있었던 한 장의 엽서를 생각하여 본다. 물론 처음에 그는 망설 거렸었다. 그러나 여자의 숙소까지를 알 수 있었으면서도 그 한 기회에서 몸을 피할 수는 없었다. 그는 우선 젊었고, 또 그것은 흥미있는 일이었다. 소설가다운 온갖 망상을 즐기며, 이튿날 아침 구보는 이내 여자를 찾았다. 우시고메쿠(牛込區) 야라이초(矢來町). 주인집은 신초샤(新潮社) 근처에 있었다. 인품 좋은 주인 여편네가 나왔다 들어간 뒤, 현관에 나온 노트 주인은 분명히……. 그들이 걸어가고 있는 쪽에서 미인이 왔다. 그들을 보고 빙그레 웃고, 그리고 지났다. 벗의 다료 옆, 카페 여급. 벗이 돌아보고 구보의 의견을 청하였다. 어때 예쁘지. 사실, 여자는, 이러한 종류의 계집으로서는 드물게 어여뻤다. 그러나 그는 이 여자보다 좀 더 아름다웠던 것임에 틀림없었다.

어서 옵쇼. 설렁탕 두 그릇만 주우. 구보가 노트를 내어놓고, 자기의 실례에 가까운 심방(尋訪)에 대한 변해(辯解)를 하였을 때, 여자는, 순간에, 얼굴이 붉어졌었다. 모르는 남자에게 정중한 인사를 받은 까닭만이 아닐 게다. 어제 어디 갔었니. 요시야 노부코. 구보는 문득 그

* 대창옥(大昌屋) 종로에 있었던 이름난 설렁탕집.
* 심방(尋訪) 방문하여 찾아봄.
* 변해(辯解) 말로 풀어 자세히 밝힘.

런 것들을 생각해 내고, 여자 모르게 빙그레 웃었다. 맞은편에 앉아, 벗은 숟가락 든 손을 멈추고, 빠안히 구보를 바라보았다. 그 눈은, 무슨 생각을 하고 있느냐, 물었는지도 모른다. 구보는 생각의 비밀을 감추기 위하여 의미 없이 웃어 보였다. 좀 올라오세요. 여자는 그렇게 말하였었다. 말로는 태연하게, 그러면서도 그의 볼은 역시 처녀답게 붉어졌다. 구보는 그의 말을 좇으려다 말고, 불쑥, 같이 산책이라도 안 하시렵니까, 볼일 없으시면. 그날은 일요일이었고, 여자는 마악 어딜 나가려던 차인지 나들이옷을 입고 있었다. 통속소설은 템포가 빨라야 한다. 그 전날, 윤리학 노트를 집어 들었을 때부터 이미 구보는 한 개 통속소설의 작자이었고 동시에 주인공이었던 것임에 틀림없었다. 그는 여자가 기독교 신자인 경우에는 저 자신 목사의 졸음 오는 설교를 들어도 좋다고까지 생각하고 있었다. 여자는 또 한 번 얼굴을 붉히고, 그러나 구보가, 만약 볼일이 계시다면, 하고 말하였을 때, 당황하게, 아니에요, 그럼 잠깐 기다려 주세요, 그리고 여자는 핸드백을 들고 나왔다. 분명히 자기를 믿고 있는 듯싶은 여자 태도에 구보는 자신을 갖고, 참, 이번 주일에 무사시노칸(武藏野館)* 구경하셨습니까. 그리고 그와 함께 그러한 자기가 하릴없는 불량소년같이 생각되고, 또 만약 여자가 그렇게도 쉽사리 그의 유인에 빠진다면, 그것은 아무리 통속소설이라도 독자는 응당 작자를 신용하지 않을 게라고 속으로 싱겁게 웃었다. 그러나 설혹 그렇게도 쉽사리 여자가 그를 좇더라도 구보는 그것을 경박하다고 생각하고 싶지 않았다. 그것에는 경박이란 문자는 맞지 않을 게다. 구보의 자부심으로서는 여자가 초면임에도 불구하고 자기를 족히 믿을 만한 남자라 알아볼 수 있도록

* 무사시노칸(武藏野館) 도쿄 신주쿠의 극장.

그렇게 총명하다고 생각하고 싶었다.

　여자는 총명하였다. 그들이 무사시노칸 앞에서 자동차를 내렸을 때, 그러나 구보는 잠시 그곳에 우뚝 서 있을 수밖에 없었다. 그것은 뒤에서 내리는 여자를 기다리기 위하여서가 아니다. 그의 앞에 외국 부인이 빙그레 웃으며 서 있었던 까닭이다. 구보의 영어 교사는 남녀를 번갈아 보고, 새로이 의미심장한 웃음을 웃고 오늘 행복을 비오, 그리고 제 길을 걸었다. 그것에는 혹은 삼십 독신녀의 젊은 남녀에게 대한 빈정거림이 있었는지도 모른다. 구보는 소년과 같이 이마와 콧잔등이에 무수한 땀방울을 깨달았다. 그래 구보는 바지 주머니에서 수건을 꺼내어 그것을 씻지 않으면 안 되었다. 여름 저녁에 먹은 한 그릇의 설렁탕은 그렇게도 더웠다.

이곳을

나와, 그러나, 그들은 한길 위에 우두커니 선다. 역시 좁은 서울이었다. 동경이면, 이러한 때 구보는 우선 긴자(銀座)로라도 갈 게다. 사실 그는 여자를 돌아보고, 긴자로 가서 차라도 안 잡수시렵니까, 그렇게 말하고 싶었다. 그러나, 순간에, 지금 마악 보았을 따름인 영화의 한 장면을 생각해 내고, 구보는 제가 취할 행동에 자신을 가질 수 없었을지도 모른다. 규중(閨中)* 처자를 꾀어 오페라 구경을 하고, 밤늦게 다시 자동차를 몰아 어느 별장으로 향하던 불량 청년. 언뜻 생각하면 그의 옆얼굴과 구보의 것과 사이에 일맥상통한 점이 있었던 듯

---

* 규중(閨中) 부녀자가 거처하는 곳.

싶었다. 구보는 쓰디쓰게 웃고, 그러나 그러한 것은 어떻든, 긴자가 아니라도 어디 이 근처에서라도 차나 먹고……. 참, 내 정신 좀 보아. 벗은 갑자기 소리치고 자기가 이 시각에 꼭 만나야 할 사람이 있음을 말하고, 그리고 이제 구보가 혼자서 외로울 것을 알고 있었으므로, 그는 미안한 표정을 지었다. 여자가 주저하며, 그만 집으로 돌아가야겠다고 구보를 곁눈질하였을 때에도, 역시 그러한 표정이었던 것임에 틀림없었다. 우리 열 점쯤 해서 다방에서 만나기로 합시다. 열 점. 응, 늦어도 열 점 반. 그리고 벗은 전찻길을 횡단하여 갔다.

전찻길을 횡단하여 저편 포도 위를 사람 틈에 사라져 버리는 벗의 뒷모양을 바라보며, 어인 까닭도 없이, 이슬비 내리던 어느 날 저녁 히비야(日比谷) 공원 앞에서의 여자를 구보는 애달프다, 생각한다.

아. 구보는 악연히 고개를 들어 뜻 없이 주위를 살피고 그리고 기계적으로, 몇 걸음 앞으로 나갔다. 아아, 그예 생각해 내고 말았다. 영구히 잊고 싶다, 생각한 그의 일을 왜 기억 속에서 더듬었더냐. 애달프고 또 쓰린 추억이란, 결코 사람 마음을 고요하게도 기쁘게도 하여 주는 것은 아니었다.

여자는 그가 구보와 알기 전에 이미 약혼하고 있었던 사내의 문제를 가져, 구보의 결단을 빌렸다. 불행히 그 사내를 구보는 알고 있었다. 중학 시대의 동창생. 서로 소식 모르고 지낸 지 5년이 넘었어도 그의 얼굴은 구보의 머릿속에 분명하였다. 그 우둔하고 또 순직(純直)한˚ 얼굴. 더욱이 그 선량한 눈을 생각할 때 구보의 마음은 아팠다. 비 내리는 공원 안을 그들은 생각에 잠겨, 생각에 울어, 날 저무는 줄도 모르고 헤매 돌았다.

˚ 순직(純直)하다 마음이 순박하고 곧다.

참지 못하고, 구보는 걷기 시작한다. 사실 나는 비겁하였을지도 모른다. 한 여자의 사랑을 완전히 차지하는 것에 행복을 느껴야만 옳았을지도 모른다. 의리라는 것을 생각하고, 비난을 두려워하고 하는, 그러한 모든 것이 도시(都是)* 남자의 사랑이, 정열이, 부족한 까닭이라, 여자가 울며 탄(憚)하였을* 때, 그 말은 그 말은, 분명히 옳았다, 옳았다.

구보가 바래다주려도, 아니에요, 이대로 내버려 두서요, 혼자 가겠어요, 그리고 비에 젖어, 눈물에 젖어, 황혼의 거리를 전차도 타지 않고 한없이 걸어가던 그의 뒷모양. 그는 약혼한 사내에게로도 가지 않았다. 그가 불행하다면 그것은 오로지 사내의 약한 기질에 근원할게다. 구보는 때로, 그가 어느 다행한 곳에서 그의 행복을 차지하고 있는 것같이 생각하고 싶었어도, 그 사상은 너무나 공허하다.

어느 틈엔가 황토마루 네거리에까지 이르러, 구보는 그곳에 충동적으로 우뚝 서며, 괴로운 숨을 토하였다. 아아, 그가 보고 싶다. 그의 소식이 알고 싶다. 낮에 거리에 나와 일곱 시간, 그것은 오직 한개의 진정이었을지 모른다. 아아, 그가 보고 싶다. 그의 소식이 알고 싶다…….

광화문통,

그 멋없이 넓고 또 쓸쓸한 길을 아무렇게나 걸어가며, 문득, 자기는,

* 도시(都是) 도무지.
* 탄하다 남의 말을 탓하여 나무라다.

혹은, 위선자나 아니었었나 하고, 구보는 생각하여 본다. 그것은 역시 자기의 약한 기질에 근원할 게다. 아아, 온갖 악은 인성(人性)의 약함에서, 그리고 온갖 불행이…….

또다시 너무나 가엾은 여자의 뒷모양이 보였다. 레인코트 위에 빗물은 흘러내리고, 우산도 없이 모자 안 쓴 머리가 비에 젖어 애달프다. 기운 없이, 기운 있을 수 없이, 축 늘어진 두 어깨. 주머니에 두 팔을 꽂고, 고개 숙여 내어디디는 한 걸음, 또 한 걸음, 그 조그맣고 약한 발에 아무러한 자신도 없다. 뒤따라 그에게로 달려가야 옳았다. 달려들어 그의 조그만 어깨를 으스러져라 잡고, 이제까지 한 나의 말은 모두 거짓이었다고, 나는 결코 이 사랑을 단념할 수 없노라고, 이 사랑을 위하여는 모든 장애와 싸워 가자고, 그렇게 말하고, 그리고 이슬비 내리는 동경 거리에 두 사람은 무한한 감격에 울었어야만 옳았다.

구보는 발 앞의 조약돌을 힘껏 찼다. 격렬한 감정을, 진정한 욕구를, 힘써 억제할 수 있었다는 데서 그는 값없는 자랑을 가지려 하였었는지도 모른다. 이것이, 이 한 개 비극이 우리들 사랑의 당연한 귀결이라고 그렇게 생각하려 들었던 자기. 순간에 또 벗의 선량한 두 눈을 생각해 내고 그의 원만한 천성과 또 금력*이 여자를 행복하게 하여 주리라 믿으려 들었던 자기. 그 왜곡된 감정이 구보의 진정한 마음의 부르짖음을 틀어막고야 말았다. 그것은 옳지 않았다. 구보는 대체 무슨 권리를 가져 여자의, 그리고 자기 자신의 감정을 농락하였나. 진정으로 여자를 사랑하였으면서도 자기는 결코 여자를 행복하게 하여 주지는 못할 게라고, 그 부전감(不全感)*이 모든 사람을, 더

---

* 금력(金力) 돈의 힘. 또는 금전의 위력.

욱이 가엾은 애인을 참말 불행하게 만들어 버린 것이 아니었던가. 그 길 위에 깔린 무수한 조약돌을, 힘껏, 차, 헤뜨리고,˚ 구보는, 아아, 내가 그릇하였다,˚ 그릇하였다.

철겨운˚ 봄노래를 부르며, 열 살이나 그밖에 안 된 아이가 지났다. 아이에게 근심은 없다. 잘 안 돌아가는 혀끝으로, 술주정꾼이 두 명, 어깨동무를 하고, 「수심가(愁心歌)」를 불렀다. 그들은 지금 만족이다. 구보는, 문득, 광명을 찾은 것 같은 착각을 느끼고, 어두운 거리 위에 걸음을 멈춘다. 이제 그와 다시 만날 때, 나는 이미 약하지 않다. 나는 그 과오를 거듭 범하지 않는다. 우리는 영구히 다시 떠나지 않는다……. 그러나 그를 어디 가 찾나. 어허, 공허하고, 또 암담한 사상이여. 이 넓고, 또 횅한 광화문 거리 위에서, 한 개의 사내 마음이 이렇게도 외롭고 또 가엾을 수 있었나.

각모(角帽)˚ 쓴 학생과, 젊은 여자가 어깨를 나란히 하여 구보 앞을 지나갔다. 그들의 걸음걸이에는 탄력이 있었고, 그들의 말소리는 은근하였다. 사랑하는 이들이여. 그대들 사랑에 언제든 다행한 빛이 있으라. 마치 자애 깊은 부로(父老)˚와 같이 구보는 너그럽고 사랑 가득한 마음을 가져 진정으로 그들을 축복하여 준다.

• 부전감(不全感) 완전하지 못하다는 생각이나 감정.
• 헤뜨리다 마구 흩어지게 하다.
• 그릇하다 어떤 일을 사리에 맞지 아니하게 하다.
• 철겹다 제철에 뒤져 맞지 아니하다.
• 각모(角帽) 사각모자. 또는 모가 난 모자.
• 부로(父老) 한 동네에서 나이가 많은 남자 어른을 높여 이르는 말.

이제

어디로 갈 것을 잊은 듯이, 그러할 필요가 없어진 듯이, 얼마 동안을, 구보는, 그곳에 가, 망연히 서 있었다. 가엾은 애인. 이 작품의 결말은 이대로 좋을 것일까. 이제, 뒷날, 그들은 다시 만나는 일도 없이, 옛 상처를 스스로 어루만질 뿐으로, 언제든 외롭고 또 애달파야만 할 것일까. 그러나, 그 즉시 아아, 생각을 말리라. 구보는 의식하여 머리를 흔들고, 그리고 좀 급한 걸음걸이로 온 길을 되걸어 갔다. 그래도, 마음에 아픔은 그저 있었고, 고개 숙여 걷는 길 위에, 발에 채는 조약돌이 회상의 무수한 파편이다. 머리를 들어 또 한 번 뒤흔들고, 구보는, 참말 생각을 말리라, 말리라⋯⋯.

이제 그는 마땅히 다방으로 가, 그곳에서 벗과 다시 만나, 이 한밤의 시름을 덜 도리를 하여야 한다. 그러나 그가 채 전차 선로를 횡단할 수 있기 전에 그는 "눈깔, 아저씨" 하고 불리고 그리고 그가 걸음을 멈추고 돌아보았을 때, 그의 단장과 노트 든 손은 아이들의 조그만 손에 붙잡혔다. 어디를 갔다 오니. 구보는 웃는 얼굴을 짓기에 바쁘다. 어느 벗의 조카아이들이다. 아이들은 구보가 안경을 썼대서 언제든 눈깔 아저씨라 불렀다. 야시* 갔다 오는 길이라우. 그런데 왜 요새 토옹 집이 안 오우, 눈깔 아저씨. 응, 좀 바빠서⋯⋯. 그러나 그것은 거짓이었다. 구보는, 순간에, 자기가 거의 달포 이상을 완전히 이 아이들을 잊고 있었던 사실을 기억에서 찾아내고 이 천진한 소년들에게 참말 미안하다 생각한다.

가엾은 아이들이다. 그들은 결코 아버지의 사랑을 몰랐다. 그들의

* 야시(夜市) 밤에 벌이는 시장.

아버지는 다섯 해 전부터 어느 시골서 따로 살림을 차렸고, 그들은, 그래, 거의 완전히 어머니의 손으로써만 길리었다. 어머니에게, 허물은 없었다. 그러면, 아버지에게. 아버지도, 말하자면, 착한 이였다. 그러나 그에게는 역시 여자에게 대하여 방종성˚이 있었다. 극도의 생활난 속에서, 그래도, 어머니는 아이들을 학교에 보냈다. 열여섯 살짜리 큰딸과, 아래로 삼 형제. 끝의 아이는 명년˚에 학령(學齡)˚이었다. 삶의 어려움을 하소연하면서도 그 애마저 보통학교에 입학시킬 것을 어머니가 기쁨 가득히 말하였을 때, 구보의 머리는 저 모르게 숙어졌었다.

구보는 아이들을 사랑한다. 아이들의 사랑을 받기를 좋아한다. 때로, 그는 아이들에게 아첨하기조차 하였다. 만약 자기가 사랑하는 아이들이 자기를 따르지 않는다면── 그것은 생각만 하여 볼 따름으로 외롭고 또 애달팠다. 그러나 아이들은 그렇게도 단순하다. 그들은, 그들을 사랑하는 사람을 반드시 따랐다.

눈깔 아저씨, 우리 이사한 담에 언제 왔수. 바루 저 골목 안이야. 같이 가아 응. 가 보고도 싶었다. 그러나 역시, 시간을 생각하고, 벗을 놓칠 것을 염려하고, 그는 이내 그것을 단념하는 수밖에 없었다. 어찌할까. 구보는, 저편에 수박 실은 구루마를 발견하였다. 너희들 배탈 안 났니. 아아니, 왜 그러우. 구보는 두 아이에게 수박을 한 개씩 사서 들려 주고, 어머니 갖다 드리구 노나줍쇼, 그래라. 그리고 덧붙이어 쌈 말구 똑같이들 노나야 한다. 생각난 듯이 큰아이가 보고하였다. 지난번에 필운이 아저씨가 바나나를 사 왔는데, 누나는 배탈이 나서 먹지를 못했죠, 그래 막 까시˚를 올렸더니만……. 구보는 그

˚ 방종성(放縱性) 제멋대로 행동하여 거리낌이 없는 성격.

˚ 명년(明年) 내년.

˚ 학령(學齡) 초등학교에 들어가야 할 나이.

말괄량이 소녀의, 거의 울가망*이 된 얼굴을 눈앞에 그려 보고 빙그레 웃었다. 마침 앞을 지나던 한 여자가 날카롭게 구보를 흘겨보았다. 그의 얼굴은 결코 어여쁘지 못했다. 뿐만 아니라 무에 그리 났는지, 그는 얼굴 전면에 대소(大小) 수십 편의 삐꾸*를 붙이고 있었다. 응당 여자는 구보의 웃음에서 모욕을 느꼈을 게다. 구보는, 갑자기, 홍소(哄笑)*하였다. 어쩌면, 이제, 구보는 명랑하여질 수 있을지도 모른다.

그래도

집으로 자꾸 가자는 아이들을 달래어 보내고, 구보는 다방으로 향한다. 이 거리는 언제든 밤에, 행인이 드물었고, 전차는 한길 한복판을 가장 게으르게 굴러갔다. 결코 환하지 못한 이 거리, 가로수 아래, 한두 명의 부녀들이 서고, 혹은, 앉아 있었다. 그들은, 물론, 거리에 봄을 파는 종류의 여자들은 아니었을 게다. 그래도, 이, 밤들면 언제든 쓸쓸하고, 또 어두운 거리 위에 그것은 몹시 음울하고도 또 고혹적*인 존재였다. 그렇게도 갑자기, 부란(腐爛)된* 성욕을, 구보는 이 거리 위에서 느낀다.

　문득, 제비와 같이 경쾌하게 전보 배달의 자전거가 지나간다. 그의

---

* 까시 놀림.
* 울가망 근심스럽거나 답답하여 기분이 나지 아니함. 또는 그런 상태.
* 삐꾸 고약.
* 홍소(哄笑) 입을 크게 벌리고 웃거나 떠들썩하게 웃음.
* 고혹적(蠱惑的) 정신을 못 차릴 정도로 아름답거나 매력적인.
* 부란(腐爛) 생활이 문란함. 썩어 문드러짐.

허리에 찬 조그만 가방 속에 어떠한 인생이 압축되어 있을 것인가. 불안과, 초조와, 기대와……. 그 조그만 종이 위의, 그 짧은 문면(文面)은 그렇게도 용이하게, 또 확실하게, 사람의 감정을 지배한다. 사람은 제게 온 전보를 받아 들 때 그 손이 가만히 떨림을 스스로 깨닫지 못한다. 구보는 갑자기 자기에게 온 한 장의 전보를 그 봉함(封緘)을 떼지 않은 채 손에 들고 감동하고 싶은 충동을 느꼈다. 전보가 못 되면, 보통 우편물이라도 좋았다. 이제 한 장의 엽서에라도, 구보는 거의 감격을 가질 수 있을 게다.

흥, 하고 구보는 코웃음 쳐 보았다. 그 사상은 역시 성욕의, 어느 형태로서의, 한 발현에 틀림없었다. 그러나 물론 결코 부자연하지 않은 생리적 현상을 무턱대고 업신여길 의사는 구보에게 없었다. 사실 서울에 있지 않은 모든 벗을 구보는 잊은 지 오래였고 또 그 벗들도 이미 오랫동안 소식을 전하여 오지 않았다. 그들은, 모두, 지금, 무엇들을 하고 있을까. 한 해에 단 한 번 연하장을 보내 줄 따름의 벗에까지, 문득 구보는 그리움을 가지려 한다. 이제 수천 매의 엽서를 사서, 그 다방 구석진 탁자 위에서……. 어느 틈엔가 구보는 가장 열정을 가져, 벗들에게 편지를 쓰고 있는 저 자신을 보았다. 한 장, 또 한 장, 구보는 재떨이 위에 생담배가 타고 있는 것도 깨닫지 못하고, 그가 기억하고 있는 온갖 벗의 이름과 또 주소를 엽서 위에 흘려 썼다……. 구보는 거의 만족한 웃음조차 입가에 띠며, 이것은 한 개 단편소설의 결말로는 결코 비속하지 않다, 생각하였다. 어떠한 단편소설의——물론, 구보는, 아직 그 내용을 생각지 않았다.

• 문면(文面) 문장이나 편지에 나타난 대강의 내용.
• 봉함(封緘) 편지를 봉투에 넣고 봉한 것.

그러나 그러한 것은 어떻든 벗들의 편지가 정말 보고 싶었다. 누가 내게 그 기쁨을 주지는 않는가. 문득 구보의 걸음이 느려지며, 그 동안, 집에, 편지가 와 있지나 않을까, 그리고 그것은 가장 뜻하지 않았던 옛 벗으로부터의 열정이 넘치는 글이나 아닐까, 하고 제 맘대로 꾸며 생각하고 그리고 물론 그것이 얼마나 근거 없는 생각인 줄 알았어도, 구보는 그 애달픈 기쁨을 그렇게도 가혹하게 깨뜨려 버리려 하지 않았다. 그러나 그것은 벗에게서 온 편지는 아닐지도 모른다. 혹은, 어느 신문사나, 잡지사나……. 그러면 그 인쇄된 봉투에 어머니는 반드시 기대와 희망을 갖고, 그것이 아들에게 무슨 크나큰 행운이나 약속하고 있는 거나 같이 몇 번씩 놓았다, 들었다, 또는 전등불에 비추어 보았다……. 그리고 기다려도 안 들어오는 아들이 편지를 늦게 보아 그만 그 행운을 놓치고 말지나 않을까, 그러한 경우까지를 생각하고 어머니는 안타까워할 게다. 그러나 가엾은 어머니가 그렇게까지 감동을 가진 그 서신이 급기야 뜯어보면, 신문 1회분의, 혹은 잡지 한 페이지분의, 잡문의 의뢰이기 쉬웠다.

구보는 쓰디쓰게 웃고, 다방 안으로 들어선다. 사람은 그곳에 많았어도, 벗은 있지 않았다. 그는 이제 이곳에서 벗을 기다려야 한다.

다방을

찾는 사람들은, 어인 까닭인지 모두들 구석진 좌석을 좋아하였다. 구보는 하나 남아 있는 가운데 탁자에 가 앉는 수밖에 없었다. 그래도, 그는 그곳에서 엘만*의 「발스 센티멘털」을 가장 마음 고요히 들을 수 있었다. 그러나 그 선율이 채 끝나기 전에, 방약무인(傍若無人)한*

소리가, 구포 씨 아니요. 구보는 다방 안의 모든 사람들의 시선을 온 몸에 느끼며, 소리 나는 쪽을 돌아보았다. 중학을 이삼 년 일찍 마친 사내, 어느 생명 보험 회사의 외교원°이라는 말을 들었다. 평소에 결코 왕래가 없으면서도 이제 이렇게 알은체를 하려는 것은 오직 얼굴이 새빨개지도록 먹은 술 탓인지도 몰랐다. 구보는 무표정한 얼굴로 약간 끄떡하여 보이고 즉시 고개를 돌렸다. 그러나 그 사내가 또 한 번, 역시 큰 소리로, 이리 좀 안 오시료, 하고 말하였을 때, 구보는 게으르게나마 자리에서 일어나, 그의 탁자로 가는 수밖에 없었다. 이리 좀 앉으시요. 참, 최 군, 인사하지. 소설가 구포 씨.

이 사내는, 어인 까닭인지 구보를 반드시 '구포'라고 발음하였다. 그는 맥주병을 들어 보고, 아이 쪽을 향하여 더 가져오라고 소리치고, 다시 구보를 보고, 그래 요새두 많이 쓰시우. 무어 별로 쓰는 것 '없습니다.' 구보는 자기가 이러한 사내와 접촉을 가지게 된 것에 지극한 불쾌를 느끼며, 경어를 사용하는 것으로 그와 사이에 간격을 두기로 하였다. 그러나 이 딱한 사내는 도리어 그것에서 일종 득의감을 맛볼 수 있었는지도 모른다. 그뿐 아니라, 그는 한 잔 10전짜리 차들을 마시고 있는 사람들 틈에서 그렇게 몇 병씩 맥주를 먹을 수 있는 것에 우월감을 갖고, 그리고 지금 행복이었을지도 모른다. 그는 구보에게 술을 따라 권하고, 내 참 구포 씨 작품을 애독하지. 그리고 그러한 말을 하였음에도 불구하고 구보가 아무런 감동도 갖지 않는 듯싶은 것을 눈치채자, 사실, 내 또 만나는 사람마다 보구,

"구포 씨를 선전하지요."

* 엘만(Mischa Elman, 1891~1967) 러시아에서 태어나 주로 미국에서 활약한 바이올리니스트.
* 방약무인(傍若無人)하다 곁에 사람이 없는 것처럼 아무 거리낌 없이 함부로 말하고 행동하는 태도가 있다.
* 외교원(外交員) 은행이나 회사에서 교섭이나 권유, 선전, 판매를 위해 고객을 방문하는 일을 주로 하는 사원.

그러한 말을 하고는 혼자 허허 웃었다. 구보는 의미 몽롱한 웃음을 웃으며, 문득, 이 용감하고 또 무지한 사내를 고급(高給)으로 채용하여 구보 독자 권유원을 시키면, 자기도 응당 몇십 명의, 또는 몇백 명의 독자를 획득할 수 있을지 모르겠다고 그런 난데없는 생각을 하여 보고, 그리고 혼자 속으로 웃었다. 참 구보 선생, 하고 최 군이라 불린 사내도 말참견을 하여, 자기가 독견(獨鵑)의 『승방비곡(僧房悲曲)』과 윤백남(尹白南)의 『대도전(大盜傳)』을 걸작이라 여기고 있는 것에 구보의 동의를 구하였다. 그리고, 이 어느 화재 보험 회사의 권유원인지도 알 수 없는 사내는, 가장 영리하게,

"구보 선생님의 작품은 따루 치구……."

그러한 말을 덧붙였다. 구보가 간신히 그것들이 좋은 작품이라 말하였을 때, 최 군은 또 용기를 얻어, 참 조선서 원고료는 얼마나 됩니까. 구보는 이 사내가 원호료라 발음하지 않는 것에 경의를 표하였으나 물론 그는 이러한 종류의 사내에게 조선 작가의 생활 정도를 알려 주어야 할 아무런 의무도 갖지 않는다.

그래, 구보는 혹은 상대자가 모멸을 느낄지도 모를 것을 알면서도, 불쑥, 자기는 이제까지 고료라는 것을 받아 본 일이 없어, 그러한 것은 조금도 모른다 말하고, 마침 문을 들어서는 벗을 보자 그만 실례합니다. 그리고 그들이 무어라 말할 수 있기 전에 제자리로 돌아와 노트와 단장을 집어 들고, 마악 자리에 앉으려는 벗에게,

"나갑시다. 다른 데로 갑시다."

밖에, 여름밤, 가벼운 바람이 상쾌하다.

• 고급(高給) 높은 등급의 봉급.

앞을 지나, 밤늦은 거리를 두 사람은 말없이 걸었다. 대낮에도 이 거리는 행인이 많지 않다. 참 요사이 무슨 좋은 일 있소. 맞은편의 경성우편국 3층 건물을 바라보며 구보는 생각난 듯이 물었다. 좋은 일이라니. 돌아보는 벗의 눈에 피로가 있었다. 다시 걸어 황금정(黃金町)으로 향하며, 이를테면, 조그만 기쁨, 보잘것없는 기쁨 그러한 것을 가졌소. 뜻하지 않은 벗에게서 뜻하지 않은 엽서라도 한 장 받았다는 종류의……

"갖구말구."

벗은 서슴지 않고 대답하였다. 노형[*]같이 변변치 못한 사람은 죽을 때까지 받아 보지 못할 편지를. 그리고 벗은 허허 웃었다. 그러나 그것은 공허한 음향이었다. 내용증명[*]의 서류우편(書留郵便).[*] 이 시대에는 조그만 한 개의 다료를 경영하기도 수월치 않았다. 석 달 밀린 집세. 총총하던 별이 자취를 감추고 하늘이 흐렸다. 벗은 갑자기 휘파람을 분다. 가난한 소설가와, 가난한 시인과……. 어느 틈엔가 구보는 그렇게도 구차한 내 나라를 생각하고 마음이 어두웠다.

"혹시 노형은 새로운 애인을 갖고 싶다 생각 않소."

벗이 휘파람을 마치고 장난꾼같이 구보를 돌아보았다. 구보는 호젓하게 웃는다. 애인도 좋았다. 애인 아닌 여자도 좋았다. 구보가 지금 원함은 한 개의 계집에 지나지 않는지도 몰랐다. 또는 역시 어질

• 노형(老兄) 처음 만났거나 그다지 가깝지 않은 남자 어른들 사이에서, 상대편을 높여 이르는 말.
• 내용증명(內容證明) 우체국에서 우편물의 내용을 서면으로 증명해 주는 제도. 발신자가 우편물의 기재 내용을 소송에서 증거 자료로 삼으려고 할 때 이용함.
• 서류우편(書留郵便) '등기우편'의 일본식 용어. 가키토메유빙(書留郵便, かきとめゆうびん).

고 총명한 아내라야 하였을지도 몰랐다. 그러다가 구보는, 문득, 아내
도 계집도 말고, 십칠팔 세의 소녀를, 만약 그럴 수 있다면, 딸을 삼
고 싶다고 그러한 엄청난 생각을 하여 보았다. 그 소녀는 마땅히 아
리땁고, 명랑하고, 그리고 또 총명하여야 한다. 구보는 자애 깊은 아
버지의 사랑을 가져 소녀를 데리고 여행을 할 수 있을 게다.

갑자기 구보는 실소하였다. 나는 이미 그토록 늙었나. 그래도 그 욕
망은 쉽사리 버려지지 않았다. 구보는 벗에게 알리고 싶은 것을 참
고, 혼자 마음속에 그 생각을 즐겼다. 세 개의 욕망. 그 어느 한 개만
으로도 구보는 이제 용이히 행복될지 몰랐다. 혹은 세 개의 욕망의,
그 셋이 모두 이루어지더라도 결코 구보는 마음의 안위를 이룰 수 없
을지도 몰랐다.

역시 그것은 '고독'이 빚어내는 사상이었다.

　　나의 원하는 바를 월륜(月輪)°도 모르네.

문득 하루오(佐藤春夫)°의 일행시를 구보는 입 밖에 내어 외어 본다.
하늘은 금방 빗방울이 떨어질 것같이 어둡다. 월륜은커녕, 혹은 구보
자신 알지 못하고 있을지도 모른다. 어느 틈엔가 종로에까지 다시 돌
아와, 구보는 갑자기 손에 든 단장과 대학 노트의 무게를 느끼며 벗
을 돌아보았다. 능히 오늘 밤 술을 사 줄 수 있소. 벗은 생각하여 보
는 일 없이 고개를 끄떡이었다. 구보가 다시 다리에 기운을 얻어, 종
각 뒤 그들이 가끔 드나드는 술집을 찾았을 때, 그러나 그곳에는 늘

● 월륜(月輪) 둥근 달.
● 사토 하루오(佐藤春夫, 1892~1964) 일본의 시인, 소설가.

보던 여급이 없었다. 낯선 여자에게 물어, 그가 지금 가 있는 낙원정 (樂園町)의 어느 카페 이름을 배우자, 구보는 역시 피로한 듯싶은 벗의 팔을 이끌어 그리로 가자, 고집하였다. 그 여급을 구보는 이름도 몰랐다. 이를테면 벗이 흥미를 가지고 있는 계집이었다. 마치 경박한 불량소년과 같이, 계집의 뒤를 쫓는 것에서 값없는 기쁨이나마 구보는 맛보려는 심사인지도 모른다.

처음에

벗은, 그러나, 구보의 말을 좇지 않았다. 혹은, 벗은 그 여급에게 흥미를 느끼지 않고 있었던 것인지도 모른다. 그러나 만약 그가 그 여자에게 무어 느낀 게 있었다 하면 그것은 분명히 흥미 이상의 것이었을 게다. 그들이 마침내, 낙원정으로 그 계집 있는 카페를 찾았을 때, 구보는, 그러나, 벗의 감정이 그 둘 중의 어느 것도 아니었다는 것을 알았다. 혹은, 어느 것이든 좋았었는지도 몰랐다. 하여튼, 벗도 이미 늙었다. 그는 나이로 청춘이었으면서도, 기력과, 또 정열이 결핍되어 있었다. 까닭에 그가 항상 그렇게도 구하여 마지않는 것은, 온갖 의미로서의 자극이었는지도 모른다.

여급이 세 명, 그리고 다음에 두 명, 그들의 탁자로 왔다. 그렇게 많은 '미녀'를 그 자리에 모이게 한 것은, 물론 그들의 풍채도 재력도 아니다. 그들은 오직 이곳에 신선한 객이었고, 그리고 노는계집들은 그렇게도 많은 사내들과 알은체하기를 좋아하였다. 벗은 차례로 그들의 이름을 물었다. 그들의 이름에는 어인 까닭인지 모두 '꼬'가 붙어 있었다. 그것은 결코 고상한 취미가 아니었고, 그리고 때로 구보의 마음을 애달프게 한다.

"왜, 호구 조사* 오셨어요?"

새로이 여급이 그들의 탁자로 와서 말하였다. 문제의 여급이다. 그
들이 그 계집에게 알은체하는 것을 보고, 그들의 옆에 앉았던 두 명
의 계집이 자리를 양도하려 엉거주춤히 일어섰다. 여자는, 아니 그대
루 앉아 있어요, 사양하면서도 벗의 옆에 가 앉았다. 이 여자는 다른
다섯 여자들보다 좀 더 예쁠 것은 없었다. 그래도 어딘지 모르게 기품
이 있어 보이기는 하였다. 벗이 그와 둘이서만 몇 마디 말을 주고받고
하였을 때, 세 명의 여급은 다른 곳으로 가 버리고 말았다. 동료와 친
근히 하고 있는 듯싶은 객에게, 계집들은 결코 흥미를 느끼지 않는다.

"어서 약주 드세요."

이 탁자를 맡은 계집이, 특히 벗에게 권하였다. 사실 맥주를 세 병
째 가져오도록 벗이 마신 술은 모두 한 고뿌*나 그밖에 안 되었던 것
임에 틀림없었다. 그러나 벗은 오직 그 고뿌를 들어 보고 또 입에 대
는 척하고, 그리고 다시 탁자에 놓았다. 이 벗은 음주불감증이 있었
다. 그러나 물론 계집들은 그러한 병명을 알지 못한다. 구보에게 그것
이 일종의 정신병임을 듣고, 그들은 철없이 눈을 동그랗게 떴다. 그리
고 다음에 또 철없이 그들은 웃었다. 한 사내가 있어 그는 평소에는
술을 즐기지 않으면서도 때때로 남주(濫酒)*를 하여, 언젠가는 일본주
(日本酒)를 두 되 이상이나 먹고, 그리고 거의 혼도(昏倒)*를 하였다고
한 계집은 이야기를 하고, 그리고 그것도 역시 정신병이냐고 구보에

- 호구 조사(戶口調査) 집집마다 다니며 가족의 실태를 조사함.
- 고뿌 컵. 네덜란드어 'kop'을 일본어식으로 읽은 '콧부(コップ)'를 빌려 쓴 것.
- 남주(濫酒) 과음. 술을 많이 마심.
- 혼도(昏倒) 정신이 어지러워 쓰러짐.

게 물었다. 그것은 기주증(嗜酒症), 갈주증(渴酒症) 또는 황주증(荒酒症)
이었다. 얼마 전엔가 구보가 흥미를 가져 읽은 『현대의학대사전』 제
23권은 그렇게도 유익한 서적임에 틀림없었다.

　갑자기 구보는 온갖 사람들을 모두 정신병자라 관찰하고 싶은 강
렬한 충동을 느꼈다. 실로 다수의 정신병 환자가 그 안에 있었다. 의
상분일증(意想奔逸症). 언어도착증(言語倒錯症). 과대망상증(誇大妄想症).
추외언어증(醜猥言語症). 여자음란증(女子淫亂症). 지리멸렬증(支離滅裂
症). 질투망상증(嫉妬妄想症). 남자음란증(男子淫亂症). 병적기행증(病的
奇行症). 병적허언기편증(病的虛言欺騙症). 병적부덕증(病的不德症). 병적
낭비증(病的浪費症)……

　그러다가, 문득 구보는 그러한 것에 흥미를 느끼려는 자기가, 오직
그런 것에 흥미를 갖는다는 것만으로도 이미 한 개의 환자에 틀림없
다, 깨닫고, 그리고, 유쾌하게 웃었다.

그러면

무어, 세상 사람이 다 미친 사람이게. 구보 옆에 조그마니 앉아, 말없
이 구보의 이야기만 듣고 있던 여급이 당연한 질문을 하였다. 문득
구보는 그에게로 향하여 비스듬히 고쳐 앉으며, 실례지만, 하고 그러
한 말을 사용하고, 그의 나이를 물었다. 여자는 잠깐 망설거리다가,
　"갓 스물이에요."
　여성들의 나이란 수수께끼다. 그래도 이 계집을 갓 스물이라 볼 수
는 없었다. 스물다섯이나 여섯. 적어도 스물넷은 됐을 게다. 갑자기
구보는 일종의 잔인성을 가져, 그 역시 정신병자임에 틀림없음을 일

러 주었다. 당의즉답증(當意卽答症).* 벗도 흥미를 가져, 그에게 그 병에
대하여 자세한 것을 물었다. 구보는 그의 대학 노트를 탁자 위에 펴
놓고, 그 병의 환자와 의원 사이의 문답을 읽었다. 코는 몇 개요. 두
갠지 몇 갠지 모르겠습니다. 귀는 몇 개요. 한 갭니다. 셋하구 둘하
구 합하면. 일곱입니다. 당신 몇 살이오. 스물하납니다(기실 38세). 매
씨*는. 여든한 살입니다. 구보는 공책을 덮으며, 벗과 더불어 유쾌하
게 웃었다. 계집들도 따라 웃었다. 그러나 벗의 옆에 앉은 여급 말고
는 이 조그만 이야기를 참말 즐길 줄 몰랐던 것임에 틀림없었다. 특
히 구보 옆의 환자는, 그것이 자기의 죄 없는 허위에 대한 가벼운 야
유인 것을 깨달을 턱 없이 호호대고 웃었다. 그는 웃을 때마다, 말할
때마다, 언제든 수건 든 손으로 자연을 가장하여 그의 입을 가린다.
사실 그는 특히 입이 모양 없게 생겼던 것임에 틀림없었다. 구보는 그
마음에 동정과 연민을 느꼈다. 그러나 그것은 물론, 애정과 구별되지
않으면 안 된다. 연민과 동정은 극히 애정에 유사하면서도 그것은 결
코 애정일 수 없다. 그러나 증오는——, 증오는 실로 왕왕이 진정한 애
정에서 폭발한다……. 일찍이 그의 어느 작품에서 사용하려다 말았
던 이 일 절은 구보의 얕은 경험에서 추출된 것에 지나지 않았어도,
그것은 혹은 진리이었을지도 모른다. 그런 객쩍은 생각을 구보가 하
고 있었을 때, 문득, 또 한 명의 계집이 생각난 듯이 물었다. 그럼 이
세상에서 정신병자 아닌 사람은 선생님 한 분이겠군요. 구보는 웃고,
왜 나두……. 나는, 내 병은,

"다변증(多辯症)이라는 거라우."

---

* 당의즉답증(當意卽答症) 질문에 대해서 옳은 대답을 알고 있으면서도 모르는 체하거나 입에서 나오는 대
  로 대답을 하는 증세.
* 매씨(妹氏) 손위 누이. 남의 손아래 누이를 높여 이르는 말.

"무어요. 다변증……."

"응, 다변증. 쓸데없이 잔소리 많은 것두 다아 정신병이라우."

"그게 다변증이에요오."

다른 두 계집도 입안말로 '다변증' 하고 중얼거려 보았다. 구보는 속주머니에서 만년필을 꺼내어 공책 위에다 초한다. 작가에게 있어서 관찰은 무엇에든지 필요하였고, 창작의 준비는 비록 카페 안에서라도 하여야 한다. 여급은 온갖 종류의 객을 대함으로써, 온갖 지식을 얻으려 노력하였다──. 잠깐 펜을 멈추고, 구보는 건너편 탁자를 바라보다가, 또 가만히 만족한 웃음을 웃고, 펜 잡은 손을 놀린다. 벗이 상반신을 일으키어, 또 무슨 궁상맞은 짓을 하는 거야. 그리고 구보가 쓰는 대로 그것을 소리 내어 읽었다. 여자는 남자와 마주 대하여 앉았을 때, 그 다리를 탁자 밖으로 내어놓고 있었다. 남자의 낡은 구두가 탁자 밑에서 그의 조그만 모양 있는 숙녀화를 밟을 것을 염려하여서가 아닐 게다. 그는, 오늘, 그가 그렇게도 사고 싶었던 살빛 나는 비단양말을 신을 수 있었다. 그리고 그것은 그렇게도 자랑스러웠던 것임에 틀림없었다.

흥, 하고 벗은 코로 웃고 그리고 소설가와 벗할 것이 아님을 깨달았노라 말하고, 그러나 부디 별의별 것을 다 쓰더라도 나의 음주불감증만은 얘기 말우. 그리고 그들은 유쾌하게 웃었다.

구보와 벗과,

그들의 대화의 대부분을, 물론, 계집들은 알아듣지 못하였다. 그러면서도 그들은 능히 모든 것을 이해할 수 있었던 듯이 가장하였다. 그러나, 그것은 결코 죄가 아니었고, 또 사람은 그들의 무지를 비웃어서는 안 된다. 구보는 펜을 잡았다. 무지는 노는계집들에게 있어서, 혹은, 없어서는 안 될 물건이나 아닐까. 그들이 총명할 때, 그들에게는 괴로움과 아픔과 쓰라림과…… 그 온갖 것이 더하고, 불행은 갑자기 나타나 그들의 마음을 사로잡고 말 게다. 순간, 순간에 그들이 맛볼 수 있는 기쁨을, 다행함을, 비록 그것이 얼마나 값없는 물건이더라도, 그들은 무지라야 비로소 가질 수 있다…… 마치 그것이 무슨 진리나 되는 듯이, 구보는 노트에 초하고, 그리고 계집이 권하는 술을 사양 안 했다.

어느 틈엔가 밖에 비가 내리고 있었다. 가만한 비다. 은근한 비다. 그렇게 밤늦어, 그렇게 은근히 비 내리면, 구보는 때로 애달픔을 갖는다. 계집들도 역시 애달픔을 가졌다. 그들은 우산의 준비가 없이 그들의 단벌옷과, 양말과 구두가 비에 젖을 것을 염려하였다.

유키짱. 보이지 않는 구석에서 취성(醉聲)˚이 들려왔다. 구보는 창밖 어둠을 바라보며, 문득, 한 아낙네를 눈앞에 그려 보았다. 그것은 '유키'──눈이 그에게 준 생각이었는지도 모른다. 광교(廣橋) 모퉁이 카페 앞에서, 마침 지나는 그를 작은 소리로 불렀던 아낙네는 분명히 소복(素服)˚을 하고 있었다. 말씀 좀 여쭤 보겠습니다. 여인은 거의 들릴락 말락 한 목소리로 말하고, 걸음을 멈추는 구보를 곁눈에 느꼈을 때, 그는 곧 외면하고, 겨우 손을 내밀어 카페를 가리키고, 그리고,

"이 집에서 모집한다는 것이 무엇이에요."

카페 창 옆에 붙어 있는 종이에 "女給大募集. 여급대모집." 두 줄

˚ 취성(醉聲) 술 취해서 떠들어 대는 소리.
˚ 소복(素服) 하얗게 차려입은 옷. 흔히 상복으로 입는다.

로 나누어 씌어 있었다. 구보는 새삼스러이 그를 살펴보고, 마음에 아픔을 느꼈다. 빈한(貧寒)*은 하였을지도 모른다. 그러나 그는 저 자신 일거리를 찾아 거리에 나오지 않아도 좋았을 게다. 그러나 불행은 뜻하지 않고 찾아와, 그는 아직 새로운 슬픔을 가슴에 품은 채 거리로 나오지 않으면 안 되었던 것일 게다. 그에게는 거의 장성한 아들이 있을지도 모른다. 혹은 그것이 아들이 아니라 딸이었던 까닭에 가엾은 이 여인은 저 자신 입에 풀칠하기를 꾀하지 않으면 안 되었을 게다. 그의 처녀 시대에 그는 응당 귀하게 아낌을 받으며 길리었을지도 모른다. 그의 핏기 없는 얼굴에는 기품과, 또 거의 위엄조차 있었다. 구보가 말을, 삼가, 여급이라는 것을 주석(註釋)*할 때, 그러나 그 분명히 마흔이 넘었을 아낙네는 그의 말을 끝까지 듣지 않고, 혐오와 절망을 얼굴에 나타내고, 구보에게 목례한 다음, 초연히* 그 앞을 떠났다.……

구보는 고개를 돌려, 그의 시야에 든 온갖 여급을 보며, 대체 그 아낙네와 이 여자들과 누가 좀 더 불행할까, 누가 좀 더 삶의 괴로움을 맛보고 있는 걸까, 생각하여 보고 한숨지었다. 그러나 그 좌석에서 그러한 생각을 하는 것은 옳지 않았을지도 모른다. 구보는 새로이 담배를 피워 물었다. 그러나 탁자 위의 성냥갑은 두 갑이 모두 비어 있었다.

조그만 계집아이가 카운터로, 달려가 성냥을 가져왔다. 그 여급은 거의 계집아이였다. 그가 열여섯이나 열일곱, 그렇게 말하더라도, 구보는 결코 의심하지 않았을 게다. 그 맑은 두 눈은 그의 두 뺨과 웃

• 빈한(貧寒) 살림이 가난하여 집안이 쓸쓸함.
• 주석(註釋) 낱말이나 문장을 쉽게 풀이함.
• 초연(悄然)하다 기세가 약해져 기운이 없다.

음우물은 아직 오탁(汚濁)에 물들지 않았다. 구보가 그 소녀에게 애달픔과 사랑과, 그것들을 한꺼번에 느낄 수 있었던 것은 결코 취한 탓만이 아니었을지도 모른다. 너 내일, 낮에, 나하구 어디 놀러 갈련. 구보는 불쑥 그러한 말조차 하며 만약 이 귀여운 소녀가 동의한다면, 어디 야외로 반일(半日)을 산책에 보내도 좋다고 생각한다. 그러나 소녀는 그 말에 가만히 미소하였을 뿐이다. 역시 그 웃음우물이 귀여웠다.

구보는, 문득, 수첩과 만년필을 그에게 주고, 가(可)면 ○를, 부(否)면 ×를, 그리고, ○인 경우에는 내일 정오에 화신상회 옥상으로 오라고, 네가 무어라고 표를 질러 놓든 내일 아침까지는 그것을 펴 보지 않을 테니 안심하고 쓰라고, 그런 말을 하고, 그 새로 생각해 낸 조그만 유희에 구보는 명랑하게 또 유쾌하게 웃었다.

오전 두 시의

종로 네거리──가는 비 내리고 있어도, 사람들은 그곳에 끊임없다. 그들은 그렇게도 밤을 사랑하여 마지않았는지도 모른다. 그들은 그렇게도 용이하게 이 밤에 즐거움을 구하여 얻을 수 있었는지도 모른다. 그리고 그들은 일순, 자기가 가장 행복된 것같이 느낄 수 있었는지도 모른다. 그러나 그들의 얼굴에, 그들의 걸음걸이에, 역시 피로가 있었다. 그들은 결코 위안받지 못한 슬픔을, 고달픔을 그대로 지닌

• 오탁(汚濁) 더럽고 흐림.
• 반일(半日) 한나절. 하루의 반.

채, 그들이 잠시 잊었던 혹은 잊으려 노력하였던 그들의 집으로 그들의 방으로 돌아가지 않으면 안 된다.

이렇게 밤늦게 어머니는 또 잠자지 않고 아들을 기다릴 게다. 우산을 가지고 나가지 않은 아들에게 어머니는 또 한 가지의 근심을 가질 게다. 구보는 어머니의 조그만, 외로운, 슬픈 얼굴을 생각하였다. 그리고 저 자신 외로움과 또 슬픔을 맛보지 않으면 안 된다. 구보는 거의 외로운 어머니를 잊고 있었던 것임에 틀림없었다. 그러나 어머니는 그 아들을 응당, 온 하루, 생각하고 염려하고, 또 걱정하였을 게다. 오오, 한없이 크고 또 슬픈 어머니의 사랑이여. 어버이에게서 남편에게로, 그리고 다시 자식에게로, 옮겨 가는 여인의 사랑——그러나 그 사랑은 자식에게로 옮겨 간 까닭에 그렇게도 힘있고 또 거룩한 것이 아니었을까.

구보는, 벗이, 그럼 또 내일 만납시다. 그렇게 말하였어도, 거의 그것을 알아듣지 못하였다. 이제 나는 생활을 가지리라. 생활을 가지리라. 내게는 한 개의 생활을, 어머니에게는 편안한 잠을. 평안히 가 주무시오, 벗이 또 한 번 말했다. 구보는 비로소 그를 돌아보고, 말없이 고개를 끄떡하였다. 내일 밤에 또 만납시다. 그러나, 구보는 잠깐 주저하고, 내일, 내일부터, 나, 집에 있겠소, 창작하겠소.

"좋은 소설을 쓰시오."

벗은 진정으로 말하고, 그리고 두 사람은 헤어졌다. 참말 좋은 소설을 쓰리라. 번(番)* 드는 순사가 모멸을 가져 그를 훑어보았어도, 그는 거의 그것에서 불쾌를 느끼는 일도 없이, 오직 그 생각에 조그만 한 개의 행복을 갖는다.

---

* 번(番) 차례로 숙직이나 당직을 하는 일.

"구보!"

문득, 벗이 다시 그를 찾았다. 참, 그 수첩에다 무슨 표를 질렀나 좀 보우. 구보는, 안주머니에서 꺼낸 수첩 속에서, 크고 또 정확한 × 표를 찾아내었다. 쓰디쓰게 웃고, 벗에게 향하여, 아마 내일 정오에 화신상회 옥상으로 갈 필요는 없을까 보오. 그러나 구보는 적어도 실망을 갖지 않았다. 설혹 그것이 ○표라 하였더라도 구보는 결코 기쁨을 느낄 수는 없었을 게다. 구보는 지금 저 자신의 행복보다도 어머니의 행복을 생각하고 싶었을지도 모른다. 그 생각에 그렇게 바빴을지도 모른다. 구보는 좀 더 빠른 걸음걸이로 은근히 비 내리는 거리를 집으로 향한다.

어쩌면, 어머니가 이제 혼인 얘기를 꺼내더라도, 구보는 쉽게 어머니의 욕망을 물리치지는 않을지도 모른다.

〔1934〕

조금 색다른 소설 한 편을 읽었습니다. 이 소설에는 우리에게 익숙한 사건과 갈등이 거의 보이지 않고 결말도 허무합니다. 이런 종류의 소설은 서사 구조가 약하고 주제도 선명하지 않습니다. 하지만 독특한 표현 방법들이 동원되기 때문에 그 형식적 측면들을 잘 살펴볼 필요가 있습니다.

이 작품에서는 서울 거리를 이리저리 거닐며 풍경과 사람들을 만나는 동안 시시각각 변화하는 구보의 내면 의식이 주로 서술됩니다. 극적 사건이나 반전이 없고 이야기의 흐름을 잡기도 어렵지만 주인공 구보 씨의 내면 세계는 비교적 상세하게 그려지고 있습니다. 현재와 과거, 현실과 환상이 교차하는 실험적인 형식은 구보 씨의 복합적인 내면 의식을 잘 드러내는 효과를 거두고 있지요. 또한 어법에 맞지 않는 쉼표나 문맥에 맞지 않는 접속사를 사용하고, 추측과 의문형 문장을 씀으로써, 구보 씨의 생각이 분절되어 있고 기억조차 불확실할 만큼 외부 세계에 대한 판단이 혼란스럽다는 점을 잘 표현하고 있습니다.

1930년대 식민지 현실에서 젊은 지식인 소설가의 하루를 들여다보는 이 작품은 작가 박태원의 자전적 소설이기도 합니다. 당시의 시대 상황과 맞물려 무기력하고 병든 사회의 일면을 주인공 구보 씨를 통해 잘 보여 줍니다. 서울 시내를 배회하면서 만난 사람들, 떠오른 생각들을 의식의 흐름에 따라 무질서하게 늘어놓기 때문에 독자들은 조금 당황스럽게 느낍니다. 하지만 이런 장치들은 작가가 당대의 현실을 보여 주기 위한 계산된 표현 방식입니다. '황금광(黃金狂) 시대'라고 불릴 만큼 물질적 욕망에 사로잡힌 식민지 시대는 구보 씨에게 낯설고 적응하기 힘들 뿐입니다. 내가 통증을 느끼는 것도, 모두 정신병자로 간주하고 싶은 것도, 사실은 이같은 심리가 드러난 것입니다.

　일반적인 소설의 모습과 거리가 먼 소설이지만 모더니즘 소설의 특징과 실험적인 표현 방법들을 잘 활용했기 때문에 우리 문학사에서도 매우 중요한 작품으로 평가받고 있습니다.

1 소설가 구보 씨의 이동 경로를 따라 괄호를 채워 봅시다.

> 집 ➡ 전차 안 ➡ (　　　　　　　) ➡ 다방 ➡ 종로 네거리
> ➡ (　　　　　) ➡ 광화문 ➡ 다방 ➡ (　　　　　) ➡ 집

2 다음과 같은 표현상 특징이 지닌 의미를 적어 봅시다.

- 어법에 맞지 않는 수많은 쉼표:

- '혹은, 또는, 그러나' 등의 부적절한 사용:

- '모른다, 할 게다, 있었을까, 아닐 수도 있다' 등 추측과 의문형 문장:

3 구보가 병원에서는 이상이 없다고 하는데도 귀와 눈에 통증을 느끼고, 사람들을 정신병자로 간주하고 싶은 충동을 느끼는 이유를 말해 봅시다.

4 아래 제시된 문장을 보고 의식의 흐름 기법을 사용하여 머릿속에 떠오르는 대로 다섯 개의 문장을 써 봅시다.

버스 차창 밖으로 노란 우산을 쓴 아이가 지나간다.

_____

_____

_____

_____

_____

타인의 방

최인호

최인호(崔仁浩, 1945~). 소설가. 서울에서 태어나 연세대 영문과를 졸업했다. 고교 시절인 1963년 한국일보 신춘문예에 「벽구멍으로」가 입선되고, 1967년 조선일보 신춘문예에 「견습 환자」가 당선되어 등단했다. 현대 도시인의 덧없는 일상과 부조리한 삶의 양태, 인간 관계에서의 정서적 단절과 무관심 등을 세련된 감각과 경쾌한 문체로 그려 냈다.

소설집 『타인의 방』 『잠자는 신화』 『위대한 유산』, 장편소설 『별들의 고향』 『도시의 사냥꾼』 『잃어버린 왕국』 『상도(商道)』 『낯익은 타인들의 도시』 등이 있다.

타인의 방 최인호

그는 방금 거리에서 돌아왔다. 너무 피로해서 쓰러져 버릴 것 같았다. 그는 아파트 계단을 천천히 올라서 자기 방까지 왔다. 그는 운수 좋게도 방까지 오는 동안 아무도 만나지 못했고 아파트 복도에도 사람은 없었다. 어디선가 시금치 끓이는 냄새가 나고 있었다. 그는 방문을 더듬어 문 앞에 프레스라고 쓰인 신문 투입구 안쪽의 초인종을 가볍게 두어 번 눌렀다. 그리고 이미 갈라진 혓바닥에 아린 감각만을 주어 오던 담배꽁초를 잘 닦아 반들거리는 복도에 던져 버렸다. 그는 아주 참을성 있게 기다리고 있었다. 그의 아내가 문을 열어 주기를. 문을 열고 다소 호들갑을 떨며 눈을 동그랗게 뜨고 자기를 맞아 주기를. 그러나 귀를 기울이고 마지막 남은 담배에 불을 당기었는데도 안쪽에서는 소식이 없었다. 그는 다시 그 작은 철제 아가리 속에 손을 넣어 탄력감 있는 초인종을 신경질적으로 누르기 시작했다. 손끝에 가벼운 경련이 일었다. 그리고 그는 또 기다리기 시작했다.

처음에 그는 초인종이 고장 난 것이 아닐까 하는 의심도 들었다. 그러나 그가 초인종을 누를 때마다 아득한 저쪽에서 희미한 소리가 반향되어 오는 것을 꿈결처럼 듣고 있었기 때문에, 필시 그의 아내가 지금쯤 혼자서 술이나 먹고, 그러고는 발가벗은 채 곯아떨어졌을 것이라고 단정했다.

나는 잠이 들어 버리면 귀신이 잡아가도 몰라요.

아내는 그것이 자기의 장점인 것처럼 자랑하고 있다. 그래서 그는 분노를 느끼며 숫제 5분 동안이나 초인종에 손을 밀착시키고 방 저편에서 둔하게 벨 소리가 계속 울리고 있는 것을 초조하게 느끼고 있었다. 물론 그의 집 열쇠는 두 개로, 하나는 아내가 가지고 있고 또하나는 그가 그의 열쇠 꾸러미 속에 포함시켜서 가지고 있는 것이다. 원하기만 한다면 그는 자기 자신의 열쇠로 문을 열 수 있을 것이었다. 그러나 그는 어느 편이냐 하면 그런 면엔 엄격해서 소위 문을 열어 주는 것은 아내 된 도리이며, 적어도 아내가 문을 열어 준 후에 들어가는 것이 남편의 권리가 아니겠느냐는 생각을 고수하고 있는 편이었다.

그래서 그는 이번엔 주먹으로 문을 두드리기 시작했다. 처음에는 천천히 두드렸지만 나중에는 거의 부숴 버릴 듯이 문을 쾅쾅 두들겨 대고 있었다. 온 낭하*가 쩡쩡 울리고 어디선가 잠을 깬 듯한 어린아이의 울음소리가 들려왔다. 그러자 아파트 복도 저쪽 편의 문이 열리고, 파자마를 입은 사내가 이쪽을 기웃거리며 내다보았는데 그것은 그 사람 한 사람뿐만이 아니었다. 왜냐하면 그는 남의 시선을 개의치 않고 문을 두드리고 있었기 때문에, 그 사람뿐만 아니라, 다른 집의 사람들도 문을 열고 조심스럽게, 그러나 사뭇 경계하는 듯한 숫돌 같은 얼굴을 하고 이쪽을 노려보고 있었다.

"여보세요."

마침내 그를 유심히 보고 있던 여인이 나무라는 목소리로 말을 꺼냈다.

"그 집에 무슨 볼일이 있으세요?"

"아닙니다."

* 낭하(廊下) 건물 안에 다니게 만든 통로. 복도.

그는 피로했으나 상냥하게 웃으면서 그러나 문을 두드리는 것을 계속하면서 말을 했다.

"그 집엔 아무도 안 계신 모양인데 혹 무슨 수금 관계로 오셨나요?"

그는 그를 수금 사원으로 착각케 한 여행용 가방을 추켜들며 적당히 웃었다.

"그런 일로 온 게 아닙니다."

"여보시오."

이번엔 파자마를 입은 사내가 손마디를 꺾으면서 슬리퍼를 치륵치륵 끌며 다가왔다.

"벌써부터 두드린 모양인데 아무도 없는 것 같소. 그러니 그냥 가시오. 덕분에 우리 집 애가 깨었소."

"미안합니다."

그는 정중하게 사과를 하였다. 하지만 그는 더러워서 정말 더러워서, 침이라도 뱉을 심산이었다.

"사실은 말입니다."

그는 방귀를 꾸다 들킨 사람처럼 무안해하면서 주머니를 뒤져 열쇠 꾸러미를 꺼냈다. 그리고 그는 익숙하게 짤랑이는 대여섯 개의 열쇠 중에서 아파트 열쇠를 손의 감촉만으로 잡아 들었다.

"전 이 집의 주인입니다."

"뭐라구요?"

여인이 의심스럽게 그를 노려보면서 높은 음을 발했다.

"당신이 그 집 주인이라구요?"

"그런데요."

나는 대답하였다. 그러자 여인은 고개를 갸우뚱거렸다.

"아니 뭐 의심나는 것이라도 있습니까?"

"여보시오."

아무래도 사내가 확인을 해야 마음 놓겠다는 듯 다가왔다. 사내는 키가 굉장히 큰 거인이었으므로 그는 사내를 올려다보았다.

"우리는 이 아파트에 거의 3년 동안 살아왔지만 당신 같은 사람을 본 적이 없소."

"아니 뭐라구요?"

그는 튀어 오를 듯한 분노 속에서 신음 소리를 발했다.

"당신이 나를 한 번도 본 적이 없다고 해서 그래 이 집 주인을 당신 멋대로 도둑놈이나 강도로 취급한다는 말입니까? 나두 이 집에서 3년을 살아왔소. 그런데두 당신 얼굴은 오늘 처음 보오. 그렇다면 당신도 마땅히 의심받아야 할 사람이 아니겠소?"

그는 화가 나서 고래고래 소리를 질렀다.

"어쨌든."

사내는 집요하게 물고 늘어졌다.

"당신을 의심하는 것은 안됐지만 우리 입장도 생각해 주시오."

"그건 나두 마찬가지라니깐."

그는 화가 나서 투덜거리면서 열쇠 구멍에 열쇠를 들이밀었다. 문은 소리 없이 열렸다.

"정 못 믿겠으면 따라 들어오시오. 증거를 봬 주겠소."

그는 안으로 들어섰다. 집 안은 캄캄하였다.

"여보!"

그는 구두를 벗고, 스위치를 찾으려고 벽을 더듬거리면서 분노에 차서 소리를 질렀다. 하지만 집 안은 어두웠고 아무도 대답하질 않았다. 제기랄. 그는 너무 피로해서 퉁퉁 부은 다리를 질질 끌며 간신히 벽면의 스위치를 찾아내었고, 그것을 힘껏 올려붙였다. 접속이 나

뻔 형광등이 서너 번 채집병 속의 곤충처럼 껌벅거리다가는 켜졌다. 불은 너무 갑자기 들어온 기분이어서, 그는 잠시 동안 낯선 곳에 들어선 사람처럼 어리둥절하게 서 있었다. 그때 그는 아직도 문밖에서 사내가 의심스럽게 자기를 쳐다보고 있는 것을 보았고, 그는 조금 어처구니없어서 문을 쾅 닫아 버렸다. 그때 그는 화장대 거울 아래 무슨 종이가 놓여 있는 것을 발견하였고, 그래서 그는 힘들여 경대 앞까지 가서 그 종이를 주워 들었다.

여보, 오늘 아침 전보가 왔는데, 친정아버지가 위독하시다는 거예요. 잠깐 다녀오겠어요. 당신은 피로하실 테니 제가 출장 갔다고 잘 말씀드리겠어요. 편히 쉬세요. 밥상은 부엌에 차려 놨어요.

당신의 아내가.

그는 울분에 차서 한숨을 쉬면서, 발소리를 쿵쿵 내면서, 한없이 잠겨 들어가는 피로를 느끼면서, 코트를 벗고 넥타이를 풀고, 와이셔츠를 벗는 일관작업*을 매우 천천히 계속하였으며 그러고는 거의 경직이 되어 뻣뻣한 다리를, 접는 나이프처럼 굽혀 바지를 벗고 그것을 아주 화를 내면서 옷장 속에 걸었다. 그때 그는 거울 속에서 주름살을 잔뜩 그린 늙수그레한 남자를 발견했고, 그는 공연히 거울 속의 자기를 향해 맹렬한 욕을 퍼붓기 시작했다.

제기랄, 겨우 돌아왔어. 제기랄, 그런데 아무도 없다니.

그는 심한 고독을 느꼈다. 그는 벌거벗은 채, 스팀 기운이 새어 나갈 틈이 없어 후텁지근한 거실을, 잠시 철책에 갇힌 짐승처럼 신음을

---

* 일관작업(一貫作業) 여러 과정의 작업을 연속적으로 하는 일.

해 가면서 거닐었다. 가구들은 며칠 전하고 같았으며 조금도 바뀌지 않은 것처럼 보였다. 트랜지스터는 끄지 않고 나간 탓에 윙윙거리고 있었다. 그는 그것을 껐다. 아내의 옷이 침실에 너저분하게 깔려 있었고, 구멍 난 스타킹이 소파 위에 누워 있었다. 다리 안쪽을 조이는 고무줄이 탁자 위에 놓여 있었다. 루주 뚜껑이 열린 채 뒹굴고 있었다.

그는 우선 배가 고팠으므로 부엌 쪽으로 갔는데, 상 위에는 밥 대신 빵 몇 조각이 굳어서 종이처럼 딱딱해져 있었다. 그는 무슨 고무를 씹는 기분으로 차고 축축한 음식물을 삼켰다.

이건 좀 너무한 편인걸.

그는 쉴 새 없이 투덜거렸다. 그는 마땅히 더운 음식으로 대접을 받았어야 했다. 그뿐인가. 정리된 실내에서 파이프를 피워 물고, 음악을 들어야 했을 것이다. 하지만 그는 운수 나쁘게도 오늘 밤 혼자인 것이다.

그는 신문을 보려고 사방을 훑어보았지만 신문은 아무 데도 없었다. 그래서 그는 신문 볼 생각을 포기하였다. 그는 시계를 보았는데, 시계는 일주일 전의 날짜로 죽어 있었다. 그것은 그의 아내가 사 온 시계인데, 탁상시계치곤 고급이긴 하나 거추장스러운 날짜와 요일이 명시되어 있는 시계로, 가끔 망령을 부려 터무니없이 빨리 가서 덜거덕하고 날짜를 알리는 숫자판이 지나가기도 하고 요일을 알리는 문자판이 하루씩 엇갈리기도 했는데, 더구나 시간이 서로 엇갈리면 뾰족한 수 없이 그저 몇천 번이라도 바늘을 돌려야만 겨우 교정되는 시계였으므로, 그는 화를 내면서 시계의 바늘을 돌리기 시작하였다. 더구나 환장할 것은 손톱을 갓 깎은 후였으므로 그는 이빨 없는 사람이 잇몸으로만 호두알을 깨려는 듯한 무력감을 손톱 끝에 날카롭게 느끼고 있었다. 그는 망할 놈의 시계를 숫제 바닥에 내동댕이쳐 버리고 싶은 충동을 가까스로 참아 가면서 참으로 무의미한 시간의 회복을 반복해 나가고 있었다.

그는 오랫동안 그 작업을 하였다. 그래서 그는 더욱 지쳐 버렸다.

그는 천천히 아픈 다리를 질질 끌며 욕실로 갔다. 욕실 안의 불을 켜자, 욕실은 아주 밝아서 마치 위생적인 정육점 같아 보였다. 욕조 안엔 아내가 목욕을 했는지 더러운 구정물이 그대로 담겨 있었다. 아내의 머리칼이 욕조 가장자리에 붙어 있었고, 그것은 마치 살아 있는 벌레처럼 꿈틀거렸다. 그는 손을 뻗쳐 더러운 물 사이에 숨은 가재등과 같은 고무마개를 뺐었다. 그러자 작은 욕조는 진저리를 치기 시작했고, 매우 빠른 속도로 물이 빠져나가 좀 후에는 입맛 다시는 듯한 소리를 내면서 더러운 때의 앙금을 군데군데 남기고는 비었다.

그는 우선 세면대의 고무마개를 틀어막은 후 더운물과 찬물을 동시에 틀었다. 더운물은 너무 찼다. 그는 얼굴에 잔뜩 비누 거품을 문질렀고, 그래서 그는 마치 분장한 도화역자*의 얼치기 바보 같아 보였다. 그는 면도기가 일주일 전 그가 출장 가기 전에 사용했던 그대로 날을 세우고 놓여 있는 것을 발견했다. 면도기의 칼날 부분엔 아직도 비눗기가 남아 있었고 그 사이로 자른 수염의 잔해가 녹아 있었다. 그는 화를 내면서 아내의 게으름을 거리의 창녀에게보다도 더 심한 욕으로 힐책하면서 수염을 깎기 시작했다. 수염은 거세었고, 뿌리가 깊었으므로 이미 녹슬고 무디어진 칼날로 잘라 내기란 용이한 일이 아니었다. 때문에 그는 얼굴 두어 군데를 베었고 그중의 하나는 너무 크게 베어 피가 배어 나왔으므로 얼핏 눈에 띄는 대로 휴지 조

* 도화역자(道化役者) 어릿광대. 도화사(道化師) 역(役)을 맡은 사람. 도화사는 연극에서 재주를 부리거나 익살을 떠는 일을 맡은 배우를 가리킴.

각을 상처에 밀착시켰다. 휴지는 침 바른 우표처럼 얼굴 위에 붙여졌다. 우표는 매끈거리는 녹말기로 접착된다. 하지만 그의 얼굴 위에선 피로 붙여진다.

그는 화를 내었다. 그는 우울하게 서서 엄청난 무력감이 발끝에서부터 자기를 엄습해 오는 것을 느꼈으며 욕실 거울에 자신의 얼굴이 우송되는 소포처럼 우표가 붙여진 채 부옇게 떠오르는 것을 보았다. 그때 그는 거울에 무엇인가 붙어 있는 것을 발견했다. 그는 손을 뻗쳐 그것이 무엇인가 확인을 했다.

그것은 껌이었다. 아내는 늘 껌을 씹고 있었는데, 그것은 아내의 버릇 중의 하나였다. 밥을 먹을 때나 목욕을 할 때면 밥상 위 혹은 거울 위에 껌을, 송두리째 뜯어내려는 치밀한 계산하에 진득한 타액으로 충분히 적신 후에 붙여 놓는 것이었다. 그는 잠시 낄낄거렸다. 그는 그 껌을 입안에 털어 넣었다. 껌은 응고하고 수축이 되어 마치 건포도알 같았다. 향기가 빠져 야릇하고 비릿한 느낌이었지만 좀 후엔 말랑말랑해졌다. 아내의 껌이 그를 유일하게 위안해 주었다. 그래서 그는 한결 유쾌해졌고 때문에 노래를 부르기 시작했다.

나뭇잎에 놀던 새여. 왜 그런지 알 수 없네.
낸들 그대를 어찌하리. 내가 싫으면 떠나가야지.

그의 목소리는 목욕탕 안에서 웅장하였다. 온 방 안이 쩡쩡거리고, 소리가 빠져나갈 구멍이 없었으므로 종소리처럼 욕실을 맴돌았다. 그는 휘파람도 후이후이 불기 시작했다.

역시 집이란 즐겁고 아늑한 곳이군 하고 그는 중얼거렸다. 무심코 중얼거렸지만 그는 순간 그 소리를 타인의 소리처럼 느꼈으며 그래서 놀란 나머지 뒤를 돌아보았다. 그는 누군가의 인기척을 느꼈다. 그러나 개의치 않기로 하였다.

그는 욕실 거울 앞에 확대경이 놓여 있는 것을 발견했다. 물론 그는 그것의 용도를 잘 알고 있었다. 그것은 아내가 겨드랑이의 털이나, 코밑의 솜털을 제거할 때, 족집게와 더불어 사용하는 것으로 그는 그것을 쥐어 들었다. 그는 그것을 들고 그것을 통하여 자신의 얼굴을 비춰 보았다. 뚜렷한 형상을 가지지 않은 사내가 이상하게 부풀어서 확대되어 있었다. 그는 그것을 움직여 욕실의 형광 불빛을 한곳으로 모으려고 애를 쓰기 시작했다. 햇빛 밑에서 확대경을 움직거리면 날개 잘린 곤충을 태워 버릴 수도 있다. 그는 끈끈하고 축축한 욕실에서 한기를 선뜻선뜻 느껴 가면서 형광 불빛을 한곳으로 모으려고, 빛을 모아 뜨거운 열기를 집중시키려고 땀을 흘리고 있었다. 그는 긴 지난 여름날의 하지(夏至)를 느끼고 있었다.

지난여름은 행복하였다고 그는 생각하였다. 그러자 그는 그것을 입으로 중얼거리고 싶은 충동을 느꼈다. 그래서 그는 소리를 내었다.

그럼 행복했었지. 행복했었구말구. 그는 여전히 자신의 소리에 놀라면서 뒤를 돌아보았다. 그러나 그의 곁엔 아무도 없었다. 그는 좀 무안해졌고 부끄러워졌으므로 과장해서 웃어 젖혔다.

그는 키 큰 맨드라미처럼 우울하게 서서 그를 노려보고 있는 샤워기 쪽으로 다가갔다. 샤워기 쪽으로 갈 때마다 그는 키를 재고 싶은 충동을 느낀다. 샤워기의 모가지는 사형당한 사형수의 목처럼 꺾이어서 매우 진지하게 그를 응시하고 있다. 그는 샤워기의 줄기 양옆에 불쑥 튀어나온 더운물과 찬물을 공급하는 조종간을 잡았다. 그는 더운물 쪽을 조심스럽게 매우 조심스럽게 틀었다. 그러자 뜨거운 비가 쏟아져 내리기 시작했다. 욕실 바닥의 타일을 때리고 금세 수증기

가 되어 올랐다. 그는 신기하다. 이것은 어제의 더운물이 아니다라고 그는 의식한다. 그는 갑자기 오랜 암흑 속에서 눈을 뜬 사내처럼 신기해한다. 그는 이번엔 찬물을 더운물만큼 튼다. 그 차가운 물은 이제 예사의 찬물이 아니다라고 그는 의식한다. 물은 그의 손바닥 위에서 너무 뜨겁기도 했고 차갑기도 해서 그는 잠시 망설이다가, 이윽고 껌을 질겅질겅 씹으며 사나운 비바다 속으로 뛰어든다. 그는 더운물이 피로한 얼굴을 핥고 춤의 신발을 신어 버린 소녀처럼 매끈거리면서 몸을 타고 흘러내리는 감촉을 즐기고 있다.

그는 비누를 풀어 온몸을 매만진다. 거품이 일어 온몸이 애완용 강아지의 흰 털처럼 무장하였을 때, 그는 그의 성기가 막대기처럼 발기해서 힘차고 꼿꼿하게 피어오르는 것을 보았다. 욕망이 끓어오르고, 그는 뜨거운 물속으로 다시 뛰어들면서, 신음을 발하면서, 세찬 물줄기가 가슴을, 성기를 아프도록 때리는 감촉을 느끼고 있었다. 뜨거운 빗물은 싱싱한 정육 냄새 나는 발그스레 상기한 근육을 적신다. 이윽고 온몸에 비눗기가 다 빠져도 그는 한참이나 물속에 자신을 맡긴 채, 껌을 씹으면서 함부로 몸을 굴리고 있었다. 피로가 어느 정도 풀리자 그는 물을 잠그고 몸을 정성 들여 닦는다. 그는 심한 갈증을 느낀다.

그는 욕실을 나와 한결 서늘한 거실 찬장 속에서 분말주스와 설탕을 끄집어낸다. 그는 바닥에 가루를 흘리지 않으려고 조심을 하면서 주스를 타고 설탕을 서너 숟갈, 그러다가 드디어 거의 열 숟갈도 더 넣어 버린다. 그것에 그는 차가운 냉수를 섞는다. 그리고 손잡이가 긴 스푼으로 참을성 있게 젓는다. 그는 컵을 들고 한 손으로는 스푼을 저으면서 전축 쪽으로 간다. 그는 많은 전축판 속에서 아무 판이나 뽑아 든다. 그는 그 음악의 이름을 알지 못한다. 전축에 전기를 접속시키자, 전축은 돌연히 윙—거리면서 내부의 불을 밝혀 든다. 레코드판 받침대가 원을 그리면서 돌기 시작한다. 그는 원반을 가볍게 날리는 육상 선수처럼 얇은 레코드를 그 받침대 위에 떠올린다. 바늘이 나쁜 전축은 쉭쉭 잡음을 내다가는 이윽고 노래를 토하기 시작한다. 그는 음악을 들으면서 소파에 길게 눕는다. 아직 정리되지 않은 것이 몇 가지 있긴 하지만 그는 안정을 느낀다. 갓 스탠드의 은밀한 불빛이 온 방 안을 우울하게 충전시킨다. 그는 천장 위에서 보면 사람처럼 보이지도 않는다. 그는 부동의 자세로 누워 있다. 때문에 그는 가구 같은 정물로 보인다. 그러다가 그의 눈엔 화장대 위에 놓인 아내의 편지가 들어온다. 그러자 그는 아내의 메모 내용을 생각해 내고 쓰게 웃는다. 아내가 그에게 거짓말을 하였다는 사실을 그는 깨닫는다. 그는 원래 내일 저녁에야 도착하였어야 할 것이었다. 그는 출장 떠날 때도 내일 저녁에 도착할 것이라고 아내에게 일러두었었다. 그런데도 아내는 오늘 전보를 받았다고 잠시 다녀오겠노라고 장인이 위독해서 가 보겠다고 쓰고 있다. 그는 웃는다. 아주 유쾌해지고 그는 근질근질한 염기*를 느낀다. 나는 안다라고 그는 생각한다. 아내는 내가 출장 간 그날부터 어디론가 사라져 버렸을 것이다. 아내는 내일 저녁 내가 돌아올 것을 예측하고 잘해야 내일모레 아침에 도착할 것이다. 다소 민망하고 부끄러워하면서 아내는 내게 나지막하게 사과를 할 것이다.

　나는 아내가 다른 여인과 다른 성기를 가진 것을 잘 알고 있다. 그녀의 성기엔 자크가 달려 있다. 견고하고 질이 좋은 자크이다. 아내는 내가 보는 데서 발가벗고 그 자크를 오르내리는 작업을 해 보이기

---

* 염기(艶氣) 요염한 기운.

좋아한다. 아내의 하체에 자크가 달린 모습은 질 좋은 방한용 피륙을 느끼게 하고 굉장한 포용력을 암시한다.

그는 웃으면서 스푼을 젓는다. 그때였다. 그는 무슨 소리를 들었다. 공기를 휘젓고 가볍게 이동하는 발소리였다. 그는 귀를 기울였다. 그는 욕실 쪽에서 무슨 소리가 들려오고 있는 것을 눈치챘다. 그는 난폭하게 일어나서 욕실 쪽으로 걸었다. 그는 분명히 잠근 샤워기에서 물이 쏟아져 내리고 있는 것을 보았다. 제기랄. 그는 투덜거리면서 물을 잠근다. 그리고 다시 소파로 되돌아온다. 그러자 이번엔 부엌 쪽에서 소리가 들려오기 시작한다. 그는 될 수 있는 한 불평을 하지 않으려고 이를 악물고 부엌 쪽으로 간다. 부엌 석유풍로°가 불붙고 있다. 그는 투덜거리면서 그것을 끈다. 그리고 천천히 소파 쪽으로 왔을 때, 그는 재떨이에 생담배가 불이 붙여진 채 타고 있음을 발견한다. 그는 반사적으로 주위를 둘러본다. 그는 엄청난 고독감을 느낀다.

"누구요?"

그는 조심스럽게 소리를 지른다. 그의 목소리는 진폭이 짧게 차단된다. 그는 갇혀 있음을 의식한다. 벽 사이의 눈을 의식한다. 그는 사납게 소파에 누워, 시선에 닿는 가구들을 노려보기 시작한다. 모든 가구들이 비 온 후 한결 밝아 오는 나뭇잎처럼 밝은 색조를 띠고 빛나기 시작한다. 그는 스푼을 집요하게 젓는다. 설탕물은 이미 당분을 포함하고 뜨겁게 달아 있으나 설탕은 포화 상태를 넘어 아직 풀리지 않고 있다. 그래도 그는 계속 스푼을 젓는다. 갑자기 그는 그의 손에 쥐어진 손잡이가 긴 스푼이 여느 스푼이 아님을 느낀다. 그러자 스푼이 그의 의식의 녹을 벗기고, 눈에 보이는 상태 밖에서 수면을 향해

° 석유풍로 석유를 연료로 하는 풍로. 주로 부엌에서 요리용으로 썼는데 지금은 잘 쓰지 않는다.

비상하는, 비늘 번뜩이는 물고기처럼 튀어 오르는 것을 보았다. 그는 힘을 다해 스푼을 쥔다. 그러자 스푼은 산 생선을 만질 때 느껴지는 뿌듯한 생명감과 안간힘의 요동으로 충만된다. 그리고 손아귀에 쥐어진 스푼은 손가락 사이를 민첩하게 빠져나간다. 그는 잠시 놀란 나머지 입을 벌린 채 스푼이 허공을 날면서 중력 없이 둥둥 떠서 흐르는 것을 보았다. 그는 온 방 안의 물건을 자세히 보리라고 다짐하고는 눈을 부릅뜬다. 그러자 그의 의식이 닿는 물건들마다 일제히 흔들거리면서 흥을 돋우기 시작하는 것이었다. 그는 비틀거리면서 일어나 거실에 스위치를 넣으려고 걷는다. 그는 스위치를 넣는다. 형광등의 꼬마전구가 번쩍번쩍거리며 몇 번씩 반추한다.* 그러다가 불쑥 방 안이 밝아 온다.

그는 스푼이 담수어*처럼 얌전하게 손아귀 속에 쥐여 있는 것을 발견한다. 그는 조심스럽게 온 방 안의 물건들을, 조금 전까지 흔들리고 튀어 오르고 덜컹이던 물건들을 하나하나 훑어보기 시작한다.

물건들은 놀랍게도 뻔뻔스러운 낯짝으로 제자리에 가라앉아 있었다. 그는 비애를 느낀다. 무사무사(無事無事)의 안이 속에서 그러나 비웃으며 물건들은 정좌해 있다. 그는 투덜거리면서 스위치를 내린다. 그리고 소파에 앉아 단 설탕물을 마시기 시작한다. 방 안 어두운 구석구석에서 수군거리는 소리가 들려온다. 어둠과 어둠이 결탁하고 역적 모의를 논의한다. 친구여, 우리 같이 얘기합시다. 방 모퉁이 직각의 앵글 속에서 한 놈이 용감하게 말을 걸어온다. 벽면을 기는 다족류 벌레의 발소리가 들려온다. 옷장의 거울과 화장대의 거울이 투

---

* 반추(反芻)하다 어떤 일을 되풀이하여 몇 번씩이나 음미하거나 생각하다.
* 담수어(淡水魚) 민물고기. 강이나 호수와 같이 염분이 없는 물에서 사는 물고기.

명한 교미*를 하는 소리도 들려온다. 그는 어둠 속에서 눈을 부릅뜬다. 벽이 출렁거린다. 그는 천천히 몸을 움직인다. 방 벽면 전기다리미 꽂는 소켓의 두 구멍 사이에서 소리가 들려온다. 친구여, 귀를 좀 대 봐요. 내 비밀을 들려줄게. 그는 그의 오른쪽 귀를 소켓에 밀착한다. 그의 귀가 전기 금속 부품처럼 소켓의 좁은 구멍에 접촉된다. 그러자 그의 온몸이 고급 전기난로처럼 달아오르기 시작한다. 그의 몸에 스파크가 일고, 그는 온몸에 충만한 빛을 느낀다.

잘 들어요. 소켓이 속삭인다. 마치 트랜지스터 이어폰을 꽂은 것처럼 그의 목소리는 귓가에만 사근거린다. 오늘 밤 중대한 쿠데타가 있을 거예요. 겁나지 않으세요?

그는 소켓에서 귀를 뗀다. 그리고 맹렬한 기세로 다시 스위치를 올린다. 불이 들어오면 이 모든 술렁임이 도료처럼 벽면에 밀착하고 모든 것은 치사하게도 시치미를 떼고 있다. 그는 불을 켠 채 화장대로 다가간다. 그는 투덜거리면서 키가 크고 낮은 모든 화장품을 열어 검사한다. 그리고 찬장을 열어 그 안에 가지런히 빈 그릇들, 성냥통, 촛대. 옷장을 열어 말리는 바다 생선처럼 걸린 옷들. 그리고 그들의 주머니도 검사한다. 옷들은 좀 패씸했지만 얌전하게 주머니를 털어 보인다. 그는 하나하나 보리라고 다짐한다. 서랍을 뒤져 남은 물건도 조사한다. 그러다가 이미 건조하여 건드리기만 해도 부서질 듯한 낙엽 몇 장을 발견한다. 그것은 그에게 지난가을을 생각나게 했고 그는 잠시 우울해졌다. 그는 사진틀 속의 퇴색한 사진도 유심히 들여다보았다. 책장에 꽂힌 뚜껑 씌운 책들도 관찰하였다. 그는 부엌으로 가서 석유풍로의 심지도 관찰하고, 낡은 구두 속도 들여다보았다. 다락문

* 교미(交尾) 생식을 하기 위하여 동물의 암컷과 수컷이 성적(性的)인 관계를 맺는 일.

을 열어 갖가지 물건도 하나하나 세밀히 보았고 욕실에서 그는 욕조 밑바닥까지 관찰하였다. 덮개가 있는 것은 그 내용물을 검사하였으며 침대도 들어서 털어도 보았다. 심지어 변기도 들여다보았고, 창틈 사이도 들여다보았다. 물건들은 잘 참고 세금 잘 무는 국민처럼 얌전하게 그의 요구에 응해 주었다. 그러나 그가 들여다보는 물건은 본래 예사의 물건은 아니었다. 그것은 이미 어제의 물건이 아니었다.

그는 한층 더 깊은 피로를 느끼면서 거실로 돌아와 술병의 술을 잔에 가득히 부어 단숨에 들이마셨다. 그러자 그는 아주 쓸쓸하고 허무맹랑한 고독감을 느꼈다. 그래서 그는 다시 한 잔을 그득히 부어 연거푸 단숨에 들이마셨다. 술맛은 짜고도 싱겁고, 달고도 썼다.

그는 어디쯤엔가 피우다 남은 꽁초가 있을 것이라고 생각하고 서랍을 뒤지다가 말라빠진 담배꽁초를 발견했다. 그는 그것에 불을 붙였다. 술기운이 그를 달아오르게 하고 그를 격려했기 때문에 그는 아동처럼 큰 소리로 노래를 부르기 시작했다.

나뭇잎에 놀던 새여. 왜 그런지 알 수 없네.
낸들 그대를 어찌하리. 내가 싫으면 떠나가야지.

그는 벌거벗은 채 온 방 안을 서성거리기 시작했다. 그는 그것이 일상사인 것처럼 걷고, 그리고 뛰었다. 그는 부엌을 답사하였고 그럴 때엔 욕실 쪽이 의심스러웠다. 욕실 쪽을 보고 있노라면 그는 거실 쪽이 의심스러웠다. 그는 활차(滑車)*처럼 뛰고 또 뛰었다. 그러나 그는 아무것도, 아무런 낌새도 발견해 낼 수 없었다. 무생물에 놀란다는

---

* 활차(滑車) 도르래. 바퀴에 홈을 파고 줄을 걸어서 돌려 물건을 움직이는 장치.

것은 부끄러운 일이다라고 그는 생각했다. 그러자 그는 비로소 안심이 되었다. 그래서 거만스럽게 걸어가서 스위치를 내렸다. 그는 소파에 앉아 남은 설탕물을 찔끔찔끔 들이켜기 시작했다. 그가 스위치를 내리자, 벽에 도료처럼 붙었던 어둠이 차곡차곡 잠겨서 덤벼들고 그들은 이윽고 조심스럽게 수군거리더니 마침내 배짱 좋게 깔깔거리고 있었다. 말린 휴지 조각이 베포처럼 늘여져 허공을 난다. 닫힌 서랍 속에서 내의가 펄펄 뛰고 있다. 책상을 받친 네 개의 다리가 흔들거리기 시작한다. 찬장 속에서 그릇들이 어깨를 이고 달그럭거리며 쟁그렁거리면서 모반*을 시작한다.

그것은 그래도 처음엔 조심스럽게 시작되었다. 하지만 그들의 대상이 무방비인 것을 알자, 일제히 한꺼번에 고래고래 소리를 지르면서 날뛰기 시작했다. 크레용들이 허공을 난다. 옷장 속의 옷들이 펄럭이면서 춤을 춘다. 혁대가 물뱀처럼 꿈틀거린다. 용감한 녀석들은 감히 다가와 그의 얼굴을 슬쩍슬쩍 건드려 보기도 하였다. 조심해, 조심해. 성냥갑 속에서 성냥개비가 중얼거린다. 꽃병에 꽂힌 마른 꽃송이가 다리를 번쩍번쩍 들어 올리면서 춤을 춘다. 내의가 들여다보인다. 벽이 서서히 다가와서 눈을 두어 번 꿈쩍거리다가는 천천히 물러서곤 하였다. 트랜지스터가 안테나를 세우고 도립*하기 시작한다. 그러자 재떨이가 박수를 치기 시작한다. 소켓 부분에선 노래가 흘러나온다. 낙숫물이 신기해서 신을 받쳐 들던 어릴 때의 기억처럼 그는 자그마한 우산을 펴고 화환처럼 황홀한 그의 우주 속으로 뛰어든 셈이었다. 그는 공범자가 되고 싶은 욕망을 느낀다.

* 모반(謀反) 배반을 꾀함.
* 도립(倒立) 물구나무서기. 거꾸로 서기.

그때였다. 그는 서서히 다리 부분이 경직되어 오는 것을 느꼈다. 그것은 우연히 느낀 것이었다. 처음에 그는 이 방에서 도망가리라 생각했었기 때문에, 될 수 있는 한 소리를 내지 않고 살금살금 움직이리라고 마음먹고 천천히 몸을 움직이려 했을 때였다. 그러나 그는 다리를 움직일 수가 없었다. 이상한 일이었다. 그래서 그는 손을 내려 다리를 만져 보았는데 다리는 이미 굳어 석고처럼 딱딱하고 감촉이 없었으므로 별수 없이 손에 힘을 주어 기어서라도 스위치 있는 쪽으로 가리라고 결심했다. 그는 손을 뻗쳐 무거워진 다리, 그리고 더욱더 굳어져 오는 다리를 끌고 스위치 있는 곳까지 가려고 안간힘을 썼다. 그러나 그는 채 못 미쳐 이미 온몸이 굳어 오는 것을 발견하였다. 그래서 그는 숫제 체념해 버렸다. 참 이상한 일이라고 생각하면서 그는 조용히 다리를 모으고 직립하였다. 그는 마치 부활하는 것처럼 보였다.

다음다음 날 오후쯤 한 여인이 이 방에 들어왔다. 그녀는 방 안에 누군가가 침입한 흔적을 발견했다. 매우 놀라서 경찰을 부를까고도 생각했지만, 놀란 가슴을 누르며 온 방 안을 조심스럽게 살펴보았는데 틀림없이 그녀가 없는 새에 누군가가 들어온 것은 사실이긴 했지만 자세히 구석구석 살펴본 후에 잃어버린 것이 없다는 것을 발견하자, 안심해 버렸다.

그러나 그녀는 곧 잃어버린 것이 없는 대신 새로운 물건이 하나 놓여 있는 것을 발견했다.

그 물건은 그녀가 매우 좋아했던 것이었으므로 며칠 동안은 먼지도 털고 좀 뭣하긴 하지만 키스도 하긴 했다. 하지만 나중엔 별 소용이 닿지 않는 물건임을 알아차렸고 싫증이 났으므로 그 물건을 다락잡동사니 속에 처넣어 버렸다. 그리고 그녀는 다시 그 방을 떠나기로 작정을 했다. 그래서 그녀는 메모지를 찢어 달필*로 다음과 같이 써서 화장대 위에 놓았다.

  여보. 오늘 아침 전보가 왔는데 친정아버지가 위독하시다는 거
예요. 잠깐 다녀오겠어요. 당신은 피로하실 테니 제가 출장 갔다고
할 테니까 오시지 않으셔두 돼요. 밥은 부엌에 차려 놨어요.
당신의 아내가.

〔1971〕

* 달필(達筆) 능숙하게 잘 쓰는 글씨.

이 작품 역시 「소설가 구보 씨의 일일」처럼 전통적인 소설과는 많은 차이가 있습니다. 재떨이가 박수를 치고 성냥개비가 말을 하고 옷장의 옷이 춤을 추는 등 비현실적인 일들이 벌어지지요. 평범한 한 남자가 겪는 이 기이한 현실을 우리는 어떻게 받아들여야 할까요?

흔히 소설은 현실에 있을 법한 이야기를 들려 준다고 생각합니다. 하지만 현대 소설은 다양한 표현 방법으로 독자들을 혼란스럽게 합니다. 다소 충격적이고 특이한 방법으로 작가의 의도와 주제를 전달하기도 하지요. 소설의 각기 다른 표현 방법들은 내용과 주제를 가장 효과적으로 전달하기 위한 것입니다. 작가는 독특한 표현 방법을 구사함으로써 이제까지와는 다른 현대적 생활의 어떤 모습을 드러내고자 합니다. 낯설고 불편하기도 하지만 이런 색다른 소설을 읽으며 우리는 또 다른 재미와 의미를 맛볼 수 있습니다.

「타인의 방」에서 주인공은 출장을 마치고 자신의 아파트로 돌아오지만 아내는 쪽지를 남기고 외출했습니다. 친정아버지가 위독하다는 전보를 받았다는 것이죠. 피로하고 우울해진 주인공은 목욕을 끝내고 아내의 쪽지를 보다가 문득 아내가 거짓말을 했음을 깨닫습니다. 주인공은 하루 일찍 출장에서 돌아왔으므로 오늘 전보를 받았다고 쓰인 종잇조각은 출장 간 날부터 집을 비운 아내의 거짓말을 증명하는 것입니다. 갑자기 무슨 소리가 들려 주위를 둘러보지만, 보이는 것은 익숙한 집 안의 가구들뿐입니다. 주인공은 불안과 공포를 감추기 위해 술을 마시고 담배를 피우고 혼자서 노래를 부릅니다. 어느 순간, 책상이 흔들리고 방 안의 가구와 물건 들이 살아 움직이기 시작합니다. 도망가려 하지만 주인공의 다리가 움직이지 않고, 마침내 주인공 자신이 하나의 물건이 되어 버립니다. 아내가 돌아오지만 물건이 되어 버린 주인공을 알아보지 못하고 다락에 처넣어 버리고 맙니다.

익숙한 자신의 방이 어느 순간 낯설고 불편해지면서 '타인의 방'이 되어 버린다는 이야기. 이 상징적인 이야기는 도시의 일상적인 현실 속에서 겪게 되는 현대인의 소외와 고립을 묘사하고 있습니다. 언제나 익숙한 것들, 매일 만나는 사람들 속에서 우리는 때때로 외로움을 느낍니다. 진정한 소통이 없이 반복되는 일상에서 오는 피로함 때문이지요. 이 작품은 실제로는 벌어질 수 없는 환상적인 일들을 통해 현대인들이 처한 이런 상황을 상징적으로 표현하고 있습니다. 작품의 마지막 부분에서 아내가 '새로운 물건'이라고 표현한 것은 남편일까요, 남편과의 생활일까요, 아니면 또 다른 무엇일까요?

활동

1 열쇠가 있는데도 불구하고 주인공 남자가 계속해서 초인종을 누른 이유가 무엇인가요?

2 아내가 남긴 종잇조각은 어떤 표현 효과가 있을까요?

3 이 작품에서 사물을 어떻게 표현했는지 연결해 봅시다.

크레용 •　　　　　　　• 박수를 친다.

혁대 •　　　　　　　• 허공을 난다.

성냥개비 •　　　　　　• 물뱀처럼 꿈틀거린다.

재떨이 •　　　　　　　• 눈을 두어 번 꿈쩍거린다.

벽 •　　　　　　　　• "조심해, 조심해." 하고 중얼거린다.

4 주인공이 사물이 되어 가는 것에는 어떤 상징적 의미가 있을까요?

엮어 읽기

　여러분은 조금 색다른 소설 두 편을 살펴보았습니다. 특별한 사건도 없고 첨예한 갈등도 없으며 극적인 반전도 없는 소설입니다. 그러니 소설을 읽기에 앞서 기대했던 것과 다를 수 있습니다. 여기서 '기대'했던 것은 전통적인 소설의 서사성을 의미합니다. 하지만 현대소설 중에는 이야기가 주는 재미와 달리 「소설가 구보씨의 일일」이나 「타인의 방」처럼 독특한 표현 방법으로 독자들에게 또 다른 재미를 느끼게 해 주는 작품들이 있습니다.

　교과서에 수록된 다음 작품들을 읽으면서 '표현'에 대해 이해의 폭을 좀 더 넓혀 봅시다.

임꺽정 (홍명희)

　『임꺽정』(1928~1940)은 구수한 옛 이야기의 전통을 확인할 수 있는 대하 역사소설입니다. 모두 열 권이지만 순식간에 책장이 넘어갈 만큼 재미있습니다. 마치 판소리의 전통을 살려 놓은 것처럼 적당한 길이의 문장들이 대구를 이루고, 문장에 리듬감이 느껴지며, 의성어와 의태어도 많이 사용되었습니다. 임꺽정이라는 탁월한 능력을 가진 인물에 집중하면서 그 주변 인물들의 특징을 잘 살렸기 때문에 독자들이 흥미진진하게 몰입할 수 있습니다. 더구나 당대 서민들의 애환과 고통을 덜어주고 울분을 해소시켜 주는 내용이기 때문에 통쾌하고 즐거운 기분이 듭니다.

엮어 읽기　**303**

메밀꽃 필 무렵 (이효석)

「메밀꽃 필 무렵」(1936)은 앞에서 '묘사'를 설명할 때 예로 든 작품입니다. 흔히 볼 수 있는 농촌의 장터 풍경과 달빛을 받은 메밀밭의 풍경을 기막히게 묘사하고 있어 한 편의 아름다운 서정시를 연상하게 합니다. 소설이 이렇게 심미적 효과를 극대화해 주는 경우는 많지 않습니다. 이 작품은 그만큼 소설에서 표현 효과가 얼마나 중요한지 확인시켜 주는 작품입니다. 허생원과 조선달과 동이는 떠돌이의 삶을 살아갈 운명입니다. 하지만 아름답게 묘사된 밤길은 고달픈 세 사람의 삶을 낭만적으로 느껴지게 합니다. 허생원과 성서방네 처녀의 하룻밤, 허생원과 동이의 싸움, 동이가 왼손잡이라는 사실 등의 이야기가 모두 달빛을 받아 아름답게만 보이는 소설입니다. 소설에서 표현 방법은 그만큼 중요합니다.

관촌수필 (이문구)

『관촌수필』(1977)은 제목에 '수필'이 들어가 있지만 서사성을 갖춘 '소설'입니다. 관촌(冠村)은 주인공이 떠나온 고향 마을 이름이며, 작가 자신의 자전적 이야기라는 뜻으로 '수필'이라고 제목을 붙였습니다. 8편의 단편 소설이 이어져 거대한 이야기 구조를 이루고 있는 연작소설입니다. 구수한 충청도 사투리와 회상 형식의 서술, 민중 언어의 해학과 토속어의 질감을 살린 문체는 소설의 표현에서 중요할 뿐만 아니라 독특한 재미를 더해 주는 요소가 됩니다. 농촌 공동체가 해체되는 과정을 아프게 응시함으로써 따뜻하고 정이 넘치던 전근대적 삶의 형태에 대한 아련한 그리움을 불러일으키는 작품입니다.

주제에 대하여

국어를 배웠으면 '주제'를 알아야 한다고?

> 흐린 창문 사이로 하얗게 볕이 뜨던 그 교실
> 나는 기억해요 내 소년 시절의 파랗던 꿈을
> 세상이 변해 갈 때 같이 닮아 가는 내 모습에
> 때론 실망하며 때로는 변명도 해 보았지만
> 흐르는 시간 속에서 질문은 지워지지 않네
> 우린 그 무엇을 찾아 이 세상에 왔을까
> 그 대답을 찾기 위해 우리는 홀로 걸어가네

무한궤도(신해철)가 부른 「우리 앞의 생이 끝나 갈 때」라는 노래입니다. 누구나 한번쯤 느껴 봤을 만한 상황과 감정을 잘 담아내어 많은 사람들의 애창곡이 되었습니다. 수많은 유행가는 '인생'을 노래합니다. 인생은 목적도 종착역도 보이지 않는 여행길처럼 아득해서 걷다 보면 지치고 힘들 때가 많습니다. 우리는 그 길을 걸으며 때로는 좌절하고 또 때로는 길을 잃고 방황하기도 합니다. 우리는 되돌릴 수 없는 단 한 번뿐인 연극 무대의 주연 배우로 살아가지만 '무엇을 찾아 이 세상에' 왔는지 고민할 때가 많습니다.

여러분도 유사한 경험이 있었을 것입니다. 인간은 어떤 존재이며 인생이 무엇인지 답답했던 적은 없었나요? 사람들과의 관계 때문에 힘들었던 적도 있었겠지요? 세상은 도대체 어떤 곳인지 궁금할 때도 있었을 겁니다. 작가는 사람이 살아가면서 겪게 되는 이런 고민들을 이야기로 풀어놓습니다.

나와 타인의 관계 그리고 세상에 대한 끊임없는 호기심과 질문의 과정이 바로 소설의 '주제'라고 할 수 있습니다. 따라서 우리는 한 편의 소설을 읽으면서 핵심적인 의미를 파악해야 합니다. 인생과 세상에 대한 작가 나름의 해석과 판단을 이해하고 그것이 내 삶에 어떤 의미로 다가오는지 생각해 볼 필요가 있습니다. 인간이 지닌 본성, 세상에 존재하는 선과 악, 사회적인 현상, 자연의 질서 등에 대한 경험과 깊은 성찰을 통해 소설은 우리에게 많은 생각거리를 던져 줍니다. 하지만 인생에 정답이 없듯이 소설에서도 모범 답안을 제시하지는 못합니다. 다만 우리는 소설을 읽으면서 간접 경험을 하게 되고 어떻게 살 것인지, 바람직한 삶은 무엇인지, 세상은 어떤 곳인지에 대해서도 깊이 성찰하게 됩니다.

인생과 세상의 '진실'은 어떻게 전달될까요?

사실(fact)과 진실(truth)은 차이가 있습니다. 우리는 객관적인 사실들이 말해 주지 못하는 사건이 벌어지게 된 원인을 들여다보고 사실 뒤에 숨겨진 진실을 꿰뚫어볼 수 있는 통찰력을 지녀야 합니다. 소설에서 주제는 이렇게 사실의 이면을 탐색하여 인생과 세상에 대한 진실을 캐내어 독자에게 전하는 것입니다.

주제는 소설의 총체적이고 핵심적인 의미를 말하는 것으로 작가가 독자에게 전달하려는 의도라고 볼 수 있습니다. 여러분은 소설 속 인물과 갈등, 사건과 배경, 시점과 구성을 통해 소설의 주제를 파악할 수 있습니다. 그러나 주제가 지나치게 도덕적이고 교훈적이면 볼품없는 소설이 됩니다. 왜냐하면 체코 작가 밀란 쿤데라의 말처럼, "소설이란 실존의 지도를 그리는 일"이기 때문입니다.

그런데 소설에서 주제는 수학 공식처럼 명쾌하게 제시되지 않는 경우가 대부분입니다. 작가가 주제를 드러내는 방법에는 크게 두 가지가 있습니다. 하나는 '직접적(명시적) 방법'이고 또 하나는 '간접적(암시적) 방법'입니다. 서술자가 주제를 말해 주거나 등장인물의 입으로 말하게 하는 방법이 직접적(명시적) 방법이고, 인물의 갈등과 배경 등을 통해 암시하거나 상징적인 사물을 통해 제시하는 방법이 간접적(암시적) 방법입니다. 사건이 전개되는 과정에서 모순과 갈등이 고조되고 이것이 해결되는 장면을 거치며 자연스럽게 주제가 드러나거나, 극적인 결말 같은 상징적인 방법으로 주제가 제시되기도 합니다.

8부 '주제'에는 세 편의 소설을 묶었습니다. 이호철의 「큰 산」은 아주 사소한 사건을 계기로 현대인의 삶과 사회적 상황을 돌아보는 소설입니다. 타인과 세상에 대해 현대인들이 가진 이기적인 태도를 살펴보고, 어린 시절의 기억을 떠올리는 주인공의 심경에 비친 '큰 산'의 의미를 생각해 보세요. 작가는 이 소설에서 어떤 주제를 전달하고 싶었을까요?

윤대녕의 「남쪽 계단을 보라」는 자아를 탐색하는 현대인의 초상을 그리고 있습니다. 나를 둘러싼 세계는 과연 어떤 곳이며 그곳에 적응하며 살아가는 나는 과연 어떤 존재일까요? 영화 「매트릭스」를 떠올리게 하는 흥미로운 이 소설을 감상하면서 주제를 고민해 보세요.

공선옥의 「나는 죽지 않겠다」는 학교에서 벌어지는 사건을 다룬 청소년 소설입니다. 단란한 가정의 가난한 여고생에게 반장이 맡긴 돈 때문에 여러 가지 일들이 벌어집니다. 학교와 가족 그리고 사춘기의 심리가 잘 묘사되어 여러분이 깊이 공감할 수 있는 소설입니다.

큰 산
이호철

이호철(李浩哲, 1932~). 소설가. 함경남도 원산에서 태어나 원산중학을
졸업했다. 원산고교에 재학 중이던 1950년 6·25전쟁이 일어나 인민군에
동원되었다가 그해 단신으로 월남하여 부두 노동자, 미군부대 경비원 등
으로 일했다. 1955년 『문학예술』에 단편소설 「탈향(脫鄕)」이 추천되어 등
단했다. 전쟁을 체험한 세대로서 6·25전쟁으로 인한 민족 분단의 비극과
이산가족 문제를 중점적으로 다루었고, 소시민들의 삶과 세태를 다양한
각도에서 조명했다.

주요 작품으로 소설집 『나상(裸像)』 『닳아지는 살들』 『뿔』 『남녁 사람
북녁 사람』 『이산타령 친족타령』, 장편소설 『서울은 만원이다』 『소시민』
『별들 너머 저쪽과 이쪽』 등이 있다.

큰 산 이호철

아침에 깨어 보니 온 누리엔 수북하게 첫눈이 내렸는데, 대문 옆 블록 담 위에 웬 흰 남자 고무신짝 하나가 얌전하게 놓여 있었다. 얼마 안 신은 듯한, 거의 새 고무신짝이었다.

아내와 나는 다 같이 꺼림칙한 느낌에 휩싸였다.

"웬 고무신일까. 누가 장난을 했나."

내가 일부러 아무렇지도 않은 듯이 씨부리자,[*]

"아무리, 장난으로 저랬을라구요."

아내는 어쩐지 뾰루퉁해지면서 말하였다. 아내는 현대 여성이어서라기보다는 본시부터 이런 일에는 대범한 편이었는데, 요즘 조금은 나를 닮게 된 모양이었다.

사실은 이런 일에는 내 쪽에서 훨씬 소심하고 예민한 편이어서 아내는 이런 나를 조금은 구질구질하게 여겨 왔던 것이다.

간밤에도 근처 어느 집에서 굿을 하는 듯, 꽹과리 소리가 요란했다. 텔레비전 안테나가 무성해 있고, 갓 대학 출신의 젊은 샐러리맨 부부가 많이 살고 있는 동네인데도, 한밤중이면 굿하는 꽹과리 소리가 가끔 멀리 가까이 들리곤 하는 것이다. 아니, 반드시 한밤중만도 아니다. 한밤중의 그 소리가 더 기분이 나쁘고 음산하게 들린다 뿐이다. 그러나 우리는 한번도 그 일을 지나가는 말로라도 입 밖에 낸 일

● 씨부리다 실없이 자꾸 말을 지껄이다.

은 없었다. 어쩐지 그런 유의 얘기를 주고받기조차 처음부터 꺼림칙
했던 것이다. 더러 아내가,

"또, 또 어느 집에서 굿하나 봐요."

한마디 불쑥 지껄이기라도 하면, 번번이 딴청을 피우며 못 들은 체
해 버렸다.

그럴 때마다 나는 벌써 소심해져 있었고, 그 무슨 불길한 것에 손
끝이 닿아지는 듯하여 그런 소리조차 입에 올리기를 꺼렸던 것이다.

아내는 나의 이런 소심한 성격을 알고 나서부터는 내심 구질구질
하게 여기면서도 한편으로는 그녀 나름으로도 조심하는 것 같았으
나 그럴수록 우리 두 사람은 그런 일에 더 예민해져 있었던 것이다.

나는 그 이상한 고무신짝을 들고 이모저모 뜯어보았다. 분명히 더
도 덜도 아닌, 남자 고무신짝 하나였다. 크기도 특별나게 크다거나 작
다거나 그렇지 않고, 표준형 정도였다. 좀 이상하다면 금방 씻어 말
린 듯이 새하얗게 희다는 점이다.

그것이 더 을씨년스럽고* 기분이 나빴다.

"그럼, 도둑일까."

"도둑이면 발자국이라도 있을 거 아녀요. 도둑이 미쳤나, 조렇게
얌전하게 올려놓게."

"또 알아? 심리전을 쓰느라고 저랬는지."

"……."

아내는 쓰디쓰게 피시시 웃었다. 그 웃음 속에는 나에 대한 가벼
운 원망이 스며 있었다.

'당신이 늘 그런 데에 필요 이상으로 신경을 쓰니까 저런 것도 저

---

* 을씨년스럽다 날씨나 분위기가 몹시 스산하고 쓸쓸한 데가 있다.

렇게 껴드는 거야요. 심리전이라는 것도 그렇지요. 이쪽에서 약점이 있으면 쓰는 게지.'

하는 눈길이면서도 아내는 낮은 가락으로 말하였다.

"호옥 쓰레기꾼이 장난을 했나. 두 사람 가운데 젊은 쪽이 꽤 장난 꾸러기던데, 뉘 집 쓰레기통에 한 짝만 들어 있으니까 그걸……."

"그렇군, 그렇군."

나도 둔하게 건숭건숭 대답은 하였으나 이미 아내의 그런 소리를 제대로 듣고 있지는 않았다.

그 흰 남자 고무신짝 하나는 고무신으로서의 분명 단순한 용처(用處)*를 일거에 몇 차원을 뛰어넘어 뚜렷뚜렷하게 내 어느 깊은 안속*으로 이미 달려들고 있음을 어쩔 수 없었다.

'이 양반, 또 병났군.' 하는 듯, 아내는 상을 찡그리면서도,

"어젯밤도 꽹과리 소리가 밤새 나던데요. 어느 집에서 또 굿을 하는 모양이던데." 하고 말하자,

"쓸데없는 소리."

나는 울컥 화를 내듯이 두 눈을 부릅뜨기까지 하였다.

이 일로 인하여, 이미 아내도 나처럼 공포감에 휘말려 있는 것이 확실해 보였다.

국민학교* 4학년쯤이었을 것이다. 나는 밭에 버려진 신짝 하나를 보고 공포에 떤 일이 있다. 비 오는 속의 무밭에 앞대가리 부분이 무 잎이 무성한 밭 속에 처박혀 있는 검정색 '지카다비'* 짝이었다.

● 용처(用處) 돈이나 물품 따위를 쓸 곳.
● 안속 안에 지닌 속마음. 겉으로 드러나지 않은 속이나 안.
● 국민학교 초등학교의 전 용어.

발뒤축께의 세 개의 호크°까지 멀쩡하던 일이 지금도 뒷등이 선득하리°만큼 기억에 또렷하다.

바로 태평양전쟁°이 나던 이듬해인가여서 그 무렵 그 '지카다비'는 대유행이었던 것이다. 본시 광산 노동자용이었던 모양인데, 아닌 게 아니라 그 검정색 생김생김부터가 광산용으로 꼭 어울려 보였었다. 우리 마을에서 5리쯤 내려가면 철도 공장과 피혁 공장이 있었는데, 그 공장에 다니면 징용°을 면한다 해서 마을 사람들은 너도나도 그리로 몰렸었고, 그 '지카다비'는 집집마다 무성했던 것이다.

그때 무밭의 '지카다비' 짝이 그토록까지 무서웠던 것은 대체 무슨 까닭이었을까. 그 '지카다비'가 지닌 평범하고도 단순한 용처를 떠나, 생판 엉뚱하게도 무밭에 처박혀 있어서, 그 '지카다비'의 '지카다비'로서의 노선 혹은 룰에서 벗어져 나온 그 점이, 공포감으로 작용했던 것일까. 일단 그렇게 생각해 볼 수는 있다. 그러나 단순히 그 이유뿐일까. 단순히 그 이유였다면 그냥 그 정도로 처결(處決)해° 치울 수가 있었을 것이다. 그 무렵 모든 신의 바닥 고무는 고무 성분이 덜 들어가 녹신녹신하지가° 못하였으니까, 어쩌다가 바닥의 중동이°가 뚝 부러져 더 이상 못 신게 되어서 홀쩍 무밭에 버렸으리라. 한 짝은 무밭 한가운데로 멀리 버리고 한 짝은 이렇게 가장자리께로, 이 '지카다비' 짝에서만 한해서는 분명히 이러했을 것이다. 공포감이고 뭐

• 지카다비(地下足) '노동자용 작업화'를 일본어식으로 읽은 말.
• 호크(haak) 단추처럼, 벌어진 곳을 잠그는 갈고리 모양의 물건.
• 선득하다 서늘한 느낌이 있다.
• 태평양전쟁(太平洋戰爭) 1941년부터 1945년까지 일본과 연합국 사이에 벌어진 전쟁.
• 징용(徵用) 일제 강점기에 일본 제국주의자들이 조선 사람을 강제로 동원하여 부리던 일.
• 처결(處決)하다 결정하여 조처하다.
• 녹신녹신하다 질기거나 차진 물체가 매우 무르고 보드랍다.
• 중동이 중동. 사물의 중간이 되는 부분이나 가운데 부분.

고 느껴질 건덕지라곤 없다.

아, 지금에야 생각이 난다. 그날은 마가을*비가 내렸었는데, 무슨 까닭인지 나는 저녁답*에 혼자 비를 맞으며 돌아오고 있었던 것이다. 지금 아무리 머릿속을 짜내어도 무슨 이유로 그때 그렇게 혼자만 늦게 돌아오게 되었는지는 생각이 나지 않는다. 그러나 다만 확실한 사실은 학교에서 혼자 나올 때부터 이미 나는 '큰 산'이 안 보일 것이라는 예상으로 쓸쓸해 있었던 것이다. 이 정도로 패연하게* 비가 쏟아지는 날은 으레 '큰 산'은 구름에 깝북 가리는 것이다.

하긴 일반론으로서도 그렇긴 하다. 활짝 갠 날보다 덜 갠 날이 기분은 언짢은 법이며, 덜 갠 날보다 흐린 날이, 흐린 날보다 비 오는 날이, 비 오는 날 가운데서도 마가을 저녁답의 빈 들판에 내리는 비가 훨씬 더 쓸쓸한 법이다. 그러나 그 무렵의 나에게는 더 분명한 것이 있었다. 비가 이 정도로 쏟아지는 날에는 '큰 산'이 구름에 깝북 가려진다는 점이었다. 그 '큰 산'이 가려지면, 여느 때는 그 '큰 산'에 의지하면서 각각이 각각의 분수 나름으로 얌전히 있던 가까운 주위의 야산(野山)들이 갑자기 시커멓게 뚜릿뚜릿해지며 그로테스크한* 외양으로 변해 버리는 것이다. 그리하여 들판도 의지할 데를 잃어버리며 한결 가라앉아진다. 온 누리는 그렇게 갑자기 균형을 잃고 썰렁해지고, 개개의 것들이 개개 나름으로 저를 주장해 나서며 티격태격거리기 시작하는 듯이 보이는 것이다. 그것이 어째서 그렇게도 쓸쓸하게 느껴졌던 것일까.

● 마가을 '늦가을'이란 뜻의 방언.
● 저녁답 '저녁때'란 뜻의 방언.
● 패연(沛然)하다 비 따위가 쏟아지는 모양이 매우 세차다.
● 그로테스크하다 기괴하다. 외관이나 분위기가 괴상하고 기이하다.

우리 마을 서쪽 멀리 청(靑)빛의 마식령* 줄기가 가로 뻗어 갔는데, 마을 사람들은 이것을 '큰 산'이라고 불렀던 것이다. 내 경우 이 '큰 산'은 그곳에 그 모습으로 그렇게 있다는 것만으로 항상 나의 존재의, 나를 둘러싼 모든 균형의 어떤 근원을 떠받들어 주고 있었던 것이다. 내가 태어난 후 가장 먼저 익숙해진 것은 어머니 젖가슴이었겠지만, 두 번째로 익숙해진 것은 그 '큰 산'이었을 것이다. 아침저녁으로 우리 집에서 정면으로 건너다보이던 그 '큰 산', 문만 열면 서쪽 하늘 끝에 웅장하게 덩더룻이* 솟아 있던 그 청빛 큰 산. 그 '큰 산'에서부터 산과 골짜기들이 곤두박질을 치듯이 내려오다가 골짜기 하나가 서서히 길게 뻗으면서 갑자기 흰 치맛자락 펴듯이 큰 내를 이루며 내려오는 가에 미루나무 숲이 우거지고, 우리 마을이 앉아 있는 것이다. 그렇게 우리 마을 앞에서부터 좁은 들판이 시작된다. 이 들판은 더욱 퍼지면서 밑으로 흘러 내려가, 두 야산 끝머리의 한 머리는 원산 거리 쪽으로 닿고, 한 머리는 비옥한 안변평야*의 북쪽 끝으로 가 닿는 것이다.

바람도 없이 비는 패연히 쏟아졌고, 저녁답이라 들판은 휑하니 비어 있었다. 웃 보매기 마을로 올라가는 길과 우리 마을로 들어가는 갈림길까지는 빈 달구지* 서넛이 가고 있어, 그런대로 나도 심심치는 않았다. 달구지꾼들은 늙수그레하였고, 소 엉덩이 뒤에 바싹 붙어 앉아 웅숭그리고 있었는데 싸릿대로 엮은 삿갓을 쓰고 쉬임 없이 웅얼

---

* 마식령(馬息嶺) 함경남도 문천군 풍산면과 문천면의 경계에 있는 고개. 말이 고갯길에서 휴식을 취하던 데에서 유래한 이름.
* 덩더룻하다 '덩두렷하다'의 방언으로, 매우 덩실하고 아주 분명하다는 뜻.
* 안변평야(安邊平野) 함경남도 안변에 있는 남대천 유역에 펼쳐진 평야.
* 달구지 소나 말이 끄는 짐수레.

거리고들 있었다. 비를 맞고 가는 어린 나더러도 저희들 빈 달구지에 올라타라고 했을 법도 한데, 어째선가 그날따라 하나같이 모두 냉랭하였다. 나도 그날따라 웬일인지 그들의 그것을 당연한 것으로, 어린 나이에 걸맞지 않게 접어 생각하면서, 무리를 해서까지 굳이 올라타고 싶지가 않았던 것이다.

그러나 그 달구지꾼들과 헤어져 마을로 들어가는 안길*로 혼자 꺾이면서, 비로소 나는 저녁답과 비를, 그리고 '큰 산'이 안 보이는 쓸쓸함을 분명하게 의식했다. 아, 그때의 그 분명하던 의식! 그리고 그 쓸쓸함!

바람 한 점 없이 패연하게 쏟아지는 빗속에, 온 누리는 음산하고 오로지 써늘할 뿐이었다. 천지에 들리는 것은 지척지척 비 내리는 소리뿐이었다. 아, 그 아득함! 아득함! 그 비 내리는 소리도, 귀를 곤두세워 빗소리를 의식하면서 듣자고 해야, 밭 가운데 여기저기 세워 놓은 수숫대 무더기에 비꼬치* 듣는 소리로 구체적으로 들릴 뿐이지, 그냥 멍청한 귀에는 그 빗소리가 그저 그렇게 낮은 가락의 그 무슨 하늘과 땅의 둔탁한 울림소리 같은 것으로, '큰 산'을 잃어버린 허공 같은 소리로만 들렸던 것이었다.

그 '큰 산'이 구름에 깝북 가려 보이지 않아서 좁은 들판은 더 푸욱 패어 보이고, 양옆의 야산도 빗속에 더 시커멓게 뚜릿뚜릿해 보였다. 빠안히 들여다보이는 우리 마을도 집집의 굴뚝마다 젖은 저녁연기는 내고 있었지만 여느 때 없이 쓸쓸해 보였다.

'큰 산'이 구름에 가려서 안 보이는 것이 어찌 이렇게도 이 들판에,

---

* 안길 안쪽으로 난 길.
* 비꼬치 빗방울.

이 누리에, 쓸쓸한 느낌을 더하게 하는 것일까. 야산을 야산이도록, 강을 강이도록, 이만한 분수의 들판을 이만한 분수의 들판이도록, 저렇게 빠안히 건너다보이는 우리 마을을 우리 마을이도록, 제 분수대로 제자리에 쏘옥 들어앉지 못하게 하는 것일까.

　바로 이때 나는 길 가장자리 무밭에 아무렇게나 버려진 그 '지카다비' 짝을 흘깃 보았던 것이다. 순간 화닥닥 놀라 머리끝이 쭈뼛해지는 공포감에 휘감겨서 미친 듯이 빗속을 달렸던 것이다.

　후에야 알았지만 아침에 그런 일이 있고 난 그날 밤에 아내는 그 고무신짝을 들고 골목길을 이리저리 기웃거리다가 길가의 아무 집이건 가림이 없이 여느 집 담장으로 휭 던졌던 모양이었다. 물론 아내는 제 자존심도 있었을 터여서 그런 얘기를 나에게는 입 밖에 내기는커녕 전혀 내색조차 하지 않았다. 나도 아침에 그런 일이 있고, 그 고무신짝은 대문 앞의 멋대가리 없게 생긴 시멘트 덩어리 쓰레기통에 버린 후, 그런 일은 없었던 셈으로 쳤다. 우리는 미심한* 대로 그 일을 그렇게 처결해 버렸던 것이다. 그러나 아내는 그 미심한 점이 역시 미심했던 모양이었다. 나는 하루 종일 거리로 나와 있었지만 아내는 하루 종일토록 집에만 있었으니, 그 미심한 느낌인들 나보다도 훨씬 더했을 것이다. 그렇게 아내는 이미 그 고무신짝의 논리 속에 흠뻑 빠져 들어가고 있었던 것이다. 그리하여 어두울 무렵에 혼자 나갔을 것이다. 쓰레기통 속에서 희끄무레한 남자 고무신짝을 끄집어냈을 것이다. 골목길을 오르내리며 마땅해 보일 만한 장소를 물색했을 것이다. 그러다가 아무 집이건 담장 너머로 휭 던져 버렸을 것이다.

* 미심(未審)하다 일이 확실하지 아니하여 늘 마음을 놓을 수 없다.

그렇게 그쯤으로 액땜*을 했다고 자처해 버렸을 것이다.

그 며칠 후, 정확하게 열흘쯤 지나서였다.

아침에 자리에서 눈을 뜨자 먼저 일어나 밖으로 나갔던 아내가,

"아빠아 눈 왔다아, 눈 왔어."

호들갑을 떨 듯이 소리를 질러서, 나도 벌떡 자리에서 일어나 내의
바람으로 달려 나갔다.

아내는 뜰 한가운데 파자마 바람으로 싱글벙글 웃고 서 있었다.

수북하게 눈이 와 있었다. 게다가 하늘은 활짝 개고 해는 금방 떠
오를 모양이다.

"밤새 왔던 모양이지요."

"그걸 말이라고 하나, 당연하지."

"아이 야박스러. 좀 그렇다고 맞장구를 쳐 주면 어때요."

"나는 합리적인 사람이니까 이치에 닿지 않는 소린 싫거든."

"흥, 이치 좋아하시네."

하고, 아내는 입은 비시시 웃고, 눈은 얄팍하게 나를 흘겨보듯 하더
니, 다시 장난스러운 표정이 되며 물었다.

"하늘에 깝북 구름이 차 있다가, 가장 빠른 시간 안으로 이렇게
온 하늘이 깨끗이 개어 오르려면 몇 분이나 걸리는지 알아요?"

나는 잠시 무슨 뜻인지 몰라서 뚱하게 아내를 쳐다보았다.

"그건 하늘 나름일 테지."

"하늘 나름이라뇨?"

"넓은 하늘도 있고 좁은 하늘도 있지 않겠어. 그건 어쨌든, 자기
는? 자기는 아나?"

* 액땜 앞으로 닥쳐올 액을 다른 가벼운 곤란으로 미리 겪음으로써 무사히 넘김.

"몰라요, 모르니까 묻죠." 하고 아내는 낭랑한 목소리로 한바탕 또 웃었다.

눈 내린 겨울 아침과 저 낭랑한 웃음. 저 웃음으로 해서 이 눈 내린 겨울 아침이 훨씬 더 눈 내린 겨울 아침으로 느껴지도록 하고 있는 저 웃음. 또한 저 웃음으로 하여금 더욱더 저 웃음이도록 해 주고 있는 이 활짝 개어 오른 눈 내린 겨울 아침.

그러나 무엇인가 빠져 있다. 나는 일순 고향의 그 '큰 산'이 문득 떠오르려고 하는 것을 머리를 설레설레 흔들어 지워 버렸다.

그러고 보니, 비나 눈이 오다가 개어 오를 때는 대개 바람이 불면서 스름스름* 걷히는데, 어느새 눈 깜짝할 사이에 온 하늘은 활짝 개어 있곤 하는 것이다. 선들바람이 지나가면서 두꺼운 하늘 한복판에 파아란 구멍 하나가 깊숙하게 뻥 뚫렸다 싶으면 스름스름 구름이 날아간다. 다음 순간 눈 깜짝할 사이에 어느새 온 하늘은 끝까지 활짝 개어 있곤 하는 것이다. 그렇다, 늘 '어느새'다. '어느새'라는 낱말 한 마디로 간단히 처리되지만, 간단히 처리 안 될 수도 없게 그렇게 '어느새'다. 하늘 끝에서 끝까지 완전히 개어 오르는 그 과정을 처음부터 끝까지 완벽하게 지켜본 사람이 있을까. 온 하늘의 구름 조각 하나하나가 한꺼번에 스러져* 가는 것을 완전히 본 사람이 있을까. 설령 보았대도 마찬가지일 것이다. 정신이 번쩍 들듯이 정신을 차려 보니까 '어느새' 온 하늘이 활짝 개어 있기는 마찬가지일 것이다.

이렇게 눈이 내려서, 게다가 하늘이 개어 올라서 아내는 저렇게도 단순하게 기분이 좋은 모양이었다. 눈을 밟으며 사뿐사뿐 큰 문 쪽

• 스름스름 눈에 뜨이지 않게 조금씩 움직이는 모양.
• 스러지다 형체나 현상 따위가 차차 희미해지면서 없어지다.

으로 달려 나갔다. 그러더니 뜰 끝에서 멈칫 섰다. 일순 여들여들하게˚ 유연하던 아내의 뒷등이 무언가 현실적인 분위기로 굳어지고 있었다.

"어마, 저게 뭐유?"

헛간 쪽의 블록담 밑을 꾸부정하게 들여다보았다.

"뭔데?"

나도 가슴이 철렁해지며 문득 열흘쯤 전의 그 일이 떠올라 그쪽으로 급하게 다가갔다.

동시에 좀 전의 그 환하던 겨울 아침은 대뜸 우리 둘 사이에서 음산한 분위기로 둔갑을 하고 있었다.

"고무신짝이에요, 또 그, 그, 고무신짝."

아내의 목소리는 완연히 떨고 있었다. 거의 헐떡거리듯 하였다. 맞다, 고무신짝이었다. 그 새하얗게 씻은 남자 고무신짝.

"……"

나는 마치 머릿속의 저 아득한 맨 끝머리에 쩌엉스런˚ 깊고 빈 들판이 있다가, 그것이 또 확 열려 오는 듯한 공포 속으로 휘어 감겼다.

아내도 까맣게 질린 얼굴이다.

"대체 어떻게 된 셈이지?"

"돌아다니고 있어요, 저게. 염병 돌듯이."

아내는 빠른 입놀림으로 이렇게 헐떡거리듯이 지껄였다. 나는 그 아내를 금방 무당 내리는˚ 계집 쳐다보듯이 을씨년스러운 느낌 섞어 쳐다보았다.

• 여들여들하다 보들보들하다.
• 쩌엉스럽다 정신이 번쩍 들 정도로 놀랍다.
• 무당 내리다 신 내리다. 신이 무당에게 붙어 영(靈)적인 행동을 하다.

"돌아다니다니, 대체 무슨 소리야?"

"이 집에서 저 집으로, 저 집에서 이 집으로."

"그때 그 고무신짝은 분명히 쓰레기통에 버렸지 않아."

"아무래도 꺼림칙해서 그날 밤 당신이 들어오시기 전에 내가 다시 들고 나갔던 거예요."

"무엇이? 그럼 어느 집 담장 너머로 버렸었다는 말인가?"

"그렇지요."

아내는 당연하다는 듯이 약간 우락부락한 얼굴까지 되며 말하였다.

"왜?"

"왜라뇨, 당신 그걸 나한테 따져 묻는 거예요?"

"던지긴 어느 집으로 던졌어?"

"몰라요."

"……"

그러니까 이렇게 된 모양이다. 새벽 일찍 뜰 한가운데 그 고무신짝이 떨어진 것을 본 그 어느 집의 부부들도 쩌엉한 느낌에 휘어 감기며 간밤 내 근처에서 들리던 굿하는 꽹과리 소리 같은 것을 떠올리며 공포감에 사로잡혔을 것이다. 별로 복잡하게 궁리할 것도 없이, 그날 낮이든가 밤에, 이웃집 아무 집에건 담장 너머로 그 고무신짝을 훌쩍 던졌을 것이다. 남편 모르게 아내가, 혹은 아내 모르게 남편이. 그만한 자존심들은 있었을 것이다. 그렇게 액(厄)*은 이웃집으로 옮겨 보내고, 제 집은 일단 마음을 놓았을 것이다. 그러자 담장 안에 웬 고무신짝 하나가 떨어진 것을 본 그 집에서도, 그렇게 제 집으로 들어

● 액(厄) 모질고 사나운 운수.

온 액을 멀리는 못 쫓고, 그날 낮이면 낮, 밤이면 밤에, 근처 이웃집으로 또 던져 버렸을 것이다. 그 이웃집에서는 다시 이웃집으로. 또 그 이웃집으로, 순이네 집에서 영이네 집으로, 영이네 집에서 웅이네 집으로, 웅이네 집에서 건이네 집으로 이런 식이었을 것이다. 모두 현대적인 교육을 받은 터여서 자존심들은 있었을 것이다. 모두가 합리적인 사람대우는 대우대로 받고 싶었을 것이다. 그러나 대우는 대우고, 겪는 것은 겪는 것이다. 그들은 서로 상처 한 군데 입음이 없이 그 고무신짝만 이웃집 담장 너머로 던지면 되었던 것이다.

이렇게 합리적으로 생각하면서 합리적으로 웃음도 나왔지만 아내는 당장은 웃을 경황이 아니었다. 두 번째로까지 극성맞게 들어온 이놈의 고무신짝을 대체 어쩐단 말인가. 이 액을 우리 부부 혼자서만 감당할 자신이 우리는 이미 없는 것이었다.

"대체 저놈의 것을 어쩌지?"

나는 이미 액투성이 때가 엉기엉기 묻은 듯한 그 고무신짝을 만지기도 싫어서, 그것을 엇비슷이 건너다보며 투덜거렸다.

"어쩌긴 어째요, 놔두세요, 내가 처리할게."

아내는 독 오른 표정이 되며, 악착같이 해보겠다는 듯이 중얼거렸다.

"처리하다니, 어떻게?"

"아주 머얼리 보내지요. 이따가 밤에."

"산에라도 가져다가 버릴 요량*인가?"

"뭣 허러 산에 가져가요. 우리가 그렇게 질 수는 없는 거 아녜요."
하고 아내는 발끈하며 다시 말하였다.

"밤에 저놈의 걸 들고 버스 타고 멀리 가져갈 테예요. 하다못해 동

---

* 요량(料量) 앞일을 잘 헤아려 생각함. 또는 그런 생각.

빙고동에라도."

"어러러."

나는 입을 벌리며, 악착같이 해볼 기세인 시뻘게진 아내의 얼굴을
마주 쳐다보았다.

동시에 국민학교 4학년 적의 그 '지카다비' 짝과 그때 그 '큰 산'이
구름에 깝북 가렸던 교교한˚ 산천을 떠올렸다.

"'큰 산'이 안 보여서 이래, 모두가."

내가 나지막하게 혼잣소리로 중얼거리자, 아내도 나를 귀신 내리
고 있는 박수˚ 쳐다보듯이 쳐다보고 있었다.

"당신 이제 무슨 소리 했수. 대체 '큰 산'이 뭐유, '큰 산'이?"

"……"

그 '큰 산'은 청(靑)빛이었다. 서쪽 하늘에 늘 덩더릇이 웅장하게 퍼
져 있었다. 아침저녁으로 혹은 네 철을 따라 표정은 늘 달랐지만, 근
원은 뿌리 깊게 일관해 있었다. 해 뜨기 전 새벽에는 청청한 빛으로
싱싱하고, 첫 햇볕이 쬐면 산머리에서부터 백금색으로 빛나고, 햇볕
속의 한낮에는 머얼리 물러앉은 청빛이었다. 해 질 녘 저녁에는 골짜
기 하나하나가 손에 잡힐 듯이 거멓게 윤곽을 드러내고, 서서히 보랏
빛으로 물들어 간다. 봄엔 봉우리부터 여드러워지고˚, 겨울이면 흰색
으로 험준해진다.˚ 가을에는 침착하게 물러앉고, 여름이면 더 높아 보
인다. 그 '큰 산' 쪽으로 마파람˚이 불면 비가 왔고, '큰 산' 쪽에서 바

• 교교(皎皎)하다 매우 조용하다.
• 박수 남자 무당.
• 여드러워지다 윤기가 돌고 부드러워지다.
• 험준하다 지형이 높고 험하며 가파르다.

다 쪽으로 샛바람*이 불면 비가 그치고 하늘이 개었다. 그 '큰 산'은 늘 우리 모든 사람의 마음속에 형태 없는 넉넉함으로 자리해 있었던 것이다. 그 '큰 산'이 그곳에 그렇게 그 모습으로 뿌리 깊게 웅거(雄據)해* 있다는 것이, 늘 우리들 존재의 어떤 근원을 이루고 있었던 것이다. 깊숙하게 늘 안심이 되었던 것이다.

아, 그 '큰 산', '큰 산'.

그날 밤 아내는 악착같이 해볼 기세로, 시뻘게진 얼굴로 그 '고무신짝'을 신문지에 둘둘 말아 싸 가지고 어디론가 나갔다가, 9시가 지나서야 비시시 웃으며 들어섰다. 과연 나갈 때의 뭉뚱그려진 표정은 가셔지고, 무거운 짐이라도 벗어 놓은 듯이 분위기가 한결 가벼워져 있었다.

그러나 나는 아무 소리도 안 물었고 아내도 구태여 아무 소리도 안 하였다. 우리는 이렇게 이 정도로는 서로 존중해 줄 줄을 알고 있었던 것이다.

[1970]

• 마파람 남풍(南風). 남쪽에서 불어오는 바람.
• 샛바람 동풍(東風). 동쪽에서 불어오는 바람.
• 웅거(雄據)하다 일정한 지역을 차지하고 굳게 막아 지키다.

"아침에 깨어 보니 온 누리엔 수북하게 첫눈이 내렸는데, 대문 옆 블록 담 위에 웬 흰 남자 고무신짝 하나가 얌전하게 놓여 있었다."

이야기는 아주 사소하고 가벼운 사건 하나에서 출발합니다. 하지만 일상에서 벌어지는 작은 사건 하나가 원인이 되어 엄청난 결과를 초래하기도 하고 그런 사건을 통해 우리는 인생을 돌아보기도 합니다. 여러분은 그런 적이 없었나요? 「큰 산」에서는 지나쳐 버릴 수도 있는 아주 사소한 일을 통해 다양한 의미를 전달합니다.

너새니얼 호손의 「큰 바위 얼굴」을 연상시키는 이 소설은 어린 시절 소년의 마음속에 자리 잡은 '큰 산'의 모습을 통해 현대인의 삶을 성찰합니다. 도시의 삶은 농촌 공동체의 그것과 많이 다릅니다. 익명성을 바탕으로 경쟁심과 이기적 욕망들이 뒤엉켜 있으니까요. 소통의 부재, 단절된 이웃과의 관계에서 오는 불안을 작가는 한 짝의 고무신을 통해 상징적으로 묘사하고 있습니다.

이런 내면의 불안과 공포는 개인적인 특징일 수도 있지만 우리를 둘러싼 삶의 조건들과도 무관하지 않습니다. 1970년, 이 소설이 발표될 당시의 사회적 상황도 고려할 필요가 있습니다. 군사 정권이 독재 권력을 연장하기 위해 3선 개헌을 강행하면서 사회는 극도로 불안해집니다. 사회적 불안은 힘없는 개인들에게 스며들어 불안이 만연하고 자신과 자기 가족을 먼저 생각하는 이기심을 낳습니다. 그러나 이 소설에서 작가는 정치적인 변화를 전혀 언급하지 않은 채 소시민들의 불안과 이기심을 드러내는 방식으로 시대 상황을 간접적으로 암시합니다. 늘 자신을 돌아보게 하고 마음을 기댈 수 있는 '큰 산'이 사라진 시대의 아픔이 그래서 더 절실하게 느껴집니다. 현대인의 이기심을 보여 주려는 단순한 의미뿐만 아니라 소설의 마지막에서 언급하듯이 '우리들 존재의 어떤 근원'을 찾아보려는 작품이 아닌가 싶어요.

여러분에게도 '큰 산'의 역할을 하는 존재가 있나요? 늘 마음 한구석에 자리해 자신을 지탱해 주고 든든하게 지켜 주는 믿음직한 어떤 대상을 찾아본다면 이 소설은 또 다른 느낌으로 다가올 것입니다.

활동

1 주인공은 자신과 아내의 성격을 어떻게 말하고 있나요?

2 흰 고무신 한 짝에서 떠올린 어린 시절의 사건은 무엇인가요?

3 '큰 산'은 구체적으로 어디를 가리키며, 성인이 된 주인공에게 어떤 상징적 의미를 지닌 것일까요?

4 미국 작가 호손의 소설 「큰 바위 얼굴」은 '이상적인 인간상을 추구하는 삶의 가치와 목표'라는 점에서 「큰 산」과 주제의 유사성을 보이고 있습니다. 두 소설의 차이점을 말해 봅시다.

남쪽 계단을 보라

윤대녕

윤대녕(尹大寧, 1962~). 소설가. 충남 예산에서 태어나 단국대 불문과를 졸업했다. 1988년 대전일보에 「원(圓)」이, 1990년 『문학사상』 신인상에 단편소설 「어머니의 숲」이 당선되어 작품 활동을 시작했다. 1990년대의 문학적 감수성을 대변하는 작가로 주목받았으며, 독특한 구성과 미학적인 문체로 정치사회적 이슈에 무관심한, 대도시에서 살아가는 고독한 개인의 내면 풍경을 형상화했다.

소설집 『은어낚시통신』 『남쪽 계단을 보라』 『많은 별들이 한곳으로 흘러갔다』 『누가 걸어간다』 『제비를 기르다』, 장편소설 『옛날 영화를 보러 갔다』 『미란』 『눈의 여행자』 『호랑이는 왜 바다로 갔나』 등이 있다.

남쪽 계단을 보라 윤대녕

그날 아침, 내게 무슨 일이 일어났던가. 신기루를 보았던가. 혹은 4월에 6월의 여자를 보았던가. 그것은 실재하는 것이었던가, 아니면 실재하지 않는 것이었던가. 하지만 그걸 알고 있는 사람은 오직 나뿐일 터이다.

창문이 한 뼘쯤 비껴 있었다. 담배 연기가 빠져나가도록 전날 밤 일을 시작하기 전에 열어 놓았을 것이다. 또한 입을 아 하고 벌린 감자 모양의 재떨이 속엔 담배꽁초가 가득 들어차 있었다. 그리고 찌꺼기가 말라붙은 커피 잔, 줄리니*가 지휘한 슈베르트의 「미완성 교향곡」이 돌아가고 나서 ON 표시만 빨갛게 남아 있는 오디오 세트, 쉼 없이 깜박거리고 있는 컴퓨터 화면 속의 커서, 그날 오전 예정돼 있는 신상품 기획회의에 참석하기 위해 밤새 작성한 보고서와 각종 자료들, 책상 위에 드리워져 있던 검은빛 코냑 술병의 기다란 실루엣……. 뭐 이런 것들의 영상이 우선 떠오른다. 그래,
나는 컴퓨터 옆에 놓여 있는, 황의동이란 사진작가가 찍은 「진달래 동산」이란 컬러 사진을 들여다보고 있었다. 그것은 '삼성생명'에서 『1994/산악』이란 제목으로 연초에 고객들에게 나눠 준, 마흔여덟 장의 산(山) 사진을 일주일마다 한 장씩 넘길 수 있게 만들어 놓은 꽤

---

* 줄리니(Carlo Maria Giulini, 1914~2005) 이탈리아의 대표적인 지휘자.

고급스런 탁상용 다이어리였다. 말하자면 「진달래 동산」은 4월 4일부터 10일까지 볼 수 있는 마흔여덟 개 산 중의 하나인 셈이었다. 여천 반도에 위치한 영취산의 한 자락을 찍은 아름다운 사진이었다. 나는 거의 한 시간 동안이나 그 사진을 골똘히 들여다보며 신새벽 창밖에서 땅거죽˚을 슬그머니 들추고 올라오는 풀잎들의 노란 수군거림을 듣고 있었던가. 그러다 불현듯 봄, 서른 살이라는 나이, 과거의 고통스러웠던 젊음과 쓸쓸한 추억, 돌연 낯설게 느껴지는 자신, 혹은 곧 예기치 못했던 일이 벌어질지도 모른다는 막연한 기대와 불안감 같은 것들에 사로잡혀 있었다. 그리하여 지금부터라도 조금은 달리 살아 보고 싶다는 은밀한 욕망에 시달리느라 다만 두세 시간도 눈을 붙이지 못하고 그만 밤을 꼬박 새우고 말았다. 오전 9시 반부터 회사에서 열릴 기획 회의가 염려되긴 했으나 이미 잠을 자 두기에는 늦은 시각이었다.

그런데 그런 다음엔 도대체 내게 무슨 일이 일어났던가.

암만 생각해도 전날과 다른 것이라곤 아무것도 없었다. 다만 밤을 꼬박 새우고 났을 때의 둔중한 피로감이 몸과 마음에 침침하게 배어 있다는 것 정도였다. 이윽고 6시 30분이 되자 나는 의자에서 일어나 청소를 하고 간단하게 아침 식사를 한 다음 옷을 갈아입고 7시 반에 집을 나섰다. 그 시간에 집을 나서면 잠실에 있는 회사에는 보통 8시 50분에 도착하게 돼 있었다. 그러니까 일요일을 제외하면 그날도 매양 같았던 아침나절의 그렇고 그런 풍경이었던 것이다.

집에서 전철역까지는 걸어서 약 10분. 주택가 골목을 빠져나오면 곧바로 단풍나무 길이 전철역까지 길게 이어져 있다. 마치 오아시스

˚땅거죽 땅의 표면. 지표(地表).

로 가는 길처럼. 여름이 되면 나뭇잎이 우거져 아치형의 숲길을 만들어 놓는다. 서울역에서 불과 한 시간 남짓한 거리지만, 이곳엔 지척에 산이 있고 낚시터가 있고 논밭이 있는 말 그대로 전원이다. 일요일마저도 서울에서 살기가 싫어 나는 두 해 전에 이곳으로 이사를 왔던 것이다. 아침 녘의 청람빛* 싱그런 공기를 마시며 전철역까지 걸어가는 순간이야말로 하루 중 가장 느꺼운 순간이 아닐까 싶다. 길가에서 봄 이슬을 털고 쑥쑥 올라오고 있는 푸른 풀잎들을 곁눈질로 홈쳐보며 걷고 있는 순간만큼은 그 갑갑한 양복쟁이라는 생각을 잊어버릴 수 있는 것이다.

그래, 그날 아침 나는 단풍나무 길에서 한 여자를 만났다. 아니 만났던 게 아니다. 그저 한 여자의 뒷모습을 우연히 목격했다고 함이 옳다. 그녀는 나로부터 50미터쯤 떨어진 전방에서 전철역을 향해 느릿느릿 걸어가고 있었다. 가냘픈 몸매에 투명할 정도로 얇아 보이는 하늘색 원피스를 입고 있었으며 긴 머리에 검은색 핸드백을 오른쪽 어깨에 메고 있었다. 어쩐지 철이 이르다 싶은 옷차림이었다. 4월 초순인지라 아침 녘엔 바람에 차디찬 물기가 배어 있을뿐더러 대낮이라고 해도 꽃샘바람이 불어 아직도 내복을 입고 다니는 여자들이 있는 것이다. 하지만 남자인 내가 보기엔 사정이야 어떻든 눈이 부시게 화사한 옷차림이었다. 계절에 둔감한 여자보다야 일찍 철을 타는 여자가 매력 있어 보이는 것은 어쨌거나 사실이 아닌가. 아침에 멀리 연둣빛 산자락이 보이는 한산한 길에서, 그것도 앞이 아니라 뒤에서 목격한 신비한 하늘색 여자의 뒷모습. 불면으로 침침해져 있던 머릿속이 깨끗이 밝아 오며 나는 절로 발걸음을 빨리하고 있었다. 저 여

● 청람(靑藍)빛 푸르스름한 빛.

자와 같은 전철 칸에 타고 가는 것도 나쁘달 것은 없다는 생각이 들어서였겠지. 그녀는 몽유병 환자처럼 천천히 남쪽 계단을 올라가고 있었다. 그녀의 하늘색 옷자락이 실크 커튼처럼 바람에 한 번 후르르 흔들리는 게 보였다.

한데 그녀와 나와의 거리가 약 30미터쯤으로 좁혀졌으리라 생각하고 있던 그때, 내 머릿속을 확 찌르고 지나가는 생각이 있었다. 지난밤부터 줄곧 깨어 있었기 때문에, 아침에 수선을 떨 필요도 없었고, 그래서 제법 꼼꼼하게 출근 준비를 했다고 믿었던 것인데 무언가 중요한 것을 빠뜨리고 나왔다는 생각이 문득 들었던 것이다. 그리고 그 생각이 들었을 땐 나는 이미 그게 무언가를 직감적으로 깨닫고 있었다. 혹시나 싶어 길바닥에서 서류 가방을 뒤져 보았으나 참고 자료들만 가득 차 있을 뿐, 밤을 꼬박 새워 만든 회의 보고서가 빠져 있었다. 빌어먹을! 매양 시간에 쫓겨 서두를 때는 오히려 이런 일이 없었건만 대체 이 무슨 꼴이란 말인가. 집에까지 뛰어갔다 오면 가까스로 출근 시간까지는 회사에 도착할 수도 있을 듯했다. 그러한 와중에 슬몃 남쪽 계단을 보니 하늘색 여자는 막 전철역 입구로 들어서고 있는 참이었다.

그런데 그다음 순간, 계단 모서리를 돌아가던 여자가 그 자리에 우뚝 멈춰 섰다. 그러고는 무슨 소리를 들은 사람처럼 이쪽을 아슴히˚ 돌아보는 게 아닌가. 나는 전봇대처럼 꼼짝 않고 서서 한동안 그녀를 무연히˚ 마주 보고 있었다. 하나 그녀가 꼭 나를 쳐다보고 있었다고는 할 수 없었다. 왜냐하면 그녀와 나는 서로 얼굴을 알아볼 수 없

˚ 아슴하다 모양이나 상태가 흐릿하여 잘 보이지 않거나 기억이 날 듯 말 듯한 상태, 또는 어떤 정서가 확연히 느껴지는 것이 아니라 흐릿한 상태를 뜻하는 순우리말.
˚ 무연하다 아무 인연이나 연고가 없다.

는 거리를 사이에 두고 있었다. 아마도 전철역에서 누굴 기다리기 위해서 서 있는 거겠지. 그런 생각이 들고 나서야 나는 도리질을 하며 왔던 길을 돌아가고 있었다.

그로부터 내가 다시 그녀를 본 것은 불과 10분 후다. 허겁지겁 집에 들렀다 나와 내가 다시 단풍나무 길로 들어섰을 때, 그녀는 아까처럼 전방 50미터 지점에서 하늘빛 옷자락을 흔들며 걸어가고 있었던 것이다. 남쪽 계단 위에 서 있는 게 아니라 내가 걷고 있는 단풍나무 길에서 말이다. 이를테면 10분 전에 돌아간 영사기의 필름을 거꾸로 다시 돌리고 있을 때와 같은 형국이었다. 그동안에 변한 것이라곤 손목시계의 분침이 열 개의 눈금을 지나친 것밖에는 없었다. 또한 이번에는 서류가방 안에 보고서가 제대로 들어 있다는 것 정도밖에는.

그녀는 남쪽 계단을 또 느릿한 걸음으로 올라가서는 잠시 멈춰서 이쪽을 스윽 돌아보더니 곧바로 전철역 안으로 사라졌다. 무엇에 씐 듯 나는 부리나케 전철역으로 뛰어 들어갔다. 그러나 아무리 주위를 둘러봐도, 어디로 갔는지 그녀의 모습은 감쪽같이 사라지고 없었다. 잠시 후 쾌애 하고 승강장으로 전철이 들어왔으므로 나는 머뭇거리다 맨 뒤쪽 칸에 올라탔다.

회사까지 오는 동안 나는 완전히 멈춰져 있던 그 10분에 대한 생각에 사로잡혀 있었다. 예기치 못했던 그 일로 하여 나는 돌연 중심을 잃고 흔들리고 있었다. 잠을 못 잔 탓이려니 싶었지만, 그래서 허깨비를 본 모양이라고 치부해 버리려고 했지만, 나는 피사의 사탑*처

---

* 피사(Pisa)의 사탑(斜塔) 이탈리아의 피사 대성당에 있는 기울어진 종탑. 1173년에서 1350년에 걸쳐 건립된 8층의 둥근 탑으로, 공사 중에 지반이 내려앉아 기울기 시작함.

럼 이미 중심 각도가 기울어져 있는 나를 발견하고 있었다. 이를테면 그때부터 나는 '세계'의 10분 앞이거나 혹은 10분 뒤인 곳에 있게 되었다고 하는 묘한 생각에 시달리기 시작했다. 그러니까 남들은 9시에 존재하고 있는데 나만이 9시 10분에 존재하게 되었다고 하는. 문제는 앞이거나 뒤가 아니라 '세계'와 '나' 사이에 시간차가 발생했다는 것일 터였다.

누가 나를 '세계'의 바깥으로 슬쩍 밀어 놓은 것일까. 누가 그날 아침에 하늘색 한 조각을 그 후미진 전철역 남쪽 계단에 떨어뜨려 놓았던 것일까.

회사에 도착한 것은 9시 50분이었다. 5분 일찍 출근하는 것과 그만큼 늦게 출근하는 것의 차이는 종종 끌고 가느냐 혹은 끌려가느냐의 형태로 나타나게 마련이다. 가령 늦었을 경우, 그때부터 왠지 여유 없이 쫓기게 된다는 것은 누구나가 경험해 보았을 것이다. 월례 회의, 그것도 계절에 민감하게 마련인 여성 의류 신상품 기획 회의의 기조실 담당자가 지각을 했다면 그 흔들림의 정도가 예사로울 수 없다고 봐야 한다. 아무튼 회사에 도착하자마자 정리해 온 보고서의 사본을 여러 개 만들고 홍보부와 영업부 그리고 디자인실에서 기조실로 제출한 참고 자료와 품의서˚들을 미처 다 정리하기도 전에 회의 시간이 다가왔다. 나는 잔등에 식은땀을 줄줄 흘리고 있었다. 그리고 회의가 진행되는 동안 나는 저 출근길에 발생한 '시차'를 극복하지 못하고 낭패다, 낭패다 하고 속으로 중얼거리며 내내 허둥대고 있었다. 내 모

˚ 품의서(稟議書) 웃어른이나 상사에게 여쭈어 의논하는 글.

습이 각 부서 중역*들 눈에 어떻게 비쳤는가는 두말할 필요조차 없었다. 내 눈에 비친 그들의 모습이 핀트가 안 맞은 사진처럼 보였으니 말이다.

　종일 나는 안절부절못하고 그저 퇴근 시간만을 초조하게 기다리고 있었다. 도저히 일이 손에 잡히지 않아서였다. 올해 남들에 비해 상대적으로 빨랐던 진급 때문에 그렇지 않아도 위아래서 눈여김을 받고 있는 터여서 나는 이제나저제나 긴장된 직장 생활을 하고 있던 것이다. 부장의 눈치를 보며 전전긍긍하고 있던 나는 모르겠다 싶어 홍보부 휴게실에 처박혀 온종일 '황금 골무상 파리 패션쇼' 비디오테이프를 틀어 놓고 건성으로 그걸 바라보고 있었다. 그도 견디기 힘들어 나는 퇴근 후 술이나 마실까 싶어 5시쯤 세희가 근무하는 자동차 회사의 디자인실로 전화를 해 보았으나 그녀는 외출 중인 상태였다.

　퇴근 시간이 돼 자리로 돌아왔을 때 책상 위에 한 통의 전화 메모가 돼 있었다.

　곽우길 씨: 17:30, 퇴근 시간에 다시 전화.

　곽우길? 얼른 기억이 나지 않았으나 가만히 머릿속을 뒤적여 보니 나와 고등학교 동기 동창인 친구였다. 그러나 고등학교를 졸업한 후로는 몇 번 나가지도 않은 동창회에서, 그것도 먼발치에서 한두 번 보았을 뿐인 그리 가까운 친구는 아니었다. 전북 부안인가 출신으로 서울서 대학을 나와 어디 오퍼상*에 근무한다는 소리를 전에 들은

---

* **중역(重役)** 회사의 중요한 임무를 맡은 임원을 통틀어 이르는 말. 사장, 이사, 감사 따위.

적이 있으나 그것도 벌써 몇 년 전의 일로 지금은 무얼 하고 있는지조차 나는 알지 못하고 있었다. 그가 개인적으로 내게 전화를 걸어온 것은 이번이 처음이었다.

6시 10분에 그로부터 전화가 왔다.

"오래간만이야. 근처에 올 일이 있어서 전화해 봤어. 저녁에 시간 있으면 술이나 한잔할까 싶어서."

딱히 거절할 만한 이유도, 거절할 수도 없었으므로 나는 그러마고 그가 있는 데를 물었다. 그의 목소리는 어쩐지 건전지가 떨어져 가는 시계의 초침 소리처럼 들렸다.

"롯데호텔 커피숍이야. 하지만 여기서 술을 먹긴 좀 그렇잖아? 누에나루에서 만나지 뭐. 강바람도 쐴 겸 선상 카페*에서 말이야."

롯데호텔이라면 내가 근무하는 회사 바로 옆이었다. 그런데 누에나루? 롯데호텔이 아니더라도 근처에 술을 마실 데는 얼마든지 있었다. 물론 누에나루라고 해도 회사에서 택시로 넉넉히 15분밖에는 걸리지 않지만, 아파트 뒷골목으로 해서 도로 밑 컴컴한 터널 하나를 지나야 하므로 젊은 남녀 사이라면 몰라도 밤에 일부러 그곳까지 가기는 좀 귀찮은 곳이었다. 선상 카페에서, 그것도 몇 년 만에 각별한 사이도 아닌 고등학교 동창을 만나야 하다니. 잠시 주저하다가 그러나 나는 또 그러마 하고 전화를 끊은 다음 그와의 약속 시간을 지키기 위해 곧바로 회사를 빠져나갔다. 그에게 전화가 걸려 오지 않았더라도 어차피 오늘 밤엔 밤늦게까지 술을 퍼마셨을 것이다.

누에나루 선상 카페에 도착했을 때 그는 먼저 와서 맥주를 마시고

---

* 오퍼상 무역 거래에서 매도인과 매수인 사이의 거래 조건을 조정하는 일. 또는 그 일을 전문으로 하는 업자.
* 선상 카페 배 위에 설치한 카페.

있었다. 그는 앉은 채로 내게 손을 내밀며 악수를 청했다.

"늦었군. 나보다 10분이 말이야. 내가 자네와 통화를 끝낸 다음 두 군데 더 전화를 하고 출발했으니까 내 계산대로라면 우린 거의 동시에 도착했을 텐데."

"아니, 전화를 끊자마자 곧바로 출발했는데."

나는 어리둥절한 기분으로 변명 아닌 변명부터 하고 있었다.

"아냐, 자네는 정확히 10분 지체했어. 누구한테 전화를 했다든가 화장실에 갔다든가 하는 일 때문에 말이야. 그걸 따지자는 게 아니고 기다리기가 뭣해서 먼저 맥주를 주문했다는 거야."

그는 무표정한 얼굴로 그렇게 말했다. 그렇지만 내 손목시계는 분명 6시 25분을 가리키고 있었다. 늦은 게 아닌 것이다. 나는 그가 내게 두 번째 전화한 시간이 정확히 몇 시였는가를 묻지 않을 수 없었다. 퍼뜩 하늘색 옷을 입은 여자의 모습이 떠올라서였다.

그는 6시 정각,이라고 짧게 끊어 말하고 좀 기분 상한 눈으로 나를 바라보았다.

"조금 늦을 수도 있지 뭘 그래. 자네 예전보다 많이 예민해졌군."

"……좀 과민해 있어. 실은 어제 한숨도 못 잤거든."

나는 맥주 다섯 병과 연어 훈제 요리를 추가로 주문하고 서서히 어둠이 내리고 있는 강으로 눈을 돌렸다. 머리에 색동 터번을 두른 유람선이 선착장을 떠나 여의도 쪽으로 슬슬 미끄러져 내려가고 있었다. 그 현란한 불빛이 우리가 앉아 있는 이물* 쪽 수면까지 길게 뻗쳐 와 무지갯빛으로 소용돌이치고 있었다. 맥주가 오는 동안 나는 속엣말로 이렇게 중얼거리고 있었다.

---

* 이물 배의 앞부분.

이 친구는 아까 누에나루, 이 선상 카페에 앉아 내게 전화를 했을 것이다.

하지만 나는 그에게 이런 말을 할 수가 없었다. 각도가 기울어 있는 것은 그가 아니라 나일 거라는 생각이 들었던 것이다. 그가 먼저 내게 잔을 권하고 술을 따랐다. 나도 기계적으로 그렇게 했다. 그사이 나는 초조한 마음으로 세희를 생각하고 있었다. 그리고 나는 지금 궤도 이탈 중은 아닌가 하는 엉뚱한 생각까지 하고 있었다. 그도 무슨 생각에 빠져 있는지 맥주 컵 안에 시선을 박은 채 한동안 말이 없었다. 그는 내가 모르는 수년간 무슨 일을 하고 살았던 것일까. 그리고 지금은 무슨 이유로 갑자기 나를 찾아온 것일까. 낚시꾼들이 켜 놓은 칸델라* 불빛들이 긴 제방선을 따라 반딧불처럼 깜박이고 있는 게 보였다. 그다지 할 말이 없었기로 나는 이런 경우 으레 그러하듯 그의 근황부터 물었다.

"오퍼상을 그만둔 지는 오래됐지. 한 이삼 년 외국에 나가 있었고 그동안 결혼을 하기로 약속했던 여자와는 헤어졌고 또 뭐 이런저런 일을 많이 겪었다고 할 수 있지. 도깨비처럼 살아왔어. 하긴 산다는 게 원래 도깨비장난이긴 하지만."

나는 묵묵히 그의 얘기에 귀를 기울이며 시야에서 멀어져 가는 유람선의 꼬리를 눈으로 좇고 있었다. 강바람이 꽤 차가웠으나 견딜 수 없는 정도는 아니었다. 무슨무슨 얘긴가 끝에 그가 밑도 끝도 없이 이런 말을 해 왔다.

"이봐, 강물을 쳐다보고 있으면 푸른 카펫 생각이 나지 않아?"

"카펫?"

---

* 칸델라(candela) 금속·도기 등으로 만든 용기에 석유를 넣고 면사를 심지로 하여 불을 켜는 휴대용 기구.

"그래, 카펫. 코발트빛 카펫 말이야."

「태양의 카펫」이라는 노래가 있기는 하지,라고 나는 속으로 중얼거렸다.

"글쎄, 바다라면 또 모를까. 컴컴한 강물을 내려다보면서 코발트빛 카펫이라는 게 좀 그렇군."

"바다? 그렇군……. 바다."

그는 거푸 맥주잔으로 손을 가져가며 내내 강물에 시선을 던져두고 있었다. 이 친구가 왜 나를 찾아온 것인지 시간이 갈수록 궁금하고 한편으론 답답하기까지 했다. 도대체 어떤 말을 하고 싶어서 이렇듯 뜸을 들이는 것인가. 피로한 몸에, 공복에 맥주가 몇 잔 들어가자 현기증 같은 게 우우 몰려들었다. 나는 중심을 잃지 않기 위해 술 먹는 속도를 조절하기 시작했다.

"실은 얼마 전에 누군가의 집엘 찾아갔었어. 나는 밀폐된 응접실에서 두 시간이나 집주인을 기다리고 있었다네. 납골당° 같은 방이었지. 벽 사면에 죽은 사람들의 사진들이 죽 걸려 있는 이상한 방이었어. 아마 집주인의 조상이나 친척들 사진이었겠지. 아무튼 나는 그 방에서 두 시간이나 꼼짝없이 혼자 앉아 있었단 말일세. 그 방바닥에 아까 말한 그런 카펫이 깔려 있었지."

"그랬군……. 그런데?"

"나는 마치 푸른 심해에 들어와 앉아 있는 것 같더군. 그러니까 벽에 붙어 있는 사진 속의 사람들과 함께 말이야. 어느새 그들과 무슨 얘긴가를 두런두런 주고받으며 말이야. 지금은 기억나지 않지만 그들과 무슨 얘긴가를 한참이나 주고받았네. 한데 그게 그다지 두렵다거

° 납골당(納骨堂) 시신을 화장하여 유골(遺骨)을 모셔 두는 곳.

나 괴이쩍다는 생각이 들지 않더군. 차라리 안식일 같은 기분이 들더란 말일세. 어디선가 관솔 타는 냄새가 나기도 하고 말이지."

"왜 그런 얘길 하는 거지?"

"글쎄 정확하게 뭐라는 얘기가 아냐. 다만 그때 이런 걸 느꼈다는 거지. 이를테면 세계가 우리가 아는 것처럼 단면이나 평면으로 이루어지지 않았다는 거. 말하자면 양면도 아니라는 거. 쉽게 말하면 회전문처럼 빙글빙글 돌아가고 있는 어느 한쪽 면, 한쪽 칸에 속해 우리가 살아가고 있다는 거. 그러다가 어느 순간에는 투명한 저쪽 면을 볼 때가 있다는 거. 그래서 갑자기 혼란이 온다는 거."

"혼란?"

"그래, 혼란. 아까처럼 나는 아주 낯선 장소라든가 예외적인 시간 따위를 가끔씩 경험하곤 한다네. 우리가 갖고 있는 이 단면적 인식으로는 접할 수도 볼 수도 없는 그런 이질적인 세계에 대한 경험 말이야."

낯선 장소, 예외적인 시간, 나는 다시금 아침에 보았던 하늘색 원피스의 여자를 떠올리고 있었다. 투명한 회전문 저쪽 칸에 서 있는.

"심각한 건 그게 정말로 실재하는 세계라는 생각이 든다는 거야."

"심각하군."

"나도 그렇게 생각해."

이런 말을 주고받는 사이에 다시 이물 쪽 수면에 색동 불빛이 어른거리는 게 보였다. 둥그렇게 말린 화환*을 쓴 배가 이번에는 여의도에서 누에나루 쪽으로 올라오고 있었던 것이다. 내 눈을 좇아 상행하고 있는 유람선을 물끄러미 쳐다보고 있던 그가 다시 말을 이었다.

* 화환(花環) 생화나 조화를 모아 고리같이 둥글게 만든 물건.

"나는 지금껏 줄곧 실패만 하며 살아왔다네. 그렇다고 남들보다 능력이 없었다고는 생각하지 않아. 다만 내 인생이 그렇게 운명적으로 실패를 예정하고 있었다고 느끼기는 하지. 나이가 들면 그런 게 느껴지거든. 그런데 지금 와선 더 이상 실패하는 인생을 살 수가 없다는 거야. 어째서 인생은 고등학생이나 풀 수 있는 숙제를 국민학생에게 맡기곤 하는 걸까. 사랑하는 여자로부터의 배신, 파산, 가까운 자의 때 이른 죽음, 청춘의 기쁨과 희망 같은 건 벌써 사라졌고 이제는 젊어지기 힘든 것들만 남아 있어……."

"……"

"요컨대 나는 전혀 다른 삶을 생각하고 있는 중일세. 세계가 정말 단면으로 이루어진 게 아니라면 말일세."

전혀 다른 삶이라고? 하지만 그렇게 말하는 그의 목소리에선 기이하게도 다른 삶을 찾고자 하는 그 어떤 힘도 의지도 느껴지지가 않았다. 나는 선착장에 도착한 배에서 쏟아져 나오는 사람들을 망연히 쳐다보면서 저들과 나는 과연 하나의 세계, 그러니까 하나의 면에 속해 있는가를 생각하고 있었다. 그와 나는 벌써 여덟 병째의 맥주를 마시고 있었다. 소주병만 한 맥주였지만 역시 여덟 병은 여덟 병인 것이다. 몸이 점점 떨려 오고 있었다.

"오래전에 나는 어디선가 이런 얘길 들은 적이 있다네. 사라진 사람들에 대한 얘기지."

"사라진 사람들?"

"어느 날 갑자기 훌쩍 사라지는 사람들이 생기는 거야. 그중에는 의사나 변호사도 있고 자네같이 평범한 샐러리맨도 있고 화방 주인도 있어. 이들은 한결같이 가정적으로나 사회적으로 멀쩡했던 사람들이야. 누가 봐도 그럴 만한 이유라곤 없는 사람들이었던 거야. 그런

데 돌연 공중으로 붕 떠 버리듯이 순식간에 흔적 없이 사라져 버리는 거지. 그러고 나서 오랜 세월이 지나 우연히 그들을 알고 있던 사람들 눈에 발견되는 경우가 있다는 거야. 의사였던 사람은 어디 낙도에서 낚시질을 하며 횟집을 하고 있고 변호사였던 누구는 촌 읍에서 택시 기사를 하고 있다는 거지. 하지만 그들은 이쪽 사람들을 몰라본다는 거야. 내지는 발견되고 나면 또 홀쩍 사라져 버린다는 거야."

"왠지 그럴 수도 있다는 생각이 드는군. 하지만 어째서 그런 일이 생기는 거지?"

"어쩐지 그들은 자의에 의해 사라진 것이 아닐지도 모른다는 생각이 들어. 그들은 어느 순간엔가 갑자기 다른 세계로부터 거부할 수 없는 명령 같은 걸 받았다는 생각이 드는 거야."

"글쎄, 그럴 수도 있겠지."

"이봐, 사실은 나도 일종의 그런 명령을 받고 있다는 느낌이 든다네."

"……!"

"얼마 전부터 설명할 수 없는 일들이 자꾸 내게 발생하는 거야. 문득문득 내가 밟고 있는 이 세계라는 것이 아주 이질적으로 느껴지면서 전혀 다른 세계의 모습이 눈에 비치는 거야."

"그게 도대체 어떤 세겐가?"

"모르지. 그걸 어떻게 알 수 있겠나. 그래서 두려운 거지. 혹시 내가 예기치 못했던 순간에 미지의 그쪽으로 홀연 사라져 버릴 것 같아서 말이지. 어쩌면 내가 새롭게 속하게 되는 세상이 다시 연옥* 같은 세상일지도 모른다는 생각이 들어서 말이야."

* 연옥(煉獄) 죽은 사람의 영혼이 천국에 들어가기 전에 남은 죄를 씻기 위하여 불로써 단련 받는 곳.

"그렇다면 아까 말한 그 명령은 어떡할 텐가?"

내 말을 들었는지 못 들었는지 그는 입을 닫고 한동안 강물만 내려다보고 있었다. 그의 모습이 마치 내 그림자같이 느껴졌다. 강물에 바람이 불고 있었고 일그러진 그림자 두 개가 바닥에서 유령처럼 어른거리고 있었다.

"지금 나는 내 불안한 욕망과 타자의 명령 사이, 요컨대 그 중간에 있는 하나의 미끄럼틀 위에 서 있다네. 그리고 이것도 알고 있지. 미끄럼틀을 타고 내려가면 푸른 카펫이 있는 바닥에 떨어진다는 것을."

그게 무슨 말인가 싶었지만 나는 되묻지 않았다.

"요즘 나는 내가 그동안 알고 지냈던 사람들을 만나고 다닌다네. 왠 줄 아나? 말하자면 미끄럼틀 위에 서 있는 시간을 연장하고 다니는 셈이지. 그래, 내가 자네를 만나고 있는 이 순간도 그 연장의 시간인 셈이야."

그러나 그는 이미 미끄럼틀을 타고 내려가고 있는 중인 것 같았다. 나는 문득 섬뜩한 느낌이 들어 짐짓 진저리를 치고 있었다. 그의 눈은 울고 난 뒤처럼 붉게 충혈돼 있었고 가만히 몸을 떨고 있었다. 나는 말없이 맥주를 들이켜며 대꾸할 말을 찾고 있었다. 그냥 가만히 듣고 있을 수만은 없다는 생각이 들어서였다.

"그럼 내일은 누구를 만날 텐가? 중학교 동창? 그리고 그다음 날은 국민학교 동창을 찾아갈 텐가?"

"……"

내 의지를 거역하고 나도 모르게 튀어나온 말 앞에서 그는 당황했는지 잠시 눈빛이 흔들리고 있었다. 무거운 피로를 어깨에 짊어지고 나는 억지로 버티고 있었던 것이다. 그렇지만 나는 어쩔 수 없이 좀 더 버텨야만 하리라는 생각을 하고 있었다.

"솔직히 말하면 나도 오늘 아침에 이상한 경험을 했네. 세계와 나의 시간이 어긋난 거야. 지금도 나는 그 시차 때문에 중심을 잃고 있네. 자네와 나는 지금 각기 다른 시간 속에 앉아서 서로 말을 주고받고 있는지도 모르는 일이야. 그게 10분 차이라고 해도 좋아. 물리적으로 보면 아주 미세한 차이지. 그러나 중요한 것은 자네와 내가 적어도 오늘 아침부터는 서로 어긋나 있다는 거야. 영영 회복할 수 없는 어긋남인지도 모르고 또 내일쯤에는 10분이 아니라 한 시간이 어긋나 있을 수도 있어. 사실은 나도 두렵네. 왜 이런 일이 생겼는지 모르겠단 말일세."

"그렇군."

"그래."

그와 나는 오래오래 말을 잃고 점점 깊어져 가고 있는 강물을 내려다보며 기계적인 동작으로 술을 마셔 대고 있었다. 그동안에도 30분 간격으로 유람선이 들어오고 나가고 사람들은 또 무얼 아구아구 먹으며 쏟아져 들어가고 나오고 있었다. 얼핏 손목시계를 보니 8시가 넘어 있었다. 배가 고프다는 생각이 들었으나 식욕은 전혀 느껴지지 않았다. 식욕 따위가 있을 리 없었다. 나는 지금 제자리로 돌아가야 하는 것이다. 회전문의 다른 칸에 들어와 있다면 한시바삐 제 칸을 찾아 돌아가야 하는 것이다.

"몹시 춥군."

그가 맥주잔을 내려놓고 점퍼의 지퍼를 올리며 유령처럼 웅얼거렸다. 나는 다시 손목시계를 들여다보았다.

"이봐, 어디서 개구리 소리가 들리지 않아?"

그사이 목소리를 바꾸더니 그가 또 엉뚱한 말을 내뱉었다.

"글쎄…… 아니, 그런 소린 들리지 않는데. 들리지 않아!"

나는 얼른 정신을 차리고 이제 더 이상은 균형을 잃지 않으려고 완강하게 그의 말을 부인했다.

"알고 있겠지만 얼마 전에 내 고향에서 대형 참사 사고가 났었잖나. 부안군 위도 말이야. 그 근처에 조기잡이로 유명한 칠산어장이 있다네. 지금이 바로 산란기인 조기잡이 철이야. 4월에 그곳에 가면 제주도 근해에서 북상하는˚ 조기 떼들이 개구리 울음소리를 내며 바닷물 위로 뛰어오르는 걸 볼 수 있다네. 수놈이 암놈을 부르는 소리라고들 하지. 또 썰물 때면 조기 떼가 수면 가까이에 떠서 퇴거하기 때문에 마치 바람에 숲이 우는 소리 같은 게 들린다네. 어릴 때 배를 타고 나가 바닷물 속에 대나무를 꽂고 조기 떼 우는 소리를 듣곤 했지. 살구꽃이 필 때면 수백 수천의 안강망 어선˚이 운집해 일대 파시˚를 이루는데 밤이 되면 그야말로 장관이라네. 이봐, 봄이 되고부터 나는 자주 조기 떼 꿈을 꿔. 그들과 함께 푸른 카펫이 깔린 바닷속을 유영하는 꿈을 말이야."

"……."

"얼마 전에 사고로 죽은 그 사람들은 다 어디로 간 걸까. 조기 떼를 따라간 걸까? 바다는 푸른 카펫이 깔린 납골당이야……. 밤이면 어디선가 아득히 조포˚ 소리가 들려."

말을 마치고 그는 미끄럼이라도 타러 가는 사람처럼 스윽 자리에

˚북상(北上)하다 북쪽을 향하여 올라가다.
˚안강망(鮟鱇網) 어선 긴 주머니 모양의 통그물을 설치한 어선. 조류가 빠른 곳에 큰 닻으로 고정하여 놓고 조류에 밀리는 물고기를 받아서 잡음.
˚파시(波市) 고기가 한창 잡힐 때에 바다 위에서 열리는 생선 시장.
˚조포(弔砲) 군대에서 장례식을 할 때, 조의를 나타내는 뜻으로 쏘는 포.

서 일어났다.

그러나 그는 10분을 기다려도 오지 않았다. 20분을 기다려도 오지 않았을 때 나는 그가 먼저 가 버렸다는 사실을 깨달았다. 여의도로 떠나는 마지막 유람선이 막 선착장에서 뱃머리를 돌리고 있는 참이었다. 그리고 나는 스쳐 지나가듯이, 배의 고물*에 실루엣처럼 어둑하게 서 있는 그의 모습을 보고 있었다.

저 배는 조기 떼의 바다를 꿈꾸는 사내 하나를 태우고 어디까지 퇴거해 갈 작정이란 말인가.

외롭다, 라는 생각이 든 것은 누에나루에서 신천역까지 걸어와 집으로 가는 전철을 타려고 했을 때였다. 그냥 외롭다는 정도가 아니었다. 그야말로 고도* 같은 외로움이었다. 나는 그 때문에 눈시울까지 어롱어롱해져 있었던 것이다. 그것은 나만이 정든 세계에서 추방돼 낯선 어둠 속에 버려져 있다는 참담한 외로움이었다. 지금 눈에 보이는 어떤 것도 내 손에 만져질 것 같지 않은 저 남극 같은 외로움!

나는 전철역 매표구 옆에 있는 공중전화 부스로 다가갔다. 앞에 서 있는 두 사람이 통화를 끝낼 때까지 나는 깊은 두려움에 빠져 있었다. 내가 지금 통화하고자 하는 사람이 그곳에 있을 것인가 하는 마음 때문에. 과연 그 사람이 나를 어제처럼 알아볼 수 있을까 하는 마음 때문에. 그러니까 내가 지금 이 순간 그 사람과 같은 면(面)에 속해 있는 것인가 하는 의구심 때문에.

여섯 번의 발신음이 울리는 동안, 따지고 보면 단 몇 초밖에 안 되

---

* 고물 배의 뒷부분.
* 고도(孤島) 육지에서 멀리 떨어진 작은 섬. 외딴섬.

는 그사이에 나는 차라리 전화를 끊어 버리고 싶은 마음이 들 지경이었다. 러시안룰렛 게임이라도 하고 있는 기분이었으니 말이다. 그리고 일곱 번째의 발신음이 울리고 아주 귀에 익은 사람의 목소리가 흘러나왔다. 너무 귀에 익어 있어서 지금은 차라리 생소하게 느껴지는 목소리.

"세희? 나야, 왜 그렇게 전화를 늦게 받아."

"어머, 정명 씨! 이렇게 늦게 어쩐 일예요? 나 샤워 중이었어요."

그녀와 나는 올가을에 결혼을 하기로 약속이 돼 있었다. 그러나 저녁 8시가 넘으면 누구에게든 전화하지 않는 게 평소의 내 관습이었다.

"지금이 도대체 몇 시지?"

아프게 잠긴 목소리로 나는 '그녀가 속해 있는 시간'부터 물었다.

"9시쯤 됐을 거예요."

"아니, 정확히 말이야. 미안하지만 시계 좀 봐 주겠어?"

"아니 왜요……? 알았어요, 잠깐만요."

그녀는 내게서 어떤 기미를 느꼈음인지 얼핏 허둥대는 눈치였다. 머리에서 물이 뚝뚝 듣는° 그녀의 모습이 눈에 선하게 비쳐 들었다. 초조한 마음으로, 나는 내 뒤에 와 서 있는 사람들의 수를 헤아리고 있었다.

"8시 54분 30초. 됐어요?"

나는 얼른 내 손목시계로 눈을 가져갔다. 8시 58분이었다. 3분 30초. 나는 그 3분 30초가 마치 암종(癌腫)° 거스러미°처럼 느껴졌다.

° 듣다 눈물, 빗물 따위의 액체가 방울져 떨어지다.
° 암종(癌腫) 표피, 점막, 샘 조직 따위의 상피 조직에서 생기는 악성 종양.

"아니, 아무래도 좋지가 않아. 실은 내게 심각한 일이 발생해 있어. 난 지금 유괴돼 있는 상태라구."

"유괴요?"

내 정세를 청취하고 있는 그녀의 전화선이 전깃줄처럼 떨리고 있는 게 보였다.

"그래, 일종의 그런 상태. 나는 지금 이상한 곳에 운반돼 와 있어. 여기가 어딘지 모르겠어. 하지만 확실히 그쪽의 건너편에 와 있는 것 같아."

다급하게 이런 말을 하는 사이 뒤에 서 있는 사람 중 하나가, 거 전화 좀 빨리 씁시다! 하고 볼멘소리를 했다. 그때쯤 해서 세희도 내가 심각한 상태에 빠져 있다는 걸 뚜렷이 감지한 모양이었다. 그녀의 목소리가 마침내 떨리고 있었다.

"그럼 제가 어쩌면 좋겠어요, 네? 어서 말해 봐요."

그녀가 어떻게 해야 하는지는 나도 모르고 있었다.

"괜찮으니까 어서 말해 봐요, 네?"

뒤에서 누가 또 씨부렁거리는 소리가 들려왔다.

"함께 있어 줬으면 좋겠어."

엉겁결에 나는 그렇게 말하고 말았다. 그녀를 만나 온 2년 동안에는 한번도 없던 일이었다. 사랑에 관해서만큼은 결벽*하고자, 때로 힘들고 안타까운 순간이 와도 인내하면서 그녀를 아껴 왔던 것이다. 나는 눈을 꾹 감고 있었다. 하지만 의외로 빨리, 그러나 침착하게 그녀가 내 말을 되받았다.

• 거스러미 손발톱 뒤의 살 껍질이나 나무의 결 따위가 가시처럼 얇게 터져 일어나는 부분.
• 결벽(潔癖) 유난스럽게 깨끗한 것을 좋아하는 성질이나 버릇.

"머리를 말리고 옷을 갈아입어야 하니까 30분쯤 걸릴 거예요. 롯데호텔 커피숍에 가 있어요. 움직이지 말고 그대로 가만히 앉아 있는 거예요. 알았죠?"

알았다고 말하고 나는 전화를 끊었다. 맥없이 몸이 부르르 떨려왔다.

9시 30분에 그녀가 커피숍의 홀로 들어섰다. 서둘러 나온 기색이 역력했다. 방배동이라곤 하지만 이 시간에 도착하기 위해 택시를 타고 또 운전기사를 재촉했을 것이다. 옥색 재킷에 간단한 청바지 차림이었고 화장기마저도 없었다. 머리칼도 아직 덜 말라 있는 상태였다. 그녀는 커피를 마시는 동안 아무 일 없이 탐색하는 눈빛으로, 그러나 걱정스런 얼굴로 나를 바라보고 있었다. 드보르자크*의 첼로 협주곡이 무심하게 흘러나오고 있었다.

"저녁은 했어요? 안 했죠?"

그녀는 커피 잔을 내려놓고 자리에서 일어나더니, 내 손을 끌고 카운터로 다가가 요금을 지불하고 건물 1층에 있는 레스토랑으로 나를 데리고 갔다.

"무슨 일이 있는지는 몰라도 이럴 때일수록 정공법으로 나가야 하는 거예요."

"정공법?"

"그래요, 정공법. 우선 식사부터 하는 거예요. 소처럼 되새김질까지 하면서 아주 천천히 말예요."

그녀는 평소의 내 식성을 알고 있는지라 새우 정식과 야채수프를 주문했다. 안 먹겠다고 할 수가 없었다. 그때도 식욕이 없긴 마찬가지

---

* 드보르자크(Antonín Dvořák, 1841~1904) 체코슬로바키아의 작곡가.

였으나 나는 접시 위에 있는 것을 깨끗이 비우고 후식으로 커피까지 마셨다. 그녀는 내가 식사를 끝낼 때까지 팔을 식탁에 올려놓은 채 참을성 있게 기다리고 있었다.

"가벼운 걸로 한잔해야죠? 지금부터 조금씩 긴장을 푸는 거예요. 걱정하지 마요."

얼음 통에 담긴 마주앙과 샐러드가 나왔다. 안에는 손님이 우리 둘뿐인 듯했다. 유리로 만든 출입문 저쪽에서 차들이 불빛을 끌고 어딘가로 밀려가고 밀려오고 있었다. 그러한 유리색 풍경 위에 그녀와 나의 모습이 어른어른 겹쳐 보였다.

"자, 이제 말해 봐요. 무슨 일이 있었는지."

포도주를 한 잔 마시고 나서 그녀가 골똘한 눈으로 나를 들여다보며 조심스럽게 말문을 열었다. 둔중한 피로가 밀려들고 있었으므로 나는 얼른 대꾸를 못하고 곤혹스런 표정부터 지었다.

"얘기하기 어려우면 지금 하지 않아도 돼요. 잠자리에 든 것처럼 편안한 기분이 되면 하세요."

잠자리에 드는 기분을 떠올리며 나는 어렵게 말문을 열었다.

"갑자기 모든 게 제멋대로라는 생각이 드는 거야. 시간이 쭈글거리기 시작하고 원치 않는데도 다른 세계가 내게 개입하려 하고 있단 말이야. 자기 죽음을 연장하기 위하여 돌연 먼 친구가 찾아오기도 하고 말이지."

"구체적으로 얘기해 봐요."

"가령 지금 운행되고 있는 세계와 나 사이에 틈이 벌여져 있다는 거지. 누가 내 발목을 잡고 있거나 혹은 뒤에서 등을 마구 떠밀고 있다는 거지. 이를테면 타자의 속도라는 게 내게 개입해 있어."

"······정명 씨, 차종에 따라서는 최고 시속이 백 킬로도 있고 2백 킬로도 있고 3백 킬로도 되는 게 있어요. 하지만 그게 다 알맞은 속도라는 건 아닌 거예요. 어떤 때는 아차 하는 순간에 도난 차량을 타게 되는 경우도 있는 법예요. 알았죠? 제가 하고 싶은 말은 그때마다 제 속도를 유지할 줄 알아야 한다는 거예요."

"그럴지도 모르지. 하지만 벌써 궤도를 이탈한 상태라면 어떻게 해야 하는 거지? 이미 돌이킬 수 없는 상태라면 말이지. 세희, 우리가 보고 느끼는 대로 세상은 정말 단면이거나 평면이 아닐지도 몰라. 전혀 다른 세계가 가까이에서 끊임없이 우리를 위협하고 또 유혹하고 있다는 생각이 드는 거야."

"그런 세계를 꿈꿔요? 말하자면 그런 욕망을 갖고 있냐구요."

"그렇다면 왜 내가 세희한테 전화를 했겠어."

"아녜요, 사실은 사람들마다 잠재의식 속에서 그런 세계로부터의 유혹을 바라고 있는지도 몰라요. 다만 우리는 의혹과 망설임이란 제동장치만 갖고 버티고 있을 뿐예요. 꿈꾸지 않는 한 다른 세계라는 건 존재하지도 눈에 보이지도 않는 법예요."

……그래, 실은 너를 사랑하고 있으면서도 새벽녘에 불현듯 노크 소리 같은 걸 듣고 홀로 깨어나게 되면 나도 그 소리에 화답하고 싶은 순간이 있었던 것 같다. 아니, 있었다. 어떻게든 한번쯤은 지금과는 다른 삶을 살아야겠다고 생각한 순간들이 있었다. 우리는 지금 모두가 진흙밭에서 벌거벗은 채 다투는 중이 아닌가. 무엇 때문인지, 무얼 위해서인지도 모른 채. 주기적으로 한 라운드가 끝나면 울리게 마련인 호각 소리도 듣지 못한 채.

"제 얘기는 아직도 이쪽 세계에 속하고자 하는 의지가 있냐는 거예요."

"……"

"정명 씬 아직 이쪽에 속해 있고 싶은 거죠? 그렇죠?"

그녀가 내 손을 슬그머니 잡더니 안타까운 눈빛으로 나를 쳐다보며 말했다. 확인하고자 하는 눈빛이었다.

"그런 것 같아. 하지만 그럼 지금부터 나는 어떻게 해야 하는 거지?"

그녀는 미동도 하지 않고 한동안 더 가만히 나를 쳐다보았다. 이번에는 나를 간절히 믿고자 하는 눈빛이었다.

"원한다면 어긋난 건 다시 맞출 수 있어요. 안심해요. 그리 심각한 상태는 아니라는 거예요."

이렇게 말한 다음 그녀는 주위를 한번 휘이 둘러보더니 내게 시간을 물어 왔다. 그녀가 주위를 휘이 둘러봄으로 해서 균형을 잃고 흩어져 있던 사물들이 제 공간으로 다투어 돌아가고 있는 것 같았다. 나는 숨을 길게 내쉬었다.

"11시쯤 되지 않았을까?"

"아니 정확히 말예요. 정확히. 미안하지만 손목시계 좀 봐 줄래요?"

내 손목시계는 10시 55분을 가리키고 있었다.

"제 시계보다 3분 30초가 빠르네요. 우선 정명 씨하고 제 시곗바늘을 정확히 맞추는 거예요. 누구 시계에다 시간을 맞출까요?"

나는 그녀의 시간에다 내 시간을 맞췄다.

"좋아요. 그럼 지금부터 아침까지 함께 있는 거예요. 둘 다 잠을 자지 않고 뜬눈으로 말예요. 그리고 가만히 지켜보는 거예요. 더 이상 어긋나거나 틈이 벌어지지 않도록 감시하는 거예요. 내일이 토요일이니까 좀 무릴 해도 괜찮겠죠?"

오늘이 금요일이었는가. 이틀째 밤을 새울 자신이 없었으나 나는 그러마고 고개를 끄덕였다.

택시를 타고 방배동에 있는 그녀의 아파트까지 가는 동안 그녀는 줄곧 내 손을 완강히 움켜쥐고 있었다. 마치 어떤 일이 있어도 놓치지 않겠다는 듯이. 그녀는 아직도 나에 대해 뭔가 불안해하고 있는 게 분명했다. 문득 옆을 돌아보니 휘황한 네온사인의 불빛에 그녀의 얼굴이 참혹하게 얼룩져 일긋거리고* 있는 게 보였다. 그때서야 나는 오늘 내게 일어났던 일이 비단 나에게뿐만이 아니라 그녀에게도 종종 일어나고 있을지도 모른다는 생각이 들었다. 또한 이 평상의 모든 사람들에게도 마찬가지로 말이다.

정말 어딘가에는 우리가 꿈꾸는 그런 세계가 존재하는 것일까. 그렇다면 우리야말로 미끄럼틀 위에서 비틀거리고 서 있는 한갓 어린아이들이 아닌가. 어떤 경우라 하더라도, 찾아갈 일이 없으리라 믿었던 그녀의 아파트까지 왔을 때 나는 걷잡을 수 없는 피로 때문에 몸조차 제대로 가눌 수가 없는 상태였다. 그리고 현관에서 3층 그녀의 아파트에 들어섰을 때 갑자기 그녀가 내 양복 앞자락을 잡고 이렇게 말했다.

"두렵고 불안해요."

"⋯⋯!"

"우리 어서 결혼해요."

그녀는 눈물이 그렁그렁한 눈으로 나를 쳐다보며 또 이렇게 말했다.

"정명 씨 때문이 아녜요. 저한테도 그런 일이 자꾸 일어나고 있다는 거예요. 분명 화장실의 불을 껐는데 다시 보니 켜 있다든가, 식탁 의자가 방 안에 들어와 있다든가, 빈 공장에서 밤새 기계 돌아가는 소리가 들린다든가, 자정에 냉장고가 어린아이의 울음소리를 내며 운다든가, 달력이 넘어가 있다든가, 밤늦게 집에 돌아오면 거실 바닥

---

* 일긋거리다 이리저리 자꾸 비뚤어지거나 일그러지다.

에 구두 발자국이 보인다든가 하는 일들이 자꾸자꾸 일어나고 있다는 거예요."

그녀와 나는 소파에 앉아 어깨를 끌어안고 바흐를 들으며 캔 맥주 하나씩을 더 마셨다. 맥주를 마시면서 나는 별 뜻도 없이 그녀에게 이런 말을 하고 있었다.

"세희, 우리는 어느 세계의 귀퉁이에 이렇듯 힘겹게 웅크리고 앉아 있는 것일까."

"……."

밤은 파이프오르간 소리를 내며 깊어 가고 있었다. 잠시 나는 조기 떼 생각을 하고 있었던가. 내 품 안에서 그녀는 죽은 듯 오래오래 소리가 없었다. 저 코발트빛 어둠 속에다 대나무를 꽂고 애타게, 무슨 소리를 들으려 하고 있는 사람처럼.

……잠이 들었는가.

나는 그녀를 안아 침대에 뉘고 다시 소파에 앉아 오늘, 아니 어제 내게 무슨 일이 일어났었는가를 곰곰이 되짚어보고 있었다. 어제 아침부터 오늘 이 시간까지 내게 도대체 무슨 일이 일어났었던가를.

그러다 나도 소파에 앉은 채로 잠이 들었고, 아마 새벽이었을 터인데……. 어느 순간엔가 문득 잠에서 깨어났을 때, 나는 다시금 저 남쪽 계단 위에 하늘색 옷을 입고 서서 홀연히 이쪽을 쳐다보고 있는 한 여자의 모습을 뚜렷이 목도하고* 있었다. 나는 두려운 생각에 빠져, 자리에서 벌떡 일어나 먼 데 섬처럼 잠들어 있는 그녀를 깨우기 위해 침대 모서리로 급히 다가갔다.

〔1995〕

---

* 목도(目睹)하다 목격하다.

1990년대에 들어서면서 소설의 주제는 산업화와 이념 갈등을 넘어 개인의 일상에 초점이 맞춰집니다. 윤대녕은 첫 소설집 『은어낚시통신』(1994)에 새로운 감수성과 '존재의 시원(始原)으로의 회귀'라는 주제 의식을 싣고 독자들을 찾아왔습니다. 두 번째 소설집의 표제작이기도 한 이 소설 「남쪽 계단을 보라」는 이전의 주제 의식을 이어 가면서 새로운 변신을 시도하는 소설입니다.

영화 「매트릭스」(1999)는 세계의 저편 혹은 세계의 바깥을 보여 주는 특이한 소재로 관객을 사로잡았습니다. 우리가 살아가는 이 세상은 단면이 아니라 다차원의 입체로 이루어진 것은 아닐까요? 이 소설에서 주인공은 '세계의 바깥'이라는 말로 평범한 일상의 불안을 묘사합니다. 어느 날 아침 주인공은 '세계'와 '나' 사이에 10분의 간격이 존재함을 느끼게 됩니다. 출근길에 만난 한 여자를 통해 그것을 확인하고 갑작스레 나타난 동창생과 약혼녀를 차례로 만나지만 그들도 모두 같은 현상을 경험했다는 사실을 확인합니다. 과연 이런 일이 가능할까요?

「남쪽 계단을 보라」는 건조한 일상의 이면에 다른 세계가 있을 것이라는 강박에서 벗어나지 못하는 현대인을 묘사하고 있습니다. 소설 속 인물의 말을 빌리자면, "우리가 갖고 있는 이 단면적 인식으로는 접할 수도 볼 수도 없는 그런 이질적인 세계", "낯선 장소", "예외적인 시간"의 경험이 문득 일상의 틈새를 비집고 끼어들어 당사자의 삶을 180도 뒤바꾸어 놓습니다.

윤대녕 소설의 특징은 무언가 어긋나 있다는 이질감이 특별한 계기로 발생하지 않는다는 점에 있습니다. 어제까지만 해도 친숙하던 일상과 세계가 갑자기 낯설어진다는 것은 독특한 소설적 설정이지만 우리가 일상생활에서도 간혹 경험했을 법한 이야기입니다. 낯설고 신비로운 세계를 접촉한 사람은 일상 속에 틈입한 신화적 공간과 세속 너머 자신의 본래의 모습에 사로잡힙니다. 현재 도시 속에 외로운 섬처럼 존재하는 개인의 감수성과 숨겨진 욕망을 미묘하게 드러낸 점이 윤대녕 소설의 매력 포인트가 아닐까요?

활동

1 아래 표의 빈칸을 채우며 주인공의 이동 경로를 추적해 볼까요?

집 ➡ 지하철역 ➡ (   ) ➡ 회사(잠실) ➡ (   )
➡ 신천역 ➡ 롯데호텔 커피숍 ➡ (   )

2 주인공과 출근길에 만난 여자의 외모, 옷차림, 직업, 성격 등을 자세히 묘사해 봅시다.
　● 주인공 :

　● 여자 :

3 작가는 이 소설의 주제를 어떻게 제시하고 있나요?

4 현실에서 주인공이 경험했던 것과 같은 시간의 차이 현상을 무엇이라고 하는지 알아봅시다.

나는 죽지 않겠다
공선옥

공선옥(孔善玉, 1963~). 소설가. 전남 곡성에서 태어나 전남대 국문과를 중퇴했다. 1991년 『창작과비평』 겨울호에 중편소설 「씨앗불」을 발표하며 작품 활동을 시작했다. 우리 사회 여성들의 신산한 삶과 끈질긴 모성애, 가난하고 소외된 이웃들의 고단한 생활 등을 생생히 그려 왔다.

소설집 『피어라 수선화』 『내 생의 알리바이』 『멋진 한세상』 『명랑한 밤길』 『나는 죽지 않겠다』, 장편소설 『오지리에 두고 온 서른 살』 『시절들』 『수수밭으로 오세요』 『붉은 포대기』 『내가 가장 예뻤을 때』 『영란』 『꽃 같은 시절』 등이 있다.

나는 죽지 않겠다 공선옥

　내가 지금 이 강가에 홀로 앉아 있게 된 원인은 단 한 가지, 내가 반장의 짝이었다는 것, 그리하여 어찌할 수 없이 바쁜 반장을 가장 가까운 거리에서 도울 수밖에 없었다는 것, 그뿐이다. 그리고 그때만 해도 나는 지금 내가 이 강가에 홀로 앉아 있어야 하리라는 것을 상상할 수 없었다. 바람은 불지 않는다. 그러나 강가는 춥다. 아니, 춥다기보다 차갑다. 안개는 아침나절이 다 가도록 걷히지 않는다. 멀리서 보면 하얀 덩어리인 안개는 그 속에 있으면 자디잔 물방울들의 부유°가 환하게 눈에 보인다. 물방울들은 자유롭게 유영하여 내 머리에, 내 얼굴에, 내 목덜미에, 급기야는 내 옷 속으로 파고든다. 나는 안개에 감추어져 오전 나절 동안 세상 사람들 눈에 띄지 않았다. 이 강가에 있는 모든 것, 나무도, 풀도, 물오리도, 새도 이 시간이 편안한가. 나는 지금 돈이 없다. 잠자고 먹고 입을 돈이 아니라, 학교에 가져다줄 돈이 없다. 잠자고 먹고 입을 돈은 엄마한테서 나온다. 엄마 호주머니에서 나오는 만 원, 2만 원이 우리 식구 목숨줄이다. 돈도 여러 질이라고 엄마는 말했다.

　"돈도 여러 질이다. 우리 집에 들어오는 돈은 질기디질긴 목숨줄이고 한량°한테 들어가는 돈은 연하디연한 여흥°줄이다."

° 부유(浮遊) 공기 중에 떠다님.
° 한량(閑良) 일정한 업무가 없이 놀고먹던 말단 양반 계층. 돈 잘 쓰고 잘 노는 사람을 비유적으로 이르는 말.
° 여흥(餘興) 모임 뒤에 흥을 돋우려고 하는 연예나 오락.

나는 여흥줄이 뭐냐고 물었다. 엄마는 다시 말했다.

"논다니* 줄이지 뭐야."

지난 며칠간 나와 내 가족에게 때로는 목숨줄이 되어 주고 때로는 여흥줄이 되어 주었던 돈이 없어진 지금, 나는 이 강가에 홀로 앉아 죽음을 생각한다. 그런데 지난 며칠간 내가 지녔던 그 돈은 정말 나와 내 가족에게 때로는 목숨줄이, 때로는 여흥줄이 되어 주기는 되어 줬던 것일까. 목숨줄은 슬프고 여흥줄은 즐거우니, 나는 여흥줄로 그 돈을 썼을까. 그렇지만 나는 진정 그 돈들을 쓰면서 즐겁기만 했는가. 나와 내 가족은 내가 지니고 있던 그 돈으로 산 군고구마 한 봉지와 햄버거 한 개와 한 켤레씩의 털장갑과 양말 그리고 생일 케이크 한 상자로 행복한 한때를 누렸던 것이 틀림없다. 그러나, 나는 또 그 돈을 쓰면서 죽을 것만 같았다. 2천 원어치 군고구마를 사 들고 골목을 뛰다시피 걸어갈 때, 나는 너무나 행복했고 너무나 죽을 것만 같았던 것이다. 너무나 죽을 것만 같아서 나는 죽음을 생각하며 이 강가에 앉아 있는 것이다. 죽으면 편안해질 것인가. 그래서 아버지도 사는 것보다는 죽는 게 편안해서 일찌감치 저세상으로 가 버린 것일까. 내가 지금 안개 속에 갇혀서 편안한 것처럼, 죽으면 세상 사람들 눈으로부터 벗어나 편안할 수 있어서 아버지는 죽어 버린 것일까. 세상 사람들에게 돌려주어야 할 돈이 너무 많았던 아버지는. 안개 저쪽에서 사람들 소리가 난다. 사람들은 안개 속으로 들어오지 않는다. 세상 사람들 소리는 안개 밖에서 사뭇 다채롭다. 한 번만 그딴 소리 하면 죽을 줄 알어, 웃겨서 죽는 줄 알았다니까, 내가 꼭 죽는시늉이라도 해야 하냐, 야아 아침밥도 안 먹고 나왔는데 니가 웃기

* 논다니 웃음과 몸을 파는 여자를 속되게 이르는 말.

니까 더 죽겠잖아, 내가 누구 좋으라고 죽냐 난 안 죽어 인마, 끼익, 킥, 쿵, 얘가 죽으려고 환장했나……. 안개 속에서는 지금, 아무 소리도 나지 않는다. 물도 흐르기를 멈춘 듯, 소리 나지 않게 흐른다. 새도 우는 걸 잊어버린 듯, 고요히 나무 끝에 앉아 있다. 돈이 없어도 흐르는 강물, 돈 들 필요도 없이 우는 새들은 얼마나 편안할까. 돈을 쓰고 또 써도 또 돈 쓸 일만 생겨서 사는 게 꼭 죽을 것만 같은 사람들과 달리.

엄마는 오늘도 전화통을 붙잡고 있다. 배달 요구르트 입금일이 다가온 것이다. 엄마는 요구르트를 배달하고 나면 수금해서 대리점에 입금을 해야 그달치 월급이 나온다. 그러나 배달하면서 조금씩 수금한 돈은 이미 생활비로 써 버린 터라 엄마는 누군가한테 돈을 꾸어서 입금한 뒤 월급을 받아 다시 빌린 돈을 갚고 또 조금씩 수금한 돈을 생활비로 쓸 수밖에 없는 악순환을 반복하고 있다. 입금일인 매달 말일이 다가오면 엄마는 애간장을 태우며 전화통을 붙잡는다.

"정희 엄마, 월급 나오면 갚아 줄게. 한 사흘만 쓰면 돼."

정희 엄마는 석 달에 한 번 꼴로 엄마한테 사흘간 돈을 빌려 주고 사흘 뒤 이자까지 합쳐 돌려받는다. 그러나 이번 달에 정희 엄마는 엄마에게 빌려 줄 돈이 없는가 보다. 정희 엄마와 통화를 끝낸 엄마는 깊은 한숨을 몰아쉬고 다시 다른 전화번호를 누른다. 엄마가 전화를 거는 사람들 거의 대부분은 한 번씩 엄마에게 돈을 빌려줘 봤던 사람들이다. 나는 엄마가 전화통을 붙잡고 있을 때마다 귀를 막는다. 엄마의 목소리는 때로 비굴하고 때로 애잔하고 때로 터무니없이 당당하다. 엄마가 당당할 때는 물론 외삼촌한테 할 때다. 삼촌은 예전에 엄마한테 돈을 가져다 쓰고 갚지 않았다 한다. 한 번 그런 일

이 있은 죄로 삼촌은 달이면 달마다 엄마의 욕을 먹어야 한다.

"야, 이 나쁜 놈아, 누나가 이렇게 피 말려 죽게 생겼는데 넌 지금 하품이 나오냐?"

엄마한테 욕을 먹는 삼촌도 그러나 돈이 없다. 삼촌은 오락실에서 도박을 하여 돈도 날리고 이혼도 당했다. 전화선 저쪽의 삼촌이 엄마한테 하는 말을 나는 안 들어도 안다.

'누나, 누나한테 줄 돈 있으면 내가 지금 이러고 있겠어? 진작에……'라고 삼촌은 말했을 것이다. 엄마는 정확하게 반문한다.

"진작에, 뭐?"

"진작에 한 방 터뜨리러 갔지. 누나, 걱정하지 마. 내가 말야, 이번에 한 방만 터뜨리면 누나 애들 내가 책임질 수 있어. 그뿐인 줄 알어? 누나 노후는 걱정 없다구."

이렇게 삼촌은 뻥을 쳤을 것이다. 그러니 엄마가 악을 안 쓸 수가 없는 것이리라.

"쓸데없는 소리 말고 누나 돈이나 입금시켜!"

나는 손가락으로 귀를 최대한 막고 책상에 코를 박는다. 그럴 때, 바람이 분다. 위잉, 휘이잉, 내 마음에 바람이 분다. 바람이 나를 이 집이 아닌, 아주 먼 데로, 돈이 없어도 살 수 있는 세상으로 데려가 주기를 기도하지만 바람은 그저 내 가슴 한가운데를 빠르게, 날카롭게 지나갈 뿐이다. 엄마가 전화통을 붙잡고 있는 사이 화장실에서 여드름 짜느라고 나오지를 않던 오빠가 분화구 같은 얼굴을 하고 나온다.

"야!"

오빠는 언제나 나를 야, 라고 부른다. 기분 나쁘다. 그래도 나는 오빠한테 대들지 않는다. 내가 오빠한테 대들면 그렇잖아도 속상한 엄마가 더 속상해할 것이기 때문이다. 그리고 무엇보다 내가 아무리 기분 나쁘고 속상해도 오빠한테 대들지 못하는 것은 엄마가 대리점에 입금해 줘야 할 돈 때문에 불안하듯이, 오빠도 틀림없이 학교에 내야 할 돈이 있는데 그 돈을 어디서 어떻게 마련해야 할지 몰라 힘들어하는 것을 알기 때문이다.

"왜?"

"뭘 왜냐, 라면 끓이라는 거지."

나는 라면을 끓인다. 라면이 끓는 것처럼 내 마음도 끓는다.

"오빠, 라면 먹어!"

컴퓨터 앞에 앉아 있는 오빠는 절대로 식탁으로 오지 않는다.

"오빠, 게임 그만하고 와서 라면 먹어. 지난번에도 봤더니 라면 국물이 자판 속에 들어가 가지고 니은 자가 말을 안 듣드만, 왜 맨날 식탁에 오지 않고 라면을 컴퓨터 앞에서……."

"야."

오빠의 음산한 목소리. 나는 찔끔한다.

"왜애?"

"조용히 해라."

"알았어."

나는 더 이상 말하지 않고 라면을 쟁반에 받쳐서 오빠의 컴퓨터 책상 앞으로 갖다 준다. 손이 부들부들 떨린다. 마음속으로는 라면 그릇을 오빠 무릎에라도 쏟아부어 버리고 싶다. 그러나, 참는다. 왜? 그러면 엄마가 속상해할 것이기 때문에. 그리고 지금 오빠도 힘들어하고 있는 것이 틀림없기 때문에. 나는 되도록 명랑하게 살고 싶다. 바람 한줄기가 내 가슴 한가운데로 지나갈 때마다 나는 노래 부른다. 맑고 고요한 바람, 비단 같은 풀밭이 있는 곳으로 나를 데려다 주오, 거기서 나는 살아가리오, 시냇물이 정답게 지즐대는 곳, 새들이 부리를 맞대는 곳, 흰 구름이 그늘을 만드는 곳, 나는 그 속에서 살아가리오……. 그러나 내가 사는 곳은 맑고 고요한 바람도, 정답게 지즐대는 시냇물도, 흰 구름의 그늘도 없는, 낯선 곳. 나는 엄마가 살기 위해 내지르는 모든 비명과 애원, 오빠의 슬픈 짜증이 낯설고 또 낯설다. 왜 낯서냐 하면, 이것은 내가 꿈꾸던 삶이 아니기 때문이다. 그렇지만 나는 살아가야 한다. 어떻게 하든지 나는 명랑하게 살아가야 한다. 아빠가 돌아가시자 자기 돈도 안 주고 죽어 버렸다고 빚쟁이들이 몰려와서 이미 죽은 아버지에게 욕을 퍼부어 대고 엄마 멱살을 뒤흔들어 댔다. 고통과 수모, 수모와 치욕의 나날을 살면서도 엄마는 말했다. 어떡하든 산 사람은 살아가야 한다고. 이 고통과 수모와 치욕 때문에라도 우린 살아야 한다고. 나는 그때, 살아 있으니까 살아야 한다는 것을 가슴 깊이 새겼던 것이다. 그리고 고통과 수모와 치욕이 때로는 사람을 살게 하는 힘이 되기도 한다는 것을 알았던 것이다. 그러나, 지금, 학교에 가져다주어야 할 돈, 아니, 돌려주어야 할 돈이 없는 지금, 나는 내 아버지처럼 죽음을 생각한다. 죽으면, 모든 것이 편안해질까. 죽으면, 지금 내 얼굴이며 목덜미에 달라붙는 안개도, 축축이 젖은 나뭇잎도, 소리 없이 흐르는 강물도 볼 수 없겠지. 그런 것 안 봐도 좋은데, 그러나 엄마랑, 오빠를 볼 수 없겠지. 엄마는 기나긴 전화 통화를 끝내고 이불을 뒤집어썼다. 나는 안 봐도 안다. 엄마가 지금 울고 있다는 것을. 엄마는 돈이 없어서, 요구르트 대리점에 입금해 줘야 할 돈 50만 원이 없어서 울고 있는 것이다. 그때, 내 입에서 왜 그 말이 튀어나왔던 것일까. 나는 사실 엄마가 전화 통화를 하는 내내 내 호주머니에 있는 돈을 만지작거리고 있었다. 내가 가지고 있는 돈이면 엄마가 울지 않을 수 있다. 엄마는 돈 50만 원만 있으면 누구보다 행복한 엄마일 수 있다. 엄마는 언제나 우리에게 좋은 엄마였다. 어떤 궂은일이 있어도 웃음을 잃지 않으려고 애쓰는 엄마였다. 나는 엄마를 불렀다. 엄마는 언제나처럼 방금 전까지 울고 있었으면서 목소리만은 명랑하게, 아무렇지도 않은 척, 으응, 하고 대답했다. 그러나, 나는 그렇게 엄마만 한 번 불러 봤을 뿐이다. 내 주머니에 있는 돈 백만 원 중에 50만 원을 엄마 앞에 내놓으면 엄마는 살 수 있지만 나는 죽을 것만 같아서 나는 그렇게 엄마만 불러 보고 돈은 내놓지 못했던 것이다.

원래 그 일은 반장이 하게 되어 있었다. 그러나 반장은 내게 그 일을 부탁했다. 반장은 2학년 학생회장이자 미술부원이어서 학교 축제 때 전시할 그림 때문에 바빠 내가 그 일을 맡아 주면, 나중에 떡볶이와 순대를 사 주겠다고 했다. 그 일이란, 3학년 선배들이 수능을 보는 날 새벽에 선배들을 격려하기 위해 쓸 돈을 거두는 것이다. 그 돈이 남으면 연말 불우이웃 돕기 성금으로 낼 거라고 했다. 우리 반 반장이면서 2학년 학생회장인 반장이 다른 반에서 거두어진 돈을 내게 가져왔다. 내 수중에 단박에 돈 백만 원이 들어왔다. 나는 그 돈을 수능 전날까지 가지고 있다가 반장에게 주면 되었다. 왜냐하면 반장은 축제 때문에 정신이 없기 때문에. 그리고 수능 날까지는 일주일이 남아 있었다. 그러나 나는 수능 날 새벽까지도 그 돈을 반장에게 돌려주지 못했다. 나는 엄마가 밤새 울었던 날 새벽에 내가 지니고 있는 돈에서 50만 원을 엄마 몰래 엄마의 가방에 집어넣었다. 그리고 여느 날처럼 아침 자율학습 시간에 늦지 않기 위하여 언제나처럼 아침밥도 먹지 않고 학교에 갔다. 그리고 여느 날과 똑같이 야간 자율학습까지 마치고 집으로 왔다. 엄마 표정이 어제와는 사뭇 달라져 있었다. 엄마가 생글생글 웃으며 내게 속닥거렸다.

"애, 오늘 나한테 무슨 일이 있었는지 아니?"

나는 알면서도 모른 체했다.

"사람이 죽으라는 법은 없나 보다. 세상에, 내 가방 속에 내가 필요한 돈 50만 원이 딱 들어 있지 뭐니?"

"와아!"

"성당에 수녀님이 그러시더라. 돈 10만 원을 들고 휴가를 나가서 9만 원까지 쓰고 딱 만 원 남겨 놓고 어느 성당에 미사를 갔는데, 이윽고 봉헌 시간이 돌아왔더란다. 수녀님은 어떻게 할까, 돈 만 원을 내버리면 수녀원으로 돌아갈 차비가 없어지고 그렇다고 안 내고 싶지는 않고, 그제서야 어디 가서 돈 만 원을 잔돈으로 바꿀 수도 없고 그냥, 에라 모르겠다, 자기가 가진 전 재산 만 원을 딱 봉헌함에 넣어 버리고 나서 눈 질끈 감고 기도를 했더란다."

"그래서요?"

"그래서는 나는 이제 어떻게 해야 하느냐고 하느님한테 물었겠지. 아, 그런데 기도를 끝내고 딱 눈을 떠 보니 글쎄 수녀님 눈앞에 웬 흰 봉투가 놓여 있더라지 뭐냐."

"돈 봉투요?"

"그래. 떨리는 손으로 봉투를 열어 보니 아, 글쎄 거기에는 만 원의 열 배인 10만 원이 들어 있었다지 뭐냐. 여행하는 수녀님이구나, 하구서 어떤 착한 신도가 수녀님 여행 경비에 쓰라고 선물로 주고 간 거야."

"결과적으로 하느님이 주신 거네요?"

나는 엄마 듣기 좋으라고 얼른 말했다. 기다렸다는 듯 엄마의 고정 멘트가 이어졌다.

"그럼 그럼. 간절히 기도하면 언제고 하느님은 들어주시지. 항상 기도한 만큼보다 더, 그 열 배로 들어주시지."

"엄마도 기도했어요?"

"기도만 하냐, 애원을 했지."

"엄마, 그러면 이제부터 더욱더 열심히 기도해요. 아니, 애원하세요. 그러면 또 더 좋은 일이 생길지 누가 알아?"

"그러게 말이다."

내 호주머니에는 정확히 50만 원이 들어 있었다. 엄마는 이제 더욱더 열심히 기도할 것이다. 오, 주님, 감사합니다. 주님을 위해 살지 못한 죄인이지만, 주님께서 제 한 가지 소원만 들어주신다면 앞으로는 더욱더 주님을 사랑하고 세상을 사랑하고 주님이 사랑하시는 가난한 이들을 사랑하며 살 것입니다! 그러나 아무리 어진 주님이 엄마를 사랑한다 해도 엄마는 가난한 이들을 사랑할 수가 없다. 가난한 이들을 사랑하기엔 엄마 자신이 너무나 가난하기 때문에. 엄마는 그날그날 요구르트를 팔고 수금해 온 돈 만 원, 2만 원을 사랑한다. 그 돈이 없으면 우리는 살 수가 없다. 엄마는 만 원을 내놓으면 10만 원이 돌아와 주는 수녀님이 아니라, 요구르트 한 개를 팔면 10원, 20원이 돌아오는 요구르트 아줌마다.

저녁 도시락을 까먹었다. 친구들은 학교 식당에서 점심과 저녁을 먹는다. 나는 점심만 식당에서 먹고 저녁은 도시락을 먹는다. 도시락을 먹고 나서 도시락 먹는 아이들끼리 매점으로 갔다. 나는 매점에 가지 않는다. 그러나 매점에 갔다 온 아이들이 언제나 내게도 과자와 빵과 음료수를 준다. 나는 그것들을 먹고 싶어서 먹는 것이 아니다. 내가 안 먹으면 그것이 더 어색하여 나는 아무렇지도 않은 척 먹는다. 아니, 먹어 준다. 고등학생인 우리들은 더 이상 어린애들이 아니므로, 먹을 것이 생기면 아무렇지도 않게 나눠 먹고 나눠 먹어 준다.

그러나, 나눠 주는 사람이야 별생각이 있는지 없는지 모르지만 나누어 준 것을 먹어 주는 사람 입장은 다르다. 나는 매번, 과자나 음료수를 먹어 줄 때마다 목구멍이 따갑다. 오늘 나는 아이들과 함께 매점에 갔다. 과자와 빵과 음료수를 내 돈으로 샀다. 다른 아이들이 그랬던 것처럼 나는 그것들을 아이들 앞에 펼쳐 놓았다. 우리는 아무 생각이 없는 것처럼, 아무 생각 없이 먹었다. 아무렇지 않은 것처럼 간식들을 먹는 내가 그러나, 극심한 희열과 그리고 그에 못지않은 극심한 불안감에 치 떨고 있다는 것을 누군가는 알고 있었을까. 돈을 보관한 지 사흘째, 내게는 49만 5천 원이 남아 있었다. 엄마 가방 속에 넣어 준 50만 원은 엄마가 월급 타 오는 날, 몰래 넣어 줬던 것과 똑같이, 몰래 빼내면 될 것이다. 그렇기 때문에 50만 원에 대한 걱정은 하지 않았다. 그리고 5천 원은, 겨우 5천 원이다. 설마, 남은 나흘 동안 내게 5천 원 생길 일이 없지는 않을 것이다. 그것은 어디 뚜렷한 용도를 밝히지 않고 엄마한테 말해도 엄마가 그냥, 묻지 않고 내줄 수 있는 액수다. 정 엄마한테 5천 원도 없는 최악의 상황이라면 오빠 호주머니에 5천 원 정도 없을 리 없다. 물론 오빠 호주머니에 단돈 10원도 없을 수도 있을 것이다. 그러면 그냥, 착한 내 짝 반장에게 꿀 수도 있을 것이다. 반장은 내게 돈 거두고 돈 보관해 준 답례로 떡볶이와 순대를 사 주기로 했으니, 그 정도 돈은 지니고 있을 것이 틀림없다. 어쨌든 나는 내가 지니고 있던 학교 공금 백만 원 중에 지출된 돈 50만 5천 원에 대한 걱정은 전혀 들지 않았다. 나는 엄마의 '기도의 효험'에 대한 믿음을 쉽게 깨뜨리고 싶지는 않았다.

야간 자율학습을 마치고 집으로 들어오는 골목 입구에 못 보던 군고구마 장수가 있다. 아닌 게 아니라, 낼모레가 곧 수능이고 수능 날이 가까워지니 날씨도 그것을 알고 얼른, 빨리빨리 추워진 것이다.

그리고 날씨 추워지기를 기다리던 군고구마 장수가 드디어 밤거리에 나온 것이다. 나는 군고구마 천 원어치만 사기로 했다. 그것은 종종 있는 일이다. 나는 토요일이면 종종 무 한 개를 사 들고 귀가하기도 하고 토요일이면 붕어빵 천 원어치를 사기도 했다. 그러니 하나도 이 상할 것은 없었다. 무 한 개, 붕어빵 천 원어치는 내가 두 번 탈 버스를 한 번만 탄 결과물들이었다. 나는 내 호주머니에 들어 있는 49만 5천 원 중에서 천 원을 빼 들고 군고구마 장수에게 다가갔다. 그 천 원은 내일 아침 조금만 더 빨리 일어나 버스를 한 번만 타면 굳어질 돈이다.

"아저씨, 고구마 주세요."

노릇하게 구워진 고구마가 종이봉투에 담겼다. 나는 군고구마의 따뜻한 온기를 가슴에 안으며 고구마의 이 온기가 늘 시린 엄마 가슴에도 꿈처럼 번지기를 바랐다.

"2천 원입니다."

"아저씨, 천 원어치만 주세요."

"2천 원이 기본이야."

"그래도 천 원어치만 주세요."

"천 원어치는 못 팔아, 아니 안 팔아."

"그런 게 어딨어요? 2천 원어치의 절반만 주시면 되잖아요?"

"이봐, 학생, 지금 바쁜 사람 데리고 장난하나. 천 원어치 안 판다고 했잖아아!"

군고구마를 사러 오는 사람이 없었기 때문에 아저씨는 하나도 바쁘지 않았다. 나는 천천히 49만 5천 원에서 2천 원을 꺼내 군고구마 장수에게 주었다. 그래도 구수한 고구마 내음이 주는 행복감은 어쩔 수 없다. 더구나, 그걸 두 손으로 조용히 감싸 안을 엄마라니. 나는 오늘 밤, 군고구마같이 따스한 엄마의 미소를 볼 수 있을 것이다. 고구마가 식을세라 뛰다시피 걷는 내 발걸음은 그러나, 또 어쩔 수 없는 불안감으로 조금 휘청이는 것 같았다. 그러면서 내 머릿속으로는 내가 써 버린 돈, 다음 주 월요일이면 반장에게 돌려주어야 할 돈의 액수가 마치 영화 자막처럼 빠르게 스쳐 지나갔다. 그 자막은 내게 말해 주고 있었다. 이제 49만 3천 원 남았습니다. 불안해질수록 나는 더 빨리 뛰어갔다. 그리고 내가 늘 가장 원하던 엄마의 행복한 미소를 바라며 고구마 봉지를 내밀었다. 엄마는 말했다.

"우리 딸이 최고다. 오빠도 좋아하겠구나."

오빠는 늘 밤늦어 집에 오면 도대체 이 집에는 먹을 것이 없다고 투덜대곤 했었다. 열어 봤자 신 김치뿐인 냉장고 문을 열었다 닫았다 해 가며 밤늦은 시간 오빠가 먹을 것을 찾아 집 안을 배회하면 나는 이불을 뒤집어쓰고 쓰린 가슴을 붙안고 오빠가 불쌍해서 조금 울기도 했었다. 오빠가 와서 먹어도 따뜻할 수 있도록 엄마는 고구마 봉지를 수건 같은 걸로 칭칭 동여매 놓겠지. 오빠 사랑해애……. 그리고 나는 잠들었다. 군고구마처럼 따스한 잠이 밀려왔으므로 나는 밤늦어 집에 온 오빠가 고구마를 먹었는지, 안 먹었는지 알 수 없었다. 잠에서 깨어났을 때, 언제나 나보다 늦게 와서 나보다 먼저 집을 나가야 하는 오빠의 볼멘소리*가 메마른 낙엽처럼 내 방 안으로 날아들고 있었다. 오빠의 투덜거림, 오빠의 볼멘소리, 오빠의 슬픈 짜증, 이 모든 것이 나는 푸석푸석한 낙엽들만 같다. 그것들은 꼭 쥐면 금방이라도 가루가 되어 바람에 날아가 버릴 것처럼 위태롭게 느껴지곤 했다.

---

* 볼멘소리 서운하거나 성이 나서 퉁명스럽게 하는 말투.

"엄마, 생각해 봐. 점심, 저녁까지 도시락으로 먹으면 얼마나 창피하겠어."

"왜 못 해. 밥 못 먹는 애들도 많다더라. 넌 테레비도 안 보니?"

"테레비 볼 시간이 어딨어."

"컴퓨터 할 시간은 있어도?"

"고3이 스트레스 쌓이는데 그것도 못 해? 그딴 얘기 그만하고 내 급식비 어떡할 거야아!"

"도시락 싸 갖고 가래잖니."

"차라리 내가 굶고 만다!"

"도시락을 싸 갖고 가든지, 굶든지, 엄마 월급날까지, 딱 일주일만 그렇게 해."

아, 엄마 월급날. 그날의 풍경을 나나 엄마나 오빠나 다 알고 있다. 월급은 순식간에 사방팔방으로 흩어져 가리라는 것을. 나는 방문을 열고 나갔다. 오빠가 문득 물었다.

"야, 너 돈 있냐?"

"쟤가 무슨 돈이 있겠냐."

"돈 없으면 군고구마는 왜 사 와."

"니가 하도 집에 와서 먹을 것 없다 투덜대니깐, 쟤가 버스비 아껴서 오빠 간식거리 사 온 거지."

으흠! 오빠가 갑자기 의미심장한 콧소리를 낸다. 나는 오빠가 고구마를 먹었는지, 확인해 본다. 뜯겨진 비닐봉지 위에 군고구마 껍질이 말라 가는 중이다. 나는 세수를 하러 화장실로 들어갔다. 오늘은 야간 자율학습 끝나는 대로 집에 와 김치전이라도 부쳐 놔야지. 돌이라도 씹어 먹을 한창때인지라……. 엄마가 전쟁 같은 하루의 노동을 끝마치고 돌아와서 오빠가 돌아오기 전까지 감기는 눈과 사투를 벌이는 일이 없도록, 내가 오빠의 귀가를 반겨 줄 것이며, 오빠의 간식을 준비하리라. 화장실에서 세수를 마치고 나왔을 때 오빠는 먼저 나가고 없었다. 새벽안개가 걷히지도 않은 거리로 오빠가 가고 그리고 또 내가 갈 것이다. 오빠나 나나 햇빛을 보지 못하고 살아 날로 핏기가 없어지고 엄마는 하루 종일 햇빛 아래 살아 날로 검어진다. 엄마가 웃을 때면, 마치 토인 같았다. 엄마는 검어지면서 돈을 벌고 그 돈으로 우리는 날로 희어져 간다. 노란 전등불은 이 희고 검은 가족들이 한자리에 잠깐만이라도 모여 앉는 것을 보지 못하고 혼자 깜박거린다. 전등불도 외롭다.

나는 등굣길, 버스 맨 뒷좌석에서 오늘은 그냥 반장에게 돈을 돌려줘야겠다는 생각을 머릿속에서 만지작거리듯이 하고 있다가 깜짝 놀라고 말았다. 내가 반장에게서 건네받아 보관하고 있던 돈 중에 무려 50만 7천 원이나 비는 것을 내가 깜박 잊고 있었다는 사실을 깨달았던 것이다. 결론은 그러니까 이제 나는 돈을 반장에게 돌려주고 싶어도 아직은 돌려줄 수가 없다는 것이다. 갑자기 분한 마음이 엄습해 왔다. 무엇이 분한가. 그건 명확하지 않았다. 아무리 바쁘기로서니, 내게 돈을 맡긴 반장의 처사가 분한가. 하지만 나는 반장의 짝이다. 우린 짝으로서 지난 1년간 꾸준히 서로를 도우며 생활해 왔다. 지난 1년이 다 뭔가, 반장은 1학년 때도 내 짝이었다. 반장은 저와 나 사이를 '짝이 될 운명을 타고난 사이'라고까지 말한 적이 있었다. 아버지 사고가 났을 때, 내가 아팠을 때, 엄마가 병원에 입원했을 때, 반장은 늘, 내 옆에 있었다. 반장에게 분한 것은 눈곱만큼도 없다. 그런데 무엇이 분한가. 하여간 무엇인가가 분해서 나는 아랫입술을 나도 모르게 잘근잘근 깨물었다. 나는 그만 버스에서 내려 축축한 겨울 안개 속으로 사라져 버리고 싶은 충동을 가까스로 참고 학교에 갔다. 교실에 들어가자, 반장이 굳은 표정으로 말했다. 반장의 굳은 표정은 다시 등굣길의 축축한 안개 속으로 사라지는 내 모습을 상기시켰다.

"안 되겠어. 애들한테 돈을 돌려줘야 할 것 같아."

나는 심장이 쿵 내려앉았지만 침착하게 물었다.

"왜?"

"선생님들한테 혼났어. 돈 거둬서 선배 응원한 것 드러나면 학교가 아작 난대."

"돈 집에 두고 왔는데."

"알았어. 그럼 낼은 꼭 가져와야 돼. 하루가 급하단 말야."

"그래."

나는 가방 맨 뒤 지퍼를 열었다. 49만 3천 원이 거기 있을 것이다. 그러나…… 지갑이 없었다. 오빠가 한 짓임에 틀림없었다. 오빠는 종종 그래 왔으니까. 엄마한테 돈이 없으면 오빠는 내 버스비까지 몽땅 털어 달아나곤 했으니까. 아침 등굣길에 축축한 안개 속으로 사라져버리고 싶을 때부터 어떤 예감이 들었으나, 나는 확인하지 않았다. 그리고 지갑의 부재를 확인한 지금, 나는 오빠를 절대로 원망하지 않겠다는 오기가 생겼다. 나는 점심시간에 오빠에게 전화했다. 엄마도 없는 휴대폰이 오빠는 있다.

"오빠?"

"응. 내가 이따 맛있는 것 사 줄까?"

오빠가 선수를 치고 나왔다.

"어디서?"

"햄버거 사 줄까?"

햄버거 가게는 우리 동네에는 있지 않으니, 시내에서 만나자는 것이다.

"좋아."

밤 10시가 넘은 시간, 성탄절이 다가오는 시내 거리는 불야성*이
다. 시내 패스트푸드점 앞에서 오빠를 기다렸다. 오빠는 나를 만나자
마자 불쑥 말했다.

"니 친구들 좀 데리고 오지 그랬냐."

"내 친구들은 햄버거 안 좋아해."

"그럼 술 좋아하냐?"

"미쳤어?"

나는 맛없는 햄버거를 맛있게 먹었다. 이렇게 밤늦은 시간이면 아
버지가 생각난다. 술 취한 날이면 아버지는 이따금 우리 식구들을
시내로 불러서 밤늦은 외식을 시켜 주곤 했었지. 그때 먹었던 것은
주로 순댓국 아니면 콩나물 해장국이었다. 이제 다시는 그런 밤은 오
지 않으리라 생각했는데, 그리고 순댓국이나 콩나물 해장국이 아니
라 자주 먹지 않아서 맛도 모르겠는 햄버거이긴 하지만, 오늘 오빠
덕에 시내 나들이를 하게 되었다. 오빠가 뱉듯이 툭 말했다.

"미안하다."

"아니. 괜찮아."

"뭐가 괜찮냐."

"아직 다 안 썼지?"

"다는 안 썼어."

나는 되도록 흥분하지 않고 사실대로 자분자분* 말했다.

---

* 불야성(不夜城) 등불 따위가 휘황하게 켜 있어 밤에도 대낮같이 밝은 곳을 이르는 말.
* 자분자분 성질이나 태도가 부드럽고 조용하며 찬찬한 모양.

"왜 있지. 텔레비전 같은 데서 보면 선배들 시험 보는 데 새벽에 나가 커피도 타 주고 엿도 주고 하잖아. 거기 쓰려고 거둔 돈이야. 애들이 참 착해. 쓰고 남은 돈은 연말 불우이웃 돕기 성금으로 낸대. 반장이 무척 바빠. 그래서 내가 보관하고 있던 거야. 난 반장과 짝이고 그리고 친해. 근데 문제가 생겼어. 학교 허락도 안 맡고 돈 거뒀다고 반장이 야단맞았나 봐. 빨리 돌려줘야 해. 하지만 내일은 내가 깜박 잊었다고 할게. 그리고 그다음엔, 그다음엔……."

"좀 있으면 엄마 월급날이야. 그때까지만 버텨 봐."

"그래, 엄마 월급날이니까 걱정 없어."

나는 짐짓 명랑하게 퍽퍽한 햄버거를 먹었다. 오빠는 콜라에 빨대를 꽂아 내게 다정하게 내밀었다. 오빠가 아까부터 만지작거리고 있던 비닐봉투에서 색이 고운 털장갑 한 켤레를 꺼냈다.

"내가 진작에 사 주고 싶었는데, 이제야 샀다. 물론 내 돈으로 산 건 아니지만."

말끝에 오빠가 낄낄거렸다. 오빠가 낄낄거리는 것이 꼭 나는, 끽끽거리는 것처럼 들렸다. 나는 오빠의 희한한 웃음소리의 이유를 이해했으므로, 선선히 말했다.

"고마워."

꺼내지 않은 또 다른 것은 엄마의 것이리라. 햄버거를 넘기는 목구멍이 좀 따가워 오는 것 같았다.

"콜라도 마셔 가면서 먹어라. 나중에 오빠가 돈 벌면 이까짓 햄버거가 대수*겠냐."

"알았어."

---

* 대수 최상의 것. 대단한 것.

오빠와 나는 햄버거 가게를 나와 밤거리를 조금 걸었다. 뭔가가 공중에서 희뜩거리는 게 자세히 보니 눈이었다. 첫눈이다.

"오빠, 눈 온다."

"에잇, 재수 없어."

"눈 오면 좋잖아."

"이 바보야, 눈 오면 엄마가 힘들잖아."

"맞다."

오빠와 나는 재수 없는 눈을 맞으며 버스 정류장을 향해 걸었다. 그러나, 나는 어떤 표정을 지어야 할지 알 수 없었다. 눈이 와서 좋기는 한데, 눈은 하루 종일 걸어 다녀야 하는 엄마를 힘들게 하는 재수 없는 눈이다. 그래서 나는 끝내 눈이 와서 좋은 건지 나쁜 건지 알 수 없는 기분이 되고 말았다. 무엇보다, 나는 오랜만에 오빠와 함께 한 시내 나들이가 좋았다. 그러나, 그 또한 정말 좋은 건지, 나쁜 건지 알 수가 없었다. 별말은 나누지 않았지만 오빠와 시내 거리를 걷는 것은 나쁘지 않았다. 그런데, 좋으면서도 어쩔 수 없이 내 가슴 한 쪽을 짓누르는 불안감을 나는 떨쳐 낼 수가 없었다. 버스에 올라서 나는 오빠에게 조그맣게 속삭였다.

"오빠, 난 죽을 것만 같아."

그러나 오빠는 내 말을 못 들었는지, 무심히, 잔뜩 찌푸린 얼굴로 어두운 창밖만 응시할 뿐이었다. 그러면서 문득 말했다.

"오늘이 엄마 생일이야."

나는 잊고 있었던 것이므로 약간 놀라며, 물었다.

"엄마 생신 선물이야?"

"그렇다고 봐야지."

"그럼 내 장갑은 사지 말고 엄마 걸로 더 사지."

"사람이 양심이 있지, 인마."

나는 오빠가 정말로 양심이 있어서 양심이라는 말을 하는지, 어쩌는지 오빠 속마음을 들여다보고 싶었다. 내 마음도 모르는 내가 어떻게 오빠 마음을 알겠는가. 사람의 마음이란 것이 들여다본다고 해서 알 수 있는 것은 아닐 것이다. 왜냐하면 마음이란 시시각각으로 변하는 것이니까. 나는 내가 오빠에게 지극히 순한 동생이기만을 바랐다. 그러나, 또 그곳이 어딘지도 모를 내 마음속 아득한 곳에서 피어나는 오빠를 향한 적의*를 어찌해야 한단 말인가. 집으로 오는 동안 나는 오빠를 향해 피어오르는 적의의 기운을 없애 버리기 위해 몇 번이나 헛기침을 해야 했는지 모른다. 우리가 버스에서 내렸을 때, 눈은 비로 바뀌어 있었다. 나는 그다지 반갑지도 않으면서 기쁜 표정으로 말했다.

"오빠, 눈 안 와, 비야. 크흠."

"비든 눈이든, 엄마가 힘든 건 마찬가지야. 야, 근데 너 계속 기침하는 것 보니까 감기 걸렸나 보다."

그게 다 오빠 때문이라는 말을 겨우 삼키며 나는 말했다.

"괜찮아. 이제부턴 오빠가 사 준 장갑 꼭꼭 끼고 다녀야지."

동네 입구 제과점에서 귤과 키위와 방울토마토가 얹힌 케이크를 하나 사 들고 오빠와 나는 나란히 집으로 들어갔다. 엄마는 케이크를 보고 기쁜 건지, 괴로운 건지 알 수 없는 표정이었다. 모든 것이 그렇게 그런 건지, 아닌 건지 알 수 없는 것으로 하루가 마감되었다. 확실한 것 하나는 내가 죽을 것만 같다는 것뿐.

---

* 적의(敵意) 적으로 여기는 마음.

반장은 내게 물었다.

"돈은?"

나는 심호흡을 한 번 하고 반장을 똑바로 바라보았다.

"잃어버렸어."

"꺄악!"

반장이 비명을 질렀다. 아이들의 눈길이 일제히 반장과 내게로 쏟아졌다.

"야아, 이제 난 어떡해."

"내가 물어 줄게."

"언제까지?"

"우리 엄마 월급 타면."

그러나 나는 알고 있었다. 엄마 월급에서 내가 덜어 낼 수 있는 돈은 한 푼도 없다는 것을. 그리고 덜어 낼 만한 여유가 있다 해도 나는 덜어 내지 않을 것이다. 우린 짝이 될 운명을 타고났다고까지 말했던 반장이 나를 사납게 노려보았다.

"더러워."

반장이 뇌까렸다.

"내가 왜?"

"거짓말하니까 더럽지. 우리 부모님이 그러셨어. 정직한 게 깨끗하다고. 넌 정직하지 못하니까 더러운 거야."

짝을 오래 해서 그런지 반장은 내 눈빛만 보고도 내가 거짓말을 하는지, 참말을 하는지 알 수가 있는 모양이었다. 반장이 자리를 박차고 일어나 교실을 나갔다. 이윽고 내게 닥칠 운명을 나는 안다. 나는 정직하지 못하니까 더러운 사람이 될 것이고, 더러운 나를 친구들은, 선생님은, 학교는 결코 받아 주지 않으려 할 것이다. 내가 더러운 쓰레기를 바라보듯이, 세상은 나를 또 그렇게 보게 될 것이다. 돈을 잃어버렸다는 내 말을 믿는 사람은 아무도 없었다. 어차피 내가 그 돈을 써 버렸든, 잃어버렸든, 중요한 것은 애초에 내 돈이 아니었던 그 돈을 나는 다시 내어놓아야 한다는 것이다. 야간 자율학습 시간에 담임 선생님이 나를 불렀다. 돈을 잃어버린 것이 사실이냐고 물었다. 나는 그렇다고 대답했다. 담임이 말했다.

"그걸 어떻게 증명할 수 있니?"

나는 말했다.

"증명 못 합니다."

담임이 말했다.

"잃어버렸다는 것을 증명할 수 있을 때까지 너에게 벌을 줄 수도 있다. 어쩌면 학교는 널 퇴학시킬 수도 있다."

"네."

나는 짧게 대답했다. 죽음을 향한 생각은 죽음 이외의 것들을 너무나 쉽게 받아들이고, 용서하고, 이해하게 했다.

"다시 한 번 말하겠다. 그 돈을 돌려주든 안 돌려주든 그건 중요하지 않다. 다만 너는 정직해야 한다."

"네."

아침에 나는 학교로 가지 않고 곧장 이 강가로 왔다. 밤새, 오빠를 향한 적의에 시달리다가, 새벽이 되었을 때, 나는 그것이 꼭 오빠를 향한 적의만은 아니라는 것을 알았다. 그것은 다름 아닌 나 자신을 향한 모멸감*이라는 것을. 나는 왜 나 자신에게 모멸감을 느껴야 하

• 모멸감(侮蔑感) 업신여기고 얕잡아 보는 느낌.

는지 분하고 억울하고 속상했다. 분하고 억울하고 속상한 만큼 또한 나는 착하고 친절하고 명랑할 수가 있었다. 어떻게 그럴 수 있었을까. 분하고 억울하고 속상하면 화를 내도 모자랄 텐데도. 안개는 쉽게 걷히지 않는다. 시간이 갈수록 안개 밖 세상에서 나는 소리들은 다양해졌다. 나는 그 소리들을 뒤로하고 안개 속으로 사라질 것인가를 생각했다. 안개 속으로 사라져서 다시는 세상 밖으로 나오지 않는다면, 그러면 모든 문제가 해결될 것인가. 아버지가 세상을 떠나 버렸을 때, 아버지가 남긴 문제들은 해결이 되었던가. 왜 엄마는 정말이지 분하고 억울하고 속상할 텐데도 늘 웃고 씩씩한 것일까. 나는 안개 속에서 생각했다. 아버지와 오빠를. 그리고 엄마와 나를. 반장과 담임과 세상 사람들을. 그러느라고 나는 안개가 걷힌 줄도 몰랐다. 나는 안개가 말끔히 걷힌 강가에 오도카니 앉아 있었다. 그리고 나는 보았다. 내가 안개 속에 있을 때 세상 밖 소리라고 여기던 소리들의 주인공들 또한 나와 같이 강가에 있던 사람들임을. 그들은 아직도 다투고 있었다. 그것은 다정한 다툼이었다.

"난 죽지 않는다니까. 다시 말하지만 내가 누구 좋으라고 죽냐, 죽기를."

남자가 말했다.

"진짜지? 진짜 죽지 않을 거지?"

여자가 다정하게 남자의 팔짱을 끼었다. 그들은 부부인가, 연인인가. 나는 얼른 책가방을 등에 메었다. 그리고 강둑을 뛰었다. 안개가 걷히니 모든 것이 부끄럽고 또 부끄러워 나는 뛸 수밖에 없었다. 무엇이 부끄러운가. 그러나, 부끄러움의 정체를 나는 굳이 알아보고 싶지는 않았다. 다만, 내가 할 수 있는 것은 뛰는 것뿐. 아침 햇살이 마악 퍼지기 시작하는 세상 속으로 나는 달려 나갔다. 그러면서 가만히 읊조렸다. 강가에 앉은 남자의 말을.

　나. 는. 죽. 지. 않. 겠. 다.

〔2005〕

작품 이해

여성의 운명적인 삶과 모성애를 뛰어난 구성력으로 그려 내는 공선옥은 1980년 5월 광주의 체험과 상처를 다룬 등단작 「씨앗불」(1991)에서부터 최근 작품 『꽃 같은 시절』(2011)에 이르기까지 우리 사회의 소외된 이웃들에게 따뜻한 관심을 기울여 왔습니다. 최근에는 청소년 소설도 발표하며 우리에게 조금 더 친근한 이야기를 들려주고 있습니다.

청소년을 위한 소설집 『나는 죽지 않겠다』(2009)의 표제작인 이 작품은 가난한 집안의 여고생을 주인공으로 한 단편소설입니다. 선배들 수능 응원을 위해 모금한 돈을 반장을 대신해서 맡아 두기로 한 것이 사건의 발단입니다. 주인공은 생활고에 시달리는 엄마에게 맡은 돈의 절반을 주고 월급날 돌려받으려고 합니다. 남은 돈마저 오빠가 가져가 버리는 바람에 학교에서 궁지에 몰리고 강가에 와 자살까지 생각하게 되지요. 하지만 주인공은 '나는 죽지 않겠다'고 마음을 다잡습니다. 그리고 아침 햇살이 막 퍼지기 시작하는 세상 속으로 달려갑니다. 여러분도 아마 죽고 싶을 만큼 힘든 순간이 있었을 것입니다. 작가는 제목에서부터 소설의 주제를 분명하게 드러내며, 청소년들에게 희망과 용기를 전하고 있습니다.

사고로 죽은 아버지, 나를 괴롭히는 오빠, 늘 가난한 엄마 등 아무에게도 자랑스레 말하기 어려운 가족들이지만 주인공은 따뜻하고 바른 마음으로 지냅니다. 스스로 통제할 수 없는 상황에 내몰리지만 결국 지혜롭게 극복할 것이라는 믿음을 갖게 합니다. 학교에서 벌어질 수 있는 개연성 있는 사건을 통해 여고생의 심리를 적절하게 묘사하여 깊은 공감을 불러일으키

는 작품입니다. 사람은 누구나 견딜 수 없을 만큼 어려운 상황을 맞을 때
가 있습니다. 작가는 그럴 때일수록 포기해서는 안 되며 스스로를 더 믿고
내일을 향해 세상 속으로 달려가라고 말하고 있습니다.

활동

1 주인공의 어머니가 말한 목숨줄과 여흥줄의 의미는 무엇인가요?
  ● 목숨줄:

  ● 여흥줄:

2 '나'와 오빠가 식구를 위해 사 준 것은 무엇이며 거기에는 어떤 마음이 담겨 있나요?
  ● '나': (　　　　　　)에게 (군고구마)를 사 줌.

  ● 오빠: ('나')에게 (　　　　　　)를 사 줌.

3 소설의 마지막 강가 장면에서 주제를 어떤 방법으로 드러내고 있나요?

4 내가 만약 이 소설의 주인공과 같은 상황에 처했다면 어떻게 했을지 써 봅시다.

지금까지 세 편의 소설을 통해 소설의 주제를 살펴보았습니다. 사람이 사는 세상의 모든 일이 소설의 소재가 될 수 있으며, 그에 대한 작가 나름의 해석과 판단이 소설의 주제라고 할 수 있습니다. 사회적 상황, 개인적인 고통, 내면의 불안 등 우리는 소설이 제시하고 형상화한 모습을 보며 인간과 세상을 깊이있게 이해할 수 있습니다. 그럼 교과서에 수록된 다음 작품들을 찾아서 더 읽어 볼까요?

감자 (김동인)

　김동인의 「감자」(1925)는 인간의 삶이 환경에 의해 규정되는 모습을 그린, 환경결정론적 입장이 적용된 자연주의 소설이라고 할 수 있습니다. 주인공 복녀의 성격이 상황에 따라 어떻게 변화하는지 눈여겨보면, 살인이라는 끔찍한 결말에 이르는 한 여인의 비극적 운명이라는 주제가 어떻게 드러나고 있는지 알 수 있습니다. 인간과 세계의 관계를 이해하는 또 하나의 방법을 보여 주는 작품입니다.

토지 (박경리), 아리랑 (조정래)

　박경리의 『토지』(1969~1994)와 조정래의 『아리랑』(1990~1995)은 대하소설로 사회와 역사의 큰 흐름 속에서 그것을 헤쳐 가는 인간의 의지, 다양한 삶의 모습을 담고 있습니다. 수많은 등장인물, 방대한 시간과 공간을 다루기 때문에 당대의 사회와 역사를 넓고 깊게 바라볼 수 있고 우리 민족이 살아온 삶의 숨결을 고스란히 느낄 수 있습니다. 분량에 지레 겁먹지 말고 한 권 한 권 읽어 나간다면 대하소설의 유장한 감동과 함께 성취감을 느낄 수 있을 것입니다.

은어낚시통신 (윤대녕)

윤대녕의 첫 소설집 『은어낚시통신』(1994)의 표제작인 이 단편소설은 1990년대 한국문학의 새로워진 흐름을 보여 주는 작품입니다. 소설에서 정체불명의 '그녀'가 주인공에게 남긴 "사막에서 사는 사람, 상처에 중독된 사람, 감정에 나약한 척하면서 사실은 무모하고 비정한 사람, 터미네이터, 무서운 사람"이란 표현은 바로 현대인들의 자화상이 아닐까요? 「남쪽 계단을 보라」에서 확인할 수 있었던, 인간 존재의 근원에 대한 독특한 성찰을 보여 주는 작품입니다.

현의 노래/남한산성 (김훈)

실제 역사는 소설의 좋은 소재가 됩니다. 김훈의 『현의 노래』(2004)와 『남한산성』(2007)은 각각 가야의 우륵과 병자호란을 다룬 소설입니다. 두 작품은 우리가 알고 있는 역사적 사실 속에 숨은 진실은 무엇이며 그것은 어떻게 해석될 수 있는지 생각하게 합니다. 작가 특유의 감각적인 간결한 문장과 예리하게 파고드는 심리 묘사의 힘을 맛볼 수 있는 소설들입니다.

작품 출처

공선옥 「나는 죽지 않겠다」 인터넷 사이트 '문장 글 teen!' (2005. 10. 18);『나는 죽지 않겠
다』, 창비 2009

김정한 「모래톱 이야기」 『문학』(1966. 10);『20세기 한국소설』 11, 창비 2005

박태원 「소설가 구보 씨의 일일」 『조선중앙일보』(1934);『20세기 한국소설』 6, 창비 2005

양귀자 「원미동 시인」 『한국문학』(1986. 6);『원미동 사람들』, 살림 1997

오상원 「유예」 『한국일보』(1955);『20세기 한국소설』 15, 창비 2005

윤대녕 「남쪽 계단을 보라」 『남쪽 계단을 보라』, 세계사 1995

이청준 「눈길」 『문예중앙』(1977 가을);『이청준 전집』(중단편소설 5), 열림원 2000;『20세기
한국소설』 21, 창비 2005

이호철 「큰 산」 『월간문학』(1970. 7);『문』, 민음사 1981

전상국 「동행」 『조선일보』(1963);『바람난 마을』, 책세상 2007

최인호 「타인의 방」 『문학과지성』(1971 봄);『타인의 방』(최인호 중단편전집 1), 문학동네
2002;『20세기 한국소설』 30, 창비 2005

수록 교과서 보기

지은이	작품명	수록 교과서
공선옥	나는 죽지 않겠다	창비Ⅱ
김정한	모래톱 이야기	비상(박영민)Ⅰ, 지학(최지현)Ⅱ, 창비Ⅰ, 천재(고형진)Ⅱ
박태원	소설가 구보 씨의 일일	비상(박영민)Ⅰ, 신사고Ⅰ, 지학(권영민)Ⅰ 지학(최지현)Ⅱ, 천재(정재찬)Ⅰ, 해냄Ⅱ
양귀자	원미동 시인	교학(윤석산)Ⅰ
오상원	유예	두산Ⅱ, 비상(박영민)Ⅱ, 천재(김윤식)Ⅰ
윤대녕	남쪽 계단을 보라	천재(고형진)Ⅰ
이청준	눈길	천재(고형진)Ⅰ
이호철	큰 산	비상(유병환)Ⅰ, 신사고Ⅰ
전상국	동행	비상(유병환)Ⅰ, 비상(박영민)Ⅰ
최인호	타인의 방	신사고Ⅰ, 천재(고형진)Ⅱ

이 책을 엮는 데 도움을 준 선생님들

이름	지역	학교	이름	지역	학교
갈선희	인천	학익여자고등학교	김소연	대구	경북여자고등학교
강갑례	부산	부산진고등학교	김수림	서울	방산고등학교
강경한	서울	영신여자고등학교	김순남	양산	효암고등학교
강면숙	춘천	춘천 봉의고등학교	김승필	광주	정광고등학교
강성구	양평	양서고등학교	김연지	부천	계남고등학교
고성만	광주	국제고등학교	김영남	울산	울산신정고등학교
고종렬	평택	현화고등학교	김영아	익산	이리여자고등학교
고창균	성남	낙생고등학교	김영진	전주	상산고등학교
공용식	목포	영흥고등학교	김영호	서울	대광고등학교
곽동엽	과천	과천여자고등학교	김영호	대전	보문고등학교
곽현주	평택	평택기계공업고등학교	김용진	서울	동대부고
국응상	인천	검단고등학교	김은규	부산	부산금곡고등학교
김원진	대전	보문고등학교	김인경	군포	수리고등학교
김건수	서울	해성여자고등학교	김정관	서울	서울경신고등학교
김경기	부천	덕산고등학교	김정희	서울	둔촌고등학교
김광철	광주	풍암고등학교	김종숙	홍성	서해삼육고등학교
김기정	서천	공동체비전고등학교	김종인	서울	대진고등학교
김동기	서울	한서고등학교	김종인	김천	김천농공고등학교
김미정	아산	설화고등학교	김종현	포항	포항세화고등학교
김민희	인천	인천하늘고등학교	김주영	고창	고창고등학교
김보형	포천	포천일고등학교	김주철	광주(경기)	경화여자고등학교
김성중	광주	전남여자고등학교	김증민	청원	부강공업고등학교
김성찬	포항	동지고등학교	김지영	부산	부산용인고등학교
김성호	대전	대전중앙고등학교	김철주	의왕	우성고등학교

이름	지역	학교	이름	지역	학교
김철호	원주	원주여자고등학교	박종윤	서울	성심여자고등학교
김치흥	서울	명지고등학교	박지영	서울	방산고등학교
김태호	서울	이대부속고등학교	박지혜	서울	한성여자고등학교
김학묵	울산	방어진고등학교	박진호	서울	인창고등학교
김현수	포항	두호고등학교	박창원	남양주	동화고등학교
김희균	광주	광주석산고등학교	박해영	영광	영광전자고등학교
남승림	고양	경기북과학고	박현옥	곡성	곡성고등학교
노권우	서울	경기고등학교	박현정	서울	신림고등학교
노원기	안산	안산강서고등학교	박형석	서울	중산고등학교
류재욱	천안	천안여자상업고등학교	박혜민	대구	안산광덕고등학교
류현준	안산	양지고등학교	박혜선	부산	부산진고등학교
류형주	안양	동안고등학교	박혜진	사천	삼천포중앙고등학교
문교진	서울	동북고등학교	박휘석	인천	인하대사대부속고등학교
문명숙	울산	효정고등학교	박희식	서울	대원외국어고등학교
문미애	부산	구덕고등학교	방 혁	인천	학익여자고등학교
문성수	부산	부산 남일고등학교	백순구	부산	지산고등학교
문쌍영	울산	울산 성신고등학교	변미경	광주	서진여자고등학교
문정연	인천	인일여자고등학교	변민영	서울	동구마케팅고등학교
문종호	대구	강북고등학교	변병희	안산	안산고등학교
민병관	부산	금성고등학교	변준석	대구	영진고등학교
민지현	화천	화천정보산업고등학교	변태우	서귀포	제주제일고등학교
민형기	홍성	홍주고등학교	서금석	오산	운암고등학교
박수봉	구리	동명여자정보산업고등학교	서상호	울산	울산중앙고등학교
박길제	광명	진성고등학교	설성룡	부산	남산고등학교
박나영	청주	충북여자고등학교	성지현	과천	과천중앙고등학교
박두올	서울	이대부속고등학교	성효제	강릉	강릉명륜고등학교
박상준	김제	김제서고등학교	손규상	울산	학성고등학교
박성수	서산	서산고등학교	손민석	당진	호서고등학교
박성한	안산	안산고등학교	송찬욱	춘천	성수고등학교
박솔잎	서울	동성고등학교	송창섭	사천	삼천포여자고등학교

이름	지역	학교	이름	지역	학교
신은주	인천	인일여자고등학교	이상훈	평택	효명고등학교
신 철	인천	대인고등학교	이선미	서울	서울삼육고등학교
심경애	강릉	강일여자고등학교	이선영	서울	성보정보고등학교
심승호	성남	태원고등학교	이성하	화성	반송고등학교
심청택	대구	대구동부고등학교	이세련	순천	순천공업고등학교
안오진	부산	부경고등학교	이세은	서울	덕원여자고등학교
안지혜	천안	천안월봉고등학교	이승필	서울	송곡여자고등학교
양인숙	서울	리라아트고등학교	이시익	부천	계남고등학교
엄성신	서울	신도고등학교	이영균	산청	생초고등학교
오규설	경주	근화여자고등학교	이영발	서울	서울문영여고
오정훈	제주	제주여자고등학교	이영창	성남	복정고등학교
우장식	보령	대천고등학교	이예스라	청원	부강공업고등학교
유난희	광주	첨단고등학교	이옥근	여수	여수고등학교
유동숙	화성	삼괴고등학교	이용희	부천	송내고등학교
유성호	서울	하나고등학교	이월춘	창원	진해중앙고등학교
유영택	수원	조원고등학교	이은경	광주	금호고등학교
유정열	인천	서인천고등학교	이일수	부산	양정고등학교
윤경희	광주	서진여자고등학교	이정규	원주	상지여자고등학교
윤관희	음성	음성고등학교	이정숙	인천	학익고등학교
윤승식	강진	성요셉여자고등학교	이정연	서울	수락고등학교
윤진석	평택	안중고등학교	이종암	포항	대동고등학교
이강련	인천	인천여자공업고등학교	이종원	서울	영동일고등학교
이경민	고양	능곡고등학교	이주섭	창원	성지여자고등학교
이계영	서산	서령고등학교	이지애	남양주	청학고등학교
이기조	대전	보문고등학교	이지훈	수원	수원외국어고등학교
이동우	부산	동인고등학교	이진희	서울	서울영상고등학교
이루리	동두천	동두천외국어고등학교	이태경	안산	안산강서고등학교
이미예	충주	충주여자중학교	이현종	여수	여천고등학교
이봉규	남양주	광동고등학교	이현희	서울	세화여자고등학교
이상헌	홍성	홍성여자고등학교	이혜정	인천	문학정보고등학교

이름	지역	학교	이름	지역	학교
이호연	서울	세현고등학교	조숙희	대전	동방고등학교
임명희	나주	전남과학고등학교	조용부	서울	서울아이티고등학교
임영빈	서울	상명대사대부속여자고등학교	조필규	울산	울산제일고등학교
임일환	서울	송곡여자고등학교	진동일	부산	대연고등학교
임종오	군산	영광여자고등학교	천영기	부산	대동고등학교
장덕원	서울	강서고등학교	최보윤	용인	보라고등학교
장민경	양평	용문고등학교	최성룡	구례	구례고등학교
장진환	울산	성광여자고등학교	최연정	안산	송호고등학교
전길운	대전	유성여자고등학교	최재영	경산	문명고등학교
전수진	진주	경남자동차고등학교	최태진	서산	서령고등학교
전영덕	남양주	와부고등학교	최흥길	서울	선정고등학교
전 청	전주	전북여자고등학교	최환욱	인천	인천인제고등학교
정강철	광주	광덕고등학교	하재일	고양	화정고등학교
정양정	서울	세화여자고등학교	한명균	하남	남한고등학교
정오현	하남	덕소고등학교	한미선	해남	해남고등학교
정용기	공주	금성여자고등학교	한수미	전주	전주제일고등학교
정은영	인천	대인고등학교	함성민	광명	광명북고등학교
정종화	장성	담양고등학교	허기문	나주	나주고등학교
정주혜	서울	혜성여자고등학교	허선익	진주	경남과학고등학교
정태호	김해	김해외국어고등학교	허철범	수원	수원외국어고등학교
정호윤	강릉	강일여자고등학교	현안옥	전주	솔래고등학교
정훈탁	광주	정광고등학교	홍순봉	동해	임계고등학교
조경선	고흥	고흥고등학교	홍순철	천안	북일여자고등학교
조경안	서울	성남서고등학교	홍순희	중국	상해 한국학교
조규봉	서울	대동세무고등학교	홍영기	서울	배재고등학교
조남선	대구	성광고등학교	홍준의	남양주	진건고등학교
조선주	고양	화정고등학교